LA TEXANE

Janet DAILEY

LA TEXANE

FRANCE LOISIRS
123, boulevard de Grenelle, Paris

Titre original :
TOUCH THE WIND
Traduction de Sabine BOULONGNE

Édition du Club France Loisirs, Paris,
avec l'autorisation des Presses de la Cité.

ISBN 2-7242-1803-5

CHAPITRE PREMIER

SHEILA ROGERS CLAQUA LA portière de sa Thunderbird bleue. Ses trois bracelets d'or cliquetèrent. Elle se tourna vers l'hôtel où Brad travaillait, et ses cheveux blonds et lisses furent agités, l'espace d'un instant, d'un mouvement ondulant.

Il n'y avait pas un souffle de brise. Au-delà de la tour de l'hôtel, les eaux endiguées du Colorado ressemblaient à un immense miroir dans lequel se reflétait le soleil texan, comme une longue traînée de poussières dorées. Sheila sentit sur son visage l'air encore frais de cet après-midi de février.

Elle jeta un coup d'œil rapide sur sa montre-bracelet, tout en s'avançant vers l'entrée de l'hôtel. Presque cinq heures ! Elle était en retard. Elle haussa les épaules avec désinvolture, geste inconscient et pourtant coutumier qui indiquait qu'elle avait pour habitude de se faire attendre. Sheila refusait d'admettre qu'elle était une enfant gâtée, tout en reconnaissant volontiers qu'en tant que fille unique elle avait toujours bénéficié d'une attention et d'un amour inconditionnels de la part de ses parents.

Mais, avec Brad, les choses n'étaient pas aussi faciles. Tous les garçons avec lesquels elle était sortie jusqu'à présent, elle les avait menés par le bout du nez. Pas celui-là. C'était peut-être une des raisons pour lesquelles il la fascinait tant. Brad allait lui en vouloir d'être en retard, mais elle était sûre qu'elle saurait lui faire oublier son mécontentement.

A cette pensée, un doux sourire ourla ses lèvres sensuelles dont elle avait souligné le contour d'un rouge beige rosé. Ses yeux d'ambre, piqués d'or, brillaient d'un éclat prometteur, un peu mystérieux.

Sheila était presque arrivée à la porte de l'hôtel lorsqu'elle prit conscience de la présence de Brad qui l'attendait adossé contre le mur, en compagnie d'un de ses collègues de travail. Elle avait dû sentir peser sur elle le regard accusateur de ses yeux noisette qu'elle croisa sans sourciller. De toute évidence, il l'avait vue approcher depuis le parking, mais il ne l'avait pas interpellée. Il avait sans doute eu l'intention de la punir de son retard en la laissant le chercher à l'intérieur de l'hôtel pendant plusieurs minutes, alors qu'ils avaient déjà si peu de temps. Plantée près de l'entrée, Sheila le regardait, le cœur battant. Des mèches de cheveux blonds un peu désordonnées encadraient son visage bronzé, dont les traits fins témoignaient pourtant d'une virilité puissante. Son menton volontaire laissait présager une bonne dose d'arrogance. Sa haute taille, ses muscles et la couleur de ses cheveux lui donnaient une allure de dieu du Soleil qui du reste avait fait chavirer beaucoup de cœurs. Le blazer caramel de l'uniforme de l'hôtel qu'il portait sur un col roulé et son pantalon noir coupé simplement soulignaient ses formes masculines.

Chaque fois qu'elle le voyait, Sheila réagissait de la même façon. D'abord, elle s'étonnait d'avoir pu oublier à quel point il était beau. Puis elle avait honte de l'avoir fait attendre, bien qu'elle ne l'eût pas fait exprès.

Mais c'était vrai. Elle avait quand même pris son temps. Elle avait marché sans se presser depuis la voiture, d'un pas gracieux, presque lent. Un sourire charmeur, très vaguement gêné, se dessina sur ses lèvres. Elle fit de nouveau tinter ses bracelets d'or en repoussant une mèche qui lui chatouillait la joue et en la glissant derrière son oreille.

— Je suis désolée d'être en retard, mon chéri, dit-elle d'un ton calme et chaleureux, dans l'espoir de l'amadouer un peu.

Brad Townsend ne lui rendit pas son sourire. Il fit un petit signe de tête à son collègue et saisit la main de Sheila avec une force à lui faire craquer les jointures.

Elle poussa un petit cri de douleur tandis qu'il l'entraînait vers l'autre façade du bâtiment.

— Brad, tu me fais mal à la main, protesta-t-elle lorsqu'il s'arrêta enfin, ne sachant pas s'il était conscient de sa force.

Sur-le-champ, il relâcha son emprise avant de la saisir par les épaules pour la plaquer contre lui sans ménagement.

— Je n'aime pas attendre, bougonna-t-il.

Elle sentit sur ses lèvres la chaleur de son souffle, l'espace d'un instant, puis sa bouche s'écrasa sur la sienne. Son baiser était l'émanation de la punition douloureuse qu'il voulait lui infliger et de l'emprise qu'il avait sur elle. Sheila tenta de se soustraire à sa domination, malgré le plaisir que lui procurait son désir de possession. Il l'enserra de ses bras pour qu'elle n'ait aucun moyen de lui échapper. Conquise, Sheila pencha la tête en arrière pour le laisser explorer son cou et le creux de sa gorge.

— Je suis désolée, murmura-t-elle en fermant les yeux tandis qu'une vague de faiblesse ardente envahissait son corps. Je ne l'ai pas fait exprès.

— Tu dis toujours ça, chuchota-t-il en lui mordillant le lobe de l'oreille.

Elle glissa les mains sous le blazer pour sentir la puissance de ses muscles et la chaleur brûlante de son corps. Il l'avait saisie à la taille, puis aux hanches pour mouler son corps contre le sien.

L'odeur musquée de son visage rasé de près l'enivrait. Sheila respira profondément avant de lui donner l'explication de son retard.

— On m'a demandé de rester quelques minutes après mon dernier cours et je n'ai pas vu passer le temps.

Il releva la tête.

— C'était quel professeur cette fois-ci ? demanda-t-il. (Puis il se ravisa :) Non, ce n'est pas la peine de me le dire. De toute façon, tu es la chouchoute de tous les profs, ajouta-t-il avec un petit sourire en coin.

— C'était Benton, répondit-elle en ignorant la lueur étrange qu'elle avait vue briller dans son regard. Il avait quelques suggestions à me faire à propos du plan de mon exposé.

— Et tu me fais attendre pour parler avec cette vieille prune desséchée.

— Je t'ai déjà dit que je m'excusais.

— Je ferais peut-être mieux de m'assurer que tu es vraiment repentante, dit-il d'une voix suave, tandis qu'une ombre de désir passait dans ses yeux bruns.

Avec un petit rire étouffé, elle se détacha de lui et posa ses mains sur sa poitrine afin de maintenir une certaine distance entre eux deux. Elle sentit les battements agités de son cœur sous ses doigts.

— Mais tu dois être à ton poste dans quelques minutes, souligna-t-elle, à peine consciente du fait qu'elle n'avait pas vraiment dit non.

— Oui, c'est vrai, admit Brad, tout en baissant la tête pour effleurer de ses lèvres la bouche sensuelle de Sheila, et ce serait dommage de ne pas prendre mon temps pour te faire l'amour.

Elle sentit une vague de chaleur lui monter aux joues. Non pas par gêne ou par timidité, mais à cause de cette peur mêlée de désir que procure l'inconnu que l'on désire explorer.

— Ne dis pas des choses comme ça, murmura-t-elle.

— Je pourrais bien sûr être en retard au travail, ajouta-t-il d'un ton plein de sous-entendus.

— Non ! s'exclama-t-elle sans trop savoir contre quoi elle s'insurgeait.

Il continua à butiner ses lèvres d'une bouche taquine jusqu'à ce qu'elles frémissent du désir d'être prises tout entières. Délibérément, Brad ignora le message qu'elles lui transmettaient. Incapable de résister plus longtemps, Sheila glissa les doigts dans les boucles dorées de sa nuque pour l'obliger à baisser la tête.

Ils échangèrent un baiser d'une passion folle, au point que Sheila crut défaillir dans l'ardeur de leur étreinte. Il explorait sa bouche, étanchant la soif qui l'avait consumée. Dans les bras l'un de l'autre, ils étaient loin du monde. La réalité n'existait plus.

— Allez, Brad ! cria une voix sur un ton impatient. Il est cinq heures passées.

Sheila eut l'impression de recevoir une douche froide. Prestement, Brad interrompit son baiser et leva la tête. Honteuse d'avoir été surprise dans une attitude aussi intime, elle accepta de bon gré le soutien des bras de Brad et la protection qu'il lui offrait pour la mettre à l'abri de ce regard indiscret.

— J'arrive tout de suite. Dis au patron que je suis là, mais que j'aide quelqu'un à faire démarrer sa voiture.

— C'est bon. Je te couvre, répondit la voix avant d'ajouter sur un ton pour le moins suggestif : Appelle-moi si tu as besoin d'aide.

— Je me débrouille très bien tout seul, rétorqua Brad avec un rire arrogant.

Derrière lui, les pas s'éloignèrent. Une vague sensation de honte incita Sheila à se dégager. Mais la faiblesse que la passion bouleversante avait fait naître en elle ne lui permit pas de s'éloigner beaucoup. Elle réussit malgré tout à tourner le dos à Brad. Il fit un pas vers elle et la saisit par les hanches, en un geste un peu trop familier.

Son souffle chaud lui effleura les cheveux. Elle se raidit en dépit de la sensation d'insatisfaction douloureuse qui lui picotait les reins. A travers l'étoffe de ses vêtements, elle sentit le toucher brûlant de ses mains sur sa peau.

— Tu es gênée ? demanda-t-il, moqueur. Tom nous a seulement vus nous embrasser. C'est tout.

— Ce n'est pas ça, répondit-elle en secouant la tête.

Immédiatement, Brad profita de son geste pour enfouir sa bouche dans la soie de ses cheveux près de l'oreille. Elle perdit à nouveau le sens de la réalité, tandis qu'il plaçait ses deux mains sur son estomac et la forçait avec douceur à plaquer son dos contre sa poitrine musclée.

— Je ne crois pas que tu te rendes compte de ce que tu me fais, chuchota-t-elle.

— Ce que je te fais ? dit-il avec un petit rire. (Il marqua une pause tandis qu'il repoussait les cheveux qui masquaient son oreille.) Sheila Rogers, vous n'êtes qu'une allumeuse, ajouta-t-il d'un ton accusateur, tout en resserrant l'étreinte de ses bras autour de sa taille, jusqu'à ce qu'elle ne puisse plus ignorer la marque de son désir, qui s'imprimait contre elle. Tu fais des promesses avec tes baisers, mais quand il s'agit de t'exécuter, tu te défiles. Je devrais t'emmener de force dans une chambre de cet hôtel et te prendre tout de suite.

Il posa sa main en coupe sur un de ses seins.

— Non.

— Je ne le ferai pas.

Il la fit pivoter sur elle-même de manière qu'ils soient de nouveau face à face.

L'expression dure de son visage l'effraya un peu.

— A plusieurs occasions, ces dernières semaines, j'aurais pu te séduire sans beaucoup de difficultés. Tu ne peux pas le nier.

La colère lui empourpra les joues. L'idée qu'il était persuadé qu'il pourrait la prendre quand il le souhaiterait et le fait qu'il puisse l'affirmer avec une telle arrogance l'irritaient profondément, parce qu'elle savait combien il avait raison.

— Alors, pourquoi ne l'as-tu pas fait ? lança-t-elle avec défi.

— Parce que je ne vais pas me laisser mener en bateau par toi, comme tes autres petits amis, chère enfant gâtée, répliqua-t-il d'un ton moqueur. Le jour où nous ferons l'amour, ce sera parce que tu m'y auras invité et non pas parce que j'aurais vaincu ta résistance. Nous coucherons ensemble quand tu me le demanderas, littéralement. Que ce soit avant ou après notre mariage, ça m'est égal, mais ce sera parce que tu le voudras, toi.

— De toutes les..., bafouilla-t-elle, en réaction à l'hypothèse prétentieuse qu'il venait d'émettre, selon laquelle elle le supplierait un jour de lui faire l'amour.

Brad éclata de rire, puis couvrit les lèvres boudeuses de sa bouche. Sheila résista quelques instants avant de succomber à la magie du moment. Elle se serra à nouveau contre lui, passant outre à son orgueil.

Finalement, il releva la tête. Une lueur de vanité brilla dans ses yeux, tandis qu'il contemplait l'expression incrédule de ce visage levé vers lui. Il lui décocha un de ses sourires dévastateurs.

— Dis-moi que tu m'aimes, ordonna-t-il en lui enserrant la taille.

— Je t'aime, répondit-elle.

— Et tu promets de m'aimer et de m'obéir ? récita-t-il.

Elle ouvrit la bouche, prête à céder à sa demande. Mais elle se souvint, brusquement, de la discussion qu'elle avait eue avec ses parents. Au bout de quelques secondes, elle réussit malgré tout à bredouiller :

— Je te le promets.

Brad avait remarqué son hésitation et le léger changement de son expression. Il recula la tête pour pouvoir l'examiner plus aisément et plissa les paupières.

— J'ai parlé de nous à papa et maman.

— Et alors ? fit-il en serrant les lèvres.

— Ils pensent que nous devrions attendre un peu avant de nous marier, annonça-t-elle.

Soudain, il la lâcha et recula de quelques pas. Son tempérament irascible refaisait surface.

— Je ne suis pas assez bien pour toi. C'est ça qu'ils t'ont dit, non ? demanda-t-il d'un ton rageur, et sans attendre la réponse : Qu'est-ce qui ne va pas ? Je suis trop pauvre pour leur fille chérie ? Je suppose qu'ils m'en veulent d'avoir mis sept ans à faire mes études, alors que les autres ne mettent que quatre ans. Est-ce ma faute si mes parents n'étaient pas des gens riches comme les tiens et si j'ai dû gagner ma vie pour pouvoir payer mes études ?

— Brad, je t'en prie ! s'écria Sheila dans l'espoir d'interrompre sa tirade amère. Ce n'est pas du tout ça. Ils estiment simplement que nous sommes trop jeunes pour nous marier maintenant ; que ce n'est pas raisonnable. Tu n'auras ton diplôme qu'en juin, et...

— ... ils ont peur de devoir nous entretenir... ou plus particulièrement m'entretenir, si nous nous marions maintenant. En outre j'imagine qu'ils doivent croire que je veux t'épouser pour ton argent. Tu sais ce qu'ils peuvent en faire, de leur argent ?

— Ce n'est pas l'argent, vraiment. (Sheila savait très bien que cette question faisait vibrer une corde plus que sensible chez Brad, et cela lui faisait de la peine.) Ils pensent que nous devrions attendre une année avant de nous marier afin que tu puisses finir tes études et trouver un travail, sans t'encombrer d'une femme. Ce n'est pas si long, une année, surtout quand on s'aime.

Il lui jeta un regard sombre.

— Honnêtement, Sheila, crois-tu que tes parents approuvent nos projets de mariage ?

Sans le vouloir, elle hésita. Son père lui avait clairement exprimé sa réprobation. C'est sous l'influence de sa mère qu'il avait consenti à leur donner une année pour réfléchir. Sheila savait pertinemment qu'il avait donné son assentiment dans l'espoir de les voir rompre avant que ce délai se soit écoulé.

— Tu as indirectement répondu à ma question, non ? dit-il avec sarcasme.

— Ils ne désapprouvent pas vraiment, s'empressa-t-elle de répondre, ils ne te connaissent pas aussi bien que moi. De plus, ils me voient toujours comme leur petite fille chérie. Il leur est difficile de s'imaginer que je puisse être la femme d'un homme qui leur est pratiquement étranger.

— Veux-tu attendre une année ?

— Bien sûr que non.

— Il me semble que tu n'es pas vraiment contre, dit-il, les mains sur ses hanches.

— Que veux-tu que je fasse ? Que je me lamente en me frappant la poitrine ?

— Je suppose qu'ils me taxent d'aventurier, ajouta-t-il avec un sourire en coin.

— Ils ne t'accusent de rien du tout. (Sheila faisait des efforts pour contrôler la vague de mauvaise humeur qu'elle sentait monter en elle.) Je dois reconnaître que mon père n'a pas vraiment confiance en toi, mais ma mère est prête à te laisser le bénéfice du doute. Ils ne t'accueillent pas à bras ouverts, c'est vrai, mais ils ne te condamnent pas non plus.

— Et je devrais leur en être reconnaissant ?

— Tu dois t'efforcer de comprendre ce qu'ils ressentent, eux.

A en juger par son expression, Brad n'était pas tout à fait d'accord.

— Qu'aurais-tu fait s'ils t'avaient dit que tu ne devais pas m'épouser ? demanda-t-il en rivant son regard sur le sien.

— Mais ils n'ont jamais dit cela !

— D'accord, mais si cela avait été le cas ?

En serrant les dents, elle répondit :

— Si cela avait été le cas, eh bien je t'aurais épousé quand même.

— Eh bien, voyons (il émit une sorte de rire vague, plein d'amertume), je savais bien que tu finirais par admettre que tu commençais à te poser des questions sur notre mariage.

— Si je remets les choses en cause, ce n'est pas à cause de ce que m'ont dit mes parents.

Elle pivota sur ses talons et s'éloigna. C'était un des côtés de la personnalité de Brad qu'elle méprisait. Il la rattrapa par le bras et le lui tordit légèrement pour la forcer à se tourner vers lui. Lorsqu'il vit que Sheila faisait des efforts pour se libérer, il accrut la pression de ses doigts sur son bras.

— N'interromps plus jamais une de nos discussions en me tournant le dos et en t'en allant, ordonna-t-il.

Sheila croisa son regard hargneux sans baisser les yeux.

— Lâche-moi le bras, et tu verras que tu ne me fais pas peur.

— Je ne te laisserai pas partir. (Une lueur étrange brilla dans ses yeux.) Tu m'appartiens, je ne te laisserai pas partir.

Un frisson de peur lui parcourut l'échine.

— Tu me fais mal, Brad. (Elle s'était efforcée de parler d'une voix assurée pour ne pas montrer qu'elle s'affolait.) Lâche-moi le bras.

— C'est l'argent, c'est ça, hein ? (Il desserra légèrement son emprise, tandis que ses yeux marron reprenaient une certaine douceur.) Tu as décidé que, après avoir eu tout ce que tu désirais toute ta vie, tu ne voulais pas vivre chichement, avec un budget minimum ne te permettant pas de satisfaire tes moindres caprices. C'est pour cela que tu ne veux pas m'épouser, n'est-ce pas ? Parce que je ne peux pas t'assurer le niveau de vie auquel tu es habituée ?

— L'argent, l'argent, toujours l'argent. Tu ne penses donc qu'à ça, lui dit-elle d'un ton accusateur. Je ne vais pas passer le reste de mon existence à m'excuser d'avoir eu des parents aisés. Je n'ai pas choisi mon milieu. Je n'y suis pour rien.

— Tu ne sais pas ce que c'est d'être pauvre, soupira-t-il. Moi, je n'ai jamais eu d'argent. J'ai toujours dû lutter, me battre et parfois même voler pour obtenir ce que je voulais. On ne m'a jamais fait de cadeau. On a toujours essayé de me prendre le peu que j'avais. Et maintenant, toi aussi tu m'échappes. Ils veulent te reprendre.

— Personne ne veut me reprendre, comme tu dis.

— Ah non ? répondit Brad sur un ton moqueur et plein d'amertume. Maintenant que tes parents savent que nous voulons nous marier, ils vont essayer de te monter contre moi. Ils paieront des gens pour te raconter des mensonges sur mon compte. Attends un peu. Tu verras.

— Ce n'est pas vrai. Mes parents ne sont pas comme ça.

— Je suppose qu'ils sont aussi purs et fleur bleue que toi.

Il eut une moue dédaigneuse, méchante presque.

— En tout cas, ce ne sont pas les monstres que tu décris, lui répondit Sheila d'un ton sec.

— Tu es soit aveugle, soit incroyablement naïve. Je...

Il n'eut pas le temps de finir sa phrase. Une voix impatiente l'interrompit :

— Brad !

Ce dernier ne fit rien pour dissimuler sa fureur.

— Qu'est-ce que tu veux, Tom ?

Il jeta un regard noir à l'intrus.

— Je ne peux pas te remplacer toute la soirée. Je te conseille de te dépêcher, ou tu vas te faire virer.

— J'arrive tout de suite, répondit Brad d'une voix irritée, en soupirant.

Sheila fut ravie de l'interruption. Les commentaires sarcastiques de Brad la mettaient hors d'elle, de même que les accusations injustifiées qu'il proférait à l'égard de ses parents. Elle n'en pouvait plus et ne pensait plus qu'à partir pour aller s'éclaircir les idées.

— Vas-y, Brad. Rentre, murmura-t-elle. Il est temps que je m'en aille, de toute façon.

— Ne pars pas, Sheila.

Il la prit par l'épaule et tourna son visage vers le sien. Elle continua à éviter son regard.

— Il est inutile que je reste. Il n'y a plus rien à dire.

— Sheila ! (Il semblait chercher quelque chose à dire pour dégeler l'atmosphère. Il eut un rire bref.) Je crois que nous venons d'avoir notre première dispute. C'est pas drôle, hein ?

Il lui lâcha le bras et commença à lui caresser la joue pour essayer de l'apaiser. Mais Sheila esquiva son geste, incapable de passer aussi vite que lui de la colère à la tendresse.

— J'espérais tellement que nous n'allions pas nous quereller de la sorte, murmura Brad en guise d'excuse. J'ai perdu la tête, c'est tout.

— Ça a suffi, répondit-elle d'un ton un peu sec.

— Sheila, regarde-moi.

Elle ne broncha pas. Il la prit par le menton et l'obligea à le regarder en face. Son beau visage aux traits réguliers semblait implorer son pardon.

— Comment puis-je te faire comprendre ce que je ressens ?

— Je comprends très bien, assura-t-elle. Tu m'a clairement montré que tu ne croyais pas en mon amour et que tu pensais que mes parents complotaient contre toi.

— Mais non. Ce n'est pas ça du tout. Ne comprends-tu vraiment pas ?

Ils échangèrent un long regard, lui honnête, elle méfiante.

— Tu es la seule personne qui compte dans ma vie, Sheila. J'ai peur de te perdre. Je...

Sous ses boucles blondes, elle vit son front se plisser d'inquiétude. Sa sincérité la toucha. Imperceptiblement.

— Brad, murmura-t-elle en réponse à sa prière.

Un éclair d'amusement passa dans ses yeux. Il ne se prenait jamais très au sérieux.

— Tu penses que c'est une erreur de voir les choses de cette façon.

— Personne ne peut m'arracher à toi.

Elle sourit à demi.

— Je t'ai demandé d'être ma femme, Sheila, commença-t-il.

— Et j'ai accepté, lui rappela-t-elle.

— Oui, dit-il en hochant la tête, mais je ne peux rien t'offrir en dehors de mon amour. Je te demande de renoncer à tout sans rien te donner en contrepartie.

Il lui caressa le cou, doucement. La magie du contact de ses doigts commençait à faire effet sur Sheila.

— Je ne crois pas que je perdrai au change, mon chéri, lui dit-elle en souriant.

— L'amour ne nous donnera ni un toit ni de la nourriture. Il faut de l'argent pour vivre, lui rappela-t-il. Et je n'en ai pas.

— Chut. (Elle pressa doucement ses doigts contre sa bouche.) Je ne veux plus t'entendre prononcer ce mot.

Brad lui embrassa le bout des doigts, puis lui prit la main avec douceur.

— Je ne le ferai plus. Mais l'argent est une nécessité. On ne peut pas ne pas y penser simplement parce que ce n'est pas agréable.

— Cela m'est égal.

Sheila glissa ses doigts hors de sa main et repoussa doucement les mèches qui lui tombaient sur le front.

— Dis-moi que tu m'aimes, Brad.

— Je t'aime. (Et il lui scella la bouche d'un baiser ardent, comme pour donner plus de poids à ses mots.) Un an, grommela-t-il, je ne peux pas attendre un an.

Sheila frotta son front contre sa mâchoire en un geste félin et soupira :

— Je sais. (A contrecœur, elle s'arracha à son étreinte.) Et tu dois t'en aller sinon tu vas perdre ta place.

Il retira le bras qu'il avait passé autour de sa taille et lui donna furtivement un dernier baiser.

— Si je n'ai pas trop de travail à la réception ce soir, je te passerai un coup de fil.

— Je serai chez moi, promit-elle.

— Et tu as intérêt à y être seule, grogna-t-il, à la fois moqueur et menaçant.

— On verra bien.

Elle rit puis s'éloigna sans l'embrasser à nouveau. Cela n'aurait fait que prolonger un moment qui avait déjà trop duré.

Elle se glissa au volant de sa voiture et mit le contact. Toujours au même endroit, Brad la regardait. Il leva la main en signe d'adieu quand elle passa la marche arrière. Elle répondit à son geste, le cœur léger.

Sur le chemin du retour, elle se surprit à chanter une vieille rengaine un peu triste. Une histoire d'amour qui avait mal tourné. Irritée, elle s'agrippa au volant.

L'argent ! Comment avaient-ils pu se disputer pour une chose aussi stupide ? Elle en vint à se demander si les gens pauvres étaient naturellement plus fiers que les autres, ou si Brad était tout simplement obsédé par la question. Pendant quelques instants, au cours de leur dispute, elle l'avait cru franchement paranoïaque. Mais elle avait vite chassé cette idée de son esprit. L'air qui pénétrait dans la voiture par les fenêtres grandes ouvertes lui balayait le visage. Tout allait bien se passer. Elle en était sûre. Brad était comme un diamant naturel qui devait être poli avant d'être serti. Voilà tout. Quel couple étonnant ils formeraient quand tous ces problèmes seraient réglés ! Avec son argent et les relations de ses parents, il n'y aurait plus de limites à leur avenir. Un avenir brillant, radieux, sans nuage, comme le ciel.

CHAPITRE II

DANS L'ENTREE DE LA MAISON, les talons de ses sandales s'enfoncèrent dans l'épaisseur de la moquette couleur crème. La plupart de ceux qui s'y rendaient étaient éblouis par la résidence style ranch de ses parents. Pour Sheila, c'était chez elle. Voilà tout.

Une bonne apparut discrètement. Sheila lui tendit son sac à main et la serviette en cuir fin qui contenait ses livres et ses cahiers de cours.

— Voulez-vous les mettre dans ma chambre, Rose, s'il vous plaît ? demanda-t-elle. Ma mère est-elle là ?

— Mme Rogers est dans son boudoir.

L'épaisseur du tapis amortit ses pas tandis qu'elle longeait le couloir qui menait à la chambre de ses parents et au boudoir attenant.

— C'est toi, mon trésor ? cria sa mère depuis la pièce du fond.

— Cela dépend. De quel trésor parles-tu ? De papa, ou de moi ? répondit Sheila en riant.

— Je pensais que c'était ton père.

Constance Rogers fit son apparition dans l'embrasure de la porte. Elle était en train de mettre la ceinture de la robe couleur sable du désert qu'elle venait d'enfiler.

— Nous sommes invités à dîner ce soir et je lui ai demandé de rentrer tôt. Mais je suis ravie de te voir, ma chérie ; je pensais que tu rentrerais plus tôt.

Mme Rogers était une version plus mûre et plus élégante de sa fille. Sa chevelure blonde coupée plus court, au style plus sophistiqué, était striée çà et là d'une fine mèche blanche. Sa silhouette plus mince et plus élancée n'avait pas la plénitude de celle de sa fille.

— J'ai traîné un peu après mon dernier cours, expliqua Sheila.

Les yeux bruns en amande de sa mère la dévisagèrent l'espace d'un instant.

— Tu as besoin de te remettre du rouge à lèvres. Tu as vu Brad avant de rentrer ! conclut-elle, et Sheila nota une pointe de déplaisir dans sa voix.

Sheila s'avança dans la pièce, en évitant le regard de sa mère. Jamais elle ne commettait l'erreur de sous-estimer cette dernière. Tout en ayant l'air d'être un peu l'ombre de son mari, Constance Rogers était une femme fort indépendante qui avait plus d'une corde à son arc. C'étaient son intelligence et sa compréhension humaine ainsi que son intuition qui avaient en partie permis à son mari d'avoir une carrière réussie et de devenir aussi influent.

— Oui, j'ai vu Brad, reconnut Sheila tout en s'asseyant dans une bergère tendue de velours soyeux. Je voudrais que tu parles à papa à son sujet.

— Pourquoi ? lui demanda sa mère avec un sourire étrange et charmeur qui prouvait, sans ambiguïté, qu'elle connaissait déjà la réponse à sa question.

— Pour le convaincre de renoncer à l'idée de nous faire attendre toute une année avant de nous marier, suggéra Sheila d'une voix douce.

— Mais je trouve moi-même que c'est une excellente idée.

Constance s'approcha du canapé, à côté du fauteuil où était installée sa fille, souleva légèrement sa robe à la hauteur de la taille et s'assit.

Un peu nerveuse, Sheila croisa les jambes.

— Toi aussi tu t'opposes à mon mariage avec Brad ?

— Ma chérie, il n'est pas question que je te pousse dans les bras de ce jeune homme en t'interdisant de l'épouser, lui répondit-elle d'une voix un peu rauque. Je t'avouerai franchement que je ne comprends pas très bien ce que tu lui trouves. Il y a tant d'hommes qui pourraient t'offrir tellement plus et qui te conviendraient tellement mieux ! Tu as le choix, tu sais.

— Ça m'est égal, maman. C'est Brad que je veux, insista-t-elle.

Impatiemment, elle tiraillait sur le coin d'un coussin.

— Mais pourquoi celui-là, alors qu'il y en a tant d'autres ? soupira Constance, les commissures de ses lèvres, parfaitement dessinées, tendues par un pâle sourire un peu triste.

— Parce que c'est un défi pour moi ! s'exclama Sheila sans se rendre compte que la vérité venait de lui échapper.

Elle ne savait jamais vraiment comment il allait réagir. Il ne lui passait pas tous ses caprices, ne lui vouait pas une adoration sans bornes, comme elle y était habituée presque depuis sa naissance. Leur relation n'avait été qu'une suite de luttes entre deux personnalités d'une force égale. Cela donnait du piquant à sa vie. Mais ce n'était pas pour cela qu'elle voulait épouser Brad.

— Ce que je ne comprends pas, poursuivit-elle, c'est pourquoi papa et toi vous lui êtes à ce point opposés.

Sa mère hésita puis lui répondit avec une franchise égale à la sienne :

— Il est autoritaire et tranchant.

Sheila s'enfonça dans les coussins ; une lueur amusée passa dans ses yeux dorés de chat.

— N'est-ce pas ce que tes parents disaient à propos de papa avant que tu te sois enfuie avec lui ? Il n'était pas assez cultivé, pas assez raffiné, pas assez au courant de la politique. Pense à l'influence que tu as eue sur lui. C'est toi qui as fait de lui ce qu'il est aujourd'hui.

— Ils ne sont pas comparables, souligna Constance.

— Et pourquoi ? rétorqua Sheila. Brad est ambitieux.

— L'adjectif « arriviste » lui convient mieux, il me semble.

A cet instant précis, M. Rogers entra dans la pièce. Il s'approcha de sa femme et embrassa la joue qu'elle lui tendait.

Promptement remise de la gêne qu'elle avait éprouvée à la vue de son père, Sheila lança :

— Je ne vois pas pourquoi ce serait un défaut. Après tout, papa, n'es-tu pas toujours à la recherche d'un moyen de faire du profit ?

— A la différence que, moi, j'accepte de travailler pour

ce faire. Ton ami préfère appliquer la loi du moindre effort, répliqua-t-il d'un ton calme.

— Comment peux-tu dire une chose pareille ? s'exclama-t-elle, indignée. Regarde comme il travaille et comme il se bat pour réussir ses examens.

Les traits affirmés de son père se crispèrent en un sourire absent.

— Je me suis souvent demandé pourquoi un étudiant en sciences politiques travaillait dans un hôtel. Puisqu'il vit dans la capitale de l'Etat, j'ai toujours pensé que, si sa spécialité l'avait vraiment intéressé, il aurait pu chercher à trouver un emploi dans un bureau local.

— Très juste, E.J., lui dit sa femme en tapotant la main qu'il avait posée affectueusement sur son épaule.

— C'est ce qu'il a fait au départ, mais ses horaires de bureau coïncidaient avec ses heures de cours, dit Sheila.

— Vraiment ? répondit son père d'un ton traînant. Je me targue de savoir juger les gens avec justesse, et je t'assure que tu vois en cet homme des qualités qu'il n'a pas. Je n'ai pas envie de voir souffrir ma petite fille.

Elliot John Rogers était un homme d'une grande fermeté d'esprit. Sa fille Sheila lui ressemblait beaucoup en ce sens. Elle se leva et leur fit face sans sourciller.

— Vous êtes aussi butés l'un que l'autre. Vous ne comprenez pas ! s'exclama-t-elle. Vous ne connaissez pas Brad comme je le connais moi. Et surtout, vous ne voulez pas le connaître, de peur de vous apercevoir que vous vous êtes trompés.

— Ce n'est pas vrai, Sheila, protesta sa mère, mais Sheila était déjà sur le point de quitter la pièce.

Il était inutile de continuer la conversation en présence de son père. Avec sa mère, elle pouvait discuter, mais son père avait des opinions tellement arrêtées ! Il n'écoutait jamais personne en dehors de sa femme. Elle se retira donc dans sa chambre pour réfléchir. Obtenir le consentement de ses parents n'allait pas être facile.

Ce problème l'obséda pendant toute la soirée. Elle prit son repas seule, puis tenta de se concentrer sur le cours qu'elle devait étudier. Elle attendit le coup de téléphone de Brad. Elle avait besoin d'entendre le son de sa voix pour se rassurer. Lorsque, vers minuit, elle se glissa entre les draps de soie de son lit, il n'avait toujours pas appelé. Elle ferma les yeux en espérant que la nuit lui porterait conseil.

Un bruit insolite la tira de son sommeil. Elle changea de position et essaya de se rendormir. Mais le cliquetis persista. Toute groggy elle ouvrit les yeux, se mit sur son séant, luttant contre le sommeil qui tentait de la reprendre. Il faisait noir comme dans un four, dans la chambre. Seules les aiguilles du réveil brillaient dans l'obscurité. Un peu plus de trois heures. Elle poussa un petit grognement de fatigue et se renfonça sous les couvertures.

Cette fois-ci, pas de doute. Quelqu'un tapotait à la fenêtre. Tous les sens en alerte, elle se remit sur son séant, et se mit à réfléchir très vite. Les cambrioleurs ne frappent pas avant d'entrer. Elle se glissa hors du lit. Ce ne pouvait être que Brad. Qui d'autre frapperait à sa fenêtre à cette heure-là de la nuit ?

Pieds nus, elle courut jusqu'à la porte-fenêtre et tira le cordon pour ouvrir les rideaux. Le clair de lune inondait de sa lumière argentée la longue silhouette de Brad. Elle ouvrit la fenêtre et s'effaça pour le laisser entrer.

— Que fais-tu là à cette heure-ci ? murmura-t-elle. Il est trois heures du matin !

La lumière de la lune semblait avoir gainé les jambes de Sheila d'une soie chatoyante. D'un seul coup d'œil, Brad l'examina des pieds à la tête. Puis il revint poser son regard sur les rondeurs que découvrait sa chemise de nuit entrouverte. Elle s'empressa de la reboutonner.

— Je sais très bien l'heure qu'il est, répondit Brad, souriant, tout en s'approchant d'elle. Je viens de quitter mon travail et je devais absolument te voir.

— Tu aurais pu téléphoner.

Il posa ses mains sur ses épaules. Elle se raidit. La présence de Brad dans sa chambre à cette heure avancée de la nuit la mettait mal à l'aise, même si elle avait l'intention de l'épouser.

— Il y a des choses que l'on ne peut pas faire par téléphone.

Il lui donna un baiser prolongé d'une grande douceur, sans pour autant la prendre dans ses bras.

— Tu m'aimes toujours, mon amour ?

— Tu ne crois tout de même pas que je vais cesser de t'aimer si vite ?

Elle fut soudain frappée par le romanesque de la situation : Brad venait de traverser toute la ville sur sa moto au milieu de la nuit pour la voir et pour s'assurer qu'elle l'aimait.

— Alors, tu m'aimes toujours ? insista-t-il.

— Oui, répondit Sheila d'une voix un peu tremblante.

Il la prit dans ses bras et la serra très fort contre lui. Elle se sentit aimée, en sécurité dans ses bras. Pas besoin de baiser passionné. Leur étreinte les comblait. Sheila soupira d'aise.

— Tu as pris un tel risque en venant ici à cette heure-ci, murmura-t-elle au bout de quelques instants. Mon père n'a déjà pas beaucoup confiance en toi. Tu aurais vraiment dû téléphoner.

— Cela valait la peine, ne serait-ce que pour te tenir dans mes bras et savoir que tu m'aimes toujours. Tu veux toujours être ma femme, n'est-ce pas ?

— Bien sûr. T'imagines-tu que j'aie pour habitude de recevoir des hommes dans ma chambre à trois heures du matin ?

— J'espère bien que non ! s'exclama-t-il, un peu railleur, puis il poursuivit sur un ton plus sérieux : Effectivement, j'aurais sans doute dû téléphoner, je te l'accorde, mais tes parents auraient probablement entendu la sonnerie et auraient décroché leur poste pour écouter notre conversation.

Elle fronça les sourcils.

— Et alors ?

Brad ne répondit pas tout de suite. Il prit son visage entre ses mains.

— Tu es très belle, tu sais ? Ce sera merveilleux d'être ton mari quand je t'aurais appris un certain nombre de choses.

— Et tu as des chances de faire un mari charmant, dit Sheila pour ne pas être en reste, mais tu as changé de sujet. De quoi voulais-tu me parler ?

— J'aurais peut-être dû téléphoner, dit-il avec un sourire enjôleur. Quand je te tiens dans mes bras, j'ai beaucoup de mal à me concentrer. Mon attention est sans cesse détournée par tes douces épaules et tes courbes appétissantes.

Ses mains glissèrent le long des bras de la jeune fille pour se saisir de ses poignets.

— Allez, viens. Allons nous asseoir afin d'être plus à notre aise pour parler.

Il l'entraîna jusqu'au lit. Sheila s'assit au bord et croisa les jambes. Brad lui lâcha la main pour allumer la lampe de chevet. Une douce lumière inonda la pièce.

— Pourquoi tout ce mystère, Brad ?

Pour cacher sa confusion, Sheila avait parlé d'un ton taquin. Brad se rassit à quelques centimètres d'elle.

— Ce n'est pas volontaire, dit-il avec un sourire triste. Mais depuis que tu es partie cet après-midi, je n'ai pensé qu'à nous, à notre dispute. Sheila, je ne peux pas attendre une année.

— C'est si long, un an ! soupira-t-elle.

Brad se pencha vers elle comme pour lui confier un secret.

— Nous ne sommes pas obligés d'attendre pour nous marier. Tu n'es pas une petite fille. Tu as vingt ans. Tu n'as pas besoin du consentement de tes parents.

— Je sais bien, mais...

— Mais enfin, pourquoi attendre un an ? s'écria-t-il avec fougue. Nous n'avons rien à prouver à tes parents — et surtout pas que nous nous aimons. Je serais ravi d'avoir leur bénédiction, mais, puisqu'ils ont décidé de nous la refuser ou d'y attacher tout un tas de conditions, telles que le fait de devoir attendre une année, eh bien, nous nous en passerons. Une fois que nous serons mariés, ils seront bien obligés de s'incliner.

— Suggères-tu que nous nous enfuyions ? murmura-t-elle en se mordillant la lèvre.

— Oui, je ne veux attendre ni un an, ni six mois, ni même une semaine.

— Mais tes études, ton travail ? Où irons-nous vivre ? demanda-t-elle malgré elle.

— Je sais bien que ce n'est pas très rationnel, ni commode, admit Brad en se passant la main dans les cheveux. Nous devrions bien attendre jusqu'à l'été, pour que j'aie au moins mon diplôme. Mais l'amour est-il jamais rationnel et commode ? C'est une nécessité, un besoin physique et émotionnel. (Il respira profondément.) Je ne sais pas, lâcha-t-il avec un soupir. Ce n'est peut-être pas la même chose pour une femme que pour un homme. Peut-être ne ressens-tu pas ce désir aussi fortement que moi !

— Ce n'est pas vrai, protesta-t-elle. C'est exactement la même chose pour moi.

Pendant quelques secondes qui lui parurent une éternité, il scruta son visage.

— Sais-tu à quel point je désire proclamer au monde entier que cette merveilleuse femme qui est à mon côté est mon épouse, Mme Sheila Townsend ?

— Autant que je le souhaite moi-même.

Jamais elle n'aurait pensé que Brad était aussi romantique, téméraire et même possessif. Cet aspect de sa personnalité lui avait totalement échappé jusqu'alors, au point qu'elle avait du mal à y croire.

— Alors, partons sur-le-champ et marions-nous demain, ou après-demain s'il faut attendre. Allons au Mexique. Dans quelques heures, nous pouvons être mari et femme.

— C'est mon rêve...

Son air perplexe et son ton hésitant en disaient long sur son point de vue de la question.

— Alors ?

— Alors..., j'ai besoin de réfléchir.

La fuite était évidemment une solution, mais elle se demandait s'il n'y en avait pas d'autre. Bien sûr, c'était l'option qu'avait choisie sa mère. Mais... Il saisit ses mains crispées qu'elle frottait l'une contre l'autre, nerveusement.

— Si tu t'inquiètes à propos de tes parents, ma chérie, écoute, il va falloir choisir. De toute façon, tu feras souffrir quelqu'un. En définitive, c'est eux ou moi. Mais eux sont ensemble. Moi, je n'ai que toi.

En envisageant les choses de cette façon, évidemment, que pouvait-elle faire d'autre ? Il l'attira vers lui et lui passa les bras autour de la taille. Sheila posa ses doigts tremblants sur les épaules musclées de Brad et plongea son regard dans le sien.

— Enfuyons-nous ensemble, Sheila, ordonna-t-il, redevenant le Brad autoritaire qu'elle connaissait si bien.

— C'est entendu, répondit-elle sans autre commentaire.

Comme elle résistait à son étreinte, il accrut la pression qu'il exerçait sur son dos. Sa bouche chaude s'empara de la sienne. Il y goûta la saveur de son assentiment. Ils s'embrassèrent longuement, tendrement, passionnément. Sheila sentit monter en elle une vague de chaleur sous l'ardeur de ses caresses. Jamais elle n'avait connu un homme qui fasse naître en elle un tel désir.

Les lèvres de Brad quittèrent sa bouche pour explorer ses joues, ses yeux. Il lui baisa les yeux puis suivit la courbe de sa tempe. Un instant, il s'arrêta au lobe de l'oreille pour le mordiller avant de reprendre sa bouche goulûment. Tous les sens en éveil, elle s'agrippa à lui. Il la poussa doucement jusqu'à ce que sa tête aille se nicher sur l'oreiller, tout en continuant à butiner ses lèvres tandis que ses mains lui électrisaient la peau.

Lorsqu'elle sentit ses doigts déboutonner la chemise de nuit qu'elle avait elle-même reboutonnée quelques instants plus tôt, elle comprit qu'elle venait de perdre le peu de contrôle qu'elle avait sur la situation. Le lit défait était trop intime, trop tiède encore, pour que leurs baisers passionnés soient sans conséquence.

— Brad, non, protesta-t-elle en essayant de l'empêcher de s'aventurer plus avant.

— Si, laisse-moi, insista-t-il, ignorant les mains qui tentaient d'interrompre son habile déboutonnage. (Il leva la tête et la fixa d'un regard ardent de désir.) Je ne peux pas faire autrement que te désirer, Sheila. Je t'aime. Je veux te faire l'amour.

Pendant qu'il lui murmurait ces mots à l'oreille, sa main se glissait sous le tissu satiné de sa chemise de nuit. Elle descendit comme par instinct jusqu'à la rondeur de ses seins.

— Non, dit-elle encore une fois, repoussant sa main on ne peut plus faiblement.

— Ne me refuse pas, ma chérie.

Sa bouche lui taquina les lèvres tandis qu'il continuait à lui palper la poitrine.

— Tes seins sont si beaux, si fermes ! Je veux les toucher, les admirer et savoir que bientôt ils seront à moi, rien qu'à moi.

Du pouce, il frôla la pointe de son sein jusqu'à ce qu'elle se dresse fièrement. Elle frissonna. Toute sa résistance s'en était allée. La tentation était trop forte. La chemise de nuit venait de glisser sur le côté, dévoilant son torse. Elle ne put se résigner à se dérober à ses caresses. La lumière de la lampe de chevet illuminait ses seins de porcelaine et les boutons rosés de ses mamelons. Fou de désir, Brad se remit à titiller la pointe de son sein. Sheila gémit de plaisir.

— Tu aimes ça, non, petite fille gâtée ?

Son regard se posa à nouveau sur le visage de la jeune fille. La rougeur fiévreuse de ses joues, la moiteur tremblante de sa bouche, sa respiration haletante lui inspirèrent un petit sourire en coin.

— Ça fait du bien, hein ?

— Oui, oui, souffla-t-elle, torturée par le désir.

Elle roula la tête nerveusement sur l'oreiller lorsqu'il cessa de jouer avec le mamelon pour se saisir de ses deux seins et les serrer l'un contre l'autre. Entre ses paupières mi-closes, elle vit le visage de Brad se pencher vers une des pointes rosées.

— Brad, non, il ne faut pas, protesta-t-elle, puis elle poussa un petit cri lorsque ses lèvres encerclèrent le mamelon.

De sa langue dardée, il lécha le petit mont, le suçant comme s'il savourait un raisin sucré. Comme il s'était mis à le mordiller, elle gémit, partagée entre la douleur et le plaisir. Immédiatement, il prit tout le mamelon dans sa bouche. Les palpitations douloureuses qu'elle sentait grandir dans ses reins s'accrurent d'une brûlante sensation de vide. Soudain, il reprit ses lèvres. Il lui plaqua sur la bouche des baisers durs, presque brutaux, auxquels Sheila était incapable de répondre malgré la passion qui la consumait. Finalement, Brad leva la tête, haletant, une lueur sombre dans les yeux, le regard agressif.

— Je devrais te faire l'amour, dit-il d'une voix rauque. Ici, sur ton lit, sous le nez de ton père. C'est tout ce qu'il mérite.

Ses mains glissèrent le long du corps de Sheila, ses doigts fouineurs rencontrèrent bientôt l'élastique de la culotte. Il la souleva juste assez pour y passer le bout des doigts et caresser les muscles tendus de son ventre.

— Non, Brad, non.

Cette fois, son refus fut énergique. Mais le regard qu'il lui jeta l'effraya au point qu'elle n'osa plus protester.

Du genou, il se fraya un passage entre ses jambes tandis que son poids l'immobilisa totalement. Elle était consciente de sa force et savait pertinemment qu'il la dominait et qu'il pouvait faire d'elle ce qu'il voulait. Brad eut un rire amer.

— Je ne vais pas te faire l'amour — pas avant que tu me le demandes, tu te souviens ? (Il se releva lentement.) De toute façon, même si je possédais ton corps, je ne serais pas convaincu que tu es à moi avant de t'avoir passé la bague au doigt. Tes principes vieux jeu sont peut-être contagieux. As-tu une robe blanche pour la cérémonie, ma petite Sheila virginale ?

Elle poussa un soupir de soulagement, ne se sentant plus menacée.

— J'ai effectivement une robe blanche, mais elle est très estivale.

La lueur sombre qu'elle avait pris l'habitude de voir briller dans les yeux de Brad réapparut.

— Nous n'allons tout de même pas nous préoccuper de la mode !

Il lui embrassa la joue et roula de côté pour s'étendre près d'elle. Sheila resserra les pans de sa chemise de nuit. Elle ne vit pas le rictus moqueur que son geste fit apparaître sur le visage de Brad. Du bout des doigts, il lui prit le menton pour tourner son regard vers le sien.

— Tu m'épouseras demain au Mexique, n'est-ce pas ? (Il grimaça.) Pas demain, bien sûr, puisque c'est déjà demain, mais après-demain.

— Personne ne pourra m'en empêcher, murmura-t-elle avec un sourire langoureux.

— Je me suis renseigné ce soir pendant que je faisais la permanence. Nous avons simplement besoin de nos papiers et d'un visa de touriste, expliqua-t-il.

— J'ai tout un tas de papiers, carte d'étudiante, permis de conduire, cartes de crédit, passeport. Nous allons être si heureux ensemble, mon amour, soupira-t-elle en se blottissant dans le creux de son bras. J'en suis sûre.

— Avant que notre rêve devienne réalité, nous devons nous marier. Ce qui signifie que nous devons faire quelques préparatifs. (Il la repoussa doucement et s'assit.) La position couchée n'est pas très propice à la réflexion.

A contrecœur, Sheila se redressa pour s'adosser contre l'oreiller, tandis que Brad s'installait au pied du lit, en face d'elle. Elle repoussa une mèche de cheveux qui lui tombait sur le nez et reboutonna consciencieusement sa chemise de nuit.

— Quels sont tes projets ? demanda-t-elle, certaine qu'il avait déjà tout manigancé avant de lui en parler. (Brad faisait toujours tout à fond.)

— Pour commencer, nous avons un problème de transport. Nous pourrions y aller à moto. Ce serait très économique, mais traverser à moto la moitié de l'Etat du Texas n'est pas un voyage particulièrement confortable, pas à deux avec des bagages. Bien que l'idée ne me plaise pas beaucoup, il me semble qu'il serait plus rationnel de prendre la voiture que tes parents t'ont donnée. Elle est à ton nom ? Je ne voudrais pas que nous ayons des ennuis en traversant la frontière.

— Oui, elle est à mon nom, répondit-elle en hochant la tête, songeuse. Tout, y compris l'assurance.

— Bon. Maintenant, si nous parcourons cette distance pour nous marier, ce serait idiot de ne pas en profiter pour passer quelques jours au Mexique pour notre lune de miel, tu ne crois pas ?

— Tout à fait d'accord. (Un grand sourire joyeux illumina son visage ; ses yeux topaze brillaient de plaisir.) Où allons-nous au Mexique ?

— A Juarez.

— Juarez ? répéta-t-elle d'une voix étonnée. Mais c'est à une journée de voiture ! Pourquoi ne pas traverser la frontière à Laredo ou à Eagle Pass ? Enfin, Juarez, c'est ce qu'il y a de plus loin.

— Ne parle pas si fort. (Brad fronça les sourcils.) Je connais très bien ces distances, mais nous avons d'autres considérations à prendre en compte. Si tes parents découvraient nos projets et tentaient de s'y opposer, ils penseraient tout de suite que nous sommes allés au Mexique et que nous avons choisi l'une de ces villes proches que tu viens de mentionner. Je suis sûr, en revanche, qu'il ne viendrait jamais à l'idée de ton père que j'aie pu être assez stupide pour t'emmener jusqu'à Juarez. C'est ce que l'on appelle de « l'antipsychologie », conclut-il avec un petit sourire suffisant.

— Tu as sans doute raison.

Mais il lui semblait que Brad prenait des précautions

inutiles. Elle n'aimait décidément pas cette façon qu'il avait de traiter ses parents comme des monstres.

Elle n'essaya même pas de le contredire. Il lui faisait penser à un petit garçon en train de manigancer un nouveau jeu. Elle eut un sourire espiègle à cette idée.

— De toute façon, je connais mieux Juarez que toutes les autres villes de la frontière, reprit-il.

— Je ne suis pas allée à Cuidad Juarez depuis mon enfance. Cette fois, tu seras mon guide, suggéra-t-elle.

— J'en serai ravi.

Ses yeux brillèrent d'un éclat provocateur, tandis que son regard parcourait langoureusement le corps de Sheila, se posant l'espace d'un instant sur les courbes de ses seins soulignées par la chemise enveloppant étroitement son torse, puis sur ses longues jambes dénudées.

— Si nous ne passons pas trop de temps à d'autres plaisirs, ajouta-t-il.

Paradoxalement, cette remarque ne stimula pas le désir de Sheila. Bien au contraire, elle provoqua en elle une vague sensation de malaise.

— Nous ne pouvons tout de même pas passer tout notre temps dans une chambre d'hôtel, dit-elle en haussant les épaules d'un geste qu'elle voulut naturel. Il nous faudra bien sortir pour manger.

— Peut-être bien, concéda-t-il. (Il se leva, fit deux pas et, le dos tourné à Sheila, il ajouta sur un petit ton désinvolte :) Ce qui nous amène au problème suivant.

Sheila pencha la tête de côté.

— Lequel ?

— L'argent.

Elle se raidit. La querelle qu'ils avaient eue cet après-midi était encore trop récente pour qu'elle ait oublié avec quels sarcasmes et avec quelle amertume il réagissait à cette question. Médusée, elle fixa son regard sur ses doigts qui s'agrippaient à sa chemise de nuit.

— Je croyais que nous ne devions plus en parler, fit-elle sur un ton résolument calme.

— Crois-moi, je n'ai aucune envie de remettre la question sur le tapis, répondit-il en se frottant la nuque. Ce n'est pas très facile à dire. Mais... je suis pratiquement fauché. (Il soupira profondément.) J'ai dû payer le loyer avec mon salaire de ce mois-ci. Je n'ai plus que quelques dollars en poche jusqu'au mois prochain.

— Oh !

Cette exclamation englobait tout un monde de compréhension.

— Mon Dieu, je n'aime vraiment pas ça du tout, bougonna-t-il. (Puis il se retourna.) Sheila, as-tu de l'argent — je veux dire, en dehors de ton livret de caisse d'épargne qui sera à ta disposition quand tu auras vingt et un ans ? Je ne veux pas que tu empruntes de l'argent à ton père. Cela me ferait mal au cœur de dépendre de l'argent de ton père pour m'enfuir avec toi.

Au premier abord, Sheila n'en crut pas ses oreilles. Pas de doute : il était en train de lui demander de l'argent. Il avait toujours été inflexible, presque maniaque à ce sujet ; il ne voulait pas de son argent, quel que soit l'état de ses finances. Maintenant, il désirait utiliser son argent pour qu'ils puissent se marier.

Somme toute, c'était bon signe. Cela voulait dire qu'elle serait sans doute en mesure de le convaincre d'y avoir recours pour mener sa carrière à bien, sans qu'il se sente coupable de vivre à ses crochets. L'avenir leur souriait. Ses parents seraient bien sûr furieux de leur fuite, mais Sheila savait qu'elle saurait se faire pardonner lorsqu'ils seraient confrontés à la réalité de son mariage avec Brad.

— J'ai de l'argent, répondit-elle, un compte que mon père a ouvert pour moi il y a plusieurs années et qui contient presque dix mille dollars. Il voulait m'apprendre à gérer mon propre budget et à dépenser parcimonieusement chaque année.

Brad se tourna vers elle à demi.

— Mais c'est à ton nom ?

— Absolument.

— Alors, c'est ce que nous ferons. Tu peux tirer cet argent demain. Voilà un autre problème de réglé.

— Et tes cours ? et ton travail ?

— Je n'irai pas aux cours, je m'arrangerai avec Tom pour qu'il dise que je suis malade. Pas de problème. Nous avons tous deux beaucoup de choses à faire aujourd'hui. Il vaudrait mieux que je m'en aille pour que nous puissions nous reposer l'un et l'autre.

— Le faut-il vraiment ? soupira-t-elle.

— Cette fois-ci, oui, répondit-il en hochant la tête. Je te retrouve demain à quatre heures devant l'hôtel pour décider de l'heure de départ et du lieu de rendez-vous. (Il lui posa un léger baiser sur les lèvres.) Et souviens-toi : pas un mot de tout cela à qui que ce soit. Je ne veux pas prendre de risque. Il ne faut pas que tes parents l'apprennent par hasard.

— Oui, promit-elle à contrecœur.

— N'oublie pas de refermer la fenêtre, dit-il avec un large sourire. Tu te rends compte, ma chérie, dans un peu moins de vingt-quatre heures nous serons en route pour le Mexique !

Elle esquissa un sourire. Lorsqu'il retira le bras qu'il avait passé autour de ses épaules, elle eut un frisson. Une sensation d'inquiétude grandit en elle à mesure que Brad s'éloignait dans la nuit. Elle referma la fenêtre et alla se glisser dans son lit, tremblante. L'anxiété de la future mariée, pensa-t-elle.

CHAPITRE III

DANS UNE CHAMBRE D'HOTEL de Juarez, Sheila, au téléphone, souriait.

— Oui, c'est ça, maman, en effet. (Et elle répéta ce qu'elle venait de dire :) Brad et moi, nous nous sommes mariés il y a vingt minutes.

Brad, debout près d'elle, lui entourait les épaules d'un bras possessif. Sheila tourna un visage rayonnant vers son mari. Son geste la réconfortait après la confusion et l'angoisse qui l'avaient tourmentée toute la journée. Après coup, toute cette appréhension lui paraissait bien bête.

— Ne sois pas si fâchée, maman. Nous allons être très heureux. Nous resterons deux jours ici pour notre lune de miel, puis nous rentrerons. Nous nous aimions trop pour attendre.

Quand elle eut raccroché, elle se lova contre Brad, qui noua ses bras autour de sa taille. Il enfouit ses lèvres dans la crinière blonde de sa femme.

— Sont-ils vraiment furieux ?

— Non, répondit-elle, tout en examinant le simple anneau d'or qu'elle portait au doigt. Ils ne m'ont même pas vraiment fait de reproches. Ils sont juste un peu déçus que nous ne leur ayons rien dit, je crois.

— Je suis content, lui dit Brad en plongeant son regard dans le sien. Je suis content pour toi, précisa-t-il pour ne pas faire hypocritement comme si cela lui importait.

— Moi aussi, acquiesça-t-elle avant de l'embrasser.

— Maintenant, ce que nous devrions faire, poursuivit-il

en lui mordillant la joue, c'est descendre au bar de l'hôtel pour boire quelques margaritas afin de célébrer notre mariage. De là, nous nous rendrons dans un bon restaurant pour un dîner intime aux chandelles. J'ai remarqué qu'au déjeuner tu n'as presque rien avalé. Je n'ai pas du tout envie que tu t'évanouisses d'inanition ce soir..., madame Townsend.

— C'est moi ça, hein ? Mme Townsend, dit-elle, un peu émue. Mon Dieu, il va falloir que je m'habitue !

— Je te le conseille vivement, grogna-t-il, un peu moqueur, tout en resserrant son étreinte avant de la relâcher totalement. Mets un peu de rouge à lèvres et puis nous descendrons. (Comme elle se retournait, il lui donna une petite tape sur les fesses.) Attends une seconde, dit-il, puis avec un sourire un peu triste : Mes poches sont vides. Si tu ne veux pas que je passe notre nuit de noces à faire la plonge pour payer notre dîner, il faudrait que tu me donnes l'argent de ton compte. Donne-moi tout. On ne sait jamais ; quelqu'un pourrait te voler ton sac. Ce n'est pas la peine de prendre de risques.

— Comme vous voudrez, monsieur Townsend.

Elle fouilla dans son sac à la recherche de l'enveloppe qui contenait l'argent de son compte et la lui tendit.

Son tube de rouge à lèvres à la main, elle alla jusqu'à la glace. Elle appliqua une couche rose pâle sur ses lèvres ; dans le miroir, elle vit Brad ouvrir l'enveloppe et commencer à compter l'argent.

Son geste la fit sourire.

— Tout est là, assura-t-elle : dix mille dollars.

Leurs regards se croisèrent dans le miroir. Il avait l'air abasourdi.

— J'espère que tu n'as pas l'intention de compter tout ça. Je commence à avoir faim !

— Non, non, bien sûr, protesta-t-il d'un air absent avant de détourner le regard.

Son attention fut totalement absorbée par la liasse de billets qu'il tenait à la main. Comme médusé, il se remit à compter les billets. Sheila sourit mais ne souffla mot. Elle comprenait très bien ce qui se passait. Il n'avait sans doute jamais eu autant d'argent entre les mains. Le regard de la jeune femme se posa sur les mains de Brad : étrangement, il maniait ces billets avec une sorte de respect bizarre qui lui fit froid dans le dos. Elle se retourna lentement pour lui faire face. Rapidement, il leva les yeux et enfouit la liasse au fond de la poche de son pantalon. Il sortit de l'état de quasi-transe dans lequel il était et lui adressa un sourire tout à fait naturel.

— Tu es très belle, Sheila.

C'était sans doute son imagination qui lui avait joué des tours.

— Je suis heureuse de te plaire, répondit-elle avec chaleur. On y va ?

Après deux margaritas, à jeun, Sheila commença à se sentir légère. Brad en avait bu deux de plus qu'elle, mais cela ne semblait pas l'avoir affecté. En réalité, après chaque gorgée de ce cocktail à base de tequila, il paraissait plus expansif, plus enjoué.

Il en commanda un cinquième et posa un pourboire plus que généreux sur le plateau du garçon quand celui-ci le lui apporta. Ce comportement étrange mettait Sheila quelque peu mal à l'aise sans qu'elle sût vraiment pourquoi.

— Jamais je ne t'ai vu boire comme ce soir, dit-elle sur un ton aussi désinvolte que possible.

— On ne se marie pas tous les jours, répondit-il en lui jetant un coup d'œil ironique. Cela vaut la peine de faire la fête.

Et une fois de plus, il porta son verre à ses lèvres.

Au restaurant de l'hôtel, elle eût voulu se cacher sous la table lorsque Brad fit tout un cinéma pour donner son pourboire au maître d'hôtel. Il avait bu sa sixième margarita pendant qu'ils regardaient le menu. Sheila avait proposé de prendre du vin pour accompagner le dîner et Brad avait alors commandé ce qu'il y avait de plus cher.

Pendant le repas, un duo de guitaristes s'était approché de leur table pour leur jouer une sérénade. Immédiatement, Brad avait plongé la main dans sa poche pour en sortir un gros billet, qu'il tendit ostensiblement à l'un des musiciens.

Après qu'ils se furent éloignés, Sheila fit une petite remarque gentille.

— Tu n'es pas obligé d'être aussi généreux, mon chéri.

— Je suis heureux, répondit-il en haussant les épaules,

et je veux que tout le monde le soit. (Il leva son verre.) Je bois à ta santé et à ton avenir glorieux.

Tout en levant son verre pour le porter à ses lèvres, elle se força à sourire. Le vin avait un goût à la fois amer et fade. Elle essaya de chasser de son esprit les appréhensions qui la tourmentaient à nouveau. Elle se souvint de la remarque que lui avait faite son père à propos de la cupidité de Brad. C'est vrai, il est heureux, c'est tout, se dit-elle pour tenter de rationaliser les choses. Son comportement n'avait rien à voir avec le sentiment de puissance que lui procurait tout cet argent qu'il avait dans ses poches. Non, c'était absurde.

Lorsque le garçon vint desservir après la glace, Brad demanda à Sheila :

— Voudrais-tu un cognac avec ton café ?

— Non, répondit-elle d'une voix plus forte qu'elle l'eût voulu. (Et elle ne put s'empêcher d'ajouter :) J'aimerais bien que tu boives moins, Brad.

— Je ne suis pas saoul. (Il eut un regard dur, puis un sourire illumina son beau visage.) Ah ! je comprends. C'est ta nuit de noces. C'est ça qui t'inquiète, n'est-ce pas ? (Sa bouche se tordit en un rictus.) Tu as sans doute peur que je ne sois pas en mesure de m'acquitter de mon devoir ce soir au lit ! Ne t'inquiète pas. Je n'ai jamais eu de plainte. Sobre ou pas.

Sa grossièreté la fit rougir. Révulsée, elle baissa les yeux, haïssant de toutes ses forces cette puissance, quelle qu'elle soit, qui transformait Brad en un étranger.

— La jeune mariée virginale rougit de pudeur, s'exclama-t-il en riant.

— Brad, je t'en prie, marmonna-t-elle, furieuse.

Si au moins il avait eu la décence de parler moins fort !

Il haussa les épaules.

— Je suis désolé, ma chérie.

Mais il n'en avait pas l'air.

Sheila poussa un soupir de soulagement presque audible quand Brad demanda l'addition au lieu de commander du café et du cognac. Et pourtant, une fois de plus, il laissa un pourboire royal, agitant la liasse de billets qu'il avait sortie de sa poche pour que tout le monde la voie. Sheila fit comme si de rien n'était.

Une fois de retour dans la chambre d'hôtel, Brad lui déposa un petit baiser dans le cou en lui disant :

— Il me semble que la tradition veut que ce soit la jeune mariée qui ait accès à la salle de bains en premier. Alors, après toi, ma jolie.

Sheila alla prendre son sac de voyage. Puis elle hésita. Ce n'était pas du tout comme ça qu'elle avait envisagé sa nuit de noces. Brad se comportait plus comme un étranger que comme un jeune marié. Mais il était trop tard pour se poser des questions.

Une fois qu'elle eut pris un bain, elle retoucha son maquillage puis elle se recoiffa soigneusement. Elle n'avait emporté qu'une chemise de nuit. Les mains tremblantes, elle l'enfila. C'était un vêtement de soie retenu aux épaules par de fines bretelles et richement brodé sur la poitrine.

Le cœur battant à se rompre, elle ouvrit la porte de la salle de bains et entra dans la chambre. Là, elle s'arrêta net, comme foudroyée, incapable de faire un pas de plus. Brad était vautré dans un fauteuil, une bouteille de tequila dans une main, un verre dans l'autre. Il avait retiré sa veste et sa cravate. Sa chemise était à moitié déboutonnée sur sa poitrine blonde. Sheila, qui n'en croyait pas ses yeux, ne pouvait détacher son regard de la bouteille qu'il tenait à la main.

— Où as-tu trouvé ça ?

Elle savait qu'il n'y avait pas d'alcool dans la pièce lorsqu'ils y étaient entrés.

— Je l'ai commandée à la réception, lui répondit Brad tout en l'examinant de la tête aux pieds. (Ses yeux mi-clos paraissaient encore à peu près alertes.) Viens ici, ordonna-t-il. Je veux te regarder de plus près.

Sheila s'avança vers lui comme un automate. A cinquante centimètres de son fauteuil, elle s'immobilisa. Lentement, il l'examina. Son regard se posa tour à tour sur son visage, ses épaules dégagées, puis se glissa dans l'échancrure de sa chemise, avant de s'attarder sur ses seins aux formes généreuses, mis en valeur par le tissu soyeux, sur sa taille, ses hanches dévoilées par la transparence de sa chemise.

— Tourne-toi, commanda-t-il.

Elle obéit à nouveau, presque inconsciemment, et sentit son regard descendre le long de sa colonne vertébrale. Cela lui donna la chair de poule. Elle avait l'impression d'être une marchandise soumise à l'inspection d'un acheteur éventuel. Elle entendit un tintement lorsqu'il posa la bouteille et le verre sur la table près de lui.

— Pas mal, pas mal, murmura-t-il.

Il posa sa main sur la hanche de Sheila. Elle se raidit, choquée de ne pas ressentir cette impression magique qu'un tel contact lui procurait auparavant.

— Ne t'inquiète pas, dit-il en riant doucement. (Puis il lui fit faire volte-face. Il posa les mains sous ses aisselles, écrasant sa poitrine sous la soie blanche.) Mais c'est encore tes seins que je préfère.

— Brad, je t'en prie, dit-elle d'une voix vacillante.

L'haleine chaude et chargée de Brad qui lui soufflait dans la figure lui donnait mal au cœur. Il se saisit de la pointe d'un de ses seins à travers le tissu ; comme il essayait de repousser l'étoffe, Sheila fit le dos rond pour se dérober à cette caresse.

— Le petit rien sexy que tu portes sur le dos a dû coûter une fortune, remarqua-t-il d'un ton nonchalant.

— Tu trouves ça joli ? demanda-t-elle après avoir inspiré une grande bouffée d'air, en essayant de ne pas lui révéler à quel point sa proximité lui déplaisait curieusement.

— Si je trouve ça joli ? Et comment ! (Il la lâcha soudain et s'approcha de la table pour se servir, puis il ajouta en portant son verre à ses lèvres :) Je vais t'en acheter une comme ça pour chaque jour de la semaine.

— Ce n'est vraiment pas nécessaire.

— Tu as probablement raison. (Il avala une gorgée et mordit dans une rondelle de citron.) J'aime mieux que tu ne portes rien du tout.

Sheila s'approcha de lui et lui prit le verre des mains.

— Arrête de boire, Brad, l'implora-t-elle sur un ton plus affirmé.

L'espace d'un instant, il se renfrogna. Puis il la prit dans ses bras et la serra contre lui.

— Encore une fois, tu as raison. Pourquoi boire cet alcool enivrant quand je peux goûter aux douceurs tout aussi grisantes de ma femme ?

Il approcha son visage du sien, et les narines de Sheila s'emplirent une fois de plus de cette répugnante odeur d'alcool. Elle détourna la tête au moment précis où ses lèvres allaient se poser sur les siennes, de sorte qu'il lui embrassa la joue. Il ne s'en rendit même pas compte.

Il resserra son étreinte et lui murmura à l'oreille :

— Tu ne peux pas savoir comme je suis heureux, ce soir.

— Vraiment ? répondit-elle sur un ton glacial.

En dépit de ses efforts, elle ne parvenait pas à se laisser aller.

— Lorsque j'ai glissé cette bague à ton doigt cet après-midi, j'ai eu l'impression qu'un monde nouveau s'ouvrait pour moi, dit-il, songeur. Sais-tu ce que c'est de ne pas avoir d'argent, Sheila ? Toute ma vie, j'ai dû lécher les bottes de quelqu'un pour pouvoir aller de l'avant. Ou me charger des sales boulots que les autres ne voulaient pas faire. J'en ai marre de draguer les filles pour ces salauds de clients à l'hôtel.

A l'annonce de cette confidence que Brad venait inconsciemment de laisser échapper, Sheila pâlit.

— Je n'aurai plus jamais à faire ce genre de choses dorénavant.

Elle eut l'impression d'être sur le point de défaillir. Elle commençait déjà à se rendre compte qu'il y avait beaucoup de choses qu'elle ne savait pas sur Brad.

D'une main distraite, il lui caressa les épaules avant de la prendre par la taille.

— Tu as non seulement un visage ravissant, mais aussi un corps admirable. Tant de fois j'ai été tenté de ne pas attendre jusqu'à ce soir pour te prendre ! déclara-t-il avec rudesse.

Depuis qu'elle s'était approchée de lui, Sheila avait gardé les bras le long du corps. Elle posa ses mains sur la poitrine de Brad pour ménager un espace entre leurs deux corps, puis elle tenta de se dégager.

— Brad, je voudrais que nous parlions, dit-elle.

— Il n'est plus temps, répondit-il en la regardant de ses yeux moqueurs. C'est notre nuit de noces, que nous attendons l'un et l'autre depuis une éternité, que nous désirons tous les deux plus que toute autre chose au monde. Je n'ai jamais rencontré une fille aussi nerveuse que toi à l'idée de perdre sa virginité. Je n'arrive pas à croire que tu aies peur à ce point-là.

— Ce n'est pas ça. Je trouve que nous devrions parler, c'est tout.

Elle essayait de donner à sa voix une intonation calme et raisonnable, et luttait en son for intérieur contre le doute qui envahissait peu à peu son esprit.

— Qu'est-ce qui ne va pas ? (Il fronça les sourcils et la prit par les coudes pour l'obliger à lui faire face et à plonger son regard dans le sien.) Cela fait des semaines que tu rêves de faire l'amour avec moi.

En vain, Sheila tenta de se dégager.

— Tout va très bien, protesta-t-elle.

Il fixa son attention sur le bras de Sheila qu'il tenait encore et qu'elle essayait de délivrer de son emprise.

— Mais tu aimes que je te touche, lui rappela-t-il. Tu te souviens ? Ça t'excitait.

Ce visage qu'elle trouvait si beau avait changé. Ses caresses ne lui procuraient plus aucun plaisir. Elle n'arrivait pas à comprendre pourquoi elle ne réagissait plus comme avant vis-à-vis de lui, pas plus qu'elle ne s'expliquait l'attitude nouvelle de Brad.

Il avait peut-être raison. C'était sans doute l'appréhension de la nuit de noces qui lui faisait voir les choses sous ce jour.

— Sois patient avec moi, Brad.

— Ah non ! s'exclama-t-il, tandis qu'un vilain rictus lui déformait la bouche. Tu ne vas pas me faire le numéro du « pas ce soir, mon chéri », je t'en prie ! Tu m'as déjà fait attendre assez longtemps.

Sans douceur, il la reprit dans ses bras. Il plaqua sa main contre sa fesse qu'il se mit à pétrir. Puis il la força à coller ses hanches contre lui. Sheila sentit une vague de répulsion l'envahir. Sa gorge se serra au point qu'elle eut l'impression d'étouffer. Elle eut presque la nausée.

— C'est ça que tu veux, non ? lui murmura-t-il à l'oreille d'une voix rauque. Mais tu trouves que ça ne fait pas bien de l'admettre. C'est ça, hein ?

— Ce n'est pas ça du tout !

Elle savait très bien qu'elle était d'une nature passionnée et se souvenait de l'effet que les caresses de Brad avaient sur elle auparavant. Seulement, cette fois-ci, c'était différent. Il ne semblait pas du tout se préoccuper d'elle.

D'un simple geste, il fit tomber les fines bretelles de la

chemise de nuit sur ses bras. Pour libérer ses seins de l'emprise du tissu, il déchira une des coutures latérales. Il se mit à lui caresser les seins, tandis que l'ample chemise tombait à ses pieds.

— Brad, tu me fais mal ! s'écria-t-elle.

Il l'encercla de son bras et la plaqua contre lui, écrasant sa poitrine contre la sienne. Il empoigna une grosse mèche de ses cheveux blonds, l'obligeant à pencher la tête en arrière jusqu'à ce qu'elle pousse un petit cri. Il s'empara sauvagement de ses lèvres. Sheila ne put rien faire pour se dégager pendant qu'il explorait sa bouche. Elle s'efforça de ne pas se montrer trop résistante et parvint à répondre faiblement à sa fougue.

Brusquement, il la souleva de terre en la prenant dans ses bras et la porta jusqu'au lit. Sheila respirait profondément, irrégulièrement. Elle resta là, immobile, tandis que Brad, dont elle ne voyait que la silhouette se profiler en contre-jour, laissait son regard errer sur son corps nu. Absente, elle suivait ses mouvements des yeux pendant qu'il se déshabillait. Tout était si irréel ! Elle avait l'impression de vivre un cauchemar, quelque chose qui arrivait à quelqu'un d'autre. Mais pas à elle. Si elle fermait les yeux, peut-être retrouverait-elle le Brad qu'elle avait voulu épouser, plutôt que cet étranger indifférent.

Elle baissa les paupières une fraction de seconde, puis rouvrit les yeux comme le lit se creusait sous le poids de Brad. Elle ravala le sanglot étouffé qui lui montait à la gorge, tandis qu'il moulait son corps nu au sien, tout en emprisonnant son sein d'une main possessive.

Après avoir effleuré de ses lèvres l'épaule blanche de sa jeune femme, il enfouit son visage dans son cou. Bientôt, il abandonna toute tentative de faire naître le désir en elle. Sheila luttait désespérément avec elle-même pour retrouver les sensations qu'elle avait connues avec Brad. C'était pitoyable. Lorsqu'il s'allongea sur elle de tout son long, elle étendit les bras au-dessus de sa tête. Presque un signe de reddition.

— S'il te plaît, demanda-t-elle d'un ton ferme, pour ne pas avoir l'air de l'implorer, ne sois pas brutal.

— Décontracte-toi, bon sang ! s'exclama-t-il pour toute réponse, tout en lui écartant les cuisses.

La douleur fut si intense que Sheila poussa un cri perçant. Mais Brad couvrit sa bouche de ses lèvres pour étouffer un cri, de sorte qu'elle faillit suffoquer. Il l'avait prise comme un animal en rut. Quand il fut satisfait, il roula sur le côté.

Des larmes de honte et d'humiliation emplirent les yeux de Sheila encore humides des larmes de la douleur. Elle se sentait trahie, abusée, avilie par un acte qui aurait dû être la consommation de leur amour. Faiblement, elle essaya de s'éloigner de ce corps d'homme qui gisait près d'elle, mais ses muscles tremblants et douloureux refusaient de lui obéir.

Le menton dans la paume de la main, le coude vacillant, Brad la regardait d'un air amusé et cynique.

— Puis-je savoir pourquoi tu pleures ?

S'il avait été gentil avec elle, s'il avait dit un mot tendre pour s'excuser de la manière brutale et de l'indifférence avec lesquelles il lui avait fait l'amour pour la première fois, elle aurait pu lui pardonner. Elle aurait tout mis sur le compte de l'alcool. Mais si en plus il était cynique...

Elle s'essuya les yeux du revers de la main. Elle était trop fière pour montrer qu'elle avait besoin de réconfort, même à Brad.

— Ce n'est rien, répondit-elle d'une voix dolente et rauque.

— Bon, marmonna-t-il en roulant sur le côté. Mon Dieu, que je suis fatigué !

Quelques instants plus tard, l'alcool faisant son effet, Brad dormait. Quand elle l'entendit ronfler, Sheila songea qu'elle aurait voulu que le sommeil le réclamât plus tôt, avant...

Elle se glissa hors du lit en dépit des douleurs lancinantes qui sillonnaient ses muscles. Oubliant qu'elle était nue, elle s'approcha de la fenêtre et se mit au balcon. La rue grouillait encore de monde à cette heure avancée de la nuit. Elle remarqua un groupe de petits mendiants qui s'amusaient à se bousculer. Sheila s'était toujours considérée comme quelqu'un de réaliste. Elle ne pensait pas du tout s'être fait des illusions sur l'amour et avoir été trop romantique. Elle se rendait compte à présent qu'elle s'était trompée.

Elle était sous le choc : son corps avait été malmené et ses sentiments bafoués par un homme, un homme qui était son mari. Elle savait que son initiation au plaisir charnel serait physiquement douloureuse, peut-être un peu désagréable aussi, mais jamais elle n'aurait pensé ressentir un tel dégoût, un tel écœurement. Le sexe lui apparaissait non plus comme l'union intime entre deux amants, mais comme un viol, un acte d'avilissement, de soumission à la volonté de l'homme.

Brad l'avait prise égoïstement, pour son plaisir et sa propre satisfaction. Elle n'avait plus qu'un vague espoir : peut-être avait-il agi ainsi sous l'emprise de l'alcool. Peut-être les choses se seraient-elles passées différemment s'il avait été à jeun. Jusqu'à quel point ce sentiment de répulsion qu'elle ressentait à présent était-il motivé par l'expérience traumatisante qu'elle venait de vivre ? Etait-ce justifié ?

L'air de la nuit mexicaine la fit frissonner. Abîmée dans ses pensées, incertaine, déconcertée, elle retourna dans la chambre. Elle aperçut sa chemise de nuit par terre près de la table. Elle hésita, puis la ramassa et l'enfila. « Peut-être que, après une bonne nuit, cette mauvaise expérience se sera dissipée dans son esprit, et tout ira bien à nouveau », songea-t-elle.

CHAPITRE IV

LE LENDEMAIN, BRAD SE RE-veilla au lever du soleil. Comme il commençait à s'agiter, Sheila sortit de l'état de demi-sommeil dans lequel elle était. Elle fit semblant de dormir et continua à repasser dans son esprit les différents événements de la nuit précédente, comme elle l'avait fait toute la nuit.

Il se leva sans faire la moindre tentative pour la réveiller et s'habilla rapidement. Entre ses paupières mi-closes, Sheila le vit rentrer sa chemise dans son pantalon, puis sortir de sa poche la liasse de billets qu'elle lui avait confiée la veille. Son père lui avait dit que Brad était avide d'argent. Elle commençait à penser qu'il avait eu raison. Le lendemain de leur mariage, au lieu de prendre sa femme dans ses bras, il s'était précipité sur l'argent dès son réveil. C'était pour l'argent qu'il l'avait épousée.

— Allons, debout, belle endormie, ordonna-t-il froidement, sans même lui jeter un coup d'œil.

Pendant quelques secondes, elle se demanda si elle devait obéir ou non à son injonction. Puis, lentement, elle ouvrit les yeux en essayant de rester aussi inexpressive que possible et de ne pas trahir ses sentiments par son regard. Il ne lui avait même pas dit bonjour. Elle l'imita.

— Qu'est-ce qu'il y a ?

Ses cuisses lui faisaient toujours aussi mal.

— J'ai décidé que nous allions à Acapulco, annonça-t-il d'un air content de lui.

— Tu as... quoi ?

— Cette ville côtière surpeuplée n'est pas le cadre qu'il faut pour une lune de miel. (Il jeta un bref coup d'œil par la fenêtre de l'hôtel. Le grondement de la circulation matinale leur parvenait de la rue.) Ma petite femme gâtée mérite un environnement plus exotique.

Lorsqu'elle croisa son regard, Sheila se rendit compte que ce qu'elle désirait ne l'intéressait pas le moins du monde. Il avait tout simplement décidé lui-même que Juarez n'était pas assez bien pour lui. Juarez, c'était pour les touristes des classes moyennes, tandis qu'Acapulco était le lieu de villégiature des gens aisés. Et, en l'épousant, Brad était passé du premier groupe au second.

— Je n'ai pas envie d'aller à Acapulco, fit-elle d'un ton sec.

— Tu oublies une chose, ma petite. « Où mon époux ira, j'irai », cita-t-il, moqueur. Allons, dépêche-toi. La route est longue. Lève-toi et prépare-toi pendant que je vais payer la note à la réception pour que nous puissions quitter le plus rapidement possible ce petit hôtel à la gomme.

— Mais il est très bien, cet hôtel !

Brad avait déjà ouvert la porte.

— Ne sois pas ridicule ! s'écria-t-il en riant, la main sur la poignée. Je fais tout ce que je peux pour que tu aies une lune de miel. Alors, ne fais pas de difficultés.

« Tout ce que tu peux, avec *mon* argent ! » pensa-t-elle, tandis qu'il refermait la porte derrière lui. Elle eut un éclat de rire nerveux, l'étouffa et repoussa les couvertures pour se lever.

Elle fit une toilette rapide et prit à peine le temps de se maquiller. Juste un peu de mascara et de rouge à lèvres. Puis elle brossa ses cheveux emmêlés. Elle était prête. La glace de la salle de bains lui renvoya l'image d'une jeune femme dotée d'une beauté naturelle.

Elle retourna dans la chambre pour chercher des vêtements dans son sac. Elle voulait s'habiller avant que Brad revienne. Aussi vite qu'elle le put, en dépit de ses muscles douloureux, elle enfila une culotte et un pantalon marron. La porte s'ouvrit livrant passage à Brad. Son regard s'attarda quelques instants sur les formes douces de la silhouette de Sheila. Puis son expression changea, et il lui dit d'une voix impatiente :

— Tu n'es pas encore habillée.

Sheila releva la tête et s'approcha de lui d'une démarche assurée, un soutien-gorge à la main.

— Brad, tu sais très bien que nous n'avons pas le temps de prolonger notre lune de miel. Nous devons tous les deux reprendre les cours et tu dois retourner travailler.

— Nous avons tout le temps devant nous, au contraire, répondit-il.

Elle fronça les sourcils.

— Mais l'université ? Et ton diplôme ?

— A quoi ça sert ? Tous ces professeurs ne peuvent rien m'apprendre. De toute façon, ce n'est pas ce que tu sais qui compte, mais qui tu connais. Qui tu connais et combien tu as. (Il tapota la liasse de billets dans sa poche.) Et nous avons assez d'argent pour vivre comme des princes, ici, au Mexique.

Sheila resta bouche bée, sans trop savoir pourquoi, parce que en fait elle se rendait compte qu'elle aurait pu se douter avant de ce qui lui arriverait. Il y avait eu nombre d'indices, mais elle avait fermé les yeux, tandis que ses parents, eux, avaient été clairvoyants.

— Cet argent ne durera pas très longtemps, rétorqua-t-elle d'un ton sec. Même au Mexique.

D'un pas nonchalant, il parcourut la distance qui les séparait et se planta devant elle.

— Il peut nous permettre de vivre sans problème jusqu'à ce que tu reçoives ton héritage. Tu auras vingt et un ans dans quelques mois.

— Et tu crois que je vais te confier cet argent, peut-être ?

Les yeux de Brad brillèrent d'une lueur glaciale. La colère de Sheila semblait beaucoup l'amuser.

— Nous sommes mariés. Ce qui est à toi est à moi. Et ce qui est à moi est à toi, ajouta-t-il pour plaisanter.

Sheila ne trouva pas ça drôle du tout. Les merveilleux projets qu'elle avait élaborés dans son esprit se désintégraient l'un après l'autre. Elle commençait à comprendre qu'elle seule avait envisagé l'avenir de cette façon-là. Brad avait partagé son enthousiasme en apparence, probablement parce qu'il savait que c'était ce qu'elle voulait entendre, alors qu'en réalité, dans son esprit, les choses avaient été toutes différentes.

— Tu n'as donc aucune ambition, décréta-t-elle d'un ton sarcastique.

Pourtant, elle sentit un frisson lui parcourir l'échine.

— Etre ton mari sera une occupation suffisante, pendant quelque temps en tout cas, dit-il en guise de réponse, tout en jouant avec la bretelle du soutien-gorge qu'elle tenait à la main.

Ses yeux s'attardèrent sur la poitrine de Sheila puis ils revinrent se poser sur le visage de la jeune femme.

— Et après ? demanda-t-elle sur un ton de défi.

— Je suis convaincu que ton père saura trouver pour son gendre une situation qui lui convienne, répondit-il avec un sourire suffisant.

— Un emploi hautement rémunéré mais qui ne te prenne pas trop de temps, par exemple, poursuivit-elle d'un air faussement innocent.

— C'est tout à fait ça, grimaça-t-il. Mais c'est pour plus tard. Pour le moment, nous sommes en route pour Acapulco, où nous allons nous prélasser quelques jours sur la plage. (Il enroula la bretelle du soutien-gorge autour de son doigt et le lui prit des mains.) Tu n'auras pas besoin de ça, annonça-t-il en le mettant sur son épaule, hors de sa portée.

— Rends-le-moi !

— Le voyage va être long et ennuyeux, dit-il en lançant le soutien-gorge dans la valise avant de la fermer. Il va me falloir un peu de diversion et je suis sûr que tu l'apprécieras autant que moi.

Elle se déroba au toucher de ses doigts tendus vers elle. Voyant que sa main n'atteignait pas sa cible, il lui décocha un regard impatient.

— Ce n'est pas la peine de faire la timorée. Nous sommes mariés. Viens ici. Je n'ai pas le temps d'être patient avec toi comme je l'ai été hier soir.

— Ah ! parce que tu as été patient avec moi hier soir, lança-t-elle d'un ton cassant.

— Plus que je ne le suis à présent. D'ailleurs, tu adores mes manières d'homme des bois. (Sa main se referma sur un sein de Sheila et parvint à le palper quelques instants avant que cette dernière réussisse à échapper à son emprise.) Tu peux finir de t'habiller, maintenant, lui dit-il en gloussant. Je vais fermer les valises pendant que tu iras chercher le reste de tes affaires dans la salle de bains.

Comme anesthésiée par la réalité qui s'imposait à elle, médusée par le Brad Townsend, le vrai, qui s'était révélé à elle, elle fit machinalement ce qu'il lui avait dit de faire. Lorsqu'elle sortit de la salle de bains, Brad était prêt à partir. La main sur son coude, il l'entraîna jusqu'à la porte de l'hôtel.

— Ne pourrions-nous pas prendre un petit déjeuner ou avaler au moins une tasse de café ? s'enquit-elle en essayant vainement de ralentir le pas.

Il jeta un coup d'œil dédaigneux alentour.

— Non, répondit-il, je n'ai aucune envie de m'attarder ici. Nous nous arrêterons quelque part en route.

Le petit parking de l'hôtel était désert. Sheila s'installa sur le siège du passager, tandis que Brad mettait les valises dans le coffre. Après s'être glissé derrière le volant, il se pencha vers elle pour l'embrasser. Elle détourna la tête et ses lèvres atterrirent sur sa joue.

— Tu ne supportes toujours pas les démonstrations d'affection en public ? railla-t-il. Nous allons voir si nous pouvons te libérer de quelques-unes de tes inhibitions pendant ce voyage.

Il lui fit un clin d'œil et mit la clé de contact.

Pendant toute la traversée de la ville, Sheila se pelotonna sur son siège, le plus près possible de la portière. Fatiguée, découragée, elle songeait au piège que le destin lui avait tendu. Le contact glacé de son chemisier de soie sur son torse nu lui rappela quel genre d'homme était Brad.

Bientôt, ils laissèrent derrière eux les bidonvilles sordides des collines environnant la ville. Des travaux obligèrent Brad à ralentir sur une courte distance, puis il accéléra l'allure. Plus ils avançaient, et plus Sheila prenait conscience de l'erreur qu'elle avait commise. Il allait falloir faire annuler le mariage, régler par un divorce cette union insensée.

Une fois cette décision prise, elle sentit une immense fatigue l'envahir. Epuisée physiquement et moralement, elle sombra dans un sommeil bercé par le bruit régulier du moteur, un sommeil lourd et sans rêve.

Lorsqu'elle se réveilla, elle ouvrit les yeux lentement et frotta son cou endolori. Elle fixa son regard avec peine sur le paysage sauvage qu'ils traversaient. On se serait cru au

Texas, mais les sommets déchiquetés des montagnes de la Sierra Madre qui se profilaient à l'horizon lui rappelèrent en un instant où elle se trouvait.

Brad avait quitté l'autoroute et s'était engagé sur une petite route cahoteuse, poussiéreuse et remplie d'ornières, entourée de part et d'autre par d'épaisses broussailles. Etonnée, Sheila jeta un coup d'œil à Brad.

— Où sommes-nous ? demanda-t-elle d'une voix enrouée.

Il scrutait la route devant lui, d'un air sombre, et une expression de fureur inexprimable planait sur son visage. Il lui fut impossible de quitter la route des yeux une seconde pour la regarder.

— Nous sommes supposés avoir pris un raccourci à travers les montagnes de la côte ouest, mais j'ai la nette impression que cet imbécile de Mexicain qui m'a indiqué le chemin ne savait pas de quoi il parlait.

— Il est bien évidemment hors de question que tu te sois trompé de chemin, fit-elle remarquer, sarcastique.

Il lui décocha un coup d'œil fielleux et faillit lâcher le volant, car une des roues avant s'enfonçait dans une ornière.

— C'est sans doute ce qu'il appelle une bonne route. En tout cas, la voiture va en prendre un coup, marmonna-t-il.

« Gentil à lui de s'en inquiéter », pensa-t-elle avec cynisme, étant donné que c'était sa voiture à elle qu'il conduisait. Mais elle ne pipa mot. Il commençait à faire frais. Voyant qu'ils s'approchaient des sommets, elle en conclut que c'était l'altitude qui avait fait chuter la température. Réprimant un frisson, elle croisa les bras.

— Il fait froid. Est-ce que l'on pourrait mettre le chauffage ?

— Il ne marche pas, répondit-il d'un ton sec.

— Il y a de la chaleur quelque part, parce que le bouton d'avertissement du tableau de bord est allumé, observa-t-elle, caustique. Tu as vu la quantité de fumée qui s'échappe du capot ?

Brad cracha un chapelet de jurons, arrêta la voiture sur le bord de la route et en sortit comme un diable sortant de sa boîte, en laissant tourner le moteur. Il claqua la portière derrière lui. Lorsqu'il ouvrit le capot, un épais nuage de fumée s'éleva dans l'air.

Aussi rapidement qu'il avait quitté le siège du conducteur, il y revint pour arrêter le moteur. Il resta là une longue minute, les mains crispées au volant, à s'en faire blanchir les jointures.

— Merde ! cria-t-il en donnant un coup de poing retentissant dans le volant.

— Qu'est-ce qui ne va pas ? s'enquit Sheila d'un petit air innocent.

La rage de Brad lui procurait une étrange sensation de satisfaction.

— L'arrivée d'eau, grommela-t-il.

— Peux-tu faire quelque chose ? demanda-t-elle, faussement candide.

Elle savait à quel point il haïssait le travail manuel. Brad était blanc de rage.

— Ben voyons, je me balade toujours avec des pièces détachées plein les poches, c'est évident.

— Je ne savais pas. (Elle haussa les épaules.) Je pensais simplement que tu avais sans doute prévu l'éventualité d'une panne et que tu t'étais procuré ce qu'il fallait avant de partir !

— Ferme-la, veux-tu !

— Qu'est-ce que nous allons faire maintenant ? Rester plantés là et attendre que quelqu'un passe ? Il y a tellement de passage sur cette route que...

Avec la rapidité d'un serpent à sonnette, les mains de Brad encerclèrent le cou de Sheila et l'empêchèrent de finir sa phrase. Son beau visage était métamorphosé par la rage.

— N'ouvre plus la bouche jusqu'à ce que je t'y autorise, ordonna-t-il.

Il resserra légèrement l'emprise de ses doigts. Sheila suffoqua. Elle réussit à hocher vaguement la tête. Il la lâcha instantanément et elle inhala une grande bouffée d'air. La douleur lui avait rempli les yeux de larmes. Elle tourna la tête de côté, et en effaça les traces sur ses joues du bout des doigts.

— Tu es très susceptible, n'est-ce pas ? grommela-t-elle entre ses dents.

Brad ne répondit rien.

Un oiseau tourbillonna près de la voiture, puis s'en alla virevolter dans les broussailles. Sheila le suivit des yeux jusqu'à ce qu'il se perde dans le paysage sauvage.

Elle aperçut au loin un énorme nuage de poussière soulevé par une bourrasque de vent. Soudain, elle crut distinguer des mouvements dans cette masse grise. Elle fixa toute son attention sur ce point. Progressivement, les ombres qu'elle avait vues prirent forme. Malgré les épaisses broussailles qui faisaient écran, elle identifia plusieurs cavaliers, peut-être une demi-douzaine.

Elle n'en souffla mot à Brad, jusqu'à ce que le petit groupe interrompe sa course à la vue de la voiture. Ce n'est pas tous les jours que l'on rencontre une Thunderbird bleue, dans un endroit pareil.

— Brad, finit-elle par dire, il y a des gens là-bas.

— Quoi ? (Il se pencha vers elle :) Où ça ?

— Là, répondit-elle en lui indiquant du doigt la direction. (Elle frissonna, en proie à une peur indicible.) Ils sont à cheval. Tu les vois ?

— Oui.

— Qui sont-ils, à ton avis ? demanda-t-elle, sans les quitter des yeux.

Elle trouvait étrange qu'ils restent plantés là, au lieu de galoper vers la voiture afin de voir ce qu'il en était.

— Ce doit être des cow-boys mexicains, à en juger d'après leur apparence, conclut Brad. On m'a dit qu'il y avait beaucoup de ranches par ici. C'est une région d'élevage.

Elle fronça les sourcils, visiblement troublée.

— Cela me paraît une explication logique.

— Ne t'inquiète pas. Je ne laisse jamais les choses au hasard.

Il se retourna, tendit le bras et ouvrit sa valise. Sheila jeta un coup d'œil par-dessus son épaule pour voir ce qu'il faisait. Elle écarquilla les yeux de surprise lorsqu'il sortit un revolver de dessous une pile de vêtements.

— Que comptes-tu faire de ça ?

Brad ignora sa question. Il vérifia que l'arme était chargée avant de la glisser dans la ceinture de son pantalon. Puis il boutonna sa veste. Avant d'ouvrir la portière, il se retourna vers elle.

— Toi, tu restes ici bien sagement.

Du regard, elle fouilla les environs à la recherche des cavaliers. Elle vit qu'ils s'approchaient d'eux lentement. Quand ils aperçurent Brad, l'un d'entre eux accéléra l'allure, laissant le reste du groupe derrière lui.

— Bonjour, lui cria Brad, en faisant le tour de la voiture.

— *Buenos dias, señor.*

Il tira sur les rênes de sa monture et mit pied à terre. C'était un homme corpulent dont l'embonpoint était dissimulé par un poncho aux couleurs vives mais couvert de poussière.

— Parlez-vous anglais ? demanda Brad.

— *Non hablo inglés,* répondit l'autre en secouant la tête tristement.

— Ecoutez (Brad soupira profondément), je suis en panne. (Il fit signe à l'homme de s'approcher de la voiture.) Vous voyez ? L'arrivée d'eau est foutue.

L'homme prononça quelques mots en espagnol, visiblement sensible aux difficultés de l'Américain. Mais il s'éloigna bientôt de la voiture, haussant les épaules en signe d'impuissance.

Les autres cavaliers s'étaient agglutinés autour du cheval du premier arrivant et observaient la scène en silence. Sheila en dénombra huit, neuf en tout avec celui qui était descendu de cheval. Elle ne parvenait pas à se débarrasser de cette angoisse qui s'était emparée d'elle à la vue des Mexicains. Un frisson glacial lui parcourut l'échine. C'était comme si son instinct la prévenait d'un danger imminent. Bravant l'ordre que Brad lui avait intimé, elle sortit de la voiture.

— Cette voiture ne marchera pas jusqu'à ce qu'elle soit réparée. J'ai besoin... (Il s'interrompit lorsqu'il entendit la portière claquer. Il foudroya Sheila du regard.) Retourne dans la voiture.

Sans quitter les cavaliers du regard, elle lui rétorqua :

— Je reste ici.

Quel groupe d'hommes singulier ! Tous portaient des ponchos bigarrés et des pantalons de couleurs vives. Les chevaux, petits et fins, étaient tout à fait différents des hautes bêtes musclées qu'elle avait l'habitude de monter au domaine de ses parents. A l'aide de gestes, Brad se démenait pour communiquer avec les Mexicains. Sheila le surveillait du coin de l'œil.

— Y a-t-il une ville ou un village près d'ici où je pourrais faire réparer la voiture ? demanda-t-il en articulant le plus possible et en faisant de grands gestes. Je dois trouver quelqu'un pour arranger — réparer — la voiture afin de pouvoir repartir. Comprenez ?

L'homme l'écoutait et le regardait avec une grande attention. Quand Brad eut fini, il marqua une pause, puis il secoua la tête énergiquement et, avec un air désolé, il leva les mains au ciel et dit :

— *No entiendo, señor.*

— Pourquoi est-ce que ces foutus Mexicains ne parlent pas anglais comme tout le monde ? maugréa-t-il en aparté, s'adressant à Sheila. (Ensuite, il se lança dans une nouvelle tactique :) Y a-t-il quelqu'un quelque part dans les environs qui puisse réparer cette voiture ?

Sheila jeta à nouveau un regard prudent sur le groupe de cavaliers. Sans qu'elle puisse se l'expliquer, elle était attirée par l'un d'entre eux, qui pourtant ne se distinguait aucunement des autres en apparence. Il portait un chapeau à larges bords, couvert de poussière, il était avachi sur la selle de son cheval, une main gantée négligemment posée sur la crinière de l'animal. Il semblait aux aguets, comme une bête à l'affût, en dépit de sa pose indolente.

Comme les autres, son visage était assombri par une barbe de quelques jours. De toute évidence, ils chevauchaient depuis longtemps. Cette ombre sur ses joues et son menton lui donnait un air négligé, un peu canaille, mais il n'avait pas la physionomie typique d'un Indien mexicain, comme ses camarades : ses traits étaient plus anguleux, plus réguliers. Ses yeux noir d'obsidienne étaient durs et froids.

— Bon sang. Il doit bien y avoir un mécanicien par ici ! s'exclama Brad dont la patience était visiblement à bout.

Il avait était incapable de communiquer avec son interlocuteur.

— *Mecánico ? Si, si.*

L'homme hocha la tête, ravi d'avoir enfin compris, et se lança dans une grande tirade en espagnol, en indiquant du doigt la direction d'où ils étaient venus.

— Ça y est. On y arrive, murmura Brad d'un air sinistre.

Une bouffée de vent souffla dans les cheveux de Sheila. Une mèche vint se plaquer sur son visage. Elle leva le bras pour la glisser derrière son oreille. Elle ne se rendit pas compte qu'en le faisant elle étirait la soie de son chemisier contre sa poitrine. Ses yeux furent de nouveau inéluctablement attirés par le cavalier noir.

— Voulez-vous aller chercher le mécanicien à cheval et me le ramener ? articula Brad en mimant les gestes correspondants. Je vous rémunérerai. Je vous donnerai de l'argent. De l'argent, vous comprenez ça. Des pesos. Plein de pesos. Ne me dites pas que vous ne savez pas ce que c'est, des pesos, ajouta-t-il, cynique.

— *Pesos ? Si, si.*

L'homme lui fit un signe éloquent et attendit.

— Combien voulez-vous ? demanda Brad en plongeant la main dans la poche de son pantalon. Cinquante pesos ?

Une sueur froide couvrit son corps lorsque Sheila le vit sortir de sa poche la liasse de billets qu'elle lui avait confiée la veille. Elle voulut crier pour le mettre en garde contre le danger d'exhiber tout cet argent à l'homme, mais pas un son ne sortit de sa bouche. Le Mexicain éclata d'un rire gras, qui découvrit ses dents jaunâtres et gâtées, puis il s'adressa à ses compagnons.

Elle n'arrivait pas à croire que Brad puisse se comporter de manière aussi stupide, qu'il n'ait pas ressenti le changement subtil qui s'était produit dans l'atmosphère lorsqu'il avait brandi ses billets sous le nez de l'autre. L'air était chargé d'électricité comme avant un violent orage. Sheila avait vu des sourire béats éclairer les visages des cavaliers à l'annonce de leur camarade. Brad, qui leur tournait le dos, ne s'était rendu compte de rien. Seul, le cavalier sombre était resté de marbre en apprenant la nouvelle. Elle banda tous les muscles de son corps, prête à prendre la fuite.

— Cinquante pesos, c'est pas assez, hein ? marmonna Brad dans sa barbe. Sale rapace ! (Et il se mit à compter d'autres billets.) Cent pesos ? Ça va, ça ? C'est assez convaincant ?

Sheila fut prise d'une sorte de fou rire hystérique. Il était tellement fier de montrer à quel point il était riche qu'il était totalement aveugle. La situation empirait : les nuages s'amoncelaient. Elle tenta une nouvelle fois de l'en avertir. En vain. L'orage allait bientôt éclater et elle était là, impuissante.

La main gauche du Mexicain émergea des plis du poncho et se tendit vers l'argent.

— C'est cent pesos que vous voulez ? C'est ça, le prix, hein ?

Brad sépara le petit paquet de billets du reste de la liasse.

L'homme n'attendit pas que Brad lui donne l'argent. Sa poigne se referma sur la liasse entière. Trop tard ! Brad comprit enfin le danger que Sheila pressentait depuis déjà un moment. Fou de rage, le visage couvert de sueur, il fouilla sous sa veste à la recherche du revolver qu'il avait glissé dans la ceinture de son pantalon.

Comme le revolver émergeait de dessous la veste de Brad, Sheila aperçut avec horreur l'extrémité du fusil du Mexicain qui faisait saillie sous le poncho. Une détonation puissante suivit. Lorsqu'elle fut à nouveau en mesure de fixer son attention, elle vit Brad s'écrouler sur le sol, tandis que le revolver lui échappait de la main.

« Imbécile », pensa-t-elle. Elle voulut courir vers lui, mais le Mexicain était déjà agenouillé à côté de lui pour lui prendre l'argent.

Sheila fit quelques pas chancelants vers Brad, les yeux fixés sur le petit trou rouge qu'il avait dans la poitrine. Pas de jet de sang, pas d'effusion comme dans les films. Juste un petit trou et une tache rouge qui s'étendait lentement pour témoigner de la plaie mortelle.

Au loin, comme dans un rêve, elle entendit le craquement des selles en cuir et le piétinement des sabots. L'odeur de chevaux en sueur se mêlait à la poussière âcre de la poudre du fusil. Hagarde, elle jeta un regard circulaire pour essayer de comprendre ce qui se passait derrière le corps immobile de Brad. Elle vit que la petite troupe s'était rapprochée. Deux des cavaliers avaient mis pied à terre et s'étaient joints à celui qui fouillait les poches de Brad.

Elle les dévisagea l'un après l'autre. Son cœur s'arrêta de battre, l'espace d'un instant, puis une peur indescriptible s'empara d'elle. Ils avaient tous les yeux rivés sur elle. Elle se pelotonna contre la voiture.

Deux autres cavaliers descendirent de cheval et commencèrent à marcher dans sa direction. Impossible de fuir. Ils avaient tué Brad. Elle savait qu'ils étaient sans pitié. Ils allaient la tuer elle aussi.

Survivre. Tout son être cria le mot : survivre. Les battements de son cœur ralentirent instantanément et la panique qui s'était emparée d'elle se dissipa. Elle devait survivre.

CHAPITRE V

SHEILA FIT FACE A SES AGRESseurs.

— Je peux vous dire comment gagner beaucoup plus d'argent, leur dit-elle d'une voix apaisante. Vous comprenez ? *Mucho dinero.*

Aucun des deux hommes ne pipa mot. Ils la dévisageaient sans comprendre. Pourtant, quelque chose avait changé dans leur attitude. Elle savait qu'elle avait réussi à attirer leur attention.

— *Mucho dinero,* répéta-t-elle.

Ils continuèrent à avancer. Le premier homme était grand. Elle ne pouvait distinguer son visage, caché par un chapeau à larges bords. Le second était petit et trapu ; un sourire mauvais flottait sur ses lèvres.

— Je m'appelle Sheila Rogers, commença-t-elle, ignorant le fait que légalement elle était Mme Townsend depuis la veille. Mon père est un homme très riche. Il peut vous donner beaucoup d'argent si vous me rendez à lui *saine et sauve.* Beaucoup d'argent, insista-t-elle.

Ses paroles ne parurent pas les impressionner le moins du monde. Elle jeta un coup d'œil rapide sur les autres. Une fois encore, son regard fut attiré, comme par un aimant, par le cavalier noir. Instinctivement, elle sentait qu'il était le plus dangereux du groupe.

— L'un d'entre vous doit bien comprendre ce que je dis, s'écria-t-elle d'une voix tremblante, métamorphosée par l'angoisse. Mon père accepterait de payer très cher pour me retrouver vivante.

Tout à coup elle réalisa l'ironie de la situation. Elle était là dans un coin perdu, mariée depuis vingt-quatre heures à peine, veuve déjà, tout cela parce que Brad avait voulu, en l'épousant, étancher sa soif de l'argent. Et maintenant, l'argent, justement, était peut-être sa seule chance de survie.

Quelques mots prononcés à voix basse en espagnol vinrent interrompre le cours de ses pensées. Elle leva les yeux vers celui qui venait de parler, le cavalier noir, dont le regard de faucon était posé sur elle. Elle remarqua que son cheval commençait à montrer des signes d'impatience.

Une seconde voix, plus près d'elle, la fit sursauter.

— Combien ? venait de lui demander le plus grand des deux hommes qui s'approchaient d'elle.

Il avait parlé en anglais. L'accent était américain, cela ne faisait aucun doute. Elle plongea son regard dans des yeux bleu-gris, d'une froideur extrême.

— Vous êtes américain, dit-elle dans un souffle.

Il ne releva pas.

— Combien votre père est-il disposé à payer ?

— Plusieurs milliers de dollars, assura-t-elle. Assez pour vous tous. Mais seulement si vous ne me faites aucun mal.

Sans la quitter des yeux un seul instant, il s'adressa pardessus son épaule à ses compagnons. De toute évidence, il traduisait ce qu'elle venait de dire. Elle scruta le visage du cavalier noir pour voir quel effet ces paroles auraient sur lui. Ses traits ciselés restèrent impassibles. Son masque était impénétrable. Pourtant, il prononça à nouveau quelques mots en espagnol de cette même voix gutturale. Sheila reporta son attention sur l'Américain.

— Qui est votre père, et où habite-t-il ? demanda-t-il tout net.

— Il s'appelle Elliot Rogers et il habite Austin, au Texas, répondit-elle simplement.

— Jamais entendu parler, rétorqua-t-il, indifférent.

— Je ne pense pas que vous ayez pu le rencontrer dans une soirée. (En jetant un coup d'œil rapide sur les visages patibulaires qui l'entouraient, elle ajouta :) Vous n'avez pas exactement les mêmes fréquentations.

L'homme gloussa doucement. Il ne prit pas la peine de traduire ce qu'il venait d'entendre. Il franchit le dernier pas qui les séparait. Elle se raidit pour ne pas broncher lorsqu'il tendit la main pour palper le tissu de son chemisier. Il sentait la poussière, la sueur et le cheval.

De si près, elle vit qu'il y avait quelque chose de bon enfant derrière ses traits durcis par le soleil et sa barbe mal taillée. Elle essaya d'évaluer son âge. De petites rides plissaient le coin de ses yeux, mais il ne devait pas avoir plus de la trentaine. Elle avait même l'impression qu'il était plus jeune encore.

Il l'examina froidement de la tête aux pieds. Elle ne sourcilla pas.

— Des vêtements de luxe, remarqua-t-il.

— C'est ce que mon père a pensé quand il me les a offerts, répondit-elle.

Il esquissa un sourire et lâcha le tissu qu'il tenait toujours. Puis il lui prit les mains pour les examiner à son aise. Immédiatement, son attention fut attirée par l'alliance.

— Lui ? demanda-t-il en désignant le corps de Brad d'un geste de la tête.

— Oui. (Elle marqua une pause et ajouta :) C'était notre voyage de noces.

— Que faisiez-vous par ici ?

— Brad avait entendu parler d'un raccourci dans la montagne. Il essayait de le retrouver quand la voiture est tombée en panne.

— C'est pas par là du tout.

Sans modifier son attitude, il résuma la situation à l'intention de ses camarades. La réponse du chef de la bande fut suivie de murmures de dissension. Sheila retint son souffle à la vue de tous ces sourcils froncés. L'homme mit fin à ces protestations en prononçant quelques mots d'un ton cassant et autoritaire.

— Vous avez de la chance, lui annonça finalement l'Américain. Le patron vous croit, précisa-t-il avec un sourire qui n'avait pourtant rien de chaleureux. Vous savez que nous avons de bons moyens de savoir si votre père a vraiment de l'argent, n'est-ce pas ?

— Je ne mens pas, répondit-elle très calmement. Pourquoi croyez-vous que je mentirais ?

— On ne sait jamais, fit-il en hochant la tête, histoire de sauver ton joli cou.

Lâchant une de ses mains, il se retourna pour prendre une petite corde que lui tendait un de ses compagnons. Ce fut comme un signal : les autres se remirent à fouiller les poches de Brad.

— Ce n'est pas la peine de m'attacher les mains, ajouta-t-elle calmement, tandis qu'il faisait un nœud autour d'un de ses poignets.

— Simple mesure de précaution, lui répondit-il en resserrant la corde autour de l'autre poignet.

Les fibres rugueuses lui meurtrissaient la peau. Les liens étaient si serrés que la circulation se faisait à peine dans ses doigts. Au moindre mouvement, la corde lui entamerait l'épiderme.

Elle posa à nouveau son regard sur l'homme qui avait bien voulu croire son histoire. Sans trop savoir pourquoi, elle s'était doutée depuis le début qu'il était le chef de la bande.

Il lança un ordre, et les hommes se remirent en selle lentement. Elle tourna la tête vers le corps de Brad qui gisait là à quelques mètres d'elle. Elle songea qu'elle aurait dû être bouleversée ou éplorée à cette vue. C'était mal de ne pas s'affliger de la mort d'un homme, surtout s'il s'agissait de son mari. Mais la peur et la volonté de survivre avaient chassé toute autre émotion de son esprit.

Elle sentit une secousse qui la poussa en avant. Elle résista pourtant. La corde s'enfonçait de plus en plus dans sa peau à mesure que l'Américain tirait pour la forcer à avancer.

— Attendez ! s'écria-t-elle sur un ton suppliant.

Il s'arrêta, se retourna vers elle, le sourcil levé, l'air perplexe. Elle désigna le corps de Brad d'un geste du menton.

— Vous n'allez tout de même pas le laisser là, à la merci des... animaux qui vont...

Elle fut incapable de finir sa phrase. La vision horrible qui lui avait traversé l'esprit l'en avait empêchée.

Une ombre glaciale passa dans les yeux bleus de l'homme.

— Nous venons de le tuer, lui rappela-t-il, narquois. Vous ne croyez tout de même pas que nous allons tout à coup nous transformer en catholiques pratiquants et lui offrir des funérailles en grande pompe, hein ?

Sheila ferma les yeux. (Son explication était d'une logique

par trop évidente.) Elle les rouvrit sur le corps sans vie de Brad.

— On ne peut pas, on ne peut pas le laisser là comme ça... répéta-t-elle à voix basse.

Une nouvelle secousse la propulsa en avant. L'un des cavaliers tenait les rênes du cheval de l'Américain, tandis que ce dernier la tirait à demi jusqu'à l'animal. Avant qu'elle ait eu le temps de reprendre l'équilibre, deux mains la saisirent à la taille et la hissèrent sur la selle.

Elle s'empara du pommeau pour ne pas tomber puis jeta un coup d'œil à l'Américain. Sa main était posée sur la selle tout près de sa jambe. Il plongea dans ses yeux un long regard sévère, puis il adressa quelques mots à l'homme qui retenait son cheval.

Sans dire une seule parole à Sheila, il fit volte-face et s'approcha du corps gisant dans la poussière sableuse du chemin. Il le souleva, le chargea sur son épaule et le transporta comme un sac de pommes de terre jusqu'à la voiture.

Comme un aimant, le regard du cavalier noir la força à tourner la tête et à lui faire face. Son cœur se mit à battre à tout rompre. Les yeux noirs et impitoyables du chef de bande l'hypnotisaient.

Une agitation soudaine et le son d'une voix rageuse la libérèrent de son magnétisme. Son attention avait été attirée ailleurs. Sans qu'elle s'en soit rendu compte, tous ses muscles s'étaient tendus pendant les quelques secondes qu'avait duré leur échange de regards. Imperceptiblement, elle sentit qu'elle se relaxait quelque peu. Elle tourna la tête pour voir ce qu'il se passait.

Le Mexicain aux dents jaunes, celui qui avait tué Brad, était à cheval devant les autres cavaliers groupés autour de lui en demi-cercle. Un torrent de paroles s'échappaient de sa bouche, visiblement adressées au chef de la bande. Sa monture s'agitait en réaction à sa colère. Il montra Sheila du doigt et referma le poing sur sa poitrine en un geste possessif. A cet instant, elle se rendit compte qu'il s'était placé de manière à empêcher l'Américain de revenir vers elle. Bien qu'elle ne pût comprendre ce qu'il disait, les intentions de l'homme étaient claires. Il réclamait son bien, considérant qu'elle lui appartenait.

Un frisson d'effroi lui parcourut l'échine. Ils n'allaient tout de même pas l'obliger à chevaucher avec l'homme qui avait tué Brad, pensa-t-elle, terrorisée. L'Américain au moins s'était montré un tant soit peu compatissant.

Les yeux écarquillés par l'angoisse, elle chercha à rencontrer le regard du cavalier noir. De toute évidence, la décision lui appartenait. Il ne lui accorda pas même un regard, haussa les épaules avec indifférence et tira sur les rênes de son cheval pour sortir du groupe. En poussant un cri de triomphe, le Mexicain éperonna son cheval et, avec horreur, Sheila le vit s'approcher d'elle. Bientôt les deux bêtes furent côte à côte. Il s'empara des rênes du cheval de l'Américain, sur lequel Sheila avait été hissée, et tira dessus sauvagement. Elle jeta un regard sur le propriétaire du cheval dans l'espoir de le voir réagir. Rien dans son visage ne montrait qu'il s'opposait à ce qui était en train de se passer. Le bras qui lui encerclait la taille se referma autour d'elle comme un étau. Hurlant, distribuant des coups de pied dans toutes les directions, elle passa d'un cheval à l'autre.

Personne ne semblait faire attention à ses cris. Le Mexicain resserra son étreinte autour de sa taille. Elle avait l'impression qu'il allait la couper en deux. Il éperonna sa monture, qui fit un bond en avant, jetant Sheila contre la poitrine de l'homme. A chaque pas, le pommeau de la selle s'enfonçait dans sa cuisse. Le meurtrier riait de ses efforts pour se dégager. Il savait bien, tout comme elle, que ce n'était qu'une perte d'énergie. Elle ne pouvait lui échapper. Folle de dépit et de rage impuissante, elle étouffa un sanglot, cessa de se débattre et se raidit tant qu'elle le put.

Le cheval avait ralenti l'allure. Elle balaya d'un regard sombre et accusateur la bande qui s'était mise en branle, quittant le lieu du crime. Deux retardataires galopaient pour rejoindre le groupe. Lorsque l'Américain aux yeux bleus les dépassa, elle le foudroya du regard ; il ne lui jeta même pas un coup d'œil et s'en fut rejoindre le chef de bande au petit galop.

Parce qu'elle avait les mains liées et qu'elle était assise en amazone, Sheila ne pouvait faire autrement que de s'appuyer contre le bras et la poitrine de l'homme. Son épaule frottait contre le tissu grossier de son poncho qui lui irritait la peau à travers la soie mince de son chemisier. L'haleine de l'homme empestait. Elle tâchait de tourner la tête pour ne pas avoir à la supporter.

La petite bande avait quitté le chemin. Le terrain devenait de plus en plus irrégulier et accidenté. Le cuir des selles craquait.

Ils semblaient suivre un itinéraire invisible longeant la chaîne montagneuse. Simultanément, comme par magie, les chevaux se mirent au pas.

L'homme lui adressa quelques mots en espagnol, d'une voix basse et pleine de sous-entendus. Elle sentit son souffle chaud et nauséabond sur sa joue. Elle lui décocha un coup d'œil glacial et se raidit lorsqu'elle vit que son regard brillant de désir plongeait dans son corsage.

Comme elle faisait le dos rond pour minimiser le contact entre leurs deux corps, son décolleté s'approfondit, et, en dépit de son chemisier boutonné très haut, la naissance de ses seins devint nettement visible. Elle croisa ses bras sur sa poitrine pour se protéger du regard indiscret de l'homme.

— *No, no, señora,* protesta-t-il avec un sourire lubrique en tirant sur la corde pour la forcer à baisser les bras.

En se contorsionnant sur sa selle, il parvint à glisser son coude entre les poignets de la jeune femme. Il exerça une forte pression pour l'empêcher de relever les bras. Dès qu'il posa ses doigts tremblants d'excitation sur la soie de son chemisier qui soulignait la forme de ses seins, elle se déroba d'un mouvement brusque de côté. Ce faisant, elle tendit le tissu soyeux sur sa poitrine. Ignorant son geste, il posa l'une de ses mains en coupe autour d'un de ses seins.

— Retirez votre sale main de là, hurla-t-elle, folle de rage. Espèce d'horrible brute !

Il éclata de rire et, comme pour la punir, il resserra l'emprise de sa main. Deux autres cavaliers s'étaient rapprochés d'eux et observaient la scène avec délice en proférant des paroles d'encouragement et des remarques narquoises à l'égard de l'agresseur de Sheila, qu'ils appelaient Juan. Sheila essaya de lui donner un coup de pied dans le tibia, mais elle manqua sa cible et son talon retomba assez mollement sur l'étrivière.

De ses doigts grossiers, l'homme se mit à tripoter le premier bouton du chemisier de soie et tirailla dessus tant et si bien qu'il finit par céder, révélant la poitrine pulpeuse. Il cria pour attirer l'attention de ses compagnons, pour se vanter de son riche butin.

Honteuse, en proie à un sentiment d'avilissement sans nom, Sheila se débattit sauvagement. L'horreur que lui inspirait la situation semblait décupler ses forces. De ses mains rugueuses, l'homme se mit en devoir d'explorer la chair qu'il avait mise à découvert. Sheila sentit une vague de nausée monter en elle.

— Mon père ne vous donnera pas un centime, s'écria-t-elle, ulcérée, paralysée par l'humiliation. Pas un centime. Vous m'entendez ? hurla-t-elle à l'adresse des deux hommes qui chevauchaient devant eux, comme pour les mettre en garde.

Le cheval caracolait sous le poids de ces deux charges qui s'agitaient sur son dos ; il secouait la tête dans tous les sens et s'ébrouait nerveusement. Sheila se rendit compte qu'elle n'avait aucun moyen de s'échapper. On l'avait remise entre les mains de cette brute. Elle savait qu'elle préférerait mourir plutôt que de céder à ses désirs.

Paniqué, le cheval s'était remis à faire des cabrioles. Sheila pensa qu'elle n'avait qu'une seule solution pour se dérober aux caresses : elle se mit à frapper du talon, de toutes ses forces, non plus les jambes du Mexicain mais les épaules et l'encolure de l'animal. En poussant un hennissement retentissant, la bête se cabra à demi, interrompue dans son mouvement par la douleur provoquée par le rétrécissement brutal des rênes et un violent coup d'éperon dans le côté. Mais Sheila, pantelante, continuait à donner des coups de pied avec l'énergie du désespoir. Sans qu'elle s'en rendît compte, elle sanglotait. Sous l'emprise de la souffrance, le cheval menaçait de s'emballer. Bien qu'il soit un cavalier chevronné, le Mexicain avait du mal à le maîtriser. Plus les autres se gaussaient de lui, plus il sentait la rage monter en lui. Sheila voyait son visage s'empourprer à vue d'œil.

Elle glissa son pied sous les rênes et tira violemment, secouant la tête du cheval de droite et de gauche. Les sabots nerveux essayèrent de suivre le mouvement. En vain. L'animal était affolé. Tout à coup, il décocha une ruade. Sheila sentit qu'il allait se coucher sur le côté. Il tomba lourdement sur le sol. Au moment de la chute, elle eut la présence d'esprit de tordre le bras pour se dégager de l'emprise du Mexicain, et réussit à lui échapper.

Elle se remit sur pied, assommée, et essaya de courir. Elle avait à peine fait dix mètres lorsqu'elle entendit des pas lourds derrière elle. Une main lui saisit le coude et lui fit faire demi-tour. Elle perdit l'équilibre et s'effondra. Le meurtrier de Brad était là, devant elle, les traits déformés par la colère et le désir de revanche. Deux autres cavaliers s'approchèrent et mirent pied à terre de chaque côté de Sheila.

Terrifiée, Sheila se releva avec peine, sans quitter des yeux l'homme qu'on appelait Juan. Il s'avança, menaçant. Instantanément, les deux autres la rejoignirent et la saisirent par les bras pour l'empêcher de fuir. Elle leur mordit les mains, leur donna des coups de pied, se débattant comme une sauvage.

Et puis tout à coup, au moment où elle s'y attendait le moins, ils la libérèrent. Sans se poser de questions, elle se retourna, prête à prendre ses jambes à son cou. Elle ne s'était pas aperçue que, pendant qu'elle luttait désespérément pour se dégager, les autres cavaliers avaient formé un cercle autour d'eux.

Pantelante, épuisée par la lutte et l'effroi, elle se retourna. Qu'allait-il se passer à présent ? Elle leva les yeux sur le visage impassible et impénétrable du chef de bande. Le regard de celui-ci croisa le sien, puis se posa sur sa poitrine haletante et découverte. Immédiatement, elle leva les bras pour se couvrir.

Son geste, qui venait cacher, trop tard, ce que tout le monde avait pu regarder à loisir, le fit sourire méchamment. Il mit pied à terre et détacha de sa selle ce qui lui semblait être une couverture et une longe. La peur lui transit le cœur. Pourtant, elle s'arma de courage, décidée à le braver coûte que coûte.

Sa minceur était trompeuse. Il était beaucoup plus grand et plus imposant qu'elle ne l'avait pensé. Il marcha vers elle d'un pas félin. Pas une seconde, il ne quitta des yeux le visage de Sheila, l'hypnotisant au point que, même si elle avait voulu essayer de fuir, elle n'aurait sans doute pas pu.

Une fois arrivé devant elle, il déplia le poncho qu'il avait apporté et le lui enfila. Puis il lui mit les bras le long du corps.

Il lui adressa quelques mots en espagnol de sa voix basse et calme ; elle perçut l'ironie de son ton. Son cœur se mit à battre à tout rompre. Les nerfs à fleur de peau, elle se raidit. Sa présence si près d'elle semblait intensifier le danger.

Il fit un nœud avec la longe et la lui passa par-dessus la tête. Son sang se figea quand il la lui mit autour du cou. Puis, il la fit passer au-delà des épaules.

Incapable de supporter cette agonie plus longtemps, elle s'écria :

— Mais qu'allez-vous faire de moi ?

Il ne répondit rien. De toute façon, même s'il s'en était donné la peine, elle n'aurait pas compris. Lorsque la corde lui encercla la taille, il la serra comme s'il s'était agi d'une ceinture. Elle chercha du regard le seul homme qui pouvait lui expliquer ce qui allait lui arriver.

— Pourquoi fait-il cela ? demanda-t-elle à l'Américain d'une voix plus faible qu'elle ne l'eût voulu.

— Vous aviez tellement envie de courir, répondit-il, qu'il a décidé de vous satisfaire en vous faisant faire un peu d'exercice.

Son regard croisa à nouveau les yeux noirs. Le chef de bande retourna à son cheval, tenant l'autre extrémité de la longe, et remonta en selle. Puis il s'immobilisa et la dévisagea quelques instants avant de lâcher les rênes de sa monture qui partit au pas. La corde s'était tendue. Sheila comprit qu'elle n'avait que deux solutions : marcher ou se laisser traîner.

Elle résolut de marcher. De toute façon, il valait mieux ça, plutôt que de devoir chevaucher avec l'homme qui avait tué Brad. Ses mains emprisonnées saisirent la corde, de manière à ne pas perdre l'équilibre.

Deux kilomètres. Trois kilomètres, peut-être. Ses jambes fatiguées par le terrain accidenté qu'elle avait parcouru la portaient à peine. L'air qu'elle respirait était chargé de la poussière soulevée par le cheval qui marchait devant elle. Ses cheveux trempés par la sueur lui barraient le visage.

Jamais elle n'aurait cru qu'elle avait autant d'endurance. Elle marchait, marchait, les dents serrées. Elle trébuchait souvent. Elle buta contre une pierre et tomba à genoux. La corde continua à la tirer et à la traîner sur plusieurs mètres avant de se détendre.

Elle essaya alors de se relever. Trop épuisée pour se mettre debout, elle s'assit sur ses talons, brisée par la douleur et la fatigue, incapable de retenir ses larmes plus longtemps. Elle avait l'impression que ses poumons allaient éclater avant qu'elle ait le temps de reprendre son souffle. Une ombre menaçante passa devant ses yeux. Elle s'attendait à tout instant à sentir la corde la tirer à nouveau. Mais cela lui était égal, elle ne ferait pas un pas de plus.

Malgré ses larmes, elle vit soudain une paire de bottes poussiéreuses tout près d'elle. Lentement, elle releva la tête. Il était là, debout devant elle, cet homme aux traits si virils, assombris d'une barbe naissante. Son bourreau. Au bout d'un moment, qui lui parut une éternité, elle s'aperçut qu'il lui tendait une gourde. Elle avait la gorge et la bouche sèches et les lèvres enflées. Longtemps, elle fixa l'objet du regard. L'homme s'accroupit près d'elle et retira le bouchon du récipient. Elle releva un peu plus la tête pour lui faire face et essaya de trouver un peu de salive pour lui cracher au visage. Ce fut une piteuse tentative pour lui manifester sa haine.

Il la regarda dans le blanc des yeux, en silence, puis haussa les épaules et porta la gourde à ses lèvres. Au bruit de l'eau Sheila crut qu'elle allait devenir folle. Son corps tourmenté par la soif se mit à trembler lorsqu'elle vit les lèvres du cavalier, humides de l'eau qu'il venait de boire. Elle capitula. La soif la tenaillait trop.

Mais au lieu de lui proposer de boire une seconde fois, il remit le bouchon et se releva. Etouffant un sanglot, Sheila le suivit des yeux. Elle avait failli céder devant ce chef de brigands, son tortionnaire. Jamais elle n'avait plongé son regard dans des yeux aussi noirs, noirs comme l'enfer, complètement dénués d'émotion.

Elle sentait qu'elle était sur le point de devenir folle. Elle n'en pouvait plus. La moindre émotion aurait suffi à la faire basculer. Seul l'instinct de survie lui permit de tenir.

Elle balaya du regard la petite clairière broussailleuse où ils s'étaient arrêtés. Les autres cavaliers avaient mis pied à terre eux aussi pour reposer leur cheval. Ce n'était pas pour lui permettre à elle de se remettre qu'ils n'étaient pas repartis tout de suite, mais pour laisser les chevaux souffler. Elle ne put s'empêcher de sourire faiblement.

Elle leva les yeux vers les crêtes montagneuses qui se découpaient à l'horizon. Le soleil, d'une luminosité aveuglante, montait la garde derrière les sommets, de sorte que certains versants non ensoleillés semblaient par contraste d'une noirceur menaçante.

Elle tourna la tête vers l'est, d'où ils étaient venus. Depuis qu'ils avaient quitté la route, ils avaient escaladé la pente. Elle distinguait à peine la route toute petite, en contrebas. L'air s'étant raréfié, elle éprouvait du mal à respirer. Elle était trop nerveuse pour trouver une consolation dans cette explication. Elle baissa la tête et ferma les yeux. Elle était bien trop épuisée pour raisonner logiquement. Presque dans un état de transe, elle écoutait son cœur battre violemment.

Pas un autre son ne lui parvenait — pas même les murmures de voix qui conversaient dans un langage qui lui était étranger, ou le piétinement des chevaux... rien que les battements de son cœur qui s'affolait comme pour lui rappeler qu'elle était bien vivante.

CHAPITRE VI

LE CRAQUEMENT DES SELLES et le tintement des éperons la tirèrent brusquement de sa torpeur. Elle dut faire un effort pour relever la tête. Immédiatement, elle rencontra le même regard insondable. Elle le fixa inconsciemment de ses yeux las pendant un long moment.

La pause était finie. Ils s'étaient tous remis en selle, prêts à repartir.

En faisant des efforts presque surhumains, elle réussit à se remettre debout tant bien que mal. Elle tenait à peine sur ses jambes. La corde, assez lâche, lui entourait la taille. Elle savait qu'elle allait se tendre quand le cheval avancerait, qu'il lui faudrait alors marcher encore, encore.

Une main gantée et experte fit tourbillonner la corde, qui tomba à ses pieds. La même main saisit les rênes et fit faire quelques pas au cheval. Comme dans un brouillard, Sheila essayait de comprendre ce qui se passait mais elle n'y parvenait pas. Tout était si confus dans son esprit. Les pieds solidement ancrés dans les étriers, l'homme se pencha et la souleva en la prenant par la taille comme si elle n'avait pas pesé plus lourd qu'un enfant. De fait, Sheila se sentit tout à coup d'une extrême légèreté, comme si elle flottait dans l'apesanteur.

Lorsqu'il la fit pivoter pour l'asseoir entre ses jambes, elle se souvint brusquement du traitement dégradant que lui avait réservé la brute qui avait tué Brad. Son corps meurtri et au bord de l'épuisement ne pourrait jamais résister à un autre assaut.

Pourtant, elle tenta de se défendre :

— Non, je vous en prie !

Sa gorge était si sèche qu'il n'en sortit que des sons rauques. De toutes ses forces, elle essaya de repousser son bras. Mais bientôt, le regain d'énergie passé, elle dut s'avouer vaincue. Impossible d'opposer la moindre résistance à ce bras puissant.

— Je vous en prie, murmura-t-elle, suppliante, je n'en peux plus, je n'en peux plus.

Il la lâcha, la retenant simplement pour l'empêcher de tomber. Ignorant sa prière, il commença à enrouler comme un lasso la longe avec laquelle il l'avait tirée pendant plusieurs kilomètres. Quand il l'eut accrochée à nouveau à la selle, il réinstalla Sheila de façon que son épaule vienne se loger dans le creux de son bras gauche et que sa tête repose sur sa propre épaule.

De la main gauche, il se saisit des rênes. Puis il reposa son poignet avec une certaine douceur contre la hanche de la jeune fille. Le cheval partit au pas. Les autres cavaliers se mirent en branle à sa suite. Dans la position où elle était, Sheila pouvait se laisser aller sans avoir à fournir d'effort. Le bras et la poitrine de l'homme la soutenaient.

Elle leva vers son visage des yeux lourds de fatigue. L'ombre de la barbe naissante de l'homme accentuait les traits puissants et volontaires de sa mâchoire et de son menton. Il y avait une certaine dureté dans sa bouche aux lèvres minces et serrées. Chacune de ses joues était creusée d'une ride profonde. Son nez fin et ses pommettes hautes conféraient à son visage une grande noblesse accentuée par le creux de ses joues.

Ses yeux noirs soulignés par une barrière de longs cils tout aussi sombres scrutaient le paysage environnant avec une attention constante et ne reflétaient rien de ses pensées. Les arcs parfaits de ses épais sourcils achevaient de lui donner une expression d'une extraordinaire virilité. Son front disparaissait sous son chapeau poussiéreux à larges rebords.

Il y avait en lui quelque chose d'irrésistible, de presque trop viril, quelque chose d'agressif et de tranchant, qui exigeait l'attention. Sa présence seule lui suffisait pour dominer le groupe sans qu'il ait à prononcer une parole. Sheila comprenait maintenant pourquoi elle l'avait immédiatement distingué de ses camarades.

C'était un homme dur, froid, dont il fallait se méfier. Elle le savait, et pourtant, elle se sentait assez à l'aise, la tête sur son épaule et le dos soutenu par son bras musclé. Son odeur masculine emplissait ses narines et lui apportait un certain réconfort, comme une drogue apaisant son cerveau fatigué. Peu à peu, elle se laissa aller. Ses paupières s'alourdirent et elle finit par fermer les yeux.

Elle sentit quelque chose lui chatouiller la joue. Une voix basse, douce, un peu rauque lui murmurait quelques mots inintelligibles dans l'oreille. Elle ouvrit les yeux lentement, en luttant contre les brumes du sommeil qui obscurcissaient sa vue. Elle était appuyée contre quelque chose de dur et de solide. Ou était-ce quelqu'un ?

Ses yeux se fixèrent sur la main gantée qui lui avait touché la joue. Au moment où elle se souvenait de la situation dans laquelle elle était, la forme qui la soutenait se détacha d'elle. Lentement, ses muscles endoloris et raidis réagirent de manière à ne pas lui faire perdre l'équilibre. Il mit pied à terre et se tourna vers elle pour l'aider à descendre de cheval. Elle sentit ses jambes se dérober sous elle ; il la rattrapa par la taille et la soutint jusqu'à ce qu'elle récupère suffisamment de force pour tenir debout toute seule. Alors, il la lâcha et entreprit de desseller son cheval. Pendant quelques secondes, Sheila regarda autour d'elle, ne sachant pas si ses jambes étaient assez fortes pour lui permettre de marcher.

Le soleil était couché et le crépuscule avait jeté sur le paysage un voile violet. Un frisson la transperça. Ils s'apprêtaient à camper pour la nuit. La clairière bien abritée au milieu de laquelle ils s'étaient arrêtés constituait un site idéal. De hautes herbes couvraient le sol d'un tapis épais. Un peu plus loin, une source s'écoulait en un mince filet. L'un des chevaux avait déjà commencé à grignoter l'herbe tandis que son cavalier le déchargeait du poids de la selle.

Son regard fut attiré dans la direction d'où elle venait d'entendre un bruit de liquide. La soif lui brûlait la gorge.

Elle tendit ses mains liées vers la gourde qu'on lui présentait, jusqu'à ce qu'elle reconnaisse la main gantée qui lui offrait le récipient. Ses yeux se posèrent sur le visage sombre de son ravisseur.

Son être en proie à une soif dévorante se mit à trembler, mais elle ne put se résoudre à lui prendre la gourde des mains. Elle baissa les bras et plongea dans les yeux de l'homme un regard plein de défi, sachant très bien que c'était elle qui souffrirait de cette rébellion, mais déterminée à rester de marbre.

Il leva un sourcil, amusé. Pendant quelques secondes, elle hésita. Déjà, il rebouchait la gourde. A demi folle, tant sa soif était intense, elle fit volte-face pour affronter le regard pensif de l'Américain. Elle fit quelques pas chancelants de côté. Oublier tout cela, les oublier tous. Elle fut arrêtée dans son élan par une voix qui s'adressait à elle d'un ton impérieux, une voix que, dès lors, elle put reconnaître entre mille.

— Je suis trop fatiguée pour courir. Je veux simplement m'asseoir, dit-elle d'une voix rauque et monocorde qu'elle n'arriva même pas à identifier comme la sienne. Est-ce que vous pouvez comprendre ça ?

De toute évidence, son message avait été compris, grâce à la faiblesse de sa voix ou à l'instabilité de ses jambes, sans doute. Personne n'essaya de l'arrêter lorsqu'elle fit encore quelques pas, d'une démarche incertaine et maladroite.

Elle s'assit à un endroit où l'herbe épaisse lui offrait un coussin. Elle s'étendit, vaguement reconnaissante. Elle ne voulait ni parler ni penser. Mais il lui fallait se concentrer sur quelque chose pour tâcher d'oublier cette soif insoutenable. Elle essaya de fixer le ciel noircissant, à la recherche de la première étoile. Son regard se posa sur le visage d'un homme accroupi à côté d'elle, qui tenait une gourde à la main. Elle inspira profondément à cette vue qui ne faisait qu'ajouter à sa souffrance et dévisagea l'Américain aux yeux bleus d'un air accusateur.

— Allez-vous-en, ordonna-t-elle d'une voix blanche.

— Je croyais que vous vouliez vivre, madame Sheila Rogers Townsend, répondit-il, moqueur. Et vous voilà en train de mourir de soif ! Auriez-vous des tendances suicidaires ?

— Cela ne vous regarde pas.

Elle ferma les yeux pour ne plus voir la gourde, et chercha à dissimuler son visage dans les hautes herbes qui l'entouraient.

— Mais bien sûr que si, ça me regarde. Ça nous regarde tous, précisa-t-il. Vous prétendez que votre père est riche et qu'il est prêt à nous donner beaucoup d'argent pour vous récupérer vivante. Et voilà que vous êtes en train de vous suicider avant que nous ayons eu le temps de le contacter.

— De l'argent...

Sheila essaya de rire, mais ne parvint à émettre qu'un son étouffé.

— Tout à l'heure sur la route, vous nous avez fait un beau petit discours pour nous prouver que nous avions intérêt à vous garder en vie. Pas un seul instant, vous n'avez paniqué ou perdu la tête. Alors pourquoi ne pas vous comporter de manière intelligente à présent, en buvant un peu d'eau ? (Il dévissa le bouchon de la gourde. Le bruit la fit tressaillir.) Vous ne voulez pas vraiment mourir, madame Townsend ?

Sheila sursauta.

— Ne m'appelez pas comme ça.

Ce qu'elle pensait en réalité à ce moment-là, c'est qu'effectivement elle ne voulait pas mourir.

Une main se glissa sous sa nuque pour lui soulever la tête. Elle sentit le métal froid de la gourde se poser sur ses lèvres. La douceur d'une eau fraîche lui emplit la bouche.

— Allez, buvez.

Il pencha la gourde et le filet d'eau s'amplifia.

Elle leva les mains pour se saisir de la gourde et augmenter encore le débit de l'eau. Bientôt sa bouche s'emplit de plus de liquide qu'elle ne parvenait à en avaler. Elle faillit s'étrangler.

— Doucement, doucement, lui recommanda l'Américain en retirant la gourde de ses lèvres. Buvez lentement, peu à la fois.

Sheila se força à boire à petites gorgées. Elle aurait pu engloutir des litres et des litres. Il y avait encore de l'eau dans la gourde lorsqu'il la reboucha. Elle aurait voulu boire encore et elle le lui dit.

— Tout à l'heure, lui promit-il avant de reposer sa tête sur le tapis d'herbes.

Elle tendit le cou pour pouvoir le regarder plus à son

aise. Silencieusement, elle étudia son visage pendant quelques instants. Elle était toujours enveloppée dans ce cocon bienfaisant qui la protégeait temporairement de la réalité.

— Quel est votre nom ? demanda-t-elle.

Il hésita, et fit mine de resserrer le bouchon de la gourde Puis il jeta un coup d'œil apparemment indifférent au reste de la bande. Lorsqu'il plongea à nouveau son regard dans celui de Sheila, ses yeux étaient d'une extrême froideur.

— Ils m'appellent Laredo, répondit-il enfin, en montrant d'un geste les autres membres du groupe. (Sheila attendit, pensant qu'il allait aussi lui dire son nom de famille. Sa bouche se tordit d'une étrange grimace.) C'est pas plus mal qu'autre chose, ajouta-t-il pour conclure.

Une lueur de curiosité brilla dans les yeux félins de Sheila.

— Etes-vous de Laredo ?

— Pas vraiment, se contenta-t-il de répondre, énigmatique.

— Mais vous êtes américain ?

— Je suis né aux Etats-Unis.

Il jeta un bref coup d'œil vers le nord au loin comme pour indiquer que la distance qui le séparait de son pays était incommensurable. Comme pour dire qu'il n'y retournerait jamais, qu'il ne pourrait jamais rentrer chez lui.

— Qui sont-ils ?

Les autres n'étaient plus que des ombres qui allaient et venaient sur le site du camp.

— Leurs noms ? Leurs métiers ? Ils ont probablement oublié eux-mêmes. C'est mieux ainsi. C'est plus facile.

Ils avaient fait un petit feu au milieu du camp. La lueur vacillante des flammes éclairait le visage malveillant du Mexicain nommé Juan. Son sourire narquois et morne découvrait des dents jaunâtres et irrégulières. Il fixait Sheila avec une vive attention. Elle sentit de nouveau sur son corps, avec une terrible vivacité, les mains sales et tâtonnantes et le souffle de l'haleine nauséabonde.

— Plus facile, pour vous et vos amis, de piller, tuer et violer, s'exclama-t-elle d'un ton plein de défi et empreint d'une amertume haineuse.

Il avait suivi son regard. Il tourna vers elle son visage indifférent et jeta la gourde près d'elle.

— Je vous laisse ça, lui dit-il. Si j'étais vous, j'attendrais un peu avant de boire à nouveau.

Et il se releva, prêt à s'éloigner.

— Laredo !

Sheila réussit à se poser sur un coude malgré ses mains liées. Il se retourna et attendit poliment qu'elle parle, distant pourtant.

— Est-ce que... (Elle hésita, puis recommença :) Suis-je supposée vous distraire, vos amis et vous, cette nuit ?

— Vous nous avez dit que votre père ne nous paierait pas un centime si nous vous faisions du mal.

Mais sa réponse ne venait ni démentir ni confirmer ses craintes.

— Je sais très bien ce que j'ai dit, rétorqua-t-elle. Vous ne répondez pas à ma question.

Il haussa les épaules, se retourna et alla s'asseoir près du feu, la laissant seule sans avoir dissipé son anxiété, libre d'imaginer le pire. Avec peine, elle se mit sur son séant. La fatigue et la soif ne l'aveuglaient plus.

Rien ne les empêchait de la violer et de réclamer ensuite une rançon à son père. Par son comportement, Laredo lui avait déjà démontré qu'il ne s'interposerait pas entre elle et ses compagnons pour la protéger. Et de toute évidence, cette bande de brigands ne s'encombrait pas de scrupules. Les mains liées, épuisée, meurtrie, Sheila serait totalement impuissante à se défendre.

Elle flaira l'odeur de la nourriture qui cuisait sur le feu. Des haricots rouges, pensa-t-elle. Simultanément, elle sentit les tiraillements de son estomac criant de faim. Elle réalisa tout à coup qu'elle n'avait pas mangé depuis vingt-quatre heures. Elle avait l'impression qu'il s'était passé des années. Les cauchemars semblent toujours durer si longtemps. Et le sien venait juste de commencer, pensa-t-elle.

Plusieurs mètres plus loin, Laredo était assis en tailleur, une assiette à la main, une timbale remplie de café brûlant en équilibre sur le genou. Sheila le regardait, les yeux écarquillés par la faim.

Une haute silhouette, soulignée par la clarté du feu, s'approcha d'elle. Sheila reconnut immédiatement sa démarche féline et nonchalante. C'est seulement lorsqu'il fut arrivé tout près d'elle, qu'elle s'aperçut qu'il portait une assiette dans une main et un gobelet dans l'autre. Il se pencha et posa l'assiette près d'elle, puis se redressa. L'assiette contenait des haricots assez peu appétissants, un morceau de viande racornie et un croûton de pain sec. Mais elle avait faim et elle n'y pensa même pas. Elle tendit les bras avec empressement pour qu'on lui délie les mains afin qu'elle puisse manger. Il la regarda à peine. Ses traits durs étaient flous dans les ombres de la nuit.

— Détachez-moi, lui demanda-t-elle d'un ton impérieux.

Il ne fit pas un mouvement pour accéder à sa demande. Sheila soupira et jeta un coup d'œil par-dessus son épaule vers Laredo.

— Auriez-vous l'amabilité de dire à cet ignorant qui se trouve être votre chef que je ne peux pas manger les mains attachées ?

Laredo hésita, puis il leva la tête vers l'homme qui se tenait près de Sheila. Il y eut un bref échange entre les deux hommes. Le chef n'avait donné aucune réponse à la question de Laredo. Il n'avait dit ni *si*, ni *no*. Avant qu'elle puisse penser à ce que devait être l'issue de la conversation, l'homme était retourné près du feu et l'avait laissée seule.

Son regard empreint de rage se posa à nouveau sur Laredo. Il se leva, tenant à la main son assiette et son gobelet, et marcha vers elle. Il s'assit près d'elle et entreprit de défaire le nœud et de désenrouler la corde qui lui enserrait les poignets.

— Merci.

Sheila remua doucement ses doigts engourdis. De grands cercles rouges marquaient sa peau aux endroits où la corde étroite lui avait meurtri les poignets. Mais elle avait trop faim pour s'en inquiéter.

— J'exécute les ordres.

Il haussa les épaules, indifférent, et ramassa son assiette.

De ses mains tremblantes, Sheila l'imita. Pendant quelques minutes, elle concentra son attention sur ce qu'il y avait dans son assiette, prenant les haricots tant bien que mal avec le morceau de pain et mordant à belles dents dans la viande dure comme du cuir.

Lorsqu'elle eut fini, il ne restait rien dans son assiette. Elle avala une gorgée de café. Rassasiée, elle serra ses mains autour de la timbale de café. Et son regard se perdit dans le feu.

Laredo fit de même. Au bout d'un moment, elle se tourna

légèrement et se mit à l'examiner. Dans la douce lumière des flammes vacillantes, il avait l'air plus jeune. Elle crut voir une lueur de solitude hanter ses yeux bleus. De nouveau, il éveilla la curiosité de Sheila.

— Ces gens-là, ce n'est pas vraiment votre monde, lui dit-elle d'un ton tranquille.

Il lui jeta un regard de côté, cynique et moqueur.

— Ah non ?

— Vous n'êtes pas comme eux.

— Et pourquoi ça ? (Il esquissa un sourire grimaçant.) Parce que je parle anglais, peut-être ?

— Non, bien sûr que non. (Penchant la tête de côté, Sheila se mit à l'étudier avec attention.) Pourquoi êtes-vous avec eux ? Je ne peux pas croire que ce soit de votre plein gré.

— Vous ne *voulez* pas le croire, corrigea-t-il.

— Est-ce de votre plein gré ?

— Oui. (Il n'y avait pas un soupçon de regret dans sa voix.) Ce sont mes amis.

— En dépit du fait qu'ils ont tué et que vous êtes de ce fait complice d'un meurtre ?

— Vous faites référence à votre mari ? C'est sa stupidité qui a causé sa mort. S'il n'avait pas porté la main à son revolver, il s'en serait sorti indemne avec un peu d'argent en moins, c'est tout. (Ses yeux brillaient d'une lueur maligne.) J'ai remarqué que sa mort ne vous a pas tellement touchée.

Délibérément, Sheila ignora ce commentaire.

— Parce qu'il défendait son bien, il a provoqué sa propre mort ? dit-elle, reformulant sa phrase d'un ton railleur. Est-ce comme cela que vous expliquez ce meurtre ? (Son regard se posa sur le chef des bandits qui se tenait à quelques pas d'eux.) Ou est-ce que vous vous contentez de répéter ce que *lui* vous a dit ? Votre chef, qui me sauve la vie pour me livrer ensuite à cet horrible porc qui a assassiné mon mari.

Sheila avait parlé d'une voix forte sans essayer de dissimuler son mépris. Laredo but une gorgée de café sans répondre.

— Qu'y a-t-il ? Avez-vous peur que je me souvienne que vous n'avez absolument pas protesté quand votre chef m'a remise entre les mains de ce hors-la-loi ? Je ne peux pas vous en tenir grief, bien sûr, railla-t-elle. Vous vous contentez de suivre les ordres, c'est bien ça ?

— C'est ça, reconnut-il calmement.

— Que vous soyez d'accord avec ces ordres ou pas, ajouta-t-elle avec répugnance. Qui est-il ? L'incarnation du diable ?

— Par ici, les noms n'ont pas beaucoup d'importance.

Il semblait impossible de le provoquer, ce Laredo. Il ne défendait pas son chef, mais il ne l'accusait pas non plus.

— Que faites-vous ? Vous baissez l'échine en l'appelant patron ? (Essayer de l'amadouer lui paraissait une entreprise probablement vouée à l'échec, mais c'était son seul espoir.) Vous devez m'aider, Laredo. Nous sommes tous les deux américains. Vous ne pouvez pas les laisser faire ce qu'ils ont décidé pour moi. Je vous en supplie. Ô, mon Dieu ! (Prise de panique, elle sentit sa gorge se serrer.) Vous ne voyez pas comme ils me regardent, comme ils nous regardent ? (Elle balaya du regard le groupe d'hommes assis autour du feu. Ce n'était pas son argent qui attirait ainsi leur regard.) Aidez-moi à m'enfuir. Aidez-moi !

— Pour que vous alliez tout raconter aux *soldados*, à la police ? dit-il en ricanant. (Un sourire dur et amusé à la fois passa sur ses lèvres.) Vous oubliez que j'étais là, avec eux. Ils me passeraient la corde autour du cou, tout comme à eux.

— Je ne dirai rien, je vous le promets. Aidez-moi.

— C'est pas la peine d'insister, dit-il en finissant son café.

Des larmes lui brûlaient les yeux, elle les essuya du revers de la main. Elle osait à peine respirer de peur d'éclater en sanglots. Plusieurs minutes s'écoulèrent avant qu'elle retrouve son calme.

— Où m'emmenez-vous ?

Son regard passa sur elle puis alla se fixer vers l'ouest.

— Là-haut.

Sheila se retourna. Dans l'obscurité, elle vit briller le bout d'une cigarette allumée, ce qui lui rappela à quel point le chef de la bande était près d'eux. Elle regarda au loin. Les crêtes dentelées de la Sierra Madre se détachaient, noires dans le ciel bleu nuit.

— Dans les montagnes ? demanda-t-elle pour qu'il le lui confirme.

Il acquiesça d'un bref mouvement de la tête. Cela expliquait pourquoi ils se déplaçaient à cheval. De vastes zones de la chaîne septentrionale n'étaient accessibles qu'à cheval ou à pied. Cette terre primitive, inhospitalière était un refuge idéal pour une bande de hors-la-loi en déroute. Une vague de désespoir l'envahit.

— Comment contacterez-vous mon père ? demanda-t-elle.

Pour la première fois, elle pensa qu'ils ne la laisseraient peut-être jamais partir.

— Y a des façons.

— Que m'arrivera-t-il quand vous aurez l'argent ?

— C'est pas à moi de décider.

Il secoua la tête. De toute évidence, il se moquait éperdument de ce qui pouvait bien lui arriver.

— C'est lui qui décide, je suppose. (D'un geste, elle désigna la silhouette silencieuse qui se tenait à quelques mètres d'eux.) Vous faites tout ce qu'il vous ordonne ? Ou bien est-ce que vous commencez par vérifier les risques que vous encourez ? demanda-t-elle d'un ton cassant et amer.

— Vous parlez trop.

Il y avait de l'impatience dans sa voix, ce qui tendait à prouver que ses paroles ne le laissaient pas aussi indifférent qu'il le paraissait. Il se mit sur pied et lui tendit la main pour l'aider à se relever.

— Il est temps que nous allions nous coucher, dit-il.

Elle lui tendit la main à son tour, mais fut interrompue dans son geste par la fin de sa phrase. Ses doigts étaient suspendus dans l'air à quelques centimètres des siens.

— Nous ? répéta-t-elle.

Tous ses sens étaient en alerte. Elle avait l'impression d'avoir reçu une décharge électrique.

— Vous dormez avec moi ce soir, fit-il en hochant la tête.

Elle sentit la rage monter en elle. Elle lui avait demandé de l'aider, lui avait révélé ses craintes pour la nuit, les avait partagées avec lui.

Avait-il pensé qu'elle ne lui offrirait aucune résistance ? Parce qu'il était américain et qu'il avait parlé avec elle, croyait-il qu'elle lui serait reconnaissante que ce soit lui et pas un des autres ?

Son bras gauche tendu découvrait sa taille et ses hanches. Sous le poncho, elle vit briller la lame d'un couteau dépassant la gaine accrochée à sa ceinture.

Faisant semblant de se résigner, elle lui tendit sa main gauche et le laissa l'aider à se relever. Comme si elle perdait l'équilibre, elle se pencha en avant et en profita pour saisir le couteau avant qu'il ait eu le temps de se rendre compte de quoi que ce soit. Elle tordit le bras pour se dégager et recula de deux pas. La lame du couteau luisait, menaçante dans la lueur du feu.

— Ne me touchez pas, siffla-t-elle entre ses dents.

— Petite idiote, donnez-moi ce couteau, marmonna-t-il d'une voix basse.

— Si vous vous approchez, je vous tue...

Sa phrase s'acheva en un hurlement de douleur. Des serres d'acier lui avaient saisi le poignet déjà endolori par la corde et le lui tordirent jusqu'à ce que le couteau glisse de ses doigts. Elle dut se courber en deux lorsqu'on lui replia le bras dans le dos, puis se plaquer contre la poitrine solide d'un homme.

Une autre main s'empara d'une poignée de ses cheveux et la força à pencher la tête en arrière. Un second cri de douleur lui échappa. Elle vit alors les traits durs et réguliers du visage de son ravisseur tout près du sien. Son regard de feu se posa d'abord sur ses yeux, puis le long de ses joues jusqu'à ses lèvres humides et tremblantes.

Sheila attendait à tout moment que sa bouche dure s'écrasât sur ses lèvres. Toutes les fibres de son corps vibraient déjà de la sauvagerie de son baiser, bien qu'il ne l'eût pas encore réclamé. A cette idée, elle fut prise d'une sorte de vertige.

Aussi rudement qu'il l'avait attirée contre lui, il la repoussa. Elle s'effondra à ses pieds. Il se pencha, ramassa la corde qui lui avait lié les poignets et la jeta à Laredo en lui donnant un ordre bref d'un ton sec.

Un mauvais sourire tordait la bouche de l'Américain tandis qu'il lui rattachait les mains.

— Petite idiote, pourquoi avoir pris un risque aussi stupide ?

— Je le referai dès que possible, dit-elle d'une voix tremblante.

— Il le sait très bien.

Laredo se redressa. On jeta une couverture sur les épaules de Sheila. Un autre ordre fut proféré d'une voix sèche. Elle voulait se tapir sous la couverture, mais elle n'arrivait pas à détacher son regard de l'homme qui la dominait de sa haute taille et qui la dévisageait d'un air haineux. Laredo s'éloigna et revint quelques secondes plus tard avec la selle de son cheval, qu'il déposa près de Sheila. Il secoua sa couverture, l'étala par terre près d'elle et puis s'en recouvrit. Il baissa son chapeau sur son front pour reposer la tête sur la selle.

— Vous feriez mieux de vous reposer tant que vous le pouvez, madame Townsend. La journée sera longue demain, dit Laredo calmement. Quelqu'un montera la garde ce soir, et j'ai le sommeil léger.

Etouffant un sanglot de dépit, Sheila regarda le chef de la bande rapporter les assiettes et les timbales près du feu et retourner s'asseoir dans l'ombre à quelques mètres d'elle et de Laredo.

Une allumette s'enflamma dans l'obscurité et éclaira son visage pendant qu'il allumait une cigarette. Ensuite, il fit trop sombre pour qu'elle pût le voir. Mais elle savait qu'il était là, son nouveau maître diabolique.

Le fait que Laredo fût là, couché tranquillement auprès d'elle, et qu'il n'ait rien demandé d'elle ne la rassurait pas le moins du monde. Elle tremblait toujours. Elle s'étendit et ferma les yeux, doutant toutefois qu'elle réussirait à dormir.

La corde serrée autour de ses poignets lui brûlait la peau. Ses muscles douloureux lui faisaient encore plus mal sur le sol dur et irrégulier. Elle flaira une odeur de tabac. Survivre, pensa-t-elle, et elle eut envie de rire.

CHAPITRE VII

SES JAMBES TREMBLAIENT A force de serrer les flancs du cheval entre ses cuisses. Le cuir rugueux de la selle lui avait écorché la peau à l'intérieur des genoux. Ses mains liées n'avaient plus la force de s'agripper à l'arçon. Elle mourait d'envie de poser sa tête contre le dos de Laredo, mais elle savait qu'elle rebondirait comme une balle si elle essayait. Le chef de la bande était derrière eux. Ils étaient à cheval depuis des heures, et pourtant il avait l'air aussi frais et dispos qu'au matin, alors que Sheila, elle, était au bord de l'épuisement et paralysée par la douleur. Elle foudroya du regard cet homme qui paraissait infatigable.

La pente qu'ils escaladaient était de plus en plus abrupte. Elle devait concentrer tous ses efforts pour rester en selle et ne pas glisser de la croupe de l'animal. Ils s'étaient levés avant l'aube et avaient atteint les montagnes quelque temps après le lever du soleil.

Sans suivre de chemin identifiable, pour Sheila en tout cas, ils avaient grimpé la montagne en zigzaguant avant de redescendre, traversé plusieurs vallées, avant de remonter plus haut encore vers les cimes.

En apparence, seul l'instinct de leur chef leur servait de guide. Dans un moment de haine et de rancœur, Sheila se prit à souhaiter qu'ils se perdent. Mais ce sentiment s'effaça vite lorsqu'elle sentit qu'elle allait bientôt lâcher prise.

— Au secours ! s'écria-t-elle.

Laredo tendit le bras derrière lui pour la rattraper. Il le maintint ensuite sur sa hanche pour la soutenir pendant que le cheval galopait jusqu'au sommet d'un versant escarpé. Sheila se laissa aller de tout son poids contre le bras de l'homme. Arrivé en haut sur une crête étroite, le cheval ralentit l'allure et se remit au trot.

— Ne pourrions-nous pas nous arrêter pour nous reposer ? protesta-t-elle d'une voix plaintive. Ralentir, au moins ?

— Un peu de courage, on est presque arrivés, fit-il sans aucune compassion dans la voix.

— Où ça ? En enfer ?

Au bout de quelques minutes, ils s'engagèrent dans un couloir montagneux. Des broussailles tordues, hérissées de piquants, s'accrochaient aux parois rocheuses qui longeaient l'étroit chemin. Bientôt, le cheval partit au galop, tirant sur le mors à la vue du refuge qu'il reconnaissait.

Sheila essaya de jeter un coup d'œil par-dessus l'épaule de Laredo. Le corridor montagneux se finissait dans un petit canyon étroit, creusé dans la profondeur d'une cuvette. Un chemin tortueux descendait vers le fond de la cuvette où quelques maisons avaient été bâties.

Arrivé en bas, Laredo attacha les rênes de son cheval à un solide poteau planté en face de l'une de ces maisonnettes. Puis il aida Sheila à descendre de cheval. Distraitement, elle regarda les autres cavaliers qui se répartissaient entre les différentes habitations. Comme dans un brouillard, elle entendit des salutations, des paroles de bienvenue adressées par ceux qui étaient restés à la bande qui revenait. Effectivement, des silhouettes qui lui étaient inconnues avaient surgi çà et là.

Laredo garda le bras autour de sa taille pendant qu'il l'escortait jusqu'à l'intérieur de l'habitation. Une fois dedans, ils s'immobilisèrent et elle inspecta les lieux avec indifférence. Une cuisine primitive et un coin salle à manger occupaient la moitié de la pièce. D'après les quelques meubles rudimentaires qui se trouvaient de l'autre côté de la pièce, elle en conclut qu'il devait s'agir d'une sorte de salon. Au fond, elle vit une ouverture en alcôve qui donnait sur une minuscule entrée ; il devait y avoir d'autres pièces.

Derrière elle, s'éleva une voix familière. Elle se retourna au moment où Laredo lui lâchait la taille, et rencontra le regard d'acier de son ravisseur. Une lame de métal glissa entre ses poignets : Laredo coupait la corde qui lui liait les mains.

Elle allait le remercier lorsqu'elle se souvint de ce que Laredo lui avait dit la veille. Il ne faisait qu'obéir aux ordres. Elle se contenta donc de fléchir doucement ses poignets meurtris et ne pipa mot. Rengainant son couteau, Laredo quitta la pièce.

— Où allez-vous ? demanda-t-elle d'une voix faible en essayant de ne pas montrer son appréhension à l'idée de devoir rester seule avec le chef de la bande.

Laredo s'arrêta, se retourna, jeta un bref coup d'œil à Sheila puis à son patron avant de lui répondre en la regardant droit dans les yeux.

— Je vais m'occuper des chevaux.

Sur ce, il sortit, et elle ne put s'empêcher de scruter à nouveau le visage de l'homme qui la dévisageait de ses yeux sombres et brillants. Elle eut la sensation désagréable qu'il était en train de lire ses pensées et finit par faire volte-face. Elle sentit sur son dos son regard brûlant et ne fut pas surprise lorsqu'elle l'entendit parler. Il n'était qu'à quelques pas derrière elle.

— *Señora,* dit-il d'un ton autoritaire tout en la prenant doucement par le bras pour la guider jusqu'à l'entrée.

Il y avait deux portes. D'un geste, il lui indiqua qu'elle devait ouvrir la seconde. Comprenant qu'il devait s'agir de sa cellule, elle l'examina avec plus d'attention. Le mobilier de la pièce se composait d'un petit lit étroit et, de toute évidence, inconfortable, d'une chaise et d'une table sur laquelle étaient posés une cuvette et un broc d'eau. Un rideau orange grossièrement tissé pendait à la fenêtre. Son regard circulaire s'interrompit lorsqu'elle rencontra son reflet dans le miroir rectangulaire accroché au-dessus de la table.

Elle n'en crut pas ses yeux. Elle avait l'air d'une clocharde. Son visage était couvert de poussière et de longues traînées de sueur. Ses cheveux ternis et emmêlés étaient gris de poussière. Le poncho crasseux qui la recouvrait donnait à sa silhouette un aspect informe.

Inconsciemment, elle se toucha la joue comme pour s'assurer que c'était bien elle. Sa peau, d'ordinaire lisse et souple, était rugueuse. Tout à coup, elle réalisa à quel point elle était sale. Ses vêtements sentaient la sueur et le cheval.

Elle avait tout juste l'air humain. Avec dégoût, elle se détourna de cette vision qui lui soulevait le cœur.

— Puis-je me laver quelque part ? demanda-t-elle rapidement.

Les traits ciselés demeurèrent impassibles. Elle soupira en se demandant comment elle allait pouvoir lui faire comprendre ce qu'elle voulait.

— Je veux me laver. Vous comprenez ?

Elle fit mine de se frotter le visage.

— Me laver. Prendre un bain.

Il la regarda faire, puis il s'approcha de la table et versa un peu d'eau dans la cuvette. Il fit un geste de la main pour l'inviter à venir se débarbouiller la figure.

— Non, non, dit-elle en secouant la tête énergiquement. (Elle hésita avant de dire, avec un haussement d'épaules indifférent :) Ecoutez, *señor* je ne sais pas quoi.

— Ráfaga, l'interrompit-il brusquement.

Pas une ombre d'émotion ou de sensibilité sur son visage ou dans ses yeux sombres.

Sheila le dévisagea quelques instants avec curiosité. Elle n'était pas certaine qu'il lui ait vraiment donné son nom. Etant donné que Laredo avait soigneusement évité de le lui dire, elle en avait conclu que le nom de son ravisseur resterait un secret pour elle.

— *Señor* Ráfaga ? répéta-t-elle pour en être sûre.

Il inclina la tête imperceptiblement et pourtant avec une certaine arrogance.

— *Señor* Ráfaga, reprit-elle, je ne veux pas seulement me laver la figure et les mains. (Une fois encore, elle fit mine de faire sa toilette, se frottant les cheveux, les bras.) Mais aussi mes vêtements. Vous comprenez ?

Son visage était toujours aussi impénétrable. Il devait sûrement comprendre ce qu'elle disait, pensa Sheila, irritée. Elle était en train de se demander s'il ne faisait pas exprès de ne pas comprendre lorsqu'il lui montra une nouvelle fois la cuvette.

— C'est trop petit, dit-elle d'un ton sec en s'asseyant par terre.

Et elle se mit à faire semblant de s'éclabousser avec l'eau d'un bain imaginaire et de se laver.

— Je veux prendre un bain. Dans une grande baignoire. Vous comprenez ?

Derrière elle, elle entendit un grand éclat de rire.

— Que faites-vous ? lui demanda Laredo qui venait d'arriver à la porte et qui observait la scène avec amusement, de ses yeux moqueurs.

Ses joues s'empourprèrent. Elle se remit sur pied avec raideur, en essayant d'avoir l'air digne.

— Voudriez-vous expliquer à cette brute épaisse que je veux prendre un bain ? lui demanda-t-elle d'un ton glacial.

— Les installations sanitaires par ici, vous savez, c'est plutôt le genre camping, répondit-il en gloussant de rire.

— Il doit tout de même bien y avoir quelque chose de plus grand que cette stupide cuvette dans le coin. Où vous lavez-vous ? demanda-t-elle sur un ton de défi. (Et elle ajouta, caustique :) Mais peut-être ne vous lavez-vous pas...

Quelques mots prononcés en espagnol empêchèrent Laredo de répondre à la question. Il commença par s'adresser à son patron. Suivit un échange de courtes phrases rapidement enchaînées, musicales et douces.

Lorsque la conversation fut finie, Sheila se tourna vers Laredo et lui dit :

— Et alors, mon bain ?

— *Baño,* dit simplement Ráfaga de sa voix basse et tranquille.

— Ça veut dire « bain », expliqua Laredo à Sheila.

— Au moins, il a compris de quoi je parlais, dit-elle en soupirant avec agacement.

— Comme je vous l'ai déjà dit, les installations par ici sont plutôt rudimentaires, poursuivit Laredo. Mais il y a une source, tout près, que nous utilisons pour nous laver.

— Suis-je autorisée à l'utiliser ? demanda-t-elle d'un ton cassant.

Ce fut Ráfaga qui répondit en allant chercher une serviette pliée dans le tiroir de la table. Il s'approcha d'elle et la lui tendit, ainsi qu'un savon.

Avec prudence, elle prit ce qu'il lui présentait. Sa proximité la mettait mal à l'aise ; il posa sur elle un regard inquisiteur. Puis il lui montra l'entrée du doigt pour lui faire comprendre qu'elle devait ouvrir la marche et que Laredo et lui suivraient. Devant la cabane, elle vit un homme appuyé contre un des piliers du porche. La gueule du fusil qu'il tenait à la main était tournée vers le sol. Lorsqu'il la vit apparaître dans l'embrasure de la porte, il releva son fusil à la vitesse d'un éclair et avança d'un pas pour lui bloquer le passage.

Quand il vit les deux hommes qui l'escortaient, il se détendit. Sheila ne le reconnaissait pas. Elle était presque sûre qu'il ne faisait pas partie de la bande. Ráfaga passa devant elle et lui fit signe d'attendre jusqu'à ce qu'il ait fini de parler avec l'homme.

— Qui est-il ? demanda Sheila, en regardant les autres avec curiosité, à Laredo qui attendait avec elle. Que fait-il ici ?

— Il monte la garde. Tant que vous serez ici, il y aura quelqu'un devant votre porte.

— Pour protéger qui ? rétorqua-t-elle. Ráfaga a-t-il peur que je vole un autre couteau et que je l'attaque ? (Elle vit passer une lueur de surprise dans ses yeux au moment où elle prononça le nom du bandit.) C'est lui qui m'a dit son nom, lui expliqua-t-elle simplement.

— Ráfaga ? Oui, c'est comme ça qu'on l'appelle.

— Vous avez l'air surpris, dit-elle en penchant la tête, comme pour le mettre au défi.

— Je suis simplement étonné que vous ayez compris son nom, étant donné la difficulté que vous avez eu à vous entendre à propos du mot « bain ».

Une lueur amusée brilla à nouveau dans ses yeux.

— Moi Tarzan, toi Jane, c'est beaucoup plus facile à mimer, railla-t-il.

Sheila haussa les épaules. Elle savait que cela avait été encore plus facile que ça.

— Je suppose que ce n'est pas son vrai nom, pas plus que Laredo n'est le vôtre.

— Non, ce sont ses hommes qui lui ont donné ce nom.

— Qu'est-ce que ça veut dire ? demanda Sheila en regardant Ráfaga.

« Panthère », peut-être, se dit-elle, en pensant à la grâce et au calme de ce félin redoutable et implacable.

— Je crois qu'en anglais (Laredo fronça les sourcils pendant qu'il cherchait un bon équivalent), cela veut dire « un violent coup de vent », ou « un éclair ».

Ces termes désignaient quelque chose d'éphémère, de fugace, de temporaire. Etant donné ce qu'il faisait dans la vie, pensa Sheila avec une ironie désabusée, c'était probablement conforme à la réalité. Elle se demanda si c'était une vérité ou simplement un mauvais présage.

— Quel est son vrai nom ? demanda-t-elle.

— Je n'en sais rien, répondit Laredo en retirant son chapeau pour passer la main dans sa chevelure épaisse, avant de le remettre sur sa tête, bien enfoncé, bas sur le front. Ce n'est pas une question qui se pose dans le coin.

La sentinelle écoutait ce que Ráfaga lui disait, tout en gardant les yeux rivés sur Sheila. Il était évident que c'était d'elle qu'ils parlaient. Elle se rendit compte qu'une fois encore, Laredo s'était débrouillé pour ne pas répondre directement à la question qu'elle lui avait posée sur son gardien.

— Diego ou quelqu'un d'autre restera là en permanence pour s'assurer que vous ne partez pas tout à coup pour une longue promenade.

Penchant la tête en arrière, il la dévisagea de dessous son chapeau. Elle jeta un regard circulaire sur les sommets qui dominaient le canyon de part et d'autre.

— Où irais-je ? soupira-t-elle, le cœur gonflé d'amertume.

— C'est vrai. Vous n'avez aucun moyen de vous échapper, admit-il. Mais Ráfaga pense que vous êtes suffisamment obstinée pour essayer malgré tout.

— Et vous, qu'en pensez-vous ? demanda-t-elle.

— Vous oubliez que c'est à moi que vous avez dérobé le couteau, poursuivit-il en hochant la tête. Je crois que vous êtes capable de tenter votre chance. Mais c'est sans espoir. On ne vous laissera pas partir d'ici.

Sheila se rendit compte qu'elle était bel et bien prise au piège, neutralisée. Sa prison ressemblait à toutes les autres prisons : des murs, des geôliers et un directeur. Il ne manquait que les barreaux à sa fenêtre. Elle sentit une vague de frustration l'envahir. Et ce n'était encore que le début. Une fois la conversation terminée, Ráfaga vint les rejoindre. Les yeux de Sheila brillaient de colère. Il lui fit signe de contourner la maison vers la gauche. Un sourire moqueur flottant sur ses lèvres, Laredo les salua en effleurant son chapeau du bout des doigts et s'en fut dans la direction opposée.

— Vous n'avez pas peur de rester seul avec moi ? s'écria Sheila en regardant Ráfaga droit dans les yeux. (Elle savait très bien qu'il ne comprenait pas un mot de ce qu'elle lui disait, mais elle avait besoin de se défouler en exprimant d'une manière ou d'une autre la colère qui l'étouffait.) Ne craignez-vous pas que je vous crève les yeux dans un geste désespéré ?

Comme s'il savait à quel point son venin était inefficace, il ne broncha même pas tandis qu'elle lui criait dans les oreilles. Par signes, il la guida sous des arbres derrière la maison d'argile. La végétation était si dense qu'elle cachait l'étang que les hommes avaient constitué en construisant un barrage. Elle ne le vit que quand elle fut pratiquement au bord.

Sa surface était embrasée par le soleil qui s'y reflétait. L'eau avait l'air fraîche et accueillante. Des oiseaux dérangés par cette intrusion humaine échangeaient de petits cris en sautillant de branche en branche. Oubliant sa colère, Sheila s'abandonna au désir naissant de sentir bientôt son corps débarrassé de toute la saleté, de toutes les souffrances et de la honte accumulées depuis deux jours.

Elle posa la serviette et le savon sur une pierre au bord de l'eau et commença à retirer le poncho poussiéreux. Soudain, elle se souvint de l'homme qui était derrière elle et se retourna. Il était là debout les yeux rivés sur elle. Il attendait.

— Voudriez-vous vous retourner, s'il vous plaît ? dit-elle en faisant de la main un geste circulaire.

Son regard s'obscurcit et se durcit mais il demeura fixé sur elle. Têtue, elle ne fit aucun mouvement pour se dévêtir, déterminée à le forcer à baisser les yeux et à accéder à sa demande.

— *Baño,* dit Ráfaga d'un ton peu amène en lui montrant l'eau.

— Je n'entrerai pas dans l'eau avant que vous vous tourniez, insista-t-elle, furieuse.

Il fit quelques pas jusqu'à l'arbre le plus proche et s'y adossa nonchalamment, sans la quitter des yeux un seul instant. Tout en lui parlant en espagnol, il lui désigna l'étang du doigt, puis le chemin d'où ils étaient venus.

Sheila comprit le mot *baño,* puis le mot *casa* — la maison. Elle savait qu'il était en train de lui expliquer que, si elle ne se baignait pas, ils retourneraient à la maison. Folle de rage, elle en vint à la conclusion qu'elle n'avait que deux solutions : se déshabiller devant lui ou rester sale. Elle lui tourna le dos et retira le poncho, les mains tremblantes de colère. « Si tu crois que tu vas avoir droit à une représentation privée, tu te trompes », pensa-t-elle. Tout en tenant le devant de son chemisier déchiré d'une main, elle se retourna et lui lança le poncho à la figure. Il le rattrapa d'une main.

Puis elle s'assit, retira ses chaussures et se laissa glisser dans l'étang. La température glaciale de l'eau la prit au dépourvu et elle poussa un cri de surprise. Comme elle ne pouvait revenir en arrière, elle piqua une tête dans l'eau et fit quelques brasses. Au bout d'un court instant, elle refit surface. Elle repoussa d'un geste ses cheveux luisants qui s'étaient plaqués sur son visage. Elle claquait des dents. Flottant à demi dans l'étang peu profond, de l'eau jusqu'au cou, elle retira son chemisier trempé tant bien que mal et le jeta sur la rive. Ensuite, elle enleva ses pantalons avec peine. Elle ne portait plus que sa culotte. En tendant le bras, elle réussit à atteindre le savon. L'eau était trop froide pour qu'elle perde du temps à se féliciter d'avoir joué un tour à Ráfaga. Elle se savonna rapidement.

Quand elle eut fini de se rincer les cheveux, ses jambes et ses bras étaient totalement engourdis par le froid. Maladroitement, elle se rapprocha de la berge et se saisit de la serviette. Elle la secoua, puis la tendit devant elle tout en s'extirpant de l'eau. Ensuite, elle s'en enveloppa et en coinça l'extrémité sur sa poitrine. Elle jeta un bref coup d'œil à Ráfaga. Il était toujours appuyé négligemment contre le tronc de l'arbre et la regardait. Elle s'agenouilla au bord de l'eau et se mit en devoir de frotter son chemisier et son pantalon avec le savon. Elle grelottait de froid et elle avait la chair de poule. A défaut de vêtements propres et secs, elle remit les habits trempés qu'elle venait de laver.

Le dos toujours tourné, elle enfila ses pantalons avant d'enlever la serviette qui l'enveloppait. Comme sa chemise n'avait plus de boutons, elle fit un nœud avec les deux pans sur sa poitrine. Le décolleté plongeant dévoilait la naissance de ses seins, tandis que le tissu serré et trempé laissait plus que deviner leur rondeur pulpeuse. Elle se rendit compte que ses formes n'étaient guère dissimulées par ce stratagème, mais elle ne put se résoudre à remettre le poncho noir de crasse.

La tête enturbannée par la serviette, elle se redressa et se retourna lentement vers Ráfaga. Le dos bien droit, le menton volontaire, elle plongea son regard dans le sien en faisant des efforts désespérés pour contrôler les tremblements de froid qui l'agitaient.

D'un geste indolent, il se détacha de l'arbre, fit un bref commentaire en espagnol et lui désigna ses chaussures. Elle rougit et se pencha pour les ramasser. Elle sentit son regard ardent posé sur elle et se rendit compte à quel point elle révélait son anatomie dans cette position. Prestement, elle se retourna et enfila ses chaussures.

A chaque pas, ses pieds glissaient dans ses souliers, produisant un petit bruit comique. La sentinelle dévisagea avec stupeur et intérêt cet être tremblant de froid et étrangement accoutré lorsqu'elle passa près de lui. Mais elle était trop gelée pour s'en inquiéter. Sans attendre qu'il la guide jusqu'à sa chambre, elle s'y rua toute seule. Au moment d'entrer dans la pièce, elle éternua plusieurs fois de suite. A cet instant, Ráfaga disparut.

— Que se passe-t-il ? lui cria-t-elle. Vous avez peur que je vous passe mon rhume ?

Elle retira sur-le-champ ses chaussures trempées et se dirigea vers le lit dans l'intention d'y prendre une couverture pour s'en envelopper dans l'espoir de se réchauffer. Ráfaga revint, avec à la main une chemise d'homme blanche. Il la lui tendit en prononçant quelques mots. Incapable de faire cesser les tremblements convulsifs qui l'agitaient, Sheila la prit sans rien dire.

Elle se doutait bien que ce geste n'avait pas été motivé par autre chose que par le désir de ne pas se retrouver avec une femme malade sur les bras.

— *Por nada,* répondit-il sèchement avant de pivoter sur ses talons.

Sheila hésita une seconde, puis elle retira les vêtements trempés qu'elle avait sur le dos, avant d'enfiler la chemise sèche et comparativement chaude qu'il lui avait apportée. Elle venait à peine de boutonner le dernier bouton lorsqu'il réapparut. En silence, il la regarda des pieds à la tête, en s'arrêtant quelques instants sur ses cuisses nues. La chemise lui arrivait plusieurs centimètres au-dessus des genoux.

Toujours sans un mot, il jeta un peigne sur le lit et

ramassa ses vêtements trempés. Il sortit de la pièce, les vêtements sous le bras, avant qu'elle eût le temps de protester. Elle soupira. A quoi bon. Et elle se mit en devoir de démêler ses cheveux.

Elle s'étonna de trouver au lit étroit un aspect aussi accueillant. Elle se glissa sous les couvertures rugueuses, inconfortables, mais chaudes. Bientôt, elle sombra dans un sommeil profond. Une voix de femme la réveilla. Il faisait encore jour. Elle n'avait pas dû dormir très longtemps. Pendant quelques secondes, elle tendit l'oreille à l'écoute de cette voix joyeuse et mélodieuse qui l'avait tirée de son sommeil. Il lui semblait que la femme plaisantait.

La curiosité l'incita à repousser les couvertures et à se mettre debout. Pieds nus, elle marcha silencieusement et s'aventura jusqu'à l'entrée.

Ráfaga était debout dans la cuisine, une tasse de café fumant dans une main, tandis que, de l'autre, il maintenait contre lui une jeune fille brune et élancée. Elle le regardait de ses grands yeux sombres et brillants qui donnaient à son joli visage une expression à la fois taquine et provocante. Elle avait glissé ses mains sous la chemise déboutonnée de Ráfaga et caressait sa poitrine.

Il s'était rasé soigneusement et ne portait plus de chapeau. Son visage était encadré d'une masse de cheveux noir d'ébène qui accentuait la fermeté de ses traits. Le sourire amusé flottant sur ses lèvres approfondissait les sillons qui creusaient ses joues. Il la dévisageait de ses yeux énigmatiques et semblait accepter l'attention qu'elle lui accordait, comme si c'était son dû.

Une vitalité puissante, toute masculine, émanait de lui. Sheila eut l'étrange impression qu'il était encore plus dangereux qu'avant. Les battements de son cœur s'accélérèrent. Elle n'avait pas bougé d'un millimètre depuis qu'elle les avait aperçus et pourtant quelque chose attira l'attention de Ráfaga dans sa direction. Il la foudroya du regard, littéralement. Incapable de se soustraire à son magnétisme, elle resta plantée là, sans broncher.

La jeune fille brune s'était retournée pour voir ce qui avait attiré l'attention de Ráfaga. A la vue de Sheila, debout dans l'entrée, à peine vêtue d'une chemise d'homme, elle poussa un petit cri tout juste perceptible et écarquilla les yeux.

Elle fut frappée sur-le-champ par le doré des cheveux de Sheila.

Ses yeux se mirent à briller de haine. Elle se dégagea brutalement des bras de Ráfaga et lui fit face, comme un tigre prêt à bondir. Un déluge de mots s'échappa de ses lèvres pincées, tandis qu'à plusieurs reprises, elle désignait Sheila du doigt.

Visiblement insensible à cet accès d'humeur, Ráfaga fit un bref commentaire à voix basse qui ne la tranquillisa apparemment pas le moins du monde. Elle fonça sur Sheila, toujours pétrifiée, et se lança devant elle dans une autre tirade tout aussi virulente. De toute évidence, elle était outragée par la présence dans la maison d'une jeune fille, qui plus est, à moitié vêtue.

D'après son ton dédaigneux et la dureté de son regard, Sheila en conclut que la brune faisait sur elle des commentaires plutôt désobligeants. Inconsciemment, Sheila esquissa un sourire, amusée par cet accès de jalousie si déplacé. Voyant son sourire, la jeune Mexicaine redoubla de colère, sifflant entre ses dents, telle une vipère prête à lâcher son venin. Il fallut un petit moment à Sheila pour comprendre que la vipère venait effectivement de lui cracher au visage.

La situation ne l'amusait plus du tout. Elle sentit l'humidité sur sa joue. Sans réfléchir, elle réagit à la vague bouillante de fureur qu'elle sentit monter en elle, en giflant à toute volée celle qui se croyait sa rivale.

Celle-ci se prit la joue en poussant un hurlement de surprise plus que de douleur. Puis elle s'empara des cheveux de Sheila et se mit à tirer dessus de toutes ses forces tout en proférant un torrent d'insultes. Après une seconde d'hésitation, Sheila se débattit comme un beau diable, luttant, griffant son adversaire tout en s'efforçant de repousser ses mains redoutables. L'ordre que leur intima Ráfaga n'eut d'effet ni sur l'une ni sur l'autre.

— Doux Jésus ! s'exclama Laredo d'une voix puissante qui parvint l'espace d'un instant à dominer toutes les autres.

Très vite, les deux hommes intervinrent pour séparer les deux femmes qui continuaient à donner des coups de pied dans tous les sens, tout en s'arrachant mutuellement les cheveux par poignées. Sheila sentit un bras puissant lui encercler la taille et la soustraire de force à la zone d'attaque de l'autre femme. Ses pieds à plusieurs centimètres du sol battaient l'air furieusement.

— Posez-moi par terre ! cria-t-elle en tentant en vain de repousser le bras qui lui barrait la taille.

Des cris perçants s'échappèrent des lèvres de la fille brune, que Laredo immobilisa de ses bras musclés. Sheila se raidit lorsqu'elle se rendit compte que c'était Ráfaga qui la tenait. L'instant d'après, il cria un ordre qui lui meurtrit l'oreille, et la brune cessa de gigoter tout en continuant à dévisager Sheila de ses yeux brillants de haine.

Ráfaga modifia la position de Sheila, toujours prisonnière, et lui prit le menton pour l'obliger à le regarder en face. Elle fit des efforts désespérés pour éloigner son corps du sien, tandis que ses yeux d'ambre jetaient des éclats de fureur et de dégoût. Son visage était toujours aussi inexpressif, mais elle vit une lueur railleuse briller dans son regard.

Il s'adressa à la brune d'un ton qui démontrait qu'il n'était visiblement pas en train de lui faire des compliments. D'un mouvement brusque, Sheila dégagea son menton qu'il tenait toujours et se tourna vers Laredo.

— Que lui a-t-il dit ? lui demanda-t-elle d'une voix qui exigeait une réponse.

— Il l'a raisonnée, répondit-il après avoir jeté un regard indécis à son chef. Il lui a expliqué qu'il ferait peut-être mieux de lui préférer la chatte ronronnante et conciliante qu'il avait sous la main, au lieu d'aller coucher avec elle, qui n'était qu'une chatte sauvage aux yeux jaunes et aux ongles redoutables.

Cette explication lui fit perdre en un instant le peu de sang-froid qui lui restait.

— Espèce de porc ! Sale brute ! s'exclama-t-elle. (Elle voulut frapper Ráfaga en plein visage mais son bras fut intercepté.) Si vous croyez que je vous laisserais jamais me toucher !

En vain, elle continuait à taper de toutes ses forces, sans parvenir à toucher son visage. Lassé, Ráfaga finit par la prendre dans ses bras comme un enfant pour lui immobiliser les bras.

— Dans votre lit ! hurla-t-elle. Je préférerais dormir dans un nid de vipères.

Quand il vit la haine métamorphoser le visage de la jeune fille, Ráfaga plissa les yeux et pinça les lèvres. Il se retourna et quitta la pièce, son fardeau dans les bras. Il entra dans la chambre, s'approcha du lit et la lâcha dessus sans douceur. Pendant quelques secondes, il resta debout devant elle à la regarder, sans prononcer un mot. Mais tout son être, son attitude, son arrogance, lui disaient que, s'il le voulait, il pouvait la prendre là, tout de suite, qu'elle était sans défense. Quand il vit qu'elle avait blêmi, il sortit de la pièce sans se retourner.

CHAPITRE VIII

PRESQUE UNE HEURE PLUS tard, Laredo était venu dans sa chambre lui annoncer que le dîner était prêt. Elle mourait de faim, mais elle n'avait aucune envie de retourner dans la cuisine où elle était sûre de trouver Ráfaga et son amie.

— Personne ne va vous apporter votre repas sur un plateau, lui dit-il calmement. Si vous tenez à avaler quelque chose, vous feriez mieux de venir vous mettre à table. Sinon, vous resterez l'estomac vide.

Lui aussi s'était lavé et rasé. Il avait décidément un physique très américain. Mais Sheila savait qu'aucun lien particulier ne les rapprochait en dépit de leur nationalité. Il était avant tout un des membres de la bande. Il appartenait au camp opposé.

Debout devant la petite fenêtre, elle regardait le soleil disparaître lentement derrière les cimes vers l'ouest. Elle laissa retomber le rideau et se tourna vers Laredo.

— C'est entendu, dit-elle avec un sourire crispé. Je viendrai dîner avec les autres, mais vous vous arrangerez pour que cette petite tigresse ne m'approche pas trop.

— Ráfaga l'a calmée.

Se souvenant des bruits infernaux de casseroles qu'elle avait entendus un peu plus tôt, elle pensa que la diablesse n'était sans doute pas tout à fait calmée.

— Je l'espère bien, dit-elle, sinon, il risque de se retrouver au lit ce soir avec une belle brune au visage tout écorché.

— C'est plutôt vous qui seriez tout égratignée si vous vous battiez à nouveau toutes les deux. (Il eut un sourire amusé.) Elena se bat comme une lionne. Dans une vraie bagarre au corps à corps, vous n'avez pas une chance.

— Vous seriez étonné de savoir tout ce que j'ai appris en matière de défense ces derniers temps, dit-elle en passant devant lui.

Le couvert avait été mis dans la grande pièce. Ráfaga était assis à l'une des extrémités de la table. Il la vit entrer. Elle fit mine de ne pas avoir senti son regard se poser sur elle. La jeune Mexicaine remplissait une à une les assiettes en terre cuite.

Il y avait quatre chaises autour de la table, dont trois vides. Sheila en choisit une à la droite de Ráfaga.

L'atmosphère était chargée d'électricité. Sheila sentait qu'en son for intérieur la jeune Mexicaine bouillait et qu'elle ne supportait pas sa présence. Chaque fois que ses yeux se posaient sur Sheila, ils semblaient lancer des éclairs. L'animosité qui émanait de la fille était si forte qu'elle était presque tangible, de sorte que bientôt Sheila perdit tout appétit. Exaspérée, elle posa sa fourchette sur la table et, se tournant vers Laredo, elle lui demanda :

— Vous voulez bien expliquer à cette petite sorcière jalouse que je n'ai que faire de son amant ? Vous pouvez aussi lui dire que si elle me donnait un couteau, je ferais en sorte qu'il ne m'approche jamais plus que maintenant.

Dissimulant un sourire, Laredo considéra son chef quelques secondes, puis il traduisit ce que Sheila avait dit. La brune eut l'air sceptique et parut encore plus furieuse. Elle donna sa réponse en espagnol, que Laredo traduisit :

— Elle pense que vous dites cela parce qu'elle vous fait peur. (Une lueur méchante brilla dans ses yeux.) Elle dit que seule une vieille femme paralysée pourrait à la rigueur refuser à Ráfaga l'accès de son lit. Elle dit aussi que vous n'avez l'air ni vieille ni paralysée.

Cette allusion peu discrète aux prouesses de Ráfaga au lit lui fit perdre son sang-froid. Etant donné que la phrase avait été d'abord énoncée en espagnol, il l'avait bien sûr entendue. Elle le foudroya du regard. Il tourna vers elle un visage délibérément impénétrable.

— De toutes les..., bredouilla-t-elle, hors d'elle.

Elle fit un effort désespéré pour se contrôler et serrer ses lèvres à les faire blêmir. Puis elle se tourna vers Laredo :

— Dites-lui qu'il a fait assassiner mon mari et que mon plus grand désir est de le voir subir le même sort.

Lorsque Laredo lui eut transmis l'information, la brune releva son menton pointu et resta immobile, pensive quelques instants. Finalement, elle hocha la tête pour montrer qu'elle comprenait. L'ombre de haine qui avait jusque-là marqué son visage disparut et son expression s'adoucit, comme si elle avait écarté de son esprit l'idée que Sheila puisse être sa rivale. Elle jeta malgré tout un regard inquiet sur Ráfaga : ce qu'il voulait de Sheila, en revanche, elle n'en avait pas la moindre idée.

Cette trêve permit en tout cas à Sheila de finir son repas plus tranquillement. Dès qu'elle eut avalé la dernière bouchée, elle se leva et retourna dans sa chambre.

Les mêmes questions lui revenaient sans cesse à l'esprit. Combien de jours allaient s'écouler avant qu'ils contactent ses parents pour réclamer la rançon ? Combien de temps leur faudrait-il pour rassembler l'argent nécessaire et le leur faire parvenir ? Et surtout, la question la plus inquiétante : la libéreraient-ils une fois la rançon payée ?

Il faisait sombre, à présent. Elle se glissa sous les couvertures, en espérant que le sommeil viendrait rapidement pour l'aider à oublier toutes ses interrogations.

Laredo quitta l'habitation peu de temps après que Sheila se fut mise au lit. Un murmure de voix continuait à lui parvenir. Le ton suave de la conversation ponctuée de longs moments de silence témoignait de l'intimité de la scène qui se déroulait dans l'autre pièce. Sheila essaya de concentrer ses pensées sur les bruits du dehors, mais elle se rendit compte qu'inconsciemment, elle tendait l'oreille pour écouter ce qui se passait dans la grande pièce.

Soudain, des pas résonnèrent dans le couloir. Les voix se rapprochaient. Ils se dirigeaient vers la chambre adjacente à la sienne. Une bouffée de chaleur lui monta au visage lorsqu'elle les entendit se déshabiller à la hâte. La voix mélodieuse et douce d'Elena fut brusquement interrompue. Sheila ferma les yeux pour tenter de chasser de son esprit l'image de la bouche virile et impitoyable de Ráfaga scellant d'un baiser sauvage les lèvres pulpeuses de la jeune femme.

Le mur qui séparait les deux chambres était trop mince pour masquer les craquements du lit et les soupirs d'extase qui s'échappaient de la bouche d'Elena. Sheila se boucha les oreilles pour ne pas avoir à entendre ces bruits qui lui étaient insupportables. Avec une persistance implacable, ils continuèrent à lui marteler le tympan.

De longues minutes intolérables s'écoulèrent sans que l'un ou l'autre semble satisfait. Sheila sentit une vague de nausée monter en elle. Elle frissonna à l'idée que ces bruits allaient peut-être se prolonger et se répéter à plusieurs reprises dans la nuit, si Ráfaga tenait à se montrer à la hauteur de sa réputation d'amant infatigable.

Elle ne put s'empêcher de pousser un cri de dégoût. Tout à coup, ce fut le silence. Elle porta la main à son estomac et attendit quelques instants pour s'assurer que l'orage de leur passion était effectivement passé et qu'il ne s'agissait pas simplement d'une accalmie. Le lit gémit faiblement.

Elle entendit un bruit de vêtements et comprit que quelqu'un était en train de se rhabiller. Elena murmura quelques paroles d'un ton suave puis quitta la pièce d'un pas léger. Une minute plus tard, elle fermait derrière elle la porte de la maison. Tremblante, Sheila se demanda combien de nuits elle allait devoir supporter les bruits de leurs ébats.

Les yeux fixés au plafond, elle réfléchit. Son cœur était empli d'une haine profonde pour les hommes et leurs désirs bestiaux. Pas un seul d'entre eux n'était digne de confiance. Ils n'étaient que des animaux insensibles et préoccupés uniquement par leurs besoins physiques. L'amour était un piège conçu par l'homme pour faire de la femme son esclave. Sheila se jura de ne jamais s'y laisser prendre.

Un silence profond régnait à présent dans la maison. Trop énervée pour rester immobile, Sheila s'agita dans son lit. Finalement, elle repoussa les couvertures et se leva. Elle hésita quelques instants puis franchit le seuil de sa petite chambre.

Elle s'aventura dans la grande pièce. La lune en éclairait une partie de sa lueur argentée, tandis que le reste était plongé dans l'obscurité la plus totale. Elle arpenta, pour essayer de calmer ses nerfs, les quelques mètres qui séparaient la porte de la fenêtre. A un moment donné, elle sentit dans son dos une présence dissimulée dans la pénombre. Prestement, elle pivota sur ses talons.

Ráfaga était là, debout dans l'embrasure de la porte, nu jusqu'à la ceinture. Il fit un pas en avant. La lueur de la lune parait son torse d'un éclat doré et se reflétait dans ses cheveux noir d'ébène. Ses longues jambes et ses hanches fines étaient avantageusement moulées dans un pantalon sombre. Pétrifiée, Sheila le regarda sans souffler mot.

Il la dévisagea aussi, les sourcils froncés, l'air surpris.

— *Señora ?*

Elle ne broncha pas. Il voulait sans doute savoir pourquoi elle n'arrivait pas à dormir. Le voir ainsi, à demi vêtu, ne pouvait que lui rappeler que, quelques minutes plus tôt, il tenait encore dans ses bras le corps nu d'une femme avec laquelle il avait partagé des moments de grande intimité. Il pencha la tête de côté en un geste d'attention, comme s'il essayait de deviner ce qui se passait dans sa tête. Un désir puissant de lui échapper coûte que coûte s'empara d'elle. Elle n'était pas certaine du danger qui la menaçait, mais son intuition lui disait qu'elle devait disparaître de sa vue le plus vite possible. Elle bondit vers la porte d'entrée de la maison.

— Sheila.

Il avait prononcé son nom d'un ton abrupt, lui intimant l'ordre de s'arrêter.

Elle se précipita sur la porte et l'ouvrit. En deux enjambées, Ráfaga l'avait rattrapée et claquait la porte avant qu'elle ait eu le temps de se glisser dehors. Il la saisit par le bras et la força à faire volte-face.

— Lâchez-moi ! cria-t-elle en se débattant désespérément.

Elle l'entendit la raisonner sur un ton apaisant mais n'y prêta pas attention. Elle lui tambourinait les tibias de ses pieds nus et se débattait comme une diablesse pour se dégager. Comme s'il avait senti que Sheila était sur le point de céder à la panique, il la prit par les épaules et la secoua tant et tant qu'elle eut l'impression que sa tête allait éclater.

— Salaud ! siffla-t-elle entre ses dents quand il cessa de la ballotter en tous sens.

Une ombre passa devant ses yeux et elle dut se raccrocher à ses épaules nues et fermes pour ne pas perdre l'équilibre.

— Vous n'êtes qu'un sale monstre dépravé. Elena a-t-elle été trop facile à conquérir ? Vous n'avez tout de même pas l'intention de me violer, à présent ?

Ráfaga serra les mâchoires nerveusement tandis que son regard enflammé contemplait le visage de Sheila si près du sien. Avant qu'elle ait eu le temps de reprendre son souffle, il lui tordit les bras dans le dos et la plaqua contre lui.

Une odeur virile s'empara de ses sens. Prise d'une peur panique, Sheila s'agitait en vain, tandis que son cœur battait la chamade. Elle se pencha en arrière pour tâcher d'éloigner son corps du sien, mais elle vit avec horreur qu'il s'inclinait au fur et à mesure pour se rapprocher d'elle. Inconsciemment, elle nota la force qui émanait de ses larges épaules, tandis qu'il lui chuchotait quelque chose dans l'oreille de sa voix sifflante. Elle détourna la tête pour ne plus avoir à l'entendre mais commit l'erreur de lui présenter son visage.

Accidentellement, ses lèvres effleurèrent la bouche de Ráfaga. Frappée de stupeur, elle s'immobilisa. Une sueur glaciale lui couvrit le corps, immédiatement suivie d'une vague de chaleur qui lui empourpra les joues. Pendant que leurs lèvres étaient restées en contact, elle avait eu l'impression que le temps s'était arrêté. Elle attendit, le souffle coupé, qu'il prenne possession de sa bouche avec violence.

Se souvenant tout à coup de la brutalité avec laquelle Brad l'avait traitée, elle ferma les yeux.

Le lien fragile unissant leurs bouches fut soudain brisé. Ráfaga se redressa, releva la tête. Entre ses paupières entrouvertes, Sheila vit passer une lueur d'arrogance. Ses narines palpitaient. Il glissa le bras derrière les jambes nues de Sheila et il la souleva avec aisance.

— Non ! protesta-t-elle, haletante.

Rapidement, il maîtrisa ses gestes de rébellion et prit la direction de sa chambre. Il déposa Sheila à la porte qu'il ouvrit rudement avant de la reprendre dans ses bras. Elle tenta une fois de plus de ménager un espace entre leurs deux corps en posant ses mains sur la poitrine de Ráfaga et en poussant ensuite de toutes ses forces. Elle comprit trop tard qu'il l'avait laissée faire sans lui opposer de résistance de façon à lui immobiliser les bras précisément.

Il posa la main sur sa gorge et l'obligea à lever le menton. Médusée, Sheila se raidit lorsque sa bouche s'empara de la sienne, avec cette fois-ci un peu plus de douceur et de chaleur. Elle tenta de se reculer, mais plus elle essayait de se dérober, et plus il lui serrait le cou ; il la força à endurer son baiser jusqu'à ce qu'il décide d'y mettre fin en la repoussant avec rudesse. Ne s'y attendant pas, Sheila fit quelques pas chancelants en arrière avant de s'effondrer sur son lit. Une fois encore, il lui fit comprendre du regard que, s'il l'avait voulu, il l'aurait prise, qu'il ne la désirait pas et qu'elle n'avait donc pas à s'inquiéter. Sans un mot, il se retourna et sortit.

Glacée par le regard qu'il lui avait lancé avant de partir, Sheila se glissa sous les couvertures et se recroquevilla. Ses yeux la brûlaient, mais elle n'arrivait pas à pleurer. Elle resta éveillée longtemps avant de sombrer dans un profond sommeil.

Pendant deux longues journées, Sheila se retira dans sa chambre chaque fois que Ráfaga était dans la maison. Son cœur se mettait à battre follement quand elle le voyait. Elle le haïssait avec une intensité qui la faisait trembler dès qu'elle pensait à lui.

Elle était sa prisonnière, totalement sans défense et soumise à sa volonté. Il n'y avait personne pour intercéder en sa faveur. Elle était seule, vraiment seule. Avec pour unique guide, unique soutien, son instinct, son désir de survivre.

Le troisième jour, dans l'après-midi, ces longues minutes qui s'égrenaient si lentement, et les quelques pièces où elle errait, désœuvrée, et qui lui semblaient de plus en plus petites, commencèrent à lui peser intolérablement ; elle était à bout de nerfs. Elle eut le sentiment qu'elle allait vraiment devenir folle si elle restait une minute de plus dans cette maison.

Elle franchit finalement le seuil de la demeure d'un pas nerveux. Immédiatement, la sentinelle l'arrêta dans son élan. Le fusil à la main, il lui barra le chemin. Sheila s'immobilisa, la tête haute, comme une biche aux aguets.

La sentinelle lui sourit de toutes ses dents jaunes et irrégulières. C'était Ortega, l'homme qui avait tué Brad et qui avait essayé de la violer. Une sueur de répulsion lui couvrit le dos lorsqu'il la détailla des pieds à la tête. Elle eut vraiment l'impression qu'il la déshabillait du regard, et ressentit une nausée au souvenir du contact de ses mains répugnantes.

— *Baño, señora ?* demanda-t-il, une lueur lubrique dans les yeux.

Sheila tenta en vain d'avaler sa salive et secoua la tête. Ses cheveux aux reflets dorés brillaient dans la lumière du soleil. Il posa la bouche de son fusil sur le nœud de la chemise de Sheila et la poussa ainsi dans la maison. Elle recula d'un pas. Il avait les yeux fixés sur sa poitrine soulevée de respirations irrégulières. Elle sentit la panique l'envahir, mais elle essaya de ne pas lui montrer à quel point elle avait peur.

Quelque chose derrière lui détourna son attention. Il jeta un coup d'œil par-dessus son épaule ; en une seconde, son sourire narquois s'effaça. La vision de Sheila était gênée par l'encadrement de la porte qui l'empêchait donc de voir ce qui avait pu changer à ce point l'expression de la sentinelle. Il regardait toujours derrière lui d'un air docile et innocent.

Une voix familière retentit et lui fournit la réponse qu'elle attendait. Ortega répondit à la question qu'on lui posait et se retourna vers Sheila. Ses yeux noirs et brûlants semblèrent lui promettre qu'ils se reverraient — seuls, sans être dérangés.

Sheila blêmit. Le regard d'Ortega la pétrifia. Bientôt, Ráfaga et Laredo apparurent dans son champ de vision. Ortega fit un pas de côté pour libérer le passage et baissa son fusil.

Sheila échangea un regard rapide avec Ráfaga et, pivotant sur ses talons, elle rentra prestement dans la maison, encore toute bouleversée de sa rencontre avec l'assassin de Brad.

— Que faisiez-vous ? lui demanda Laredo.

Que dire ? Qu'elle avait voulu prendre l'air, mais que l'animal qui montait la garde devant la maison l'en avait empêchée ? Devait-elle préciser qu'Ortega avait été sur le point de la faire rentrer de force dans la maison pour la violenter ? Ils ne la croiraient pas.

Ortega était l'un des leurs. Ils lui feraient confiance plus facilement qu'à elle. Ráfaga avait dû donner la consigne que personne ne devait la toucher ; aussi Ortega n'admettrait-il jamais qu'il avait cherché à enfreindre le règlement.

Il se serait contenté de dire qu'il voulait l'empêcher de quitter la maison.

— Je deviens folle toute la journée, enfermée dans cette bicoque ! s'exclama Sheila. Je veux prendre l'air, mais le chien de garde que vous avez mis à ma porte ne me laisse même pas mettre le nez dehors.

— Il est préférable que vous restiez dedans, dit Laredo.

— Pendant combien de temps ? (Sa voix se brisa. Elle se sentait au bord de l'hystérie.) Vous ne croyez tout de même pas que je vais passer le reste de mon existence dans ce trou misérable ? Je ne vais pas tarder à grimper aux murs, si ça continue.

Ráfaga fit un bref commentaire en espagnol. Laredo se tourna vers lui. Ils semblaient s'être mis d'accord. Laredo annonça à Sheila :

— Je vous accompagne faire une promenade.

— Merci beaucoup, rétorqua-t-elle d'un ton amer.

Laredo recula pour lui livrer passage, sans réagir à son sarcasme. Ortega attendait dehors. Il était mollement appuyé contre le pilier du porche. Il se redressa pour lui bloquer le passage. Quand Laredo lui eut expliqué la situation, il se radossa lourdement.

Sheila baissa la tête lorsqu'elle passa devant lui et, sa chevelure voilant son visage, elle n'eut pas à croiser son regard. Mais elle sentit malgré tout le coup d'œil comminatoire qu'il lui décocha. La main de Laredo lui tenait le coude, la dirigeant vers le petit bosquet, loin des autres maisons. Une fois encore, on l'isolait des autres habitants du canyon.

Derrière elle, Sheila entendait des enfants jouer. Des oiseaux chantaient dans les arbres. Un peu plus loin, des chevaux et quelques vaches paissaient dans un pré ensoleillé, en agitant leur queue pour chasser les mouches. Tout cela était si étrange, si déplacé, dans sa situation ! Laredo lui lâcha le bras et la laissa aller et venir librement. Elle regardait droit devant elle, les yeux écarquillés, chargés d'angoisse.

— Parlez-moi, Laredo, demanda-t-elle. Dites-moi qui vous êtes, comment vous êtes venu ici. Mentez-moi si vous voulez. Ça m'est égal. Parlez-moi pour que je m'arrête de penser.

Il cessa d'arpenter le sol quelques instants pour la regarder puis il reprit ses allées et venues.

— Par quoi voulez-vous que je commence ?

— Ça m'est égal, dit-elle en haussant les épaules. (Elle soupira, puis inspira une grande bouffée d'air.) Comment êtes-vous arrivé ici pour vous joindre à une bande de brigands ?

— Je faisais du trafic de marijuana entre le Mexique et les Etats-Unis. Le type pour lequel je travaillais a essayé de changer les termes de notre entente, il a augmenté ses prix. Nous nous sommes battus. Il a sorti un couteau. J'ai réussi à le lui prendre et je l'ai tué. Malheureusement, la police mexicaine est arrivée sur les lieux avant que j'aie eu le temps de m'enfuir.

Il parlait d'un ton monocorde, sans émotion. Il se contentait de lui raconter les faits, tout simplement.

— C'était un cas de légitime défense, murmura-t-elle pour faire durer la conversation. Quel a été votre châtiment ?

— Je n'ai jamais été jugé.

— Comment ?

Il esquissa un sourire étrange.

— Le système juridique mexicain n'a rien à voir avec notre système à nous. C'est le vieux code Napoléon, selon lequel on est coupable jusqu'au moment où on peut prouver son innocence. On vous met en prison jusqu'au procès, ce qui peut durer longtemps. C'est une façon comme une autre de mettre les criminels au rancard.

— C'est donc pour cela que vous êtes ici, terré dans les montagnes, parce que la police vous recherche, conclut-elle. (Le fait que lui aussi ait tué quelqu'un la touchait à peine, étant donné les circonstances.) Comment vous êtes-vous échappé ?

Il s'arrêta pour allumer une cigarette et lui en offrit une qu'elle accepta, dans l'espoir que la nicotine lui calmerait les nerfs. Il exhala un mince filet de fumée et la regarda se dissiper dans l'air.

— Il y a eu un raid, une attaque très bien organisée dans la prison où j'étais détenu. Ça s'est passé si vite que je n'ai pas vraiment compris, dit-il, l'air absent. Les portes des cellules s'ouvraient l'une après l'autre. Tout le monde courait, dans toutes les directions, et cherchait à fuir. Et puis tout à coup, j'ai vu ce Mexicain, parfaitement calme et serein au milieu de la pagaille. Il y avait trois autres Américains avec lui et il semblait vouloir les aider à prendre la fuite discrètement. J'ai eu l'impression qu'il savait ce qu'il était en train de faire et où il allait, ce qui n'était pas mon cas. Son sang-froid était impressionnant. Alors, je me suis joint à eux.

— C'était Ráfaga, n'est-ce pas ?

— Oui. (Il hocha la tête, tout en fixant l'extrémité de sa cigarette.) Quelqu'un en dehors de la prison l'avait payé pour sortir les trois prisonniers américains et les escorter jusqu'à la frontière. Ils m'ont emmené avec eux, c'est tout.

— Mais pourquoi n'êtes-vous pas rentré aux Etats-Unis avec les autres ? demanda-t-elle en fronçant les sourcils. Pourquoi être resté ici avec lui ?

— Les autres n'étaient accusés que de petits délits — trafic de drogue, etc. Moi, j'étais accusé de meurtre. Les Américains m'auraient extradé pour que je sois jugé. De plus, j'ai tué un gardien lors de mon évasion. Même si je m'en étais sorti pour le premier crime, je n'aurais pas échappé au châtiment pour le second. Le gouvernement américain aurait peut-être accepté de fermer les yeux si j'avais été coupable d'un crime mineur, mais, dans l'intérêt des relations internationales, il aurait été obligé en l'occurrence de rechercher le criminel. Ils auraient prévenu ma famille. Mon nom aurait été publié dans les journaux. Maintenant personne ne sait où je suis, ni même si je suis vivant. Il est préférable que je reste de ce côté-là de la frontière.

— Mais votre famille n'a donc pas été prévenue la première fois que vous avez été arrêté ?

— J'ai été incarcéré sous un faux nom avec un faux passeport. La police américaine a fini par découvrir mon véritable nom ; au consulat américain, ils ne l'ont jamais eu. Alors ma famille n'est pas au courant.

— Comment pouvez-vous en être sûr ?

— On a des moyens, répondit-il, évasif.

Sheila recommença à marcher en long et en large, tout en regardant distraitement les chevaux qui paissaient au loin.

— Depuis combien de temps êtes-vous avec Ráfaga ?

— Bientôt trois ans et demi.

— Il semble passer plus de temps avec vous qu'avec les autres, commenta-t-elle d'un air indifférent.

— Je suppose que l'on pourrait dire que je suis devenu son bras gauche, dit-il en souriant paresseusement.

— Son bras gauche ? Et qui est son bras droit ?

— Personne. Il n'a pas suffisamment confiance en qui que ce soit pour le mettre à sa droite.

Laredo marqua une pause pendant qu'il écrasait son mégot sous le talon de sa botte. Un frisson glacial la transperça. Elle jeta sa cigarette à moitié consumée dans l'herbe haute.

— Qu'adviendra-t-il de moi, Laredo ?

— Je ne comprends pas. Que voulez-vous dire ?

Elle leva la tête et plongea son regard triste dans le sien.

— Mes parents ont-ils été prévenus ?

Son visage un peu enfantin était devenu impassible. Il avait soudain l'air dur et impitoyable.

— Je ne peux pas répondre à cette question, madame Townsend, répliqua-t-il sèchement.

— Pour l'amour du ciel, appelez-moi Sheila ! s'écria-t-elle, irritée. Je ne veux plus penser à Brad.

— Je ne l'ai pas fait exprès, Sheila, dit Laredo d'une voix un peu plus douce.

— Serai-je libérée quand l'argent vous sera parvenu ? demanda-t-elle, profitant de la compassion qu'elle avait perçue dans sa voix.

— Je ne vois vraiment pas pourquoi ce ne serait pas le cas si l'argent nous est versé.

Il haussa les épaules et recommença à déambuler. Ce n'était pas vraiment une réponse satisfaisante. Sheila soupira, découragée. Au loin, très loin, elle entendit comme une plainte. Elle s'immobilisa, tendit l'oreille, électrisée par ce son étrange sans qu'elle puisse se l'expliquer.

— Qu'est-ce que c'est ?

Laredo jeta un coup d'œil vers le sud.

— Un train. Le Chihuahua-Pacific qui va de Presidio au Texas, tout le long de la Sierra, et du Copper Canyon jusqu'à la côte Pacifique. Quand le vent vient du sud, on entend le sifflement du train résonner comme un écho dans la montagne.

— La ligne de chemin de fer est-elle loin ? demanda-t-elle d'un ton empressé.

— A vol d'oiseau, je ne sais pas, sans doute pas très loin. Mais cent cinquante kilomètres de terrain accidenté, au bas mot, si vous voulez essayer d'y aller à pied. Vous n'y arriveriez jamais, Sheila...

Elle pinça les lèvres. Elle refusait de reconnaître devant lui que l'idée de tenter sa chance lui avait traversé l'esprit, si par hasard elle trouvait moyen de s'échapper. Laredo s'arrêta.

— Changeons de sujet, suggéra-t-il, pour essayer d'alléger l'atmosphère. Dites-moi, avez-vous des frères et sœurs ?

— Je suis fille unique, rétorqua-t-elle, ce qui ne peut que vous arranger puisque mes parents seront prêts à payer n'importe quoi pour me récupérer vivante.

Laredo ne releva pas.

— J'ai un jeune frère. Un athlète, il fait du basket-ball et de la course. Son entraîneur était certain qu'il décrocherait une bourse. (Il eut l'air songeur.) Je me demande s'il l'a eue.

— Votre famille vous manque, n'est-ce pas ? fit-elle d'une voix douce, se sentant tout à coup plus proche de lui.

Pendant une seconde, elle eut l'impression qu'il allait se rétracter, qu'il était sur le point de nier l'évidence même. Mais il sourit, et une lueur taquine brilla dans ses yeux bleus.

— Vous savez ce qui me manque le plus ? dit-il en riant, comme s'il se moquait de lui-même. Je rêve d'une grande glace au chocolat avec plein de chantilly, des noisettes et une grosse cerise rouge au sommet. Vraiment, j'en rêve la nuit. Quelquefois, mon désir est si intense que j'ai l'impression que je vais devenir fou si on ne m'en donne pas une tout de suite.

— C'est un cas de gourmandise aiguë, me semble-t-il, plaisanta-t-elle.

— Ouais, renchérit-il en hochant la tête. Et ça ne s'est pas arrangé depuis que vous êtes ici.

Comme s'il s'était tout à coup rendu compte de ce qu'il venait de dire, il se détourna d'elle et accéléra légèrement l'allure. A présent, ils marchaient dans la prairie. Laredo passa négligemment la main sur la croupe d'un cheval marron.

— Alors, vous êtes fille unique ?

— C'est ça, répondit-elle enfin. Gâtée, pourrie, une de ces filles de riches, comme disait Brad.

Son nom lui avait échappé.

— Il disait ça avec affection, bien sûr, fit-il en souriant.

— Non. (Elle aperçut son alliance qui brillait au soleil.) Avec envie, je crois.

— Est-ce en partie pour cela que sa mort ne vous a pas vraiment touchée ?

Il étudiait son profil.

— Mon argent intéressait Brad beaucoup plus que moi. Il aimait la sensation de puissance que la richesse lui procurait, avoua-t-elle tout net.

— Pourquoi me dites-vous ça ?

Lorsque Sheila leva les yeux vers lui, elle vit qu'il la regardait, l'air sceptique. Un coup de vent lui caressa les cheveux. Elle repoussa une mèche de son visage.

— Je ne sais pas. Peut-être parce que vous m'avez parlé de votre famille. Ou peut-être parce que je voulais le dire une fois à haute voix pour me forcer à l'admettre, répondit-elle lentement. Peut-être que je voudrais que nous soyons amis.

— Pourquoi ?

— Parce que je vous rappelle la glace au chocolat, je suppose.

Elle essayait de plaisanter pour qu'il cesse de lui poser des questions.

— Vous cherchez peut-être à m'amadouer.

— Croyez-vous que ce soit possible ? lui demanda-t-elle en penchant la tête de côté, adoptant une pose délibérément provocante.

Il eut un sourire moqueur. Puis il détourna les yeux.

— Vous avez des... munitions.

En dépit de son ton détaché, Sheila comprit qu'il venait d'admettre à contrecœur qu'il la trouvait tout à fait à son goût. Elle n'en fut pas surprise.

Pourtant, ce qui l'intéressait davantage, c'était quelque chose qu'il n'avait pas vraiment exprimé. Bien que Laredo eût essayé de couper les ponts avec sa famille et son pays, il n'y était pas vraiment parvenu. Pour lui, Sheila était un nouveau lien avec tout cela, c'était indéniable, en dépit de son prétendu attachement à ce nouveau style de vie.

Comment pouvait-elle renforcer ce lien et le persuader

de passer de son côté ? En se donnant à lui, c'était la réponse la plus évidente. Mais elle s'y refusait catégoriquement.

Inconsciemment, ils avaient accéléré l'allure et venaient d'atteindre le bout du pré. Sheila vit quelque chose bouger dans les fourrés.

Soudain un petit garçon surgit, à quatre pattes. Ses cheveux noirs lui tombaient dans les yeux. Il nageait dans son poncho couleur rouille et dans ses pantalons trois fois trop larges. Il hésita puis pencha la tête pour les saluer en un geste incertain :

— *Buenas tardes, señora, señor.*

— *Buenas tardes,* répondit Sheila, avec un sourire.

Laredo fit de même.

— Nous sommes allés assez loin, ajouta-t-il. Nous ferions bien de rentrer.

— Y a-t-il beaucoup d'enfants par ici ? Je les entends jouer dehors.

Elle scruta l'horizon en direction du groupe de maisons de briques : elle distinguait des silhouettes grandes et petites qui s'agitaient.

— Une douzaine, sans doute, y compris les Indiens, dit-il en haussant les épaules.

— Des Indiens ?

— Quand nous sommes arrivés ici, nous avons trouvé un petit nombre de familles de Tarahumara. Ils restent entre eux.

Pendant le chemin du retour, ils demeurèrent silencieux. Il lui avait dit tout ce qu'il était disposé à lui révéler. Elle songea qu'elle devait sans doute se féliciter d'avoir obtenu de Laredo qu'il s'ouvre autant à elle, bien que les informations qu'il lui avait fournies ne l'eussent pas réconfortée le moins du monde.

CHAPITRE IX

UNE NOUVELLE SENTINELLE montait la garde lorsqu'ils arrivèrent à la maison. Un jeune homme au visage large et plat, aux traits assez mous. Il baissa la tête en un geste de respect au moment où elle passa devant lui. C'était le premier signe de courtoisie exprimé à son égard depuis qu'elle était arrivée au repaire.

La lueur de plaisir qui brilla dans les yeux de Sheila fit sourire Ráfaga. Il fit un petit commentaire lorsqu'elle pénétra dans la maison. Immédiatement, elle se sentit froissée et, se tournant vers Laredo, elle lui demanda :

— Qu'a-t-il dit sur moi ?

— Que cette marche vous avait visiblement fait du bien, lui répondit-il.

— Vous pouvez lui dire que tous les prisonniers ont besoin d'un peu d'exercice, rétorqua Sheila. Et vous pouvez aussi lui dire que je voudrais prendre un bain cet après-midi pendant que le soleil est encore assez haut pour chauffer l'eau. Je vais chercher mon savon et la serviette pour que vous puissiez m'accompagner. Je suis sûre qu'il n'a pas suffisamment confiance en moi pour me laisser y aller toute seule.

Elle se précipita dans sa chambre. Au moment où elle avait vu Ráfaga, sa bonne humeur s'était envolée. Elle claqua le tiroir de la table. Des voix confuses lui parvenaient de l'autre pièce. Ils s'arrêtèrent de parler lorsqu'elle reparut.

— Je suis prête, annonça-t-elle.

— J'ai des choses à faire, répondit Laredo en remettant son chapeau sur sa tête. Ráfaga ira avec vous.

Sheila sentit la colère monter en elle :

— De qui se méfie-t-il ? De vous ou de moi ?

— Des deux, peut-être, répondit Laredo avec un sourire grimaçant. Il sait que ça fait sacrément longtemps que je n'ai pas vu de blonde.

— Ça ne vous suffit donc pas que je sois obligée de supporter la honte de prendre un bain en public ? Ne puis-je donc au moins choisir celui qui me reluque ? s'exclama-t-elle, folle de rage.

Laredo se tourna vers Ráfaga, qui ne broncha pas.

— C'est les ordres, dit-il à Sheila en haussant les épaules.

Ce fut sa seule explication. Sheila serra sa serviette à s'en faire craquer les jointures. Laredo lui jeta un bref coup d'œil moqueur avant de sortir. Elle se tourna vers Ráfaga et scruta ce masque de bronze qui cachait ses moindres pensées. Elle bouillait.

— Alors, voyeur, tu es prêt ? dit-elle.

Les lèvres pincées, elle pivota sur ses talons et sortit par la porte que Laredo avait laissée ouverte. Ráfaga lui emboîta le pas. Elle prit le même chemin qu'ils avaient suivi la dernière fois, sans avoir besoin qu'il la guide. Arrivé à l'étang, il se dirigea vers l'arbre contre lequel il s'était appuyé la dernière fois et s'y adossa. Sheila avait le souffle court, tant la colère l'étouffait. Elle n'avait aucune envie de remettre des vêtements mouillés après le bain. Elle lui tourna le dos et commença à défaire le nœud de sa chemise.

— Avez-vous un problème de libido pour être excité en regardant les femmes prendre un bain ? lui demanda-t-elle d'une voix rauque de fureur. Ou est-ce que ça vous amuse d'humilier les gens ?

Elle retira son chemisier et le jeta sur le sol. Elle sentit la brûlure de son regard sur ses épaules blanches, son dos et sa fine taille. Les doigts tremblants, elle défit la fermeture de son pantalon.

— Vous n'êtes qu'un monstre sadique. Comment osez-vous m'imposer une humiliation pareille ? lui cria-t-elle. On devrait vous écarteler et vous faire dévorer par les vautours. Je donnerais cher pour que vous puissiez comprendre ce que je vous dis, pour que vous sachiez ce que je pense de vous. Sauvage ! Vous êtes vulgaire ! Je vous hais, et...

Elle n'arrivait plus à trouver des mots suffisamment forts pour exprimer son dégoût et sa haine.

Elle retira son pantalon. Une fois nue, elle sentit ses joues s'empourprer de honte. Une seconde plus tard, elle plongeait dans l'eau. Elle refit surface presque immédiatement. L'eau glaciale lui avait coupé le souffle.

Elle dégagea les cheveux qui lui bloquaient la vue et jeta un bref coup d'œil dans la direction de l'arbre. Ráfaga s'était assis au pied de l'arbre et avait baissé son chapeau sur ses yeux. Lorsqu'elle revint près de la rive pour prendre le savon, elle sentit son regard appuyé sur elle.

Quand elle eut fini, elle sortit de l'eau hardiment, sans même tenter de se couvrir de ses mains. Elle ramassa la serviette et commença à se sécher énergiquement.

— Rincez-vous bien l'œil. (Elle mourait d'envie de lui jeter la serviette à la figure.) Ça vous stimulera peut-être pour ce soir, lorsque Elena viendra vous rendre visite.

En entendant le nom de sa maîtresse, Ráfaga eut un sourire amusé. Il se mit sur pied, mais ne s'approcha pas d'elle. Luttant contre un accès brutal de tremblements, Sheila enfila son pantalon à toute vitesse.

Le tissu de sa chemise lui collait à la peau. Lorsqu'elle le vit faire quelques pas dans sa direction, elle crut qu'elle allait perdre ses moyens. De ses mains tremblantes, elle s'empressa de faire un nœud à sa chemise.

Avant qu'elle y soit totalement parvenue, il repoussa ses mains calmement et resserra les pans de la chemise. En faisant le nœud, il effleura du dos de la main les courbes de ses seins. Sheila se raidit. Ses fossettes s'approfondirent lorsqu'il esquissa un sourire moqueur.

— Ce n'est pas ma faute, murmura-t-elle d'une voix rauque, si le contact de vos mains me donne envie de reprendre un bain.

Sa proximité l'empêchait de le narguer avec autant de bravoure.

Il lui avait donné la chair de poule. Indifférent au coup d'œil acide qu'elle lui décocha, Ráfaga étudia les flammes jaunes qui brillaient dans ses yeux. Ils se dévisagèrent silencieusement pendant quelques instants, Sheila le défiant intérieurement d'oser le toucher à nouveau. Elle mourait d'envie de le pousser dans l'eau glacée de l'étang. Il avait dû deviner ses pensées car il fixa momentanément la surface lisse comme un miroir avant de plonger de nouveau son regard dans le sien. Elle y vit briller une lueur d'amusement.

Ils reprirent le chemin de la petite maison solitaire, loin des autres. Sheila, dans un état d'énervement sans bornes, marchait en tête, Ráfaga sur ses talons. Bien que ses pas soient silencieux, elle sentait sa présence tout près d'elle. Elle faisait des efforts surhumains pour contrôler sa fureur, car elle savait trop bien à quel point il était dangereux.

Les promenades d'après-midi avec Laredo étaient devenues une institution. Elle les attendait avec impatience, comme un enfant à qui on aurait promis une glace chaque jour. Ces promenades lui procuraient un petit moment de répit, une oasis dans le désert suffocant de sa vie à l'intérieur de la maison, et surtout l'éloignaient de Ráfaga.

Jamais elle n'avait été aussi inactive. Toute sa vie, elle avait trouvé quelque chose à faire pour remplir son temps. Dans le repaire de la montagne, il n'y avait rien à faire. Elle errait dans la maison lorsqu'elle était seule et attendait que Laredo vienne la chercher pour la promenade. Au bout d'une semaine, la monotonie de son existence lui avait mis les nerfs à vif.

Un jour, à la fin de la promenade quotidienne, Laredo s'adressa à elle en ces termes :

— Vous avez l'air totalement épuisée, Sheila. Vous ne dormez pas bien la nuit ?

— Pas particulièrement bien, non.

Tout de suite, elle s'était tendue. C'était Ráfaga le responsable. Les visites d'Elena n'étaient pas quotidiennes, mais pour Sheila, c'était presque encore pire de devoir écouter son souffle tranquille de l'autre côté de la mince cloison.

— Pourquoi ne pas vous étendre pour faire la sieste ? lui suggéra-t-il. J'ai l'impression que cela vous ferait du bien.

— Je n'ai pas besoin de faire la sieste.

Elle passa, tête baissée, la porte qu'il tenait ouverte pour elle.

L'air autour d'elle était comme électrisé. Son agitation

s'accrut lorsqu'elle vit Ráfaga assis à la table, en train de nettoyer son fusil.

— Ce dont j'ai besoin, c'est de m'en aller d'ici. Dans combien de temps aurez-vous des nouvelles de mes parents ? Ou en avez-vous déjà ?

— Je ne peux pas répondre à cela.

— Je ne peux pas répondre à cela ! (Elle posa les mains sur ses hanches.) Vous ne pouvez rien dire du tout, à moins qu'il ne vous y autorise. J'en ai marre de me tourner les pouces.

— Vous vous ennuyez, c'est ça ?

— Si je m'ennuie ! C'est le moins que l'on puisse dire, s'exclama-t-elle, écœurée.

Elle pivota sur ses talons pour rencontrer le regard scrutateur et indifférent de Ráfaga.

— Les promenades..., commença Laredo.

— ... occupent peut-être deux heures de ma journée, l'interrompit-elle, et le reste du temps, que suis-je supposée faire ? Dormir ?

Laredo esquissa un sourire et se tourna vers Ráfaga, comme pour lui demander conseil. Elle attendit avec impatience qu'ils aient fini d'ergoter en espagnol sur son cas.

— Quelle proposition le grand Salomon des voleurs et des assassins a-t-il à nous faire ? demanda-t-elle.

A nouveau, Laredo sourit. Ses défenses de chaton en colère l'amusaient.

— Il trouve aussi que vous avez trop de temps de libre. Et comme vous devez rester ici, il a décidé que le mieux serait que vous vous occupiez du ménage et que vous aidiez Elena à faire la cuisine.

— Ah ! il a décidé ! hurla-t-elle, outragée. Je suis sa prisonnière. Mais ça ne lui suffit pas. Il faut en plus que je lui serve de bonne.

— Il faut admettre que ça vous fera passer le temps, dit Laredo avec un petit air espiègle. Et puis, après tout, c'est vrai que vous habitez ici. Vous devez participer aux corvées.

— Eh bien, voyons ! s'exclama-t-elle, folle de rage. Même si cette maison était impeccable, sans un gramme de poussière, ce serait encore le bout du monde. Quant à la cuisine, je ne sais pas cuisiner, en tout cas pas dans des conditions pareilles. De toute façon, il est évident que la nourriture que je vous servirais serait remplie de poison.

— Il est prêt à prendre le risque, répliqua Laredo en haussant les épaules.

— Cela m'étonnerait qu'Elena soit heureuse de me voir dans la cuisine.

— Il a pris sa décision. Vous allez mettre la main à la pâte, conclut-il.

Lorsque Elena sut que Sheila allait partager *sa* cuisine avec elle, elle explosa avec toute la force de son tempérament latin. Ráfaga fit la sourde oreille et refusa de prêter attention à ses protestations. Comme d'habitude, il la fit taire en lançant un petit commentaire menaçant d'un ton tranquille. La fragile trêve entre les deux femmes était brisée. A nouveau, les yeux de la brune brillèrent d'une haine enflammée par la jalousie. Elle confiait à Sheila les tâches les plus basses et l'insultait en espagnol quand elle ne comprenait pas ce qu'elle lui disait de faire.

Pendant toute la durée de la préparation du repas du soir, les deux hommes se relayèrent à la cuisine. Lorsque ce fut le tour de Laredo, il passa son temps à les regarder, visiblement ravi de cette situation qui l'amusait beaucoup. Quant à Ráfaga, il les observait simplement, l'air parfaitement indifférent.

Furieuse du ton arrogant avec lequel la Mexicaine s'adressait à elle sans arrêt, Sheila jeta les assiettes sur la table, devant Laredo qui broncha à peine.

— Aidez-moi, alors, murmura-t-elle entre ses dents. Si cette idiote n'arrête pas de crier comme ça et de m'insulter, je vais lui faire avaler une fourchette. Vous avez tout intérêt à dire à votre chef de faire quelque chose pour la faire taire, avant que je ne m'en occupe moi-même.

— Du calme, du calme, lui répondit-il, stoïque et moqueur.

— Dans deux minutes, je vais perdre mon sang-froid. Vous l'aurez voulu.

Un torrent d'ordres encore moins intelligibles que les autres s'échappait l'instant d'après de la bouche d'Elena. Sheila fit volte-face, les poings serrés. Un ordre lancé par Ráfaga, et Elena s'arrêta net. Ses yeux noirs brillaient de frustration et de colère, lorsqu'elle tendit une assiette remplie de viande bouillie et un couteau à Sheila. Le couteau s'arrêta à quelques centimètres de son estomac. Sheila posa l'assiette sur la table et saisit le couteau par le manche.

— Je ne sais pas sur qui l'utiliser. J'ai l'embarras du choix, murmura-t-elle

— Je ne crois pas qu'Elena sache qu'il est préférable de ne pas vous confier de couteau, fit remarquer Laredo en lui adressant un sourire en coin.

Elle lui rendit son sourire mielleux.

— Quand j'y pense, je sais exactement sur qui essayer ce couteau. Votre chef bien-aimé et invincible, bien sûr. Je voudrais lui arracher le cœur pour le mettre sur cette assiette à la place de la viande. (Elle commença à découper celle-ci.) Et puis, je le couperais en fines lamelles. Non, en fait ce serait si dur que je ne pourrais découper que de gros morceaux.

— Quelle cannibale ! s'exclama Laredo en riant.

Une poigne d'acier se referma sur sa main. Sheila se tendit. Elle modifia la position de ses mains de façon que la lame soit sur sa tranche la plus fine. Elle comprit alors que Ráfaga était simplement en train de lui expliquer comment se servir du couteau.

— *Gracias*, lui dit-elle en lui adressant un sourire doucereux. Je préférerais couper votre cœur en lamelles. Ça me prendrait plus de temps. (Elle continua à couper la viande, tout en regardant Laredo.) Pourquoi ne pas lui traduire ce que je viens de dire ?

— Et gâcher votre plaisir ?

Il rit.

— Je pense tout de même qu'il sait déjà que je le considère comme un bâtard méprisable et détestable.

— Attention...

— Qu'est-ce qu'il y a ? De toute façon, il ne comprend pas un mot de ce que je raconte. Je peux le traiter de tous les noms si je veux.

— Mais le mot espagnol n'est pas si différent, pour le terme que vous venez d'employer.

Son sourire avait disparu. Il n'avait plus l'air de trouver cela drôle du tout.

— Vraiment ?

Elle écarquilla les yeux, feignant la surprise et l'innocence, et se tourna vers Ráfaga. Il cligna plusieurs fois des yeux pour cacher la lueur de mécontentement qui brillait dans ses yeux.

— Bon, alors disons que je ne l'ai pas traité de bâtard. Je suis sûre qu'il serait plus approprié de le traiter de fils de salaud.

C'était presque amusant de l'insulter tout en ayant l'air de faire des petits commentaires sans portée. Il ne réagissait jamais. Son expression ne trahissait jamais rien. Et Laredo se gardait bien de lui traduire ses remarques incisives.

CHAPITRE X

TRES VITE, ELLE SE LASSA DU jeu. Au bout de trois jours, ses insultes prononcées d'un ton mielleux ne l'amusaient plus du tout. Elles finirent par lui laisser un arrière-goût amer. Elle se sentait tellement impuissante ! Toute cette petite manigance n'avait été qu'une ridicule manifestation de rébellion que personne n'avait comprise, en dehors de Laredo.

Cela n'avait rien changé. Elle était toujours prisonnière, toujours sous surveillance. Elena était toujours aussi follement jalouse d'elle. Sa révolte n'avait été que verbale, depuis qu'elle aidait à la cuisine et participait aux diverses besognes de la maison. Elle devait choisir entre ça et passer de nouveau des heures et des heures à ne rien faire. Et elle savait trop bien qu'elle ne pourrait plus le supporter.

Dehors, une brume grise alternait avec des averses violentes. Elle se sentait encore plus cloîtrée. Des éclairs semblables à des langues de feu égratignaient les sommets montagneux et déchiraient le ciel de leur lueur électrique et aveuglante. D'énormes nuages noirs assombrissaient le paysage et obscurcissaient sa chambre.

Entre deux coups de tonnerre, Sheila entendit les pas d'un cheval pataugeant dans les flaques d'eau sur le chemin. Ils s'arrêtèrent devant la maison. Quelques instants plus tard, quelqu'un frappait à la porte. Sa curiosité redoubla lorsqu'elle entendit Ráfaga donner un ordre à la sentinelle. L'homme abandonna son poste sous le porche pour courir sous la pluie jusqu'au petit hameau.

Pendant quelques minutes, elle n'entendit qu'un murmure de voix dans la grande pièce, où étaient réunis Ráfaga et le cavalier. Sheila souleva le rideau pour regarder le torrent de pluie. Personne ne gardait la porte. Tout le monde était calfeutré à l'intérieur, à l'abri de l'orage.

Il fallait être fou pour s'aventurer dehors par un temps pareil, pensa-t-elle, fou, ou bien il fallait être quelqu'un qui voulait s'enfuir en profitant de ce rideau naturel. Rapidement, elle se hissa sur le bord de la fenêtre et passa les jambes par la fenêtre.

En sautant, elle atterrit dans une flaque d'eau. Elle se raccrocha au mur pour ne pas perdre l'équilibre. Un éclair illumina le paysage l'espace d'un instant et elle en profita pour repérer le petit bosquet derrière la maison. Puis elle prit ses jambes à son cou.

Avant même d'atteindre le groupe d'arbres, elle était trempée jusqu'aux os. La pluie lui plaquait les cheveux sur le visage et de l'eau lui coulait dans les yeux.

Les branches épaisses des arbres la protégeaient en partie de la pluie torrentielle. Elle courait, courait à perdre haleine. Elle s'arrêta pour regarder derrière elle dans la direction de la maison.

Elle vit pourtant deux hommes qui se ruaient vers l'entrée, tête baissée. L'espace d'un instant, elle s'affola. Ils l'avaient peut-être repérée. Elle plongea derrière un tronc d'arbre. Mais ils se précipitèrent l'un et l'autre sous le porche pour se mettre à l'abri sans même regarder dans sa direction. Il y eut un éclair et Sheila reconnut le plus grand des deux hommes : Laredo. L'autre devait être la sentinelle que Ráfaga avait envoyée pour chercher Laredo. A tout moment, il pouvait s'apercevoir qu'elle avait pris la poudre d'escampette. Elle se remit à courir, en restant à couvert. Lorsque la maison fut hors de sa vue, elle se sentit plus en sécurité et ralentit l'allure.

L'orage continuait de plus belle. Un éclair traça une ligne de feu dans le ciel. Il fut immédiatement suivi d'un coup de tonnerre retentissant. Elle eut l'impression que le sol tremblait sous elle. Elle fut tentée de quitter l'abri des arbres pour prendre le raccourci qui menait tout droit au sentier. La pluie redoubla d'intensité, et elle changea d'avis.

Tête baissée, elle courut aussi vite qu'elle le put. Le son de ses pas était étouffé par le bruit de la pluie qui battait les feuilles.

— Sheila !

A demi assourdie par l'averse, elle ne fut pas certaine de ne pas avoir rêvé. Avait-elle vraiment entendu quelqu'un prononcer son nom ? Elle s'arrêta net, mit ses mains en visière. Sur sa droite, un cheval venait de s'ébrouer.

Son cœur se mit à battre à tout rompre. Elle se tourna dans la direction d'où venait le bruit. Laredo était bien là, en chair et en os. Il avançait vers elle sur son cheval, tout tranquillement. La pluie, accumulée dans le creux de son chapeau, lui dégoulinait sur le nez.

Tout à coup, tous ses sens furent en alerte. Elle avait entendu d'autres sons plus à gauche. Elle scruta le sous-bois. Trois autres cavaliers faisaient partie de l'équipe de recherche. Parmi eux, elle reconnut Ráfaga. Elle sut que c'était lui, avant même de distinguer ses traits sous son chapeau.

Les chevaux s'arrêtèrent en arc de cercle autour d'elle. Il était inutile de se remettre à courir. Elle ne broncha pas. Puis elle pencha la tête légèrement de côté et prit un air arrogant. Elle était déterminée à ne pas leur laisser voir sa déception, à ne pas admettre son échec. La pluie lui inondait le visage.

— Que faites-vous ici ? demanda Laredo.

Il le savait très bien. Cela se voyait dans son regard glacial et moqueur. Sheila lui donna la réponse qu'une telle question méritait :

— Je me promène. Malheureusement, je ne m'étais pas rendu compte qu'il pleuvait autant.

— Comme c'est étrange ! (Il se pencha légèrement en avant sur sa selle.) Je ne sais pas pourquoi, quand je vous ai vue courir vers le bosquet, j'ai plutôt eu l'impression que vous cherchiez à vous échapper. Ce n'était pas très malin.

— Effectivement, commenta-t-elle, bouillante de rage, mais en s'efforçant de dominer sa colère.

Un coup de tonnerre retentit. Laredo regarda autour de lui comme s'il venait tout à coup de prendre conscience du déluge.

— Quoi qu'il en soit, dit-il en faisant avancer son cheval

jusqu'à elle, vous avez de la chance que l'on vous ait retrouvée. Vous auriez fini par attraper une pneumonie. (Il tendit le bras pour l'aider à monter en selle.) Nous serions venus plus tôt, mais il nous a fallu du temps pour seller les chevaux. Nous n'étions pas certains de la distance que nous aurions à parcourir avant de vous rattraper. Aucun d'entre nous n'avait vraiment envie de faire une promenade à pied. Vous en revanche, vous aviez vraiment le désir de vous balader. J'espère que vous en avez bien profité...

Elle le foudroya du regard. Il avait sorti son pied de l'étrier. Elle y plaça le sien et le laissa l'aider à se hisser en selle. Il la déposa devant la maison, toute tremblante, trempée jusqu'aux os. Sans attendre qu'on lui en donne l'ordre ou que quelqu'un l'accompagne, elle se rua à l'intérieur. Laredo, Ráfaga et les autres la suivirent bientôt. Par la fenêtre, elle vit la sentinelle qui emmenait leurs chevaux.

— Je vous conseille d'aller vous changer tout de suite, lui dit Laredo.

Elle était déjà dans le couloir. Elle s'arrêta, se retourna lentement. Elle claquait des dents.

— Au cas où vous l'auriez oublié, je tiens à vous rappeler que ma garde-robe est très réduite. Elle se compose de ce que je porte, plus une chemise. Je fais ma lessive tous les matins. Je n'ai rien d'autre à me mettre.

Elle eût voulu parler d'un ton encore plus sarcastique. Mais les frissons l'en empêchèrent. Elle entra dans sa chambre. Elle se sentait piégée, folle de rage, pitoyable. Elle entendit Laredo et Ráfaga échanger quelques mots, puis les pas de ce dernier, qui lui étaient devenus si familiers, se rapprochèrent. Tendue, elle se retourna au moment où Ráfaga pénétrait dans sa chambre.

Il avait retiré le poncho qui l'avait protégé de la pluie. Sa chemise entrouverte était sèche. Il était juste mouillé des genoux jusqu'aux bottes. Le regard qu'il lui lança était glacial.

L'eau qui dégoulinait de ses vêtements avait formé une mare aux pieds de Sheila. Ses cheveux, encore plus trempés, lui tombaient dans la figure et dans le cou. Sa chemise lui moulait le corps, soulignant la tendre ligne de ses seins et l'ombre des mamelons durcis par le froid.

Rien n'échappa à son regard scrutateur.

— Que me voulez-vous ?

Sheila se rendit compte que son défi était à peu près aussi piteux que le sifflement agressif d'un chaton à demi noyé.

Il lui répondit d'un ton cinglant et fit un geste pour désigner ses vêtements. L'implication était évidente : il voulait qu'elle se déshabille.

— Ce n'est pas parce que je suis obligée de prendre mon bain devant vous que je vais me déshabiller chaque fois que cela vous chante.

Il pinça les lèvres. Il fut devant elle avant qu'elle ait eu le temps de réagir. Ses longs doigts commencèrent à tirer sur le nœud de sa chemise. Une minuscule rivière coulait entre ses seins. Elle repoussa ses mains avec violence.

— Je peux le faire moi-même, siffla-t-elle.

Il hocha la tête puis alla ouvrir le tiroir de la table et en extirpa la serviette. Il revint ensuite près d'elle et attendit qu'elle retire son pantalon, qu'elle jeta par terre avec la chemise. Incapable de rester nue devant lui une seconde de plus, elle tendit prestement la main vers la serviette qu'il lui tendait. Pourtant, le regard de l'homme ne quitta pas son visage blême une seule seconde.

Tandis qu'elle se séchait de ses mains tremblantes, il marcha jusqu'au lit et prit la couverture. Puis il revint vers elle et entreprit de l'envelopper. Il serra la couverture sur sa poitrine, puis jeta l'étoffe restante sur son épaule, à la manière d'un sari.

Ses yeux se posèrent alors sur sa chevelure comme pour lui rappeler qu'elle devait aussi se sécher la tête. Elle posa la serviette sur ses cheveux. La couverture soigneusement attachée ne glissa pas d'un millimètre quand elle leva les bras. Elle se sentit chaudement emmitouflée, comme dans un cocon un peu rugueux.

Elle avait commencé à se frotter les cheveux énergiquement lorsque Ráfaga quitta la pièce. Quelques instants plus tard, elle entendit d'autres pas résonner dans le couloir. Elle ne changea pas d'attitude lorsque Laredo apparut dans l'embrasure de la porte.

— La sentinelle n'est donc pas encore revenue ? Je suppose que Ráfaga a peur que je disparaisse de nouveau par la fenêtre si on me laisse seule une minute, dit-elle sèchement.

— Il veut que vous veniez dans la grande pièce, lui répondit-il sur le même ton.

— Où il peut m'avoir à l'œil.

— Non, où vous pouvez vous réchauffer. Il y a un feu dans la cheminée, expliqua-t-il patiemment.

— Quelle sollicitude ! Je suis sûre que de toute façon c'est un ordre auquel je dois obéir.

— C'est exact.

— Je m'y attendais. (Elle soupira.) Laissez-moi prendre mon peigne.

— Sheila ?

Etait-ce une question ou un ordre ? Elle se retourna vers lui.

— Qu'y a-t-il ? murmura-t-elle en essayant de dissimuler son irritation.

— Ne recommencez pas.

— Ne pas recommencer quoi ? demanda-t-elle, délibérément obtuse.

— N'essayez plus de fuir, comme si vous ne saviez pas que c'est de cela que je parle.

— Oh ? Et pourquoi donc ?

— Parce que vous avez eu de la chance, aujourd'hui.

— J'ai eu de la chance, moi ? (Elle éclata d'un rire rauque.) Ah bon !

— Oui, vous avez eu de la chance parce que vous n'êtes pas allée jusqu'au sentier. Sinon, vous l'auriez regretté, fit-il simplement.

— Et pourquoi cela ? demanda-t-elle d'un ton plein de défi. Parce que j'aurais pu me perdre dans l'orage ? Ou parce que les loups m'auraient mangée ? Pardonnez-moi, mais je trouve votre sollicitude un peu déplacée.

Laredo ignora ses remarques railleuses.

— Personne ne quitte le canyon sans la permission de Ráfaga, Sheila. Vous m'entendez ? Personne.

— C'est une menace ?

— Appelez ça une menace, un avertissement, comme vous voulez. C'est une mesure de sécurité pour tous ceux qui vivent ici au camp. Cet endroit ne serait plus un refuge secret si tout le monde y entrait et en sortait à sa guise. Quelqu'un du dehors pourrait découvrir l'existence de ce repaire. Alors personne ne sort d'ici sans la permission de Ráfaga, et surtout pas vous.

Elle serrait les poings si fort que les dents du peigne s'enfoncèrent dans sa paume. Elle avait très bien compris ce que cachaient les propos tranquilles de Laredo. Mais elle se refusait à obéir aux ordres.

— Il dirige tout cela avec une poigne de fer, n'est-ce pas ?

— Sans lui, ce repaire aurait été découvert depuis longtemps.

— Je vous prie de croire que je regrette amèrement qu'il ne l'ait pas été, grommela-t-elle entre ses dents. Aucun de nous ne serait plus ici, à commencer par moi.

— Je sais très bien que, pour vous, les circonstances sont différentes. Mais comprenez que, pour nous, c'est autre chose. Nous tenons à notre liberté autant que vous. Ici nous sommes libres et en sécurité. Ráfaga fait tout ce qu'il peut pour qu'il en soit ainsi le plus longtemps possible.

— Ça, j'en suis sûre, lâcha-t-elle.

Laredo soupira :

— Vous ne comprenez pas.

— Je comprends très bien. Moi, je suis prisonnière ici... Je n'ai pas même droit à une minute de liberté... Vous êtes des assassins et des voleurs et vous ne méritez pas la liberté dont vous jouissez.

Il serra les lèvres et ses traits se durcirent.

— Allons près du feu.

Pendant un moment, elle ne bougea pas, têtue. Puis elle le toisa du regard et passa devant lui pour se rendre dans la grande pièce.

CHAPITRE XI

UN FEU FLAMBAIT GAIEMENT dans la cheminée. Le craquement des bûches défiait malicieusement les gouttes de pluie qui tambourinaient sur le toit. Ráfaga était assis à la table avec un autre homme, un étranger, celui dont l'arrivée avait précipité la tentative d'évasion de Sheila. L'un et l'autre levèrent la tête lorsqu'elle pénétra dans la pièce et leurs regards la suivirent jusqu'à ce qu'elle s'agenouille au coin du feu.

L'enveloppe étroite de la couverture l'obligea à plier les jambes de côté. La fente révéla ses mollets joliment modelés et un bout de cuisse.

Laredo s'était installé à la table. Il avait pris la chaise près du feu. Le silence qui avait accueilli Sheila à son arrivée fut interrompu. Elle se demanda pourquoi ils parlaient à voix basse. De toute façon, elle ne comprenait pas un mot de ce qu'ils disaient.

Elle commença à se frotter les cheveux énergiquement. De minuscules gouttes d'eau tombaient sur les pierres chaudes de l'âtre et s'évanouissaient comme par magie. Lorsque ses cheveux furent presque secs, elle passa avec soin le peigne dans ses boucles.

L'étranger leur fournissait apparemment des informations. Laredo et Ráfaga se contentaient de poser des questions et d'émettre des affirmations.

Elle se demanda de quoi ils pouvaient bien parler. De toute évidence, c'était important. L'homme n'était-il pas arrivé en plein orage ? De plus, Ráfaga n'avait-il pas envoyé la sentinelle chercher Laredo sur-le-champ ?

Elle tourna le dos au feu pour que la chaleur des flammes finisse de sécher sa chevelure. Puis, elle continua à démêler ses mèches enchevêtrées. Ses boucles brillaient comme de l'or à la lumière des flammes.

Une sorte de force magnétique la poussa à regarder Ráfaga. Son regard la transperçait pour aller se perdre dans les flammes dansantes qui paraissaient l'hypnotiser. Sheila se rendit compte, tout à coup, qu'il observait en fait la lueur des flammes se reflétant sur son épaule nue.

Avec une attention troublante, il laissa son regard errer sur les courbes de ses épaules et de son cou. Puis, il étudia les formes gracieuses de ses joues et de son menton, la beauté classique de son nez, avant d'examiner ses longs cils dorés. Enfin, ses yeux se posèrent sur sa bouche, où ils demeurèrent longtemps.

Cette possession presque physique la troubla au point que son cœur se mit à battre la chamade. Soudain, ses yeux mi-clos cherchèrent à rencontrer les siens. Lorsque leurs regards se croisèrent, Sheila eut l'impression étrange, absurde, qu'une force puissante la poussait en arrière, l'obligeant à se coucher près du feu pour s'offrir à lui. Bouleversée par l'intensité de cette sensation, Sheila l'entendit vaguement répondre à une question de Laredo. Pas une seconde, il ne l'avait quittée des yeux. Avec peine, elle tenta de se soustraire au magnétisme de son regard.

Laredo se leva et marcha jusqu'à la cheminée. Très vite, elle détourna la tête vers les flammes en espérant que s'il remarquait la rougeur de ses joues, il l'attribuerait à la chaleur du feu.

Accroupi, Laredo remit une bûche dans le feu et remua les braises. En équilibre sur la pointe des pieds, il se tourna lentement vers elle et lui jeta un regard calme et attentif.

— Ça va mieux ?

— Oui.

Elle hocha la tête nerveusement et jeta un coup d'œil discret en direction de la table. Soudain, elle eut l'impression que les autres parlaient d'elle, depuis le début, peut-être.

D'un geste de la tête, elle désigna l'homme qui parlait avec Ráfaga.

— Qui est-ce ? demanda-t-elle à Laredo.

— Un ami.

— C'est un de vos contacts ?

— C'est un ami.

Sheila étudia le visage de Laredo.

— C'est à cause de moi qu'il est ici ?

— Qu'est-ce qui vous fait penser ça ?

— Juste une impression. C'est ça, non ?

Il parla d'un ton patient, calme et assuré :

— Vous me posez des questions auxquelles je ne peux pas répondre, et vous le savez très bien.

— Pourquoi ? C'est aussi mon affaire, dit-elle, têtue.

Laredo se contenta de hausser les épaules.

— Vous avez bien dû contacter mon père. Est-ce pour cela que cet homme est ici ? Pour vous dire ce qui s'est passé ? insista-t-elle.

Laredo soupira et lui jeta un regard vaguement impatient.

— Ce n'est pas la peine d'essayer de me tirer les vers du nez. (Il avait l'air très calme.) Quand on saura quelque chose de précis, on vous en informera.

Sur ce, il se leva, comme pour lui signifier que la conversation en resterait là.

— Dites à votre chef que j'aimerais bien retourner dans ma chambre, à présent.

Les yeux bleus de Laredo se posèrent sur Ráfaga.

— Le reste de la maison est trop humide et trop froid. Restez ici près du feu, vous êtes au chaud.

— Que se passerait-il si je sortais quand même ? demanda-t-elle sur un ton de défi.

— On vous ramènerait ici.

Les dents serrées, elle recommença à se peigner ; elle écoutait, songeuse, les craquements électriques que le peigne produisait dans ses cheveux, et qui semblaient être l'émanation de sa propre tension. Elle sentit à nouveau sur elle le regard troublant de Ráfaga, mais cette fois-ci, elle ne le laissa pas capter le sien.

Quelques minutes plus tard, l'étranger se leva. Ráfaga l'accompagna jusqu'à la porte et lança un ordre à la sentinelle, qui quitta son poste pour emmener l'homme sous la pluie. Sheila savait pertinemment qu'on ne l'autoriserait pas à retourner dans sa chambre jusqu'à ce que le garde revienne.

Le départ de l'homme marqua le début d'une discussion animée entre Laredo et Ráfaga. Convaincue d'être concernée par ce qui se disait, Sheila écouta. Elle crut percevoir une ombre de ressentiment dans la voix de Laredo. De toute évidence, il n'était pas d'accord avec une décision.

Lorsque Elena arriva pour préparer le repas du soir, Sheila ne broncha pas. Personne n'y fit objection. Elena devait être ravie. Son arrivée avait interrompu la conversation entre les deux hommes. A en juger par l'expression de mécontentement de Laredo, Sheila devina qu'il n'avait pas réussi à convaincre Ráfaga.

Tout en se mordillant la lèvre, elle réfléchit. Elle se demanda si son père avait offert moins d'argent que la rançon ne l'exigeait. Laredo était peut-être satisfait avec moins. Ou peut-être était-ce l'inverse ?

Pendant tout le dîner, elle continua à remuer toutes ces questions. Les autres s'étaient-ils aperçus de son air songeur ? En tout cas, personne ne fit de commentaire. D'ailleurs, personne à la table ne paraissait d'humeur bavarde, bien que, comme Sheila le remarqua, Elena fît de subtiles tentatives pour essayer de regagner les faveurs de Ráfaga.

Après le repas, Elena servit le café. En revenant de la cuisine, la cafetière à la main, elle se pencha délibérément par-dessus l'épaule de Ráfaga, de manière que sa poitrine l'effleure. Un frisson de dégoût agita Sheila à la vue de ce geste.

Immédiatement, elle sentit planer sur elle le regard de Ráfaga, un regard perçant et pourtant étrangement distant. Elle baissa la tête et scruta la surface moirée du café dans sa tasse, aussi noire et impénétrable que les yeux de Ráfaga.

Puis il détourna le regard et adressa quelques mots à Elena, qui la mirent hors d'elle. Elle vomit en retour un torrent de vitupérations, tout en désignant Sheila d'un geste dédaigneux. Sans que cette dernière sût pourquoi, elle était de nouveau le sujet de leur querelle.

Après deux réponses posées sur un ton calme et qui restèrent sans effet, Ráfaga lança un ordre. Elena le foudroya du regard, se leva, et, sans un mot, se dirigea vers la porte.

Les yeux rivés sur les assiettes sales restées sur la table,

Sheila continuait à boire son café. Avec un soupir résigné, elle les empila et les porta dans la cuisine, laissant les deux hommes à table.

A peine avait-elle commencé à faire la vaisselle que la porte d'entrée s'ouvrit brutalement. Elena entra comme un ouragan, un châle sombre couvrant ses cheveux noirs. Elle lâcha le paquet de linge qu'elle tenait dans ses bras devant Ráfaga et ressortit comme elle était entrée. Sheila jeta un coup d'œil rapide au ballot de tissus de couleurs vives et eut un sourire railleur.

Dès que la porte eut claqué, Ráfaga se leva et s'approcha de Sheila, le paquet de vêtements sous le bras. Elle se raidit, folle de rage. Il ne croyait tout de même pas qu'elle allait lui faire sa lessive !

Avant de lui tendre les vêtements, il les sépara. Il y avait là une blouse brodée et une ample jupe rouge. Les ourlets et les coutures prouvaient bien que c'étaient des habits qui avaient été portés. Des vieux vêtements d'Elena, donnés à contrecœur. Cela lui était égal. Elle acceptait l'idée de porter ces vêtements, d'autant plus qu'ils étaient en bon état.

Elle s'empara des vêtements qu'il lui tendait et se précipita dans sa chambre, oubliant dans sa hâte qu'elle était en train de faire la vaisselle.

La blouse était un peu étroite aux épaules et la jupe un peu trop courte. Mais cela n'avait pas d'importance. Le principal, c'était d'avoir de vrais habits.

Elle se sentit différente tout à coup, plus légère, plus énergique. Elle se glissa hors de sa chambre pour retourner dans la grande pièce, inconsciemment motivée par le désir de montrer ses nouveaux vêtements. Ráfaga fut le premier à lever les yeux lorsqu'elle pénétra dans la pièce. Il l'examina de la tête aux pieds, presque comme un médecin inspecterait une patiente. Ce n'était pas vraiment ce qu'elle avait espéré. Laredo s'apprêtait à partir. Il avait déjà enfilé son ciré.

— Vous partez déjà, Laredo ? demanda-t-elle d'un ton anxieux en se précipitant vers lui.

— Il est tard, lui dit-il avec un sourire.

— Restez encore un moment, ajouta-t-elle gentiment pour essayer de l'amadouer.

Elle savait qu'elle offrait une image attirante, avec son

visage illuminé d'enthousiasme, son sourire charmeur, ses yeux brillants de plaisir, ses cheveux chatoyants éclairés par la lueur des flammes, la blancheur de sa peau qui contrastait avec le rouge vif de sa jupe mettant en valeur ses longues jambes joliment formées.

Laredo hésita, tandis qu'il la parcourait du regard, visiblement séduit par la vision qu'il avait devant lui. Elle perçut distinctement une lueur de désir dans ses yeux bleus.

— Allons, l'encouragea-t-elle. (Avec un abandon calculé, elle lui saisit le bras.) J'ai de nouveaux habits et je veux célébrer l'occasion.

— Bon, d'accord, grommela-t-il finalement en retirant son ciré.

Sheila le lui prit des mains et alla le pendre au crochet près de la porte. Elle se retourna d'un geste brusque et sa jupe tourbillonna autour de ses jambes. Dans la lueur du feu, elle se planta devant lui, les mains sur les hanches, dans une position légèrement provocante.

— Vous ne m'avez pas dit ce que vous pensiez de ma tenue. J'admets que ce n'est pas vraiment élégant.

Elle lui adressa un sourire chaleureux. Décidément, elle se sentait d'humeur joyeuse.

— Vous êtes plus couverte que d'habitude, remarqua-t-il d'un ton faussement triste, mais c'est nettement mieux que les pantalons.

— Quel macho ! lança-t-elle en riant.

Une ombre étrange passa dans ses yeux.

— Vous êtes très belle, Sheila, dit-il enfin d'une voix grave.

Elle n'avait pas cherché délibérément à l'enjôler, mais son compliment et l'admiration qu'elle lut sur son visage la ravirent.

— En tout cas, je me sens beaucoup mieux.

Elle lissa sa jupe du revers de la main, étudiant inconsciemment la blancheur de sa peau contrastant avec le tissu.

— Dites-moi, quel genre de célébration envisagez-vous pour votre nouvelle tenue ?

Une lueur de tendre moquerie passa sur son visage.

— J'ai envie de danser, annonça-t-elle.

— Désolé. (L'expression de ses yeux prouvait qu'il était

sincère.) Je crains que ce ne soit le jour de congé des musiciens.

Un craquement derrière elle lui rappela tout à coup qu'ils n'étaient pas seuls dans la pièce. Elle se retourna vivement. Ráfaga la regardait. Son visage n'était qu'un masque sombre, froid, dur, manifestement dangereux.

Elle fut saisie par la cruauté de son expression. La forme de ses mâchoires, de sa bouche, son air arrogant, à la fois noble et sauvage, prouvaient à quel point il était sans pitié. Il marcha jusqu'à la fenêtre. Sheila le suivit des yeux.

En un instant, sa présence l'avait privée de son bonheur temporaire. Elle se retourna vers Laredo, déterminée à retrouver une partie de sa joie.

— Avec ou sans musique, nous pouvons danser, non ?

Elle posa sa main gauche sur l'épaule de Laredo et l'obligea à lui prendre la main droite. Puis elle commença à chantonner une ballade.

Laredo hésita une fraction de seconde, puis il sourit avec indulgence. Pris au jeu, il posa sa main sur la courbe de la taille de Sheila. Il fit quelques pas maladroits, sans parvenir à troubler le rythme. Sheila persista jusqu'à ce que ses gestes soient coordonnés.

— Vous voyez. (Elle lui adressa un sourire radieux.) Vous n'avez pas oublié, souffla-t-elle avant de se remettre à chanter.

— C'est vrai. En tout cas, je ne vous ai pas encore marché sur les pieds. (Il esquissa un sourire.) Vous preniez un grand risque en dansant avec moi pieds nus. J'aurais pu vous écrabouiller les orteils.

— Je ne me suis pas inquiétée un seul instant, assura-t-elle.

Ils virevoltèrent dans la pièce. Sa jupe dansait en rythme, comme enflammée par la lueur du feu. La lumière vacillante plongeait la pièce dans une atmosphère magique qui leur faisait oublier la réalité. Laredo la faisait tournoyer tout en la serrant contre lui, une main posée dans le creux de son dos. Elle riait et s'accrochait à lui pour ne pas perdre l'équilibre. Il ralentit l'allure et lui sourit, radieux.

— Et vous vouliez me faire croire que vous ne saviez plus danser ? le taquina-t-elle.

— J'ai dû me tromper, admit-il en haussant les épaules.

— Effectivement.
— C'est ridicule, mais vous savez ce que ça me rappelle ? lui dit-il, l'air absent.
Il la tenait toujours serrée contre lui, mais à présent, ils ne dansaient plus. Il resserra l'emprise de son bras autour de sa taille. Sheila se laissa aller contre lui, nichant sa tête contre son épaule. Sa force la réconfortait.
— Les bals de l'école, où nous allions le samedi soir. (Il lui caressait le dos d'une main distraite.) Le fait de vous tenir ainsi contre moi. J'ai l'impression que ça date d'hier.
Sheila pencha la tête en arrière pour regarder son beau visage d'adolescent charmeur. Elle s'aperçut que ses yeux s'étaient fixés sur sa bouche. Le moindre mouvement eût suffi pour l'inviter à l'embrasser. Mais ce n'était pas ce qu'elle voulait.
Cette référence à une coutume de leur pays et la façon dont la situation était en train de tourner effacèrent en un instant la vague de bonheur et d'enchantement qui l'avait envahie. Soudain, sa nouvelle tenue n'eut plus aucune importance. Son seul désir était de partir, de rentrer chez elle, de retrouver la sécurité. Laredo était peut-être sa seule chance, après tout.
— Quand mon père va-t-il payer la rançon de ma délivrance ? demanda-t-elle.
Laredo se raidit instantanément.
— Je ne sais pas.
— Qui doit la récupérer ? (Elle s'efforça de poser la question sur un ton détaché.) Je suppose que vous la partagerez entre vous tous.
— Oui, je pense.
Ses traits s'étaient durcis en un masque impénétrable. Mais Sheila savait que ce masque était fragile et facile à lever.
— C'est dommage. Ce serait une grosse somme pour un homme seul.
— Oui, reconnut-il sèchement.
— Vous savez que vous pourriez la garder pour vous tout seul ? murmura-t-elle.
Ses muscles se contractèrent. Tout son être luttait pour rejeter ce qu'elle venait de dire. Il se serait détaché d'elle, il aurait mis une certaine distance entre leurs deux corps, si Sheila ne s'était pas pressée contre lui.

— Sheila, protesta-t-il, mais elle l'interrompit.

— Non, écoutez-moi, insista-t-elle, vous pourriez encaisser vous-même tout cet argent. Vous pourriez me ramener à la maison. La rançon vous y attendrait. Mon père fera en sorte que vous l'ayez sans délai.

— Non, non, ça ne marchera pas !

— Mais si. Ainsi nous pourrions rentrer tous les deux, être où nous voulons être. Il nous suffit pour cela de partir faire une promenade et de ne jamais revenir. Vous pourriez vous arranger pour préparer deux chevaux à l'avance. Nous serions loin avant que quiconque s'en aperçoive.

— Je ne peux pas rentrer en Amérique. Je vous l'ai déjà expliqué.

— Mais bien sûr que si, dès lors que nous procédons de cette façon. Ne comprenez-vous pas ? On vous y recevrait en héros pour m'avoir sauvée. Votre famille, vos amis, tout le monde serait fier de vous. Mon père aurait envers vous une dette éternelle. Il connaît beaucoup de gens. Il s'arrangerait pour que vous n'ayez jamais à revenir ici.

Il fronça les sourcils. Elle sentit qu'elle avait largement entamé sa capacité de résistance.

Elle mit les doigts sur sa bouche pour l'empêcher de parler. Puis elle laissa sa main glisser le long de sa joue et passa ses doigts dans l'épaisseur de sa chevelure brune et soyeuse, en une caresse évidente. Le bras qui lui entourait la taille resserra automatiquement son étreinte, rapprochant ainsi leurs visages l'un de l'autre.

— Vous vous retrouveriez avec une petite fortune entre les mains si vous me rameniez chez moi. Du même coup vous seriez assuré du soutien de mon père. Et du mien, ajouta-t-elle d'une voix suave. Laredo, je sais que vous me trouvez à votre goût. Et je n'ai rien contre l'idée de passer le reste de mon existence à vos côtés, pour vous prouver ma gratitude. De l'argent, la respectabilité, et moi en prime, lui promit-elle. Tout cela est à votre disposition si vous le voulez. Il vous suffit pour cela de m'emmener loin d'ici, de me ramener chez moi.

— Non !

La voix de Ráfaga, basse et menaçante, retentit soudain comme un coup de tonnerre et les sépara l'un de l'autre. Face à eux, il les dévisagea de ses yeux noirs que la fureur rendait encore plus glacials.

— Je ne vous laisserai pas le séduire pour le convaincre de vous obéir, *señora,* ni par vos mots ni par vos actes. Laredo sait pertinemment quel est le sort réservé à ceux qui quittent cet endroit sans ma permission. Et il sait que s'il vous emmène avec lui je le retrouverai et le tuerai. Quand un homme doit choisir entre l'argent, une femme et sa vie, il choisit sa vie. Laredo ne vous emmènera nulle part avant que je décide que vous pouvez partir d'ici.

Sheila avait blêmi. Elle le regardait, bouche bée. Il avait parlé dans un anglais impeccable.

— Comment ? (Dans sa confusion, elle n'arrivait même plus à exprimer ce qu'elle voulait dire.) Vous parlez anglais ? réussit-elle à marmonner.

— Oui, je parle anglais, admit-il sur un ton glacial.

— Vous auriez pu me le dire ! lui dit-elle, retrouvant une partie de son assurance.

— Cela vous aurait-il empêchée de me traiter de bâtard ? lança-t-il sur un ton railleur. Ou d'émettre le désir de m'arracher le cœur et de le couper en fines lamelles ? Ça m'étonnerait beaucoup.

Sheila se souvenait très bien des insultes qu'elle lui avait adressées, convaincue qu'il ne comprenait pas un mot de ce qu'elle disait. Elle se sentit rougir malgré elle.

— Non, vous avez raison. Ça n'aurait rien changé, répondit-elle, hors d'elle. Alors, pourquoi ne pas m'avoir avoué que vous parliez anglais ? Pourquoi me faire croire que j'avais besoin que Laredo vous traduise tout ce que je voulais vous dire ? Cela vous amuse donc tant de me ridiculiser ?

— Je n'avais aucune envie de vous adresser la parole directement, ni d'avoir à répondre à vos questions. De plus, poursuivit-il en levant un doigt accusateur, si vous aviez su que je parlais anglais, vous n'auriez pas pris le risque de parler ainsi à Laredo en ma présence comme vous venez de le faire.

Elle se retourna pour lancer un regard noir de fureur à Laredo, qui était resté tranquillement en dehors de la conversation. Il savait dès le début que Ráfaga parlait anglais couramment, et il n'avait fait aucun effort pour la mettre en garde.

— Vous auriez pu me prévenir.

— Ce n'était pas à moi de le faire, répondit-il en haussant les épaules.

— Non, j'oubliais : les ordres ! lança-t-elle d'un ton caustique. Vous êtes de son côté, hein ?

— Je vous l'ai dit depuis le début, répliqua-t-il calmement.

La gorge serrée, elle ajouta, le cœur gonflé de haine et de mépris :

— Je ne saurais dire lequel de vous deux je dédaigne le plus. (Son regard chargé de colère et d'hostilité passait de l'un à l'autre.) Vous, Laredo, parce que vous êtes un traître, et vous..., vous, parce que vous...

— Votre opinion m'importe peu, fit-il pour couper court à l'insulte qu'elle se préparait à lui lancer. Je voudrais simplement que vous compreniez et que vous me croyiez quand je vous dis qu'il est inutile d'essayer de vous enfuir, comme vous l'avez fait ce soir, car vous n'y parviendrez pas. Personne ne vous aidera.

— Je n'en suis pas si sûre, dit-elle en relevant la tête avec défi, faisant briller sa chevelure d'or sombre dans la lumière des flammes. L'argent permet souvent de s'assurer la loyauté d'autrui.

Il plissa les yeux.

— Vous êtes très imprudente, *señora.* Et vous parlez sans réfléchir. On me tient au courant de vos moindres mouvements. Et si vous essayez encore une fois de vous enfuir... (Il n'acheva pas sa phrase pour laisser sa menace planer dans l'atmosphère déjà pesante.) Je n'aimerais pas vous priver des petites libertés dont vous jouissez pour le moment, acheva-t-il.

— Libertés ? Quelles libertés ? (Folle de rage, elle fit un pas dans sa direction.) Je suis prisonnière ici. contre ma volonté.

Insensible à son accès de colère, Ráfaga ne broncha pas.

— Je vous ai autorisée à aller et venir librement dans cette maison et à vous promener dans les environs sous surveillance. Préféreriez-vous être condamnée à rester enfermée dans votre chambre toute la journée ?

— Vous n'auriez pas ce toupet, s'exclama-t-elle. haletante, tout son être agité de tremblements convulsifs.

— Qui sait ? (Il la regarda calmement, une expression

dure planant sur son visage fermé.) Si votre langue acerbe continue à m'indisposer trop longtemps...

Sans réfléchir, mue par son instinct et par l'exaspération qu'il avait fait naître en elle, elle tendit la main pour le gifler en pleine figure. Il interrompit son geste en lui saisissant le poignet de ses doigts de fer. Par réflexe, elle leva la main gauche pour achever le geste que sa main droite n'avait pu accomplir. Il l'intercepta avant qu'elle ait atteint son but.

— Lâchez-moi.

Elle refusa de se débattre et le laissa lui enserrer les poignets à la manière d'une paire de menottes.

Ráfaga lui jeta un coup d'œil menaçant avant de tourner son attention vers Laredo.

— Tu peux partir, lui dit-il. Je crois que la petite fête de la *señora* est terminée.

Des bruits de pas qui s'éloignaient lui prouvèrent que Laredo avait obéi à l'ordre de Ráfaga. Elle tourna la tête et le vit enfiler son ciré, qu'elle avait pendu près de la porte quelques instants plus tôt. Une angoisse désespérée monta en elle à l'idée de devoir rester seule avec Ráfaga.

— Non, ne partez pas, Laredo, protesta-t-elle d'une voix faible. Vous ne pouvez pas me laisser seule face à face avec ce monstre, ce sadique.

Son cri de désespoir n'eut aucune incidence sur Laredo. Sans même une hésitation, il sortit.

— Quel pouvoir avez-vous donc sur lui ? siffla-t-elle entre ses dents, en essayant de dégager ses poignets de son emprise.

— Il me doit la vie, répondit-il d'un ton dénué d'émotion. Il ne vous doit rien, à vous.

— Jusqu'à quand allez-vous le faire payer ? Jusqu'à la fin de sa vie ?

— Il suffit qu'il me dise qu'il veut partir et il sera libre, lui répondit-il. S'il reste ici, c'est qu'il le veut bien. Il peut partir quand il le désire, dès lors qu'il ne vous emmène pas.

— Vous lui avez juré que vous le tueriez s'il essayait ?

— C'est une promesse dont tous les hommes d'ici doivent tenir compte, et ils le savent. Ecoutez mon conseil, *señora,* n'essayez pas de convaincre qui que ce soit de vous aider à fuir. Je ne crois pas que vous aimeriez avoir une mort sur la conscience. (Soudain il la lâcha et s'éloigna d'elle.) Retournez dans votre chambre, *señora* Townsend.

Sa première impulsion fut de désobéir à son ordre. Elle demeura immobile quelques instants, tremblante de rage. Puis elle pivota sur ses talons, faisant tourbillonner sa jupe, et sortit d'un pas ferme, la tête haute, pour retourner dans sa chambre.

CHAPITRE XII

L'ORAGE FAISAIT TREMBLER LA maison. Les éléments en fureur semblaient s'être mis au diapason de l'humeur de Sheila. Elle gratta une allumette et alluma la bougie ; la faible lueur rendait la pièce encore plus petite.

L'idée que son peu de liberté dépendait du bon plaisir de Ráfaga l'agaçait au plus haut point. Elle s'entrevit dans la glace et fit immédiatement volte-face. La vision de sa jupe rouge et de son corsage brodé lui rappelait la joie qu'elle avait éprouvée au moment où on les lui avait cédés. Tout cela lui soulevait le cœur à présent.

C'était Ráfaga qui les lui avait donnés. Soudain, elle fut prise du désir intense de les enlever, incapable de supporter plus longtemps le contact de leur étoffe contre sa peau. Elle se déshabilla prestement et reprit la couverture qu'elle avait négligemment jetée plus tôt, dans sa hâte.

Elle s'en enveloppa soigneusement, ramassa les vêtements et les roula rapidement. Puis, la tête haute, elle partit vers la grande pièce. Debout devant la cheminée, Ráfaga regardait les flammes fixement, une main posée sur le manteau, le genou gauche plié, le pied posé sur le rebord de l'âtre. Les ombres projetées par les flammes accentuaient les angles de son visage. Lorsque Sheila pénétra dans la pièce, il leva lentement la tête. Il posa sur elle un regard sombre et impassible, bien qu'il ait remarqué qu'elle avait troqué ses vêtements pour la couverture et qu'elle tenait sous le bras le paquet d'habits.

— Qu'est-ce qu'il y a encore ? demanda-t-il, narquois. Avez-vous songé à quelque nouvelle insulte que vous pourriez m'adresser depuis que vous savez que je parle et comprends votre langue ?

— Voici les vêtements de votre maîtresse. Vous pouvez les lui rendre.

Elle jeta le paquet à ses pieds. Il atterrit à quelques centimètres du feu.

Il les récupéra en une seconde pour les empêcher d'être happés par les flammes et les garda négligemment à la main.

— Vous les aimiez bien tout à l'heure.

— Tout à l'heure, oui, répondit-elle d'une voix faible. Je ne me rendais pas compte alors à quel point je haïssais tout ce qui pouvait avoir un rapport plus ou moins lointain avec vous.

Une lueur sinistre brilla dans ses yeux. Il s'approcha d'elle avec une lenteur délibérée, s'arrêta pour poser les vêtements sur une chaise puis continua à avancer dans sa direction.

Tremblante de peur, Sheila était pourtant déterminée à maintenir les apparences, et elle ne broncha pas.

— Puisque vous le prenez comme ça, cette couverture aussi est à moi. (Une ombre de suffisance passa sur son visage.) Donnez-la-moi.

— Non !

Instinctivement, elle se saisit des bords de la couverture, comme si elle s'attendait à tout moment à ce qu'il tente de la lui arracher.

— Mais elle m'appartient, insista-t-il. Puisque tout ce qui est à moi vous indispose, rendez-la-moi.

— Très bien. (Elle se sentait oppressée et éprouvait une certaine difficulté à parler d'une voix ferme.) Je vais aller me changer pour remettre mes propres vêtements, et je vous la rapporte.

Avant qu'elle ait eu le temps de faire volte-face, il lui dit d'un ton assuré.

— Je la veux tout de suite.

— Non !

— Et pourquoi ? lui répondit-il d'une voix railleuse. Parce que vous ne portez rien en dessous ? Je suis habitué à vos formes. Je vous ai déjà vue plusieurs fois, vous vous en souvenez ? Je connais la fermeté de vos seins ronds, la minceur de votre taille et l'élégance de vos hanches, faites pour accueillir un homme.

Une vague de chaleur l'envahit et ses joues s'empourprèrent. Elle essaya aussitôt de s'enfuir dans sa chambre, affolée par la situation qu'elle avait elle-même provoquée par imprudence.

Il lui saisit le bras juste au-dessus du coude pour la forcer à se retourner. La couverture glissa de son épaule. De sa main libre, il la repoussa pour découvrir la naissance de ses seins. Sheila réussit tout juste à la maintenir en place.

— Je connais ce corps que Laredo ne peut que deviner, murmura Ráfaga en la rapprochant de lui.

Pourtant, Sheila savait qu'en dépit des apparences il demeurait impitoyable. Tout en retenant la couverture d'une main pour couvrir sa poitrine, elle le repoussait de l'autre. Même si ses deux mains avaient été libres, son geste aurait été inutile. Elle pencha la tête en arrière et courba le dos pour échapper à son emprise.

La bouche de Ráfaga se posa sur la courbe tendre de son cou, brûlant sa peau de mille feux. Elle releva la tête pour tenter de le repousser. En vain.

— Pourquoi ne me caresses-tu pas comme tu caressais Laredo ?

Elle sentit la tiédeur de son souffle contre son cou. Il éloigna sa main, la lui tordit derrière le dos, et leva la tête pour plonger dans ses yeux un regard de défi, comme pour lui signifier qu'il était inutile qu'elle se débatte.

— Espèce de porc ! Je vous hais ! lui lança-t-elle, outragée par son audace.

Il accrut la pression qu'il exerçait sur son bras pour la forcer à écraser ses hanches contre les muscles puissants de ses cuisses. Penchée en arrière, elle s'efforçait d'éviter le contact de son buste. Sa poitrine haletante se soulevait à une cadence rapide. La couverture glissa, révélant davantage ses courbes généreuses.

— Oui, ma petite lionne, tu me hais, murmura Ráfaga en lui adressant un sourire glacial. Tu rêves de m'arracher les yeux. Tu me contres sans arrêt, tu ignores mes ordres, bien que tu saches très bien que je t'obligerai à m'obéir.

Tu t'en serais beaucoup mieux sortie si tu t'étais montrée docile au lieu de me défier constamment.

— Si j'avais été docile, comme vous dites, votre bande et vous-même vous seriez empressés de me violer et de me tuer après avoir assassiné Brad, souffla-t-elle en recommençant à se débattre comme une sauvage.

— Te voilà à ma merci, à présent.

— Vous n'avez pas de cœur.

Elle luttait comme un beau diable pour se dégager, mais il raffermit son étreinte sans peine. Elle vit se raidir les muscles de sa mâchoire et comprit qu'une fois encore, elle l'avait provoqué. Elle l'avait accusé d'être sans pitié, et il le prouva en écrasant sa bouche en un baiser vengeur.

Pris dans le tourbillon de sa violence, ses sens vacillèrent sous l'assaut de ses lèvres. L'étreinte croissante de ses bras l'empêchait de respirer. Soudain plongée dans un monde noir, elle eut l'impression qu'elle allait sombrer dans l'inconscience. Elle se débattit désespérément pour ne pas tomber sous le joug de sa colère.

Sa virilité agressive la forçait peu à peu à perdre contact avec la réalité. Peu à peu, la pression de sa bouche se fit moins violente, plus sensuelle. Sheila se sentait trop faible pour résister à l'exploration de sa langue. Elle se rendit à peine compte qu'il avait progressivement relâché l'étreinte de ses bras. Ses mains chaudes dessinaient à présent des courbes harmonieuses dans son dos et sur ses hanches, la moulant davantage contre son corps puissant, lui envoyant dans les reins des décharges électriques telles qu'elle était obligée maintenant de se retenir à lui pour ne pas tomber.

Lorsqu'il la souleva dans ses bras, seule une faible protestation sortit de ses lèvres. Il l'emporta tout en continuant à explorer sa bouche. Sheila sentait confusément ses forces l'abandonner petit à petit. Un désir insidieux, primitif naquit en elle et elle sut instinctivement qu'elle ne pourrait le faire taire. Elle détestait Ráfaga de toute son âme, tout en cédant presque volontairement à son pouvoir de séduction.

Il la coucha sur le lit en repoussant la couverture qui l'enveloppait. Toujours poussée par l'instinct, elle tendit le bras pour la ramener sur elle, mais il l'écarta à nouveau et la jeta hors de sa portée. Tout à coup, elle émergea de cette torpeur sensuelle dans laquelle il l'avait plongée et se rendit compte que ce n'était pas son lit, ni sa chambre.

L'espace d'un instant, cette découverte la paralysa. Il était étendu près d'elle sur le lit avant qu'elle ait pu réagir. Ses mains la trouvèrent à tâtons dans l'obscurité. Dès qu'elle les sentit sur elle, Sheila se mit à griffer et à donner des coups de pied dans tous les sens comme un animal sauvage. Il éclata d'un rire rauque en lui coinçant les bras et les jambes.

— Crie autant que tu veux, ma petite lionne, lui murmura-t-il à l'oreille. Personne ne t'entendra dans l'orage. D'ailleurs, même s'ils t'entendent, ils ne viendront pas.

Il enfouit à nouveau sa bouche dans son cou. Sheila enfonça ses doigts dans sa peau, satisfaite de sentir sa chair céder sous ses ongles. Il poussa un petit cri de douleur étouffé, mais ses mains, qui la maintenaient couchée sur le matelas, ne bougèrent pas d'un pouce.

Sa violence effrénée lui sapait toute énergie. Elle cessa de se débattre un instant pour reprendre haleine. Immédiatement, il prit possession de ses lèvres en lui renversant la tête en arrière. Ses mains palpaient sa poitrine pour en explorer la rondeur et la fermeté.

Elle sentit ses mamelons se durcir sous ses doigts, et se lamenta intérieurement à la pensée de ne pouvoir contrôler les réactions de son corps. Le torrent de désir qui bouillonnait en elle lui faisait tourner la tête.

Ce besoin étrange de se laisser aller, de se donner, elle ne l'avait jamais connu. Elle se sentait totalement incapable de se contrôler. Ces sentiments avaient une emprise absolue sur elle ; ils avaient pris possession d'elle au moment où Ráfaga s'était emparé de ses lèvres. Cette sensation s'accrut lorsque sa bouche passa de son cou à sa poitrine. Au contact de sa langue sur son mamelon, elle poussa un gémissement involontaire de plaisir.

Ses caresses s'étaient faites plus lentes, plus languissantes. Le feu ardent qui brûlait en elle semblait ne jamais vouloir se consumer. Les mains de Ráfaga découvraient son corps et en exploraient doucement les régions les plus intimes et les plus secrètes, de ses doigts tendres, taquins, la libérant peu à peu de toutes ses inhibitions et de toutes ses craintes. Son odeur virile lui montait à la tête et attisait encore son désir. Sheila comprit confusément qu'en dépit de tous ses efforts, elle ne pouvait rester indifférente à son contact. Elle se sentait comme une feuille qui virevoltait au gré du vent. Elle avait déjà perdu sa virginité dans les bras brutaux et insensibles de Brad. A présent, sous la domination sensuelle de Ráfaga, elle était rapidement en train de perdre le peu de respect d'elle-même qu'elle avait conservé.

Contre la paume de ses mains, elle éprouvait la puissance, l'énergie de ses épaules et la chaleur humide du sang qui perlait aux endroits où elle l'avait griffé.

Elle ne le griffait plus maintenant. Ses doigts caressaient au contraire la peau ferme de son dos.

A un moment, elle eut un regain de volonté et réussit à repousser Ráfaga en lui posant les deux mains sur les épaules pour interrompre le petit jeu que sa langue jouait avec son mamelon. Plus fort qu'elle, il pencha la tête et tenta une fois encore de s'emparer de ses lèvres. Mais elle parvint à détourner la tête.

— Qu'attendez-vous ? murmura-t-elle. Pourquoi ne pas me violer tout de suite pour qu'on en finisse ?

— Mais ce serait trop rapide, ma petite lionne, répondit-il. Je tiens à prolonger ta torture.

Son souffle lui effleura la joue un instant, puis sa bouche prit ses lèvres goulûment. Oui, c'était une torture, une douce torture. Le désir douloureux qu'elle ressentait au creux des reins se répercutait dans les moindres fibres de son corps. Elle eût voulu crier son envie d'être prise par lui. De ses mains tremblantes, elle se mit à lui caresser les épaules, le dos. Son corps vibrait, frissonnait sous l'effet de la passion.

De longues et délicieuses minutes passèrent avant qu'il se laisse aller de tout son poids sur elle. Son pouls battait aussi sauvagement que le sien. Leurs deux corps étaient aussi chauds, aussi moites, aussi tremblants de désir.

Ils étaient unis dans un monde de chaleur et de passion. Sheila sentait que l'attirance de Ráfaga était égale à la sienne. Un petit cri étouffé s'échappa de ses lèvres lorsque ses jambes musclées écartèrent les siennes sans douceur. Elle sut que leur désir serait bientôt satisfait et un frisson d'extase inconscient la parcourut.

Elle demeura longtemps dans un doux tourbillon de sensations multiples, une sorte de bien-être mêlé d'émerveillement et de satisfaction. Puis la réalité s'imposa à nouveau à elle. Elle se sentit épuisée, faible, seule, si seule.

Bientôt, ces nouvelles émotions s'étaient dissipées. La sensualité avec laquelle il lui avait fait l'amour l'avait étourdie. Progressivement, elle refit surface. Elle n'éprouva bientôt que honte et mépris de soi. Comment avait-elle pu avoir du plaisir dans les bras de cet homme ?

Ráfaga bougea et son épaule lui toucha le bras au passage. Un frisson d'excitation lui effleura la peau. Elle serra les dents, luttant contre cette réaction involontaire de son corps, terrorisée à l'idée de ne pouvoir y résister.

Il lui fallait à tout prix s'éloigner de son corps. Elle glissa les jambes de côté et se mit sur son séant. Une main lui saisit l'épaule.

— Où vas-tu ?

— Dans ma chambre, rétorqua-t-elle.

— Pourquoi ? demanda-t-il d'un air détaché.

— J'avais l'impression que toutes vos compagnes de luxure vous laissaient dormir seul, répondit-elle d'un ton narquois, refusant d'admettre qu'elle avait besoin de temps pour oublier la satisfaction qu'elle avait trouvée dans ses bras.

— Tu dis ça à cause d'Elena ?

— Je n'ai pas vu les autres, lança-t-elle.

Le regard de Ráfaga resta immuable en dépit de la haine qu'il lisait dans ses yeux.

— Vous ne croyez tout de même pas que je ne vous ai pas entendus chaque soir, dans mon lit ? Quand vous faisiez l'amour, le lit qui grinçait, ses râles dégoûtants ! Et le « bonsoir » qu'elle vous chuchotait avant de partir !

— Si tu trouves ça tellement dégoûtant, il ne fallait pas écouter, répondit-il placidement.

— Si vous croyez que c'est facile, quand il y a deux porcs qui grognent dans la pièce à côté !

Il l'attira à lui et la força à se coucher à ses côtés. Elle ne se débattit pas, sachant que c'était inutile.

— Ça ne te plaît peut-être pas, mais cela nous convient très bien, à Elena comme à moi, fit-il d'un ton glacial.

— Ce qui me conviendrait, à moi, lui répondit-elle en imitant son ton, ce serait de ne pas dormir dans ce lit avec vous.

— C'est fort dommage, murmura-t-il avec arrogance.

— Et pourquoi ça ? s'exclama-t-elle. (Puis elle prit un petit air enfantin et ajouta :) Elena ne dort pas avec vous. Je ne vois pas pourquoi vous m'y contraindriez ?

— La situation n'est pas la même. Elena veut rentrer chez elle pour y retrouver sa famille et son mari. Toi, rien ni personne ne t'attend, si ce n'est un lit froid.

Sheila tourna la tête vers lui, sur l'oreiller que formait son épaisse chevelure.

— Quoi ? Son mari ? (Ses lèvres se retroussèrent en une moue de dégoût.) Vous voulez dire... Elle est mariée et, malgré tout, elle... couche avec vous. C'est ignoble.

Une lueur de dédain passa dans les yeux de Ráfaga.

— Vous vous empressez de condamner les autres alors que c'est votre propre esprit qui est vulgaire et malsain. César, le mari d'Elena, est paralysé. Il fait partie de ceux que l'on appelle des « légumes » — son esprit n'est plus de ce monde. Cela fait quatre ans qu'il est comme ça, qu'il a laissé Elena avec le souvenir de ce qu'il a été, de son amour pour elle, et avec deux enfants. Elle est jeune et a les mêmes besoins physiques que toute autre femme. Elle avait besoin d'un homme, sans abandonner son mari. J'ai besoin d'une femme, mais je n'ai pas besoin d'une épouse. Nous nous sommes en quelque sorte mis d'accord et notre arrangement est satisfaisant pour l'un comme pour l'autre.

— Quelles que soient les excuses que vous invoquez, elle est malgré tout votre maîtresse et la femme d'un autre.

Il posa la main sur son cou vulnérable. Ses doigts n'exerçaient aucune pression et pourtant elle savait qu'ils auraient pu serrer davantage.

— Tu penses qu'elle agit en hypocrite en restant avec son mari, tout en cherchant la satisfaction physique avec moi ? (Il marqua une pause.) Et toi qui cries au meurtre et qui ne pleures même pas la mort de ton mari ?

— Vous ne savez pas ce que je ressens vraiment, répondit-elle, sur la défensive.

— Quand je suis couché, moi aussi, j'entends ce qui se passe dans ta chambre, railla-t-il. Pas une fois depuis que tu es ici, je ne t'ai entendue pleurer sur ton sort ou sur le sien.

— Si je pleurais, est-ce que ça changerait quelque chose ? demanda-t-elle d'un ton plein d'amertume. (Pour rien au monde, elle n'eût voulu admettre devant Ráfaga que la mort de son mari ne la touchait pas vraiment.) Cela me vaudrait-il une plus grande pitié de votre part ? Cela m'étonnerait beaucoup. Vous n'avez aucune compassion. Vous ne savez même pas ce que ce mot-là veut dire. Peut-être que je ne pleure pas devant vous ou que je pleure en silence parce que je sais que vous vous moqueriez de moi.

— Peut-être que tu ne pleures pas parce qu'il ne t'aimait pas, et que, toi non plus, tu ne l'aimais pas.

Sheila soupira en pensant à quel point il contrôlait tout ce qui se passait dans le refuge du canyon. Il n'y avait qu'une seule personne qui pouvait lui avoir fourni cette information.

— Laredo vous a répété tout ce que je lui ai dit ! s'exclama-t-elle sur un ton accusateur.

— Est-ce vrai ? Parle-moi de ton mari. Je veux savoir.

Obstinée, elle resta silencieuse. Elle ne voulait pas lui obéir, mais elle savait qu'il réussirait à lui arracher une partie de la vérité. Elle décida de lui donner la réponse qu'il souhaitait de manière à le blesser.

— Il n'y a pas grand-chose à dire. (Elle marqua une pause.) En fait, vous vous seriez très bien entendus. Vous vous ressemblez beaucoup. Brad aussi n'était intéressé que par l'argent. Lui aussi m'a prise parce que j'étais disponible et qu'il estimait avoir le droit de m'utiliser pour satisfaire ses besoins physiques.

— C'était le premier ?

Moins qu'une question, il avait formulé une affirmation. Elle sentit son regard troublant planer sur son visage mais se refusa à se tourner vers lui.

La main de Ráfaga remonta le long de son cou et son pouce lui effleura les lèvres. Sheila sentit ses nerfs vibrer à ce contact.

— A votre avis ? murmura-t-elle, se sachant incapable de lui mentir de façon convaincante, puisqu'il semblait ressentir les moindres palpitations de son cœur.

— Vous étiez en voyage de noces quand nos chemins se sont croisés. Tu nous l'as dit. Et je vois bien que personne ne t'a appris les subtilités de l'amour. Ce soir, tu étais à la fois surprise et effrayée par les plaisirs que l'amour peut donner à une femme. Mais c'était normal, ma petite lionne. Peut-être qu'en apprenant tout cela tu deviendras tolérante à l'égard d'Elena, murmura-t-il.

« En apprenant tout cela. » Ces mots lui donnaient la chair de poule. Elle le dévisagea, les yeux écarquillés par la peur et la fureur.

— Qu'est-ce que c'est que cette insinuation ? s'exclama-t-elle en essayant d'avoir l'air aussi calme que possible. Vous ne prétendez tout de même pas m'apprendre ?

Après l'avoir considérée quelques instants, il lui dit avec le plus grand flegme :

— Tu apprendras vite, je crois.

Un éclair illumina la chambre l'espace d'une seconde, soulignant les contours de son visage.

— Je suis peut-être votre prisonnière ici, mais il n'est pas question que je devienne votre maîtresse, déclara-t-elle avec vigueur, si c'est ce qui vous trotte dans la tête.

— Peut-être pas de ton plein gré.

Elle tenta de repousser sa main, qui lui tenait le visage, mais ses doigts caressants devinrent de fer.

— Laissez-moi tranquille. Depuis que je suis ici, vous ne vous êtes jamais approché de moi. Pourquoi maintenant ?

— Il est normal qu'un homme désire posséder une femme aussi belle que toi. Lorsque tu m'as provoqué, ce soir, je n'ai plus vu une seule raison pour refuser ce que je voulais depuis longtemps, répondit-il calmement. Je suis sûr qu'à présent tu regrettes d'avoir tenté de séduire Laredo devant moi.

— Je ne vous crois pas, murmura-t-elle avec froideur. J'ai appris en tout cas une chose depuis que je suis enfermée dans cette maison avec vous. Vous ne vous laissez jamais emporter par vos émotions. Ni par la colère ni par le désir.

— Tu es très belle et, en plus, tu n'es pas bête, *señora.* (Il passa la main dans ses cheveux, près de son oreille.) Je te trouve très attirante. D'autres aussi, je n'en doute pas. Si tu t'offres à eux, et si tu leur promets en plus de l'argent, il y a des chances pour qu'ils ne résistent pas. Demain matin, je leur dirai que tu es à moi. Personne ne t'aidera et personne n'osera s'approcher de toi, acheva-t-il, content de lui.

— Que le diable vous emporte !

La colère lui serrait la gorge. Elle savait qu'elle devait le croire. Elle s'apprêtait à lui adresser un torrent d'insultes, mais déjà il lui avait soulevé la tête et sa bouche s'était emparée de la sienne. Elle tenta de lui résister, essaya vainement de tourner la tête. Ses lèvres caressantes la forcèrent peu à peu avec une infinie douceur à se relâcher. S'il avait été brutal et violent, elle aurait sans doute pu rester passive et indifférente, comme avant, mais ce baiser séducteur, lent, étourdissant, elle ne put y résister.

Elle se laissa aller contre le corps musclé de Ráfaga. Elle céda de bon gré à ce tourbillon fatal, à ce feu qui brûlait dans ses veines. Ce monde doux et chaud qui l'avait déjà enveloppée la réclamait à nouveau.

Plus tard, beaucoup plus tard, Ráfaga rabattit la couverture sur elle en ordonnant à Sheila de dormir. Une partie de son être voulait lutter, lui dire qu'il n'était pas question qu'elle dorme là dans son lit. Mais elle était si lasse qu'elle se sentait incapable de se lever. Elle ne protesta même pas quand il posa possessivement la main sur sa hanche.

Elle eut l'impression qu'elle venait tout juste de s'endormir lorsqu'elle fut réveillée par des injures proférées en espagnol. Couchée sur le côté, elle dut faire un effort pour se rappeler où elle était et ce qui avait pu causer cette impression de chaleur intense qui lui brûlait le dos, les hanches et les jambes. La douce tiédeur qui avait barré son ventre et sa hanche disparut.

Sheila se retourna pour essayer de comprendre ce qui se passait. Ses yeux s'écarquillèrent lorsqu'elle entendit la voix de Ráfaga tout près d'elle. Toute trace de sommeil disparut en un instant de son esprit ; la mémoire lui revint et elle reprit possession de ses sens.

Elena se tenait là debout à quelques centimètres du lit. Dans ses yeux sombres brillait une lueur qui lui donnait l'air d'un animal blessé, à mi-chemin entre la fureur et la douleur. Son teint hâlé était à présent couleur de cire tandis que ses yeux fixaient Ráfaga étendu dans le lit auprès de Sheila. Ce qu'il lui avait dit en espagnol ne l'avait évidemment pas apaisée. Elle continuait à hurler d'une voix stridente.

Sheila tira la couverture à elle pour cacher sa nudité. Cette scène de jalousie provoquée par Elena, elle eût tant voulu l'éviter ! Pourquoi ne s'était-elle pas réveillée au milieu de la nuit pour se glisser hors de la chambre ? La réponse était simple : elle était épuisée par l'énergie et la passion avec lesquelles Ráfaga lui avait fait l'amour, et troublée par sa propre réaction équivoque. A aucun prix elle ne voulait se trouver impliquée dans une dispute entre Elena et Ráfaga. Elle le lui rendrait volontiers. Elle serait ravie de lui expliquer qu'elle n'avait aucune prétention sur lui, contrairement à ce qu'Elena devait croire. Elle en vint finalement à la conclusion que la meilleure manière de le lui prouver était de se lever et de retourner dans sa chambre.

— Reste où tu es, lui dit Ráfaga en posant une main puissante sur son bras, comme s'il avait lu ses pensées.

— Elle vous veut, et ce n'est pas mon cas, lâcha-t-elle avec animosité.

— Ce que vous voulez l'une et l'autre n'aura aucune incidence sur les événements. C'est comme ça et ce ne sera pas autrement.

Il avait dû en dire autant à Elena en espagnol, car ses dernières paroles furent suivies d'un autre accès de colère, plus violent encore que le précédent. Ráfaga ne semblait pas le moins du monde touché par la peine d'Elena. Son visage restait absolument impassible. Sheila vit là une autre occasion de le juger comme une brute sans cœur et sans principes.

Une troisième voix, en espagnol et provenant de la grande pièce, interrompit brutalement Elena. Sheila eut l'impression que son cœur s'arrêtait de battre lorsque Laredo apparut dans l'embrasure de la porte. Il tomba en arrêt devant la scène qui se déroulait devant ses yeux, et l'expression vaguement amusée qui illuminait son visage disparut lorsqu'il aperçut Sheila couchée dans le lit étroit.

Elle blêmit, puis rougit violemment. Les yeux bleus posés sur elle étaient totalement inexpressifs, mais Sheila aurait voulu se transformer en souris et disparaître dans un coin sombre. Cette sensation s'intensifia lorsqu'elle se remémora la façon dont elle avait réagi à la sensualité de Ráfaga.

Elena se retourna pour s'adresser à Laredo, cherchant à obtenir son soutien dans cette affaire. Ce dernier secoua la tête énergiquement, prêt à partir, désireux de ne pas être impliqué dans cette situation.

— Ce n'est pas la peine de partir, Laredo ! s'exclama Ráfaga. Elena s'en va.

Il traduisit ce message à Elena, qui lui jeta un coup d'œil glacial avant de lui répondre d'un ton mesuré, à voix basse. Quand elle eut fini, Ráfaga resta silencieux. Son visage était toujours aussi inexpressif. Brusquement, Elena se retourna et sortit. Le regard que Laredo fit planer sur eux semblait vouloir leur dire quelque chose comme « je l'aurais parié ».

Sans manifester la moindre émotion, Ráfaga rejeta la couverture et posa les pieds par terre. Sheila s'y agrippa pour ne pas être découverte. Elle détourna les yeux lorsqu'il se leva et enfila son pantalon. Elle sentit une vague de chaleur lui monter aux joues. Accidentellement, elle croisa le regard de Laredo.

— Je vous avais pourtant demandé de ne pas me laisser seule hier soir, l'apostropha-t-elle sur un ton accusateur. (Elle se redressa et pencha la tête, le dévisageant d'un air de défi.) Je suppose que cela vous est égal qu'il m'ait violée hier soir après votre départ. Après tout, c'est votre chef, votre idole.

Par ces propos acerbes, elle tentait inconsciemment de dissimuler sa honte. Laredo la regarda en silence. La couverture était étroitement tendue sur sa poitrine, découvrant ses épaules nues. Ses cheveux tombaient en cascade comme une masse de fils d'or sur l'une de ses épaules. Ses yeux de chat brillaient de fierté.

Ráfaga jeta un coup d'œil par-dessus son épaule en serrant la ceinture de son pantalon. L'intensité de son regard la força à tourner son visage vers lui. Elle frissonna en voyant l'air moqueur et indifférent avec lequel il la dévisageait.

— Comment oses-tu l'accuser de quelque chose dont tu es toi-même responsable ? dit-il d'une voix suave. Ce n'était pas un viol.

Sheila avala sa salive avec difficulté. De multiples insultes se bousculaient dans sa tête, mais elle n'eut pas même le courage d'ouvrir la bouche.

— Tu ne vas tout de même pas nier que tu étais comme une chatte en chaleur, hier soir ?

Le regard de Sheila se posa sur les égratignures qui marbraient le dos de Ráfaga.

— Est-ce ainsi que vous expliquez ces marques sur vos épaules ?

Ráfaga ignora sa remarque, comme si ces coups de griffe étaient si banals qu'ils ne méritaient même pas une explication.

— Tu devrais nettoyer ça, lui fit remarquer Laredo.

Calmement, Ráfaga versa de l'eau dans la cuvette et mouilla le coin d'une serviette.

— C'est Sheila qui les a faites. C'est elle qui les nettoiera.

— Sûrement pas ! s'exclama-t-elle, hors d'elle. J'espère qu'elles s'infecteront et que vous en mourrez.

— Tu te rends compte, un peu : quelle sanguinaire ! s'écria Ráfaga à l'adresse de Laredo, sur un ton à la fois moqueur et réprobateur. (Il s'approcha du lit ; une ombre de dureté passa sur son visage.) En tout cas, tu vas me nettoyer ça, petite lionne.

— Il n'en est pas question. Si vous voulez qu'on vous nettoie le dos, vous n'avez qu'à demander à Laredo ou à quelqu'un d'autre de le faire. Je n'y toucherai pas.

— On va voir ça.

Il se pencha en avant et lui prit le poignet de force, enfonçant ses doigts dans la chair. Il lui saisit l'autre main. La couverture commença à glisser dangereusement. Sheila réalisa soudain qu'elle était dans une position précaire. Une lueur taquine et malveillante dansa dans les yeux de Ráfaga.

Elle savait qu'il se ferait un malin plaisir de tirer sur la couverture pour dévoiler son corps au regard de Laredo si elle refusait de lui obéir.

— Bon, c'est d'accord, fit-elle d'un ton sec. Mais je ne vois pas très bien comment j'arriverai à quelque chose si vous continuez à me martyriser le bras. A moins, bien sûr, que vous ne teniez absolument à me briser en deux.

Il ricana de satisfaction et la lâcha. Elle s'empressa de caler le bout de la couverture sous son bras et lui arracha des mains pour ainsi dire la serviette humectée qu'il lui tendait. Les lèvres de Ráfaga s'ourlèrent en un sourire narquois et il s'assit sur le bord du lit, lui présentant son dos, marqué des lignes parallèles qu'avaient laissées ses ongles.

Sheila se mit à genoux. Ses yeux se fixèrent quelques instants sur les boucles noir d'ébène et sur la peau dorée qui faisait ressortir les muscles puissants de son dos et de ses épaules. Si elle avait eu un couteau au lieu d'une serviette entre les mains, elle le lui aurait volontiers plongé dans le dos.

— Les égratignures, *señora.*

La voix mélodieuse et languissante de Ráfaga lui rappela brusquement ce qu'elle était supposée faire ; elle eut l'impression qu'une fois encore il avait lu dans ses pensées.

Elle commença à lui frotter le dos avec une vigueur délibérée pour détacher les plaques de sang séché. Elle sentit ses muscles se contracter sous ses mains, mais il ne tressaillit pas une seule fois, n'émit pas la moindre plainte, et son souffle demeura régulier. En dépit de cette maîtrise de soi, elle ne s'adoucit pas pour autant.

Lorsque toutes les égratignures furent exposées, Sheila se rendit compte qu'elles étaient beaucoup plus profondes qu'elle ne l'avait cru au premier abord. Ses ongles avaient par endroits profondément entamé la peau. Bien qu'il restât stoïque, il devait avoir mal. Elle jeta un regard de côté sur Laredo, qui examinait lui aussi l'étendue du désastre. L'expression de son visage lui indiqua qu'il partageait son point de vue.

— Y a-t-il de l'alcool dans la maison ? Il faut désinfecter ça, dit-elle en s'efforçant de parler d'une voix dénuée d'émotion.

Elle se disait qu'au fond cela lui était bien égal d'avoir blessé Ráfaga. Il le méritait. Comme elle compatissait, malgré tout, elle se rassura en se disant qu'en tout cas cela prouvait qu'elle n'était pas aussi barbare que ses ravisseurs.

Laredo hocha la tête.

— Je vais en chercher.

Il revint bientôt avec une bouteille de whisky, aux trois quarts pleine. Il la déboucha et la tendit à Sheila en lui prenant des mains la serviette souillée.

Elle hésita, jeta un coup d'œil aux muscles tendus de la mâchoire de Ráfaga et à son profil arrogant.

— Vous allez avoir mal, lui dit-elle.

— Tu préférerais peut-être qu'on te trouve un compte-gouttes pour pouvoir prolonger la torture, répondit-il sur un ton mielleux.

En un instant, la compassion qu'elle avait éprouvée à son égard s'évanouit. Sans avertissement, elle versa sur son dos une bonne partie du contenu de la bouteille, inondant les plaies d'alcool. Pourtant, lorsqu'elle le vit grimacer de douleur, elle ne ressentit aucune satisfaction.

Immédiatement, Ráfaga se leva et alla chercher une chemise propre dans le tiroir. Sheila se demandait s'il n'était pas préférable de lui protéger le dos avec un bandage, mais il n'était pas question qu'elle le suggère. En silence, elle tendit la bouteille à Laredo.

— As-tu appris à faire la cuisine, *señora* ? lui demanda-t-il à brûle-pourpoint en enfilant sa chemise, tout en jetant un coup d'œil indifférent dans sa direction.

« Non. Pas leur nourriture, faite à base d'aliments rudimentaires », pensa-t-elle, sans oser le dire à voix haute.

— Je suppose qu'il va vous falloir préparer vous-même votre petit déjeuner ou rester l'estomac vide jusqu'au déjeuner, dit-elle. La mauvaise humeur d'Elena sera sans doute passée d'ici là et elle reviendra vous le préparer.

— Elena ne reviendra pas, l'informa-t-il, puis il se tourna vers Laredo : Va prévenir la femme de Juan qu'elle devra dorénavant venir préparer nos repas chaque jour. Dis-lui qu'elle vienne quand sa famille aura fini de manger et qu'elle peut amener son plus jeune enfant si elle le désire. Juan dit toujours que c'est la meilleure cuisinière du Chihuahua, ajouta-t-il avec un sourire. Nous pourrons ainsi en juger par nous-mêmes.

Laredo lui rendit son sourire avant de quitter la pièce pour aller exécuter l'ordre qu'il venait de recevoir. Lorsque la porte fut fermée, Ráfaga se tourna vers Sheila.

— Va chercher tes affaires et apporte-les ici, dit-il en mettant sa chemise dans son pantalon. Dorénavant, tu dormiras ici.

— Vous croyez vraiment ? lança-t-elle sur un ton de défi, mais sachant très bien qu'il en serait ainsi.

Il eut un sourire moqueur qui accentua ses fossettes, et sortit de la pièce sans lui répondre, comme s'il savait qu'elle avait protesté simplement pour ne pas perdre contenance.

CHAPITRE XIII

APRES CE QUI S'ETAIT PASSE durant la nuit, Sheila s'était attendue à ce que Ráfaga lui interdise les promenades de l'après-midi en compagnie de Laredo, craignant de les laisser en tête à tête. A sa grande surprise, il n'en fit rien.

Mais, à présent, elle le regrettait amèrement. Ils avaient traversé toute la prairie dans le mutisme le plus complet. Elle était sur le qui-vive. Son nouveau statut dans la maison lui faisait honte.

— Pour l'amour du ciel, dites quelque chose ! s'exclama-t-elle. Dites-moi que vous êtes désolé, ou que je l'ai bien mérité. Dites n'importe quoi, mais parlez.

— Ce n'est pas la fin du monde, répondit-il placidement.

Elle s'arrêta net.

— Je devrais sans doute sauter de joie à l'idée qu'il me veuille pour maîtresse, à votre avis ?

— Sheila, soupira-t-il, légèrement exaspéré.

Elle se remit à marcher, le visage renfrogné.

— Pourquoi n'allez-vous pas dévaliser un autre automobiliste imprudent et kidnapper sa femme ? Il m'oubliera peut-être, comme ça.

— Ce n'est pas dans nos habitudes.

— Ah, non, vraiment ? Vous me permettrez de vous traiter de menteur.

— C'était un accident. (Embarrassé, Laredo fixait un point à l'horizon, d'un air maussade.) Les choses ont été trop loin. Nous avons été pris de court. Les attaques d'automobilistes ne sont pas plus courantes ici qu'aux Etats-Unis. Ça se produit, bien sûr, mais c'est relativement rare.

— Ah bon ! Mais alors, si vous ne volez pas, comment faites-vous pour payer votre nourriture, vos vêtements, vos munitions et tout le reste ?

— On ne peut pas dire que nous vivions dans le luxe, souligna-t-il sèchement. Et souvenez-vous que le coût de la vie est beaucoup moins élevé ici qu'aux Etats-Unis, surtout pour les produits de base ; et ici, c'est tout ce que nous avons à notre disposition. L'essentiel de notre nourriture provient du canyon même.

— Mais alors, que faites-vous de l'argent volé ? Ráfaga se prend-il pour Robin des Bois ? Donne-t-il tout aux pauvres ? Ou bien pour Pancho Villa, avec ses innombrables femmes et sa bande de pillards, dissimulant ses méfaits sous le couvert de la *revolución ?*

— Je vous l'ai déjà dit : nous ne sommes pas des voleurs. (Il plissa les yeux, qui ne furent bientôt que deux fentes d'un bleu glacial.) Une ou deux fois par an, Ráfaga fait une descente dans une prison. Disons qu'il est payé pour le faire.

— Je vois, le nargua-t-elle en hochant la tête d'un air entendu, se rappelant la manière dont Laredo avait rejoint la bande. Vous êtes donc un commando de mercenaires. Vous ne dérobez rien ; vous vous contentez de donner l'assaut à une prison, de tuer quelques gardes et d'empocher votre dû. Ce n'est pas aussi mal que voler, est-ce bien cela ?

— Mais enfin, que voulez-vous que l'on fasse ? rétorqua-t-il, furieux. Croyez-vous que l'on puisse sortir du repaire tout simplement pour aller chercher du travail ? Labourer les champs ? Diable, nous étions tous recherchés par la police avant de nous cacher ici. Je ne dis pas que ce que nous faisons soit juste ou légal. Je sais que je suis déjà fichu, ou que j'en prends le chemin. Mais peut-être que quelques-uns de ces gosses que nous libérons sauront profiter de la nouvelle chance qui leur est donnée de ne pas finir comme moi.

— Je suis convaincue que vos motivations sont des plus nobles, murmura-t-elle, sardonique.

— Je me fiche éperdument de ce que vous pensez de mes motivations ! Mais j'estime que vous n'avez pas le droit de nous juger, ni Ráfaga ni moi-même, ni aucun des autres de la bande. Nous essayons de conserver notre liberté et de nous en sortir le mieux possible.

Sheila se rendit compte qu'elle était sur un terrain dangereux. Si elle continuait à se moquer de la façon dont Laredo rationalisait ses sentiments, elle risquait de se l'aliéner complètement. Malgré ce que lui avait dit Ráfaga, peut-être pouvait-elle encore le convaincre de l'aider à s'échapper.

— Comment Ráfaga a-t-il commencé toute cette histoire ? demanda-t-elle pour essayer une diversion. Qu'avait-il fait ?

— Je n'en sais rien, répondit-il d'un ton cassant.

— Vous savez sûrement quelque chose, insista-t-elle. A-t-il une famille ? Etait-il orphelin ? Où a-t-il appris à parler notre langue ? Vous dites que vous le connaissez depuis trois ans. Depuis ce temps, vous avez bien dû apprendre des choses à son sujet, non ?

Laredo secoua la tête en signe de dénégation.

— Ráfaga ne répond pas beaucoup aux questions qu'on lui pose, surtout si elles concernent son passé. Je lui ai demandé une fois et il m'a répondu qu'il vivait dans le présent et non dans le passé.

Sheila hésita. L'ignorance de Laredo sur le passé de Ráfaga attisait sa curiosité. De fait, Ráfaga était un personnage énigmatique, mais Laredo devait bien savoir quelque chose. Il ne pouvait en être autrement.

— On a bien dû vous raconter des histoires sur lui. Les autres savent peut-être certaines choses ?

— Oui, on m'a raconté des histoires, mais je ne suis pas du tout sûr qu'elles soient vraies.

— Par exemple ?

A son tour, Laredo hésita.

— Certains disent que sa mère était la maîtresse d'un riche Américain. D'autres prétendent qu'il est le benjamin d'une importante famille mexicaine. D'autres encore que tout enfant il a passé la frontière pour rejoindre un oncle installé aux Etats-Unis, en se faisant passer pour son fils. On dit aussi qu'il a fait de la prison pour avoir participé à des actions antigouvernementales ou parce qu'il aurait passé des armes en contrebande à des réactionnaires. Ce qu'il y a de sûr, c'est qu'il a dû commettre un crime. De plus, il a reçu une bonne éducation, c'est certain, ce qui explique sa parfaite connaissance de l'anglais et sa compréhension de ce que l'emprisonnement peut faire à l'homme s'il reste enfermé trop longtemps.

— A votre avis, laquelle de ces versions est la bonne ?

— Aucune. Je suppose que l'une d'entre elles ne doit pas être très loin de la vérité, mais seul Ráfaga pourrait vous dire laquelle.

— Quand ? demanda-t-elle d'un ton amer. Lorsque nous serons seuls le soir, au lit ?

— Ecoutez ! s'exclama-t-il en s'arrêtant et en saisissant Sheila par les épaules, la forçant à le regarder dans les yeux. D'une manière générale, on ne peut pas dire que vous ayez été maltraitée. Vous auriez pu être violée, tuée. Votre corps aurait pu être abandonné sur la route à côté de celui de votre mari. Vous vous en êtes sortie toute seule, c'est vrai, mais c'est Ráfaga qui est intervenu auprès des autres pour qu'ils ne vous violent pas.

— Il ne l'a pas fait pour me protéger, vous le savez très bien. Il craignait simplement que mon père refuse de payer la rançon si vous me faisiez du mal.

— Soyez réaliste, Sheila. Vos parents paieront quel que soit l'état dans lequel vous êtes. Je le sais très bien, et Ráfaga le sait aussi. D'ailleurs, même si l'on vous violait, même si l'on vous tuait à présent, il est très probable que nous récupérerions la rançon de toute façon.

Sheila pâlit. Ce qu'il disait était vrai. Cela pouvait toujours se vérifier. C'était presque réconfortant de penser que Ráfaga était la seule personne qui s'était dressée entre elle et ces atroces éventualités. Mais Laredo n'avait pas fini :

— Vous devriez vous estimer heureuse d'avoir autant de liberté. D'accord, vous êtes toujours sous surveillance. Mais, comme l'a souligné Ráfaga, vous pourriez être confinée dans votre chambre. Ou bien (il marqua une pause pour faire plus d'effet) ligotée à longueur de journée. Ráfaga a décidé que vous partageriez son lit dorénavant, et alors ? Ne vous plaignez pas. Au moins, il n'est pas gros, laid et baveux comme Juan. On ne vous a pas battue, vous ne mourez pas de faim. Bon sang, on vous traite presque comme une reine. Enfin, ça pourrait être pire. En tout cas, il est temps que vous cessiez de vous plaindre et de vous apitoyer sur votre sort.

Il lui lâcha les épaules et se remit à marcher, droit devant lui. Secouée par son discours, Sheila lui emboîta le pas, pensive.

— Vous êtes une survivante, Sheila, dit-il d'un ton plus calme. Tirez le meilleur parti de votre situation. Je ne dis pas qu'elle soit idéale. Mais admettez que ce n'est pas si épouvantable.

Elle fut obligée de reconnaître qu'il y avait une certaine sagesse dans les propos de Laredo.

— Je vais y penser.

Les bruits sourds d'un cheval au galop lui firent tourner la tête. Cette silhouette à la fois droite et décontractée, sa grâce naturelle : tout de suite, elle reconnut Ráfaga. Son cheval bai se dirigeait droit sur eux. Il tira légèrement sur les rênes et l'animal s'immobilisa juste devant Sheila. Ráfaga croisa ses mains sur le pommeau de la selle, inclina la tête, saluant Laredo. Puis il se tourna vers Sheila.

— Une promenade, *señora* ?

Le cheval piaffait, impatient.

— Oui, sur mon propre cheval, répondit-elle.

— Viens. (Il glissa son pied hors de l'étrier et lui tendit le bras.) Nous te trouverons une monture.

Elle hésita et jeta un coup d'œil dans la direction de Laredo. Ses yeux semblaient signifier : « Souviens-toi de ce que je t'ai dit. » Elle passa son pied dans l'étrier et tendit la main à Ráfaga. Il lui saisit le bras avec vigueur. Reprenant les rênes dans sa main gauche, il fit faire demi-tour au cheval. L'animal fit un écart ; les épaules de Sheila frottèrent contre la poitrine musclée de Ráfaga. Puis le cheval partit au galop vers le groupe de maisons.

Le corps de Ráfaga semblait épouser les formes du sien. Son odeur éveillait ses sens, produisait une réaction physique qu'elle ne pouvait contrôler. Son souffle tiède lui frôlait la nuque.

— Tu es sûre que tu veux monter ton propre cheval ? lui chuchota-t-il à l'oreille.

— Certaine, dit-elle d'une voix rauque et tremblante qui témoignait trop bien de son état d'âme.

Elle était sûre que Ráfaga s'en était rendu compte.

Ils approchaient à présent du hameau. Ráfaga mit le cheval au trot. C'était la première fois qu'elle était autorisée à voir les autres habitations de si près. Elle essaya d'oublier à quel point il était près d'elle et regarda autour d'elle avec intérêt.

— De quoi parliez-vous si sérieusement, Laredo et toi, avant mon arrivée ?

— Nous complotions et cherchions un moyen de fuir, mentit-elle dans le seul but de l'irriter.

— Tu plaisantes, *señora,* répondit-il avec un rire moqueur, rehaussé d'une petite pointe d'arrogance qui démontrait à quel point il était maître de la situation.

— *Señora* ? Ne trouvez-vous pas ce titre un peu déplacé, étant donné les circonstances ?

Elle se retourna pour le foudroyer du regard et fut surprise de trouver son visage si près du sien. Ses yeux se posèrent sur cette bouche qui lui souriait malicieusement. Elle détourna prestement le regard, tandis que son pouls se mit à battre précipitamment. Elle se raidit, fixant l'horizon droit devant elle, luttant de toute son énergie contre la vague de faiblesse qui l'avait envahie.

— Mais, bien sûr, tu as raison. (Après une pause, il ajouta :) Sheila.

La façon dont il avait prononcé son nom ajouta, sans qu'elle sût très bien pourquoi, à la confusion de ses sens et de son esprit. Lorsqu'ils atteignirent les premières maisons du hameau, il mit le cheval au pas. Tandis qu'ils chevauchaient lentement entre les deux rangées de petites bâtisses modestes, il passa sa main droite autour de sa taille et la posa sur sa peau nue, à la hauteur de son estomac, juste en dessous du nœud de son chemisier. Ses muscles se contractèrent au contact de sa paume. Sa respiration se fit plus lente et plus profonde.

Elle haïssait cet homme, et pourtant il détenait un étrange pouvoir sur ses sens. Il n'avait qu'à l'effleurer pour qu'un subtil désir naisse en elle. Elle était tout juste consciente des regards qui se posaient sur eux à leur passage. Plusieurs hommes et femmes firent un signe de la tête ou un geste de la main pour saluer Ráfaga. Leur attitude montrait à quel point il était respecté par l'ensemble de la petite communauté.

Même les enfants qui jouaient ici et là devant leur maison s'arrêtaient pour les regarder. Sheila savait que sa peau claire et ses cheveux blonds étaient nouveaux pour eux.

La clarté de son teint contrastait avec la peau hâlée de Ráfaga.

Un chien aboya et se lança à la poursuite du cheval, qu'il talonna sans oser trop approcher. L'animal ne modifia pas son allure et se contenta de tourner une oreille attentive en direction du petit intrus. Devant une des maisons, Sheila aperçut un homme assis sur une chaise, immobile à l'ombre du porche. Il ne leva même pas les yeux à leur approche. Sheila remarqua la couverture aux couleurs vibrantes qui couvrait ses jambes. Elle se souvint brusquement de ce que lui avait dit Ráfaga à propos du mari d'Elena. Elle jeta un regard curieux dans l'entrebâillement de la porte et immédiatement aperçut Elena qui la regardait, les dents serrées, les yeux brûlants de jalousie.

Ils avaient dépassé la maison et s'approchaient du corral lorsque Sheila comprit soudain la véritable raison de la jalousie d'Elena. Ce n'était pas seulement parce qu'elle chevauchait avec Ráfaga. C'était plutôt ce bras possessif qu'il lui avait passé autour de la taille.

Elle comprit autre chose encore. Si Ráfaga l'avait invitée à faire cette promenade, ce n'était ni parce qu'il recherchait sa compagnie ni pour lui faire plaisir. Non, il avait voulu mettre à exécution son projet de la nuit précédente. Ne lui avait-il pas dit : « Demain, tout le monde saura que tu m'appartiens » ? La rumeur concernant son nouveau « statut » avait dû rapidement circuler dans la petite communauté. De toute évidence, Ráfaga avait voulu la confirmer en se promenant avec elle au beau milieu de la petite enclave.

Lorsque Ráfaga arrêta sa monture devant l'enclos, Sheila passa aussitôt la jambe par-dessus l'encolure du cheval, prête à sauter à terre. Elle n'avait qu'une envie : s'éloigner le plus vite possible de ce contact troublant qui lui avait fait oublier provisoirement le véritable but de cette soi-disant promenade. Mais il maintint son bras autour de sa taille et il la déposa lui-même sur le sol, bien qu'elle se fût fort bien passée de son concours. Un peu engourdie, elle se dirigea vers l'enclos où s'étaient rassemblés les autres chevaux, comme pour accueillir celui de Ráfaga.

— *Buenos dias, señor Ráfaga.* Bonjour, *señora !*

Au son de cette voix à l'accent espagnol prononcé, Sheila s'arrêta net. Un Mexicain venait précipitamment à leur rencontre. De ses traits puissants et doux à la fois émanait un respect dénué d'obséquiosité. Elle se souvenait l'avoir vu monter la garde devant la maison.

— Que puis-je faire pour vous ? demanda-t-il en anglais.

— Selle-moi un cheval pour la *señora,* répondit Ráfaga.

Le Mexicain regarda les cinq chevaux regroupés près de la barrière.

— Lequel ? demanda-t-il, s'adressant cette fois-ci à Sheila.

— Le bai avec une étoile sur le front, répondit Ráfaga pour elle.

Elle le chercha des yeux. Il avait l'air doux. Mais il n'avait rien qui puisse susciter son intérêt.

— Le bai ? Non, non, *señor.* (L'homme semblait partager son opinion quant au choix de Ráfaga.) *El roano.* (Immédiatement, il se reprit pour que Sheila puisse comprendre :) La jument rouanne est beaucoup mieux.

La jument en question passa sa tête aubère marbrée de tachetures blanches par-dessus la barrière. Ses longues jambes, sa haute stature lui donnaient une apparence racée. Ses grands yeux bruns étaient à la fois curieux et dociles.

— Non, non, pas la rouanne ! s'exclama Ráfaga.

Fronçant les sourcils, l'homme lui décocha un regard étonné. Il avait choisi la meilleure bête du groupe et il ne comprenait vraiment pas pourquoi Ráfaga préférait le cheval bai à la jument rouanne.

— Je crois que ce qu'il veut, lui expliqua Sheila, c'est un cheval pas trop rapide pour que je ne puisse pas m'enfuir.

— S'enfuir ? Oh ! non, *señor,* la jument est très douce. Mon fils Pablo la monte tout le temps.

Ráfaga jeta à Sheila un regard désapprobateur. Il réfléchit quelques instants, puis fit part de sa décision au Mexicain qui sourit d'aise. Sheila sut ainsi qu'elle monterait la jument avant même qu'il aille la chercher dans l'enclos.

— Avez-vous peur que j'essaie de m'échapper ? ironisa-t-elle en baissant la voix pour que Ráfaga soit seul à l'entendre.

Il la dévisagea d'un œil pensif.

— Tu y songeras, lui répondit-il sur un ton à la fois doux et ferme. Mais tu ne le feras pas.

Il avait raison. Elle ne tenterait rien tant qu'il serait

avec elle. Rien n'arrêterait cet homme sans pitié. Il était prêt à tout pour l'empêcher de s'enfuir. Cette façon qu'il avait de lire ses pensées, c'était irritant à la fin.

Piquée au vif, elle fit volte-face et partit dans la direction de Juan qui était en train de seller la jument. Elle se mit à caresser la tête de l'animal, consciente que Ráfaga l'avait suivie, mais faisant semblant de l'ignorer. Il s'adossa nonchalamment contre une barrière derrière elle, un talon accroché à la barre inférieure. Elle sentit son regard peser sur elle. La jument nicha la tête contre son épaule en signe d'affection. Elle lui tapota le cou.

— A-t-elle un nom ?

— Oui. (Il tira sur la sangle et la boucla avec habileté.) Elle s'appelle Arriba.

— Arriba ? répéta-t-elle, et la jument dressa les oreilles.

— Oui. Sa mère était une vieille jument. Pendant très longtemps, elle n'a pas eu de petit. Puis voilà qu'un jour celle-ci est venue. Alors, nous nous sommes écriés : *Arriba, arriba !* Et c'est comme ça qu'on l'a appelée, conclut-il avec un large sourire.

Quand la jument fut sellée, le Mexicain alla lui tenir la tête pour que Sheila puisse monter en selle. Ráfaga surgit tout à coup pour l'aider en lui faisant la courte échelle. Puis il mit les étriers à la bonne hauteur.

Sheila se prit à scruter ses traits si agressivement virils et si séduisants. Dès qu'il eut fini d'ajuster les rênes, elle détourna brusquement le regard. Pourquoi le trouvait-elle si attrayant ?

La jument secoua la tête, comme pour montrer qu'elle était prête, mais elle attendit docilement que Sheila lui donne le signal du départ. Elle laissa à Ráfaga le temps d'enfourcher sa monture puis talonna légèrement les flancs de la bête. Chevauchant l'un à côté de l'autre, ils passèrent cette fois-ci derrière les maisons, évitant ainsi la route qu'ils avaient prise à l'aller. La prairie étroite qui s'étendait au pied du canyon semblait accueillante. Ils s'y engagèrent et les chevaux partirent au petit trot dans les hautes herbes.

— Par où allons-nous ? demanda Sheila en se tournant vers Ráfaga.

Elle surprit son regard absorbé par le mouvement de ses seins qui dansaient sous son chemisier au rythme de la course. Prestement, Sheila tira sur les rênes de son cheval.

Le sang lui monta aux joues. Ráfaga s'arrêta, lui aussi, et la dévisagea tranquillement.

— Ne sois pas gênée, lui dit-il d'une voix douce. C'est un charmant tableau.

— Vous m'avez invitée pour faire une promenade, lui rappela-t-elle d'un ton glacial, et non pas pour me faire endurer vos regards.

Ses yeux brillèrent d'une lueur malveillante, mais il se contenta de hocher la tête en faisant avancer son cheval de quelques pas.

— Nous irons jusqu'au bout du canyon, dit-il finalement.

Dès qu'elle eut saisi les rênes, la jument s'élança aussitôt pour rejoindre, au petit galop, le cheval bai.

— Ne pouvons-nous pas sortir du canyon ? demanda Sheila en jetant un coup d'œil à la passe par laquelle elle avait pénétré dans le canyon, il y avait déjà tant de jours.

Ráfaga secoua la tête en signe de dénégation.

— Peut-être une autre fois.

Sheila savait qu'elle devait se contenter de cette semi-promesse. Mais la promenade était pour elle comme une touche de liberté à l'odeur de supplice. Elle sentait à quel point la jument était rapide. Peut-être réussirait-elle à distancer le cheval bai. Arrivé au bout de la prairie, Ráfaga disparut sous les arbres. Sheila s'engagea à son tour dans le petit bosquet, esquivant les branchages et les arbustes. A cause de la dernière pluie, l'air était encore humide et oppressant dans le sous-bois. Les branches qu'elle dérangeait sur son passage projetaient sur elle de minuscules gouttes d'eau ; son chemisier lui collait à la peau.

A travers les arbres, elle aperçut bientôt l'arrière d'une maison. C'était celle qu'elle partageait avec Ráfaga. Ils avaient presque fait le tour complet du canyon. Devant elle, elle vit l'étang qui brillait d'une chaude lumière sous le soleil. Quelques minutes plus tard, ils longeaient au pas l'étendue d'eau.

Sheila souleva son épaisse chevelure pour laisser la brise lui rafraîchir la nuque.

— Ça donne envie de se baigner, murmura-t-elle inconsciemment.

— Tu veux prendre un bain après la promenade ? demanda Ráfaga à brûle-pourpoint.

— Quoi ? (Elle le fixa, incrédule, pendant quelques instants avant de se rendre compte qu'elle avait exprimé son désir à haute voix.) Oui, j'aimerais bien, répondit-elle rapidement.

Il hocha la tête comme pour lui signifier qu'il l'y autorisait. Ce geste autoritaire lui fit faire la moue, mais il n'y prit pas garde et éperonna son cheval. Ils sortirent bientôt du sous-bois et se dirigèrent vers l'enclos. Juan vint à nouveau à leur rencontre.

— Avez-vous fait une bonne promenade ? demanda-t-il en tenant la tête de la jument pour que Sheila puisse sauter à terre.

— Excellente, assura-t-elle en caressant la longue encolure de la bête. Arriba est une dame très bien élevée.

— Elle s'est bien comportée, hein ? sourit-il. Elle n'a pas essayé de s'enfuir ?

— Non. Elle a été parfaite, répondit-elle en lui rendant son sourire.

— Vous l'aimez bien ?

— Oui, je l'aime bien, fit-elle en riant.

— Alors, elle est à vous. (Sa main balaya l'air en un geste d'offrande.) Je vous la donne.

— Vous n'êtes pas sérieux, protesta-t-elle. (Elle jeta un coup d'œil à Ráfaga, qui se tenait un peu à l'écart et regardait la scène, un sourire amusé flottant sur ses lèvres.) Vous ne voulez pas vraiment dire que vous me la donnez ?

— Si, si, Arriba est à vous. Je vous la donne.

Déconcertée, Sheila se retourna de nouveau vers Ráfaga, ne sachant que faire. Ses yeux pétillaient de joie. Il hocha la tête imperceptiblement. Cela signifiait sans doute qu'elle devait accepter ce prestigieux cadeau.

Avec un sourire confus, elle hocha la tête à son tour pour montrer qu'elle acceptait.

— *Gracias*. Je ne sais vraiment pas comment vous remercier. C'est une si belle jument !

— Si elle vous plaît, c'est assez.

Sheila hésita encore, se demandant s'il attendait quelque chose d'elle. La jument frottait sa tête contre la poitrine du Mexicain pour qu'on lui retire la selle. Cette jument lui appartenait à présent. Etait-elle supposée s'en occuper ?

Une main se referma sur son coude.

— Allons-y, murmura Ráfaga, répondant ainsi indirectement à la question qu'elle se posait.

— Est-il vraiment sérieux au sujet de la jument ? questionna-t-elle dès qu'ils furent à une distance raisonnable du Mexicain.

— Oui, il est tout à fait sérieux. (Un sourire espiègle creusa ses fossettes de chaque côté de sa bouche.) Mais il serait surpris si tu le prenais au mot.

— Je ne comprends pas, répondit-elle en secouant la tête, encore plus confuse qu'auparavant.

— C'est un geste de courtoisie, lui expliqua-t-il avec une sorte d'indulgence dans la voix. Pour prouver sa générosité. Si tu n'avais pas accepté, tu l'aurais offensé, mais la coutume veut bien sûr que tu lui laisses son cadeau ou que tu lui en offres un d'une valeur équivalente, en échange.

— Je vois, murmura-t-elle.

— C'est une tradition de mon pays, une règle de la chevalerie. Nous disons « ma maison est ta maison » et nous le pensons très sincèrement, mais cela ne veut pas dire que tu puisses t'y installer à vie ou la vendre.

— J'espère bien que non, dit-elle en riant.

Elle leva les yeux vers lui, juste à temps pour apercevoir l'ombre d'un sourire effleurer ses lèvres.

Elle fut stupéfaite de voir à quel point un sourire pouvait changer et adoucir ses traits. Son pouls se mit à battre à tout rompre. Tout à coup elle réalisa combien elle s'était détendue en sa présence. Immédiatement, elle se raidit, et effectua un pas de côté pour s'éloigner de lui. Comment pouvait-elle le trouver si attirant ?

CHAPITRE XIV

Après s'être arrêtés un instant à la maison pour que Sheila puisse prendre son savon et sa serviette, ils partirent pour l'étang. Sheila savait que, cette fois-ci, il était inutile de demander à Ráfaga de se retourner pendant qu'elle se déshabillait. Elle lui tourna le dos, et se dévêtit à la hâte pour se réfugier aussi vite que possible dans les eaux de l'étang à l'abri du regard attentif de Ráfaga.

Un bruit attira son attention. Elle jeta un coup d'œil par-dessus son épaule. Elle écarquilla les yeux de surprise. Ráfaga avait retiré ses bottes et sa chemise ; son torse luisait dans la lumière du soleil.

— Qu'est-ce que vous faites ? demanda-t-elle d'un ton accusateur.

— Je ne vais tout de même pas prendre un bain tout habillé, rétorqua-t-il.

Et, sans autre commentaire, il déboucla la ceinture de son pantalon.

Rapidement, Sheila détourna le regard. La colère et la gêne lui mirent le feu aux joues. Pendant un instant, elle demeura immobile. « J'aurais dû m'y attendre », pensa-t-elle. Après la nuit précédente, elle devait s'attendre à tout. Et pourtant, bêtement, elle n'y avait pas pensé. Elle ramassa ses vêtements.

— Ce n'est pas parce que vous m'avez forcée à partager votre lit que je dois en plus me baigner avec vous.

Avant qu'elle ait eu le temps de commencer à se rhabiller,

des bras puissants la soulevèrent du sol. Elle poussa un cri étouffé de protestation et, pour toute réponse, il la serra plus fort contre sa poitrine. Rigide dans ses bras, elle tourna son visage vers lui et le foudroya du regard.

— Lâche tes vêtements, à moins que tu ne veuilles faire ta lessive, ordonna-t-il.

— Ne savez-vous pas à quel point je vous méprise ?

— Est-ce pour cette raison que tu me défies continuellement ?

La lueur railleuse qui brillait dans ses yeux noirs et froids était si provocante qu'elle eut envie de le frapper. Mais il aurait été inutile d'essayer de lui résister. De toute façon, il allait la mettre à l'eau, avec ou sans vêtements. Peut-être éprouvait-il un certain plaisir à dompter sa résistance, pensa-t-elle avec rage. Si c'était le cas, cette fois-ci, il allait être déçu.

Avec raideur, elle s'exécuta, laissant tomber ses vêtements sur le sol. Elle resta immobile dans ses bras tandis qu'il la transportait dans l'eau. Il attendit d'avoir de l'eau jusqu'à la taille pour retirer son bras de dessous ses cuisses et la laisser poser les pieds par terre. Sheila eut envie de l'éclabousser comme une enfant pour lui faire perdre, ne fût-ce qu'un instant, son arrogance, mais elle résista à la tentation, sachant qu'elle ne ferait ainsi que provoquer des représailles. Elle commençait à le connaître.

Sheila était passablement plus petite que Ráfaga, de sorte que l'eau lui arrivait à la poitrine. Il retira son bras, qu'il avait gardé jusque-là sur son épaule, et lui tendit le savon. Elle le regarda quelques secondes avant de le prendre, en s'efforçant de ne pas rentrer en contact avec sa main. Ráfaga se retourna. Déconcertée, Sheila essaya de comprendre ce brusque revirement. Pourquoi ce désintérêt ? Pourquoi n'essayait-il pas de la séduire dans ce décor champêtre et idyllique, comme elle s'y était attendue ? Pas une seconde, elle n'avait cru qu'il voulait simplement se baigner.

— Lave-moi le dos, ordonna-t-il d'une voix douce.

Elle sursauta. Elle eût voulu avoir un couteau et non pas un savon dans les mains pour le lui enfoncer entre les deux omoplates. Comment osait-il ? Elle se mordit la lèvre inférieure pour ne pas lui crier qu'elle refusait. C'était précisément ce qu'il voulait. Il prenait plaisir à la forcer à obéir.

Refoulant sa rancœur et son animosité, elle commença à lui savonner le dos méthodiquement, éprouvant malgré elle un certain plaisir à lisser la mousse sur ses épaules musclées. Elle avait de plus en plus de mal à rester insensible à son corps.

Sous ses doigts délicats, elle perçut le léger fléchissement de son biceps lorsqu'elle entreprit de lui laver le bras gauche. Elle connaissait la force de ses bras et de ses mains. Il la lui avait montrée en la maîtrisant, mais aussi en lui faisant l'amour. Et cela, elle ne pouvait pas l'oublier, pas avec les profonds sillons que ses ongles avaient creusés dans la peau de son dos et qu'elle avait sous les yeux. Elle passa au bras droit pour pouvoir détourner son regard de la blessure la plus grosse qu'elle lui avait infligée. Les plaies semblaient douloureuses. Elle ne put s'empêcher de se demander si le savon ne le piquait pas. Elle essaya de se persuader que c'était ce qu'elle voulait, mais elle était beaucoup trop occupée à essayer de contrôler l'éveil de ses sens pour être vraiment vindicative.

Se retournant vers elle, Ráfaga lui présenta sa poitrine pour qu'elle continue ses ablutions. Elle avait vraiment le sentiment d'être une esclave lavant son maître, tandis qu'il regardait au loin d'un air distrait.

Mais sa beauté virile la troublait tant qu'elle n'arrivait pas à penser à autre chose. Son regard était sans cesse attiré par les formes de son corps, et elle devait faire des efforts désespérés pour ne pas céder à la tentation. Elle essaya de concentrer son attention sur les poils frisés de la poitrine de Ráfaga. Puis Ráfaga lui prit le savon des mains.

— C'est mon tour, à présent, dit-il d'une voix suave et un peu rauque.

Il lui frotta les épaules, et elle sentit qu'elle était incapable de lui résister. La mousse de savon, appliquée sur sa peau douce, était comme un baume érotique qui stimulait ses sens déjà mis en éveil par la virilité du corps de Ráfaga. Lorsque ses mains se refermèrent sur ses seins, elle sentit ses mamelons durcir. Le tendre massage de ses doigts puissants fit surgir une vague de désir infini dans ses reins. Elle eut envie de connaître à nouveau la plénitude de sa possession.

Il glissa une de ses mains dans le bas du dos tandis que,

de l'autre, il continuait à lui caresser la poitrine. A présent, elle avait la sensation de flotter dans l'eau. Elle s'arcbouta contre lui et sentit la puissance de son désir.

Prise d'un regain de résistance, elle posa les mains sur sa poitrine et essaya de le repousser. Mais il s'empara de ses lèvres goulûment pour en goûter la douceur jusqu'à la plénitude.

La perfection de son baiser fit bourdonner ses oreilles. Elle parvint malgré tout à se contrôler. Tandis qu'il explorait sa bouche, elle réussit à tendre ses forces pour se raidir. Sous la paume de ses mains, elle percevait les battements précipités de son cœur et les vibrations de ses muscles.

— Ne serre pas les jambes, murmura-t-il, la bouche contre ses lèvres.

Il paraissait si dépourvu d'émotion, si détaché de tout, sauf de son désir, que Sheila était déterminée à ne pas céder.

— Non, protesta-t-elle, mais déjà il avait repris possession de ses lèvres brûlantes.

— Ecarte-les, ordonna-t-il.

Il accrut l'étreinte de son bras, comme pour lui prouver qu'elle ne pouvait lui résister. Elle céda finalement, incapable de se dominer plus longtemps. Il la saisit par les hanches et la souleva pour la prendre. Le gémissement involontaire de satisfaction qui s'échappa de ses lèvres fut étouffé par son baiser passionné. L'eau lui léchait les flancs, mais elle n'était pas suffisamment fraîche pour apaiser les feux de la passion qui les unissait. Ses doigts se crispèrent dans la chevelure sombre, tandis que des frissons la secouaient. Elle eut l'impression de s'être noyée et de resurgir à la surface dans un tourbillon de sensations nouvelles et étourdissantes.

Subjuguée, sans plus aucune notion du temps ou du lieu, elle se laissa transporter vers des sommets inconnus du désir. La vision de Ráfaga comme un geôlier impitoyable s'était dissipée. Jamais elle n'aurait pensé qu'elle pouvait se donner avec autant d'abandon ou être à ce point avide de recevoir en retour les mêmes sensations.

Lorsque les flammes de la passion furent assouvies, il lui fallut plusieurs minutes pour reprendre ses esprits. Quand elle ouvrit les yeux, à peine sortie de l'état de semi-inconscience dans lequel l'amour l'avait plongée, elle vit Ráfaga qui la regardait d'un œil nonchalant. Elle reconnut qu'il possédait son corps et son âme et se rendit compte que jamais personne d'autre n'aurait sans doute un tel pouvoir sur elle.

Inconsciemment, elle secoua la tête, comme pour protester contre le sort. C'est alors qu'elle découvrit qu'elle était couchée dans l'herbe. Elle regarda autour d'elle. Elle ne se souvenait absolument pas avoir été portée sur le rivage. C'était hallucinant de penser que Ráfaga pouvait lui faire perdre la tête à ce point. Il était étendu près d'elle, sur le côté, une main posée sur son estomac en un geste intime. Elle remarqua la lueur de satisfaction qui brillait dans ses yeux. Un lynx repu après avoir dévoré sa proie.

— Je vous déteste, siffla-t-elle, sachant que ce n'était plus tout à fait vrai.

Il lui adressa un sourire étincelant de blancheur et se remit sur pied.

— Je donnerais n'importe quoi pour que mes ennemis me prouvent leur haine comme tu le fais toi, surtout s'ils te ressemblent ! s'exclama-t-il, railleur, en la parcourant du regard avant d'aller s'habiller.

Cela la hérissait de penser qu'il avait en plus le toupet de se moquer d'elle, mais c'était encore pire sachant qu'elle s'était mise elle-même dans cette situation. Les lèvres serrées, elle se rhabilla rapidement. Elle aurait tant voulu se jurer à elle-même que plus jamais elle ne se trahirait, mais elle savait qu'elle ne pourrait jamais tenir une telle promesse.

Soudain, le son de la voix de Laredo leur parvint distinctement.

— Ráfaga, Ráfaga !

Ils se tournèrent vers le bosquet au moment précis où Laredo surgissait de l'ombre. Son regard bleu s'arrêta un instant sur Sheila. Il portait deux fusils. Il en lança un à Ráfaga en lui donnant une brève explication en espagnol.

Avec la rapidité de l'éclair, Ráfaga attrapa le fusil d'une main et saisit le bras de Sheila de l'autre, puis il la poussa devant lui. Elle trébucha. Ráfaga la releva d'un geste brusque et la força à accélérer l'allure.

— Arrêtez de me pousser ! s'écria-t-elle en essayant de dégager son bras. (Dans la précipitation, elle avait laissé ses chaussures au bord de l'eau. Elle ne pouvait pas courir sur le chemin caillouteux.) Arrêtez. Je ne peux pas aller plus vite.

Ni Ráfaga ni Laredo n'accordèrent la moindre attention à ses protestations. Un cavalier les attendait devant la petite maison. Il tenait les rênes de deux chevaux sellés.

— Juan ! cria Ráfaga en poussant Sheila vers la maison, pratiquement dans les bras du garde qui les attendait lui aussi.

Puis il ajouta un ordre lancé d'un ton sec. De toute évidence, il lui signifiait de rester auprès de Sheila.

Elle poussa un soupir de soulagement à la vue de l'homme qui lui avait fait don de la jument rouanne et qui l'avait traitée avec tant de respect et de gentillesse.

Retrouvant ses esprits, elle repoussa une mèche de cheveux qui lui barrait la joue et regarda par-dessus son épaule. Le trio était parti au galop en direction de l'entrée du canyon. Déconcertée, elle les suivit des yeux, curieuse de savoir ce qui pouvait bien se passer.

— Mais qu'arrive-t-il ? murmura-t-elle.

— Ne vous inquiétez pas, la rassura le garde, ne vous inquiétez pas, *señora*.

— Qu'est-ce que c'est ? (Les cavaliers avaient ralenti à l'approche de la passe.) Où vont-ils ?

— *Soldados* — des soldats, se corrigea-t-il rapidement. Tout près d'ici.

— Ils me cherchent ?

Sheila suspendit son souffle : elle reprenait espoir.

— *Quien sabe ?* (Le garde secoua la tête.) Nous attendons.

— Oui, nous attendons, dit-elle en soupirant, anxieuse. (Puis elle lui jeta un coup d'œil hésitant.) Vous vous appelez Juan ?

— Oui, *señora,* lui répondit-il en hochant la tête respectueusement.

— Il y a un autre homme ici qui s'appelle Juan, n'est-ce pas ? lui demanda-t-elle, ayant appris qu'Ortega portait aussi ce prénom.

— *Si,* Juan Ortega. (Ses yeux sombres s'animèrent d'une lueur étrange.) Il est *loco* — mauvais.

L'évocation de ce nom lui fit venir à l'esprit toute une pléiade d'adjectifs beaucoup plus éloquents, mais elle se tut. Elle rassembla toutes ses forces pour prier dans l'espoir que bientôt elle verrait les soldats poindre à l'horizon.

Ils avaient dû trouver la voiture et le corps de Brad, songea-t-elle. Peut-être ses parents avaient-ils prévenu les autorités qui s'étaient lancées à sa recherche.

Plus d'une heure plus tard, trois cavaliers apparurent à l'entrée du canyon. Ils descendirent tranquillement la colline. En un instant, tous ses espoirs s'envolèrent.

Elle abandonna son poste de vigie et se réfugia dans sa chambre. Quelques minutes plus tard, Laredo et Ráfaga entraient dans la maison. La chambre était vide. Ses affaires avaient été transportées dans l'autre pièce.

Une poignée d'hommes arrivèrent à la maisonnette peu de temps après le retour de Ráfaga. Allongée sur le petit lit, Sheila écoutait le murmure de leurs voix, les yeux fixés au plafond. Chaque fois que Ráfaga parlait, elle reconnaissait immédiatement le timbre grave de sa voix. Elle ferma les yeux pour essayer de repousser cette sensation d'excitation que lui procurait tout ce qui le concernait. Mais c'était inutile.

Lorsque la femme de Juan eut fini de préparer le repas du soir, Ráfaga appela Sheila de l'autre pièce. Les hommes étaient toujours là ; ils ne voulaient pas manger, mais avaient en revanche accepté le café que Consuelo leur avait proposé. Sheila chipotait, trop consciente des regards qui étaient posés sur elle. Ráfaga la fixa pendant tout le repas. Pas une fois elle ne leva la tête de son assiette, jouant avec la nourriture du bout de sa fourchette. Elle souhaita se réfugier dans sa chambre, mais Ráfaga lui ordonna de rester assise. Par fierté, elle eût voulu se rebiffer, mais elle savait qu'il ne tolérerait pas de refus de sa part devant ses hommes. En silence, elle aida Consuelo à desservir puis revint s'asseoir à côté de Ráfaga.

La conversation semblait concerner un sujet important. Tous avaient l'air extrêmement sérieux. Elle ne comprenait pas un mot. Ráfaga prenait des notes sur un papier jaune, mais en espagnol. Ils avaient déjà bu deux pots de café et la lune était haute dans le ciel. Finalement, la réunion s'acheva, et les hommes s'en allèrent en silence. L'un d'entre eux s'attarda quelques minutes pour bavarder en tête à tête avec Ráfaga. Puis il salua Sheila respectueusement, lui souhaita bonne nuit et sortit à son tour.

Tandis que Ráfaga parcourait ses notes, Sheila finit de desservir. Puis elle essaya de s'éclipser discrètement dans sa chambre, dans l'espoir d'aller se coucher et d'être endormie avant que Ráfaga la rejoigne. Mais il l'interrompit avant qu'elle ait fait trois pas.

— Où vas-tu ? s'exclama-t-il en relevant la tête.

— Au lit, où puis-je aller ? répondit-elle, sur la défensive.

— Attends-moi, j'en ai pour quelques minutes.

— Je suis fatiguée et je voudrais dormir. (Cette fois-ci, elle n'allait pas céder.) Je ne vois pas pourquoi je devrais attendre.

— Je ne voudrais pas te réveiller tout à l'heure.

Comprenant le sous-entendu, elle explosa :

— Bon sang, une fois par jour, ça ne vous suffit donc pas !

Il fit pivoter sa chaise sur un pied, un bras négligemment posé sur le dossier, et lui rendit son regard arrogant.

— Viens ici.

Sa première impulsion fut d'ignorer son ordre et de quitter la pièce. Comprenant ce qui lui trottait dans la tête, il réitéra son ordre :

— Viens ici.

Elle serra les poings, et ses ongles s'enfoncèrent dans la chair de ses paumes. A contrecœur, elle s'avança vers lui, obtempérant une fois encore, les nerfs tendus.

— Mon désir t'importune ? murmura-t-il d'un ton moqueur.

— Oui, siffla-t-elle entre ses dents.

Mais, déjà, elle était troublée par sa proximité.

— Et tu trouves que faire l'amour une fois par jour, c'est assez ? poursuivit-il, le visage figé en une expression de froideur contrôlée.

— C'est trop.

— Tu n'aimes pas ça, peut-être, hein ?

— Non.

Elle mentait, mais elle savait bien qu'elle se mentait à elle-même. Il la saisit par le poignet sans douceur et la força à s'approcher plus près de lui. Elle tenta d'ignorer le contact brûlant de sa main, et de sa cuisse qui lui frôlait les jambes. La pression qu'il exerçait sur son poignet l'obligea à se pencher en avant pour éviter la douleur.

Le regard de Ráfaga passa de son visage à ses seins soulevés par une respiration haletante. Lorsqu'il avança la main vers son décolleté, elle suspendit son souffle.

Son sang ne fit qu'un tour lorsqu'il glissa les doigts dans l'échancrure de son chemisier et se saisit d'un de ses seins ronds. Avec dextérité, il déboutonna son chemisier et repoussa le tissu pour dégager la poitrine. Bientôt, sa bouche s'empara du mamelon rosé. Sheila poussa un soupir de protestation et d'extase intimement mêlées. Elle ferma les yeux pour tenter de chasser les sensations exquises qu'elle éprouvait tandis qu'il taquinait de la langue le bout de son sein.

Comment résister à la délicieuse torture qu'il lui infligeait ? Elle réussit à ne pas céder à la vague de désir qui l'agitait jusqu'au moment où il lui lâcha le poignet pour glisser son autre main le long de son ventre, puis entre ses jambes.

Comme une nageuse emportée par une lame de fond, elle se laissa aller sur ses genoux. Il la déshabilla avec une lenteur délibérée avant de l'emporter dans sa chambre. Lorsqu'il la déposa sur le lit, elle avait les bras autour de son cou, et sa bouche était la captive consentante de ses lèvres.

Cette scène de séduction se reproduisit maintes fois au cours des deux semaines qui suivirent. Longue succession de variations sur le même thème dans des décors divers, avec des dialogues et des mises en condition différents. Sheila essayait toujours de rester maîtresse d'elle-même, de contrôler ses désirs, de ne pas trahir ses sentiments, mais, inévitablement, Ráfaga finissait par obtenir la réaction qu'il cherchait.

Séance après séance, Sheila sentait qu'elle perdait du terrain. Son corps vibrait de plus en plus intensément en réponse aux caresses de Ráfaga, qui la laissait à chaque fois épuisée, incapable de se raccrocher à quoi que ce soit d'autre que sa fierté. Tout le reste, il le lui dérobait, parcelle par parcelle.

Son existence passée lui semblait si lointaine qu'elle avait parfois l'impression de ne l'avoir jamais vécue. Souvent, elle se réveillait dans la fraîcheur de la nuit pour se rendre compte qu'elle s'était blottie contre le corps de Ráfaga, pour trouver près de lui chaleur et réconfort. Pendant ces moments de sommeil, cela lui paraissait naturel d'être allongée à ses côtés.

Cette nuit-là, elle resta éveillée des heures durant, tournant et retournant, dans sa tête, ces pensées qu'elle haïssait et qui l'empêchaient de se rendormir. Une main toucha son bras, et elle s'écarta de lui. Elle avait besoin de défendre le peu de fierté qui lui restait.

— Non, protesta-t-elle malgré elle contre ce contact et ce qu'il signifiait.

— Je n'ai pas le temps de te faire changer d'avis d'ici demain matin. (Son ton assuré, légèrement amusé, prouvait à quel point il était sûr de pouvoir renverser la situation s'il le désirait.) Allons. Réveille-toi et habille-toi.

Elle fronça les sourcils et ouvrit les yeux.

La lampe jetait un cercle de lumière au centre de la pièce, mais, entre les rideaux, elle aperçut le ciel étoilé. Il faisait encore nuit. Surprise, elle regarda Ráfaga. Il avait fini de s'habiller et s'était assis sur le bord du lit pour mettre ses bottes.

Après s'être soigneusement enveloppée dans la couverture pour ne pas lui exposer sa nudité, elle se mit sur son séant.

— Ce n'est pas encore le matin, lui fit-elle remarquer.

Il lui jeta un bref coup d'œil.

— Ça ne saurait tarder, répondit-il en enfilant sa deuxième botte. Consuelo est en train de préparer le petit déjeuner.

Elle tendit l'oreille. Elle entendit des bruits étouffés de vaisselle qui confirmèrent l'assertion de Ráfaga.

— Pourquoi si tôt ? insista-t-elle.

Ráfaga se leva, puis il se retourna et la dévisagea quelques instants :

— Je pars au petit jour.

Déconcertée, elle se redressa et se tourna légèrement dans sa direction :

— Vous n'avez rien dit hier soir ; pourquoi ? Où allez-vous ? Pour quoi faire ?

La bouche de l'homme esquissa un sourire malicieux et cynique :

— Où allez-vous ? Qu'allez-vous faire ? Quand revenez-vous ? s'exclama-t-il sur le même ton qu'elle. On dirait une épouse jalouse interrogeant son mari. Je n'aurais pas pensé que cela t'intéresserait tant de savoir où j'allais et ce que je faisais.

Immédiatement, Sheila regretta d'avoir posé tant de questions.

— Je me contrefiche de ce que vous faites, lui lança-t-elle d'un ton sec, tout en s'apprêtant à se lever.

— Ça te ressemble plus, ma petite lionne, lui dit-il d'une voix caressante. Toujours en train de griffer et de rugir, lorsqu'elle ne ronronne pas dans mes bras, bien sûr.

Elle arracha la couverture et la drapa autour d'elle avant de se lever, et de se diriger vers la commode d'une démarche un peu raide, l'air hautain. La couverture bâillait profondément dans son dos, la découvrant presque jusqu'à la taille ; ses cheveux dorés par le soleil tombaient en une masse épaisse et ondulante sur ses épaules. Elle ouvrit le tiroir pour y prendre son pantalon et sa blouse. A ce moment-là, elle se rendit compte que Ráfaga était juste derrière elle. Elle leva les yeux et aperçut son reflet dans le miroir.

— Pourquoi persistes-tu à te couvrir ainsi ? lui demanda-t-il d'un ton songeur. Ne penses-tu pas que je connais déjà chaque parcelle de ton corps ?

— Je n'ai aucune envie de parader devant vous, répondit-elle en se raidissant tandis que les mains de Ráfaga se posaient sur ses épaules.

Relevant la masse épaisse de ses cheveux, il dégagea son cou et promena sa bouche tiède au creux de son épaule. Au contact sensuel de ses lèvres douces, Sheila sentit ses jambes se dérober sous elle. Vite, il fallait faire quelque chose, dire quelque chose pour rompre le charme. Elle savait qu'elle ne serait pas capable de résister très longtemps. Elle devait trouver un moyen de faire diversion.

— Je suppose que vous partez, grand prince, remettre en liberté une poignée de criminels dangereux, fit-elle d'un ton revêche.

Elle avait fait mouche : il leva la tête. Leurs regards se croisèrent dans le miroir. Il avait levé un sourcil interrogateur et ses yeux noirs brillaient d'une lueur maligne.

— Pourquoi dis-tu cela ? lui demanda-t-il d'une voix presque trop suave.

— Laredo m'a expliqué. (Sheila se demanda soudain si elle n'était pas censée l'ignorer.) Je suppose que vous chargez en masse et que vous prenez les gardiens par surprise. A cheval, comme des cow-boys.

— Le chevaux ne nous servent que dans la montagne, répondit-il tout en s'éloignant d'elle. Une fois sortis de la sierra, nous utilisons d'autres moyens de transport.

Il n'avait pas répondu à sa question. Elle ignorait toujours le but de son expédition. Elle était déterminée à le lui faire dire.

— C'est bien là le but de votre voyage, n'est-ce pas ? demanda-t-elle encore.

Du coin de l'œil, il la dévisagea quelques instants.

— Nous allons étudier le terrain et déterminer une tactique. Il nous faudra alors choisir une date. Nous partons pour trois ou quatre jours, au maximum.

— Qu'allez-vous faire de moi ? Que va-t-il se passer pendant votre absence ? interrogea-t-elle avec une feinte indifférence. Allez-vous m'enfermer et poster un garde devant ma porte en permanence ?

— Est-ce nécessaire ?

— Je ne sais pas, dit-elle en haussant les épaules. Qu'en pensez-vous ?

Il serra les lèvres, déconcerté par la façon dont elle avait éludé la question.

— Consuelo viendra chaque jour pour faire la cuisine. Tu ne quitteras la maison qu'en compagnie de Juan. Il sera responsable de toi. J'ai donné des ordres pour que l'on t'empêche de sortir, à moins que Juan ne soit avec toi. Il y aura toujours quelqu'un de garde, que Juan soit dans la maison ou pas.

— Ce qui veut dire que vous n'avez aucune confiance en moi ?

— Exactement. Je n'ai absolument pas confiance en toi. (Il pivota sur ses talons et se dirigea vers la porte. Avant de sortir, il se retourna vers elle :) Habille-toi vite et viens prendre le petit déjeuner.

— Je n'ai pas faim, répondit-elle d'un ton obstiné.

La main sur la poignée de la porte, il la dévisagea d'un air moqueur, une ombre de cynisme flottant sur ses traits durs.

— Pauvre Sheila ! Sur qui vas-tu aiguiser tes griffes pendant mon absence ? Qui sait, je vais peut-être te manquer !

— Cela m'étonnerait beaucoup.

Une lueur amusée brilla dans les yeux de Ráfaga. Il fit volte-face et sortit sans un mot. Elle s'habilla lentement.

Le petit déjeuner était déjà servi lorsqu'elle entra dans la cuisine. Ráfaga ne fit aucun effort pour entamer une nouvelle conversation et Sheila mangea en silence.

Au moment où elle s'apprêtait à desservir, un bruit confus de chevaux leur parvint de devant la maison. Soudain, la porte d'entrée s'ouvrit avec vigueur. Laredo s'arrêta sur le pas de la porte.

— Nous sommes prêts.

Sheila et Ráfaga échangèrent un long regard. Pourtant, les traits de ce dernier n'exprimaient rien. Il se dirigea ensuite vers la porte, décrocha son poncho et l'enfila.

En silence, Sheila le vit mettre son chapeau, qu'il rabattit sur ses yeux avec soin, et saisir son fusil accroché au mur près du portemanteau. Il se retourna vers elle.

— Viens dehors, ordonna-t-il d'un ton parfaitement inexpressif.

C'était le dernier ordre qu'il lui donnerait d'ici quelques jours et elle décida qu'il était inutile de protester. Elle se leva donc, prête à le suivre.

— *Señora.*

La voix douce et tranquille de Consuelo l'arrêta dans son élan. La femme s'approcha d'elle en lui adressant quelques paroles en espagnol et lui tendit un châle épais.

Sheila accepta son offre et lui adressa un sourire de remerciement. Puis elle jeta le châle sur ses épaules. Ráfaga lui tenait la porte. Lorsqu'ils apparurent ensemble sous le porche, un murmure confus de voix s'interrompit.

Autour de cinq chevaux qui piaffaient d'impatience, tout un petit groupe d'hommes s'était réuni. Deux des cavaliers étaient déjà en selle, Laredo et un homme qu'elle ne connaissait pas. Les deux autres membres de l'expédition étaient en train de dire au revoir à leur famille présente au grand complet sur les lieux.

D'une main ferme, Ráfaga saisit le coude de Sheila et la poussa vers un des chevaux qu'Ortega tenait par les rênes. L'espace d'un instant, elle se demanda s'il n'avait pas finalement pris la décision de l'emmener avec lui. Il la maintint contre lui tandis qu'il glissait son fusil dans son fourreau. Puis il se retourna vers elle. Elle se raidit lorsqu'il l'attira à lui, la forçant à plaquer son corps contre le sien.

— A l'intention de ceux qui restent, lui chuchota-t-il pour que personne d'autre n'entende. (Il avait pourtant parlé sur un ton presque totalement indifférent.) Ainsi, tout le monde saura que tu m'appartiens et que te faire du mal, c'est s'attaquer indirectement à moi.

Sheila ne protesta pas lorsqu'il la serra contre lui. Elle releva son visage vers le sien pour que sa bouche rencontre la sienne. Ils échangèrent un baiser à la fois tendre et sauvage, possessif, intense et pourtant bref.

Lorsque leurs lèvres se séparèrent, elle s'aperçut que les siennes tremblaient. Il la retint quelques instants dans ses bras et étudia attentivement son visage.

— Tu resteras devant la maison jusqu'à ce que nous disparaissions à l'horizon. Tu rentreras quand tout le monde commencera à se disperser, ordonna-t-il.

Elle acquiesça de la tête. Ráfaga la repoussa, sauta en selle avec souplesse et s'empara des rênes. Sheila recula de quelques pas et alla se mettre à côté d'Ortega. Ráfaga partit le premier. Laredo porta la main à son chapeau pour la saluer, avant d'éperonner son cheval. Les autres leur emboîtèrent le pas. Les premières lueurs du jour striaient le ciel de zébrures cramoisies tandis que les cavaliers s'éloignaient vers l'entrée du canyon.

Sheila les suivit des yeux jusqu'au bout. Pas une seule fois Ráfaga ne se retourna pour vérifier si elle avait obéi à son ordre.

CHAPITRE XV

LA PETITE MAISON SEMBLAIT vide depuis le départ de Ráfaga. Le silence était si total que Sheila avait l'impression de pouvoir entendre l'écho de son propre cœur. Elle errait d'une pièce à l'autre, le regard sans cesse attiré, par une force irrésistible, vers la fenêtre.

En cette fin d'après-midi, le soleil glissait doucement dans le ciel d'un bleu intense vers les cimes. Les lueurs écarlates de l'aube semblaient loin, comme s'il s'était passé des jours et des jours depuis le départ des cavaliers. Si la journée se traînait tant, qu'en serait-il des heures solitaires de la nuit ?

Elle serra les bras contre sa poitrine et ferma les yeux.

— Peut-être vais-je te manquer, lui avait fait remarquer Ráfaga d'un ton moqueur.

— Jamais ! lui avait-elle répondu, sûre d'elle.

Et pourtant, elle ne pouvait s'empêcher de penser à la puissance de son corps musclé lorsqu'il était étendu à ses côtés, aux caresses enjôleuses de ses mains, à la sensation exquise qu'elle éprouvait quand sa bouche chaude s'emparait de la sienne, à ce moment inoubliable d'une sensualité grisante lorsqu'il la prenait pour la posséder totalement. Elle sentit une vague de chaleur lui picoter le creux des reins au souvenir de cette passion qu'il avait fait naître en elle tant de fois. Une envie folle de le revoir la prit à la gorge. Son cœur s'était mis à battre à tout rompre dans sa poitrine. Elle l'avait traité de bête, d'animal. Mais au fond, elle ne valait guère mieux. N'était-elle pas là aux aguets, tremblante de passion, folle du désir d'être prise à nouveau par lui ? Elle se passa la main dans les cheveux, en proie à une angoisse incontrôlable. Comment avait-elle pu s'avilir à ce point ? S'était-elle perdue à jamais ? N'importe quel homme pouvait-il la satisfaire ainsi ? Elle se souvint du dégoût que Brad avait fait naître en elle. Avec effroi, elle songea à la bestialité avec laquelle il l'avait prise. Laredo, en revanche, n'avait éveillé aucune sensation en elle lorsqu'ils avaient dansé ensemble. Ráfaga était-il donc le seul à avoir sur elle une telle emprise ? Pourquoi ? Pourquoi ? hurlait-elle intérieurement. Mais la réponse, en réalité, elle ne voulait pas la connaître.

— Purement physique, conclut-elle à haute voix.

Elle respira profondément et rouvrit les yeux. Un frisson glacé lui parcourut l'échine et elle eut la sensation que son cœur s'était arrêté de battre. Dehors, le dos appuyé contre une des colonnes du porche, elle venait d'apercevoir l'homme qui avait abattu Brad. Ses petits yeux étaient fixés sur elle. Elle crut distinguer un peu de salive au coin de sa bouche.

Prise de panique, elle s'écarta vivement de la fenêtre. Il était là, dehors, devant sa porte. C'était lui qui montait la garde.

Elle se réfugia dans le coin le plus sombre de la pièce. Ses jambes semblaient sur le point de se dérober sous elle et elle prit appui sur le dossier d'une chaise, avant de s'y laisser tomber, en se répétant, pour se rassurer, les dernières paroles de Ráfaga. Elle était sa compagne, elle lui appartenait et personne ne pouvait porter la main sur elle, sans risquer sa colère.

Pour la première fois, elle se prit à se demander ce qu'il lui arriverait si Ráfaga ne revenait pas, et se mit à prier avec ferveur pour qu'il soit de retour sain et sauf, le plus rapidement possible. Tout désir de fuite l'abandonna soudain ; un sixième sens l'avait avertie qu'Ortega suivrait chacun de ses mouvements et qu'il était inutile d'essayer de ruser avec lui. Tant qu'elle restait dans la maison ou en compagnie de Juan, elle ne courait aucun danger. Partout ailleurs, l'assassin de Brad l'attendrait, prêt à profiter d'elle au moindre faux pas.

Un léger coup à la porte la fit sursauter.

— Qui est-ce ? demanda-t-elle d'une voix tremblante, tout

en faisant des efforts désespérés pour essayer de rester calme.

— C'est moi, Juan, répondit la voix familière.

Sheila poussa un soupir de soulagement.

— Entrez, dit-elle d'une voix nettement plus posée.

Juan entra, laissant la porte entrouverte derrière lui, comme Ráfaga le lui avait ordonné.

— J'ai pensé que la *señora* aimerait sans doute faire une petite promenade, lui dit-il de sa voix traînante, à l'accent fortement marqué, en redressant sa petite taille dans une posture à la fois digne, courtoise et respectueuse.

Elle avait une envie folle d'échapper à ce sentiment de vide qui l'envahissait lorsqu'elle restait enfermée si longtemps de suite dans la maison, et de se soustraire à la menace silencieuse que représentait pour elle l'homme qui gardait la maison.

La jument rouanne était déjà sellée et semblait l'attendre ; Juan l'avait attachée à l'un des piliers de la maison. Sheila se précipita vers la bête dès qu'elle eut passé le seuil en s'efforçant d'ignorer la présence de son gardien. Elle sentit pourtant l'intensité de son regard qui la suivit jusqu'à ce qu'ils se furent éloignés. Alors seulement, elle éprouva un soulagement.

Elle hésita avant de parler, puis elle se décida. Elle se retourna vers Juan, qui chevauchait à ses côtés, et lui dit simplement :

— L'homme qui garde la maison, Ortega, je ne l'aime pas du tout.

Elle avait tempéré sa pensée, désireuse de cacher la peur panique que l'homme lui inspirait en réalité.

— Oui, je comprends, fut la seule réponse qu'elle réussit à lui tirer.

La promenade lui fit du bien. Elle sentit qu'elle se détendait peu à peu. La compagnie de Juan lui fut salutaire aussi. Lorsque au bout d'une heure, il lui annonça qu'il était temps de rentrer, elle ne put s'empêcher de faire la moue. Mais il lui promit qu'ils recommenceraient le lendemain. Sheila songea qu'elle attendrait l'heure avec impatience.

Le troisième jour après le départ de Ráfaga, l'atmosphère dans la maison était devenue oppressante. Dès que Juan surgit au coin avec la jument, Sheila se précipita dehors comme une furie. La nouvelle sentinelle qui montait la garde devant la maison tint la tête du cheval pendant qu'elle montait en selle, et elle le remercia d'un sourire. Elle n'avait pas vu l'assassin de Brad depuis deux jours. Bien qu'elle n'osât rien demander, elle était convaincue que Juan y était pour quelque chose. Il savait à quel point elle haïssait cet homme.

Elle en était venue à réellement apprécier la politesse, la gentillesse et la dignité tranquille de Juan, toujours prêt à sourire, toujours si prévenant.

Ils lancèrent leurs montures à toute allure dans le pré et ne ralentirent que lorsqu'ils atteignirent l'autre extrémité. Sheila flatta l'encolure de sa bête, offrant son visage au vent pour se rafraîchir.

— Comme c'est agréable de sortir de cette maison ! s'exclama-t-elle avec enthousiasme. Parfois, j'ai l'impression qu'un immense vide m'a engloutie à jamais.

— Je comprends très bien. C'est la même chose pour moi chaque fois que Consuelo part pour aller vous faire la cuisine. Ça ira mieux quand Ráfaga sera de retour.

Son cœur se mit à battre quand elle entendit Juan prononcer son nom. C'était absurde, mais Juan ne comprendrait pas si elle le contredisait. De plus, il lui fallait bien admettre qu'il lui manquait et qu'elle attendait son retour avec impatience.

— Depuis combien de temps connaissez-vous Ráfaga ? demanda-t-elle sur un ton qu'elle eût souhaité plus indifférent.

— Oh, depuis très longtemps, répondit-il comme s'il avait perdu toute notion du temps.

— Comment l'avez-vous rencontré ?

— Je m'occupais de chevaux dans un grand ranch. Je m'en occupais d'ailleurs très bien, précisa-t-il fièrement. Mon frère était en prison, avec trois de ses compagnons, pour une histoire de drogue. Je suis allé le voir un jour et il m'a expliqué que quelqu'un devait venir les libérer. Je voulais absolument faire quelque chose moi-même parce que je savais que mon frère était en train de devenir fou dans cette prison. J'attendais dehors, prêt à aider mon frère à s'enfuir.

Son regard semblait perdu dans le lointain. Il poursuivit son récit avec un accent espagnol de plus en plus prononcé :

— Il faisait une chaleur étouffante. C'était l'heure de la sieste et tout était tranquille. Pas un son. Pas un mouvement. J'étais là, j'attendais et je me disais : « Cet homme ne va pas venir. C'est trop calme. » Et puis, tout à coup, j'ai entendu des bruits, des coups de feu. Des gens couraient dans tous les sens. Quelle effervescence ! Soudain, j'ai aperçu mon frère. Je l'ai appelé. Il m'a entendu et s'est mis à courir dans ma direction. Quelqu'un a tiré un coup de feu. Je l'ai vu chanceler, puis tomber. Je me suis précipité vers lui. Il était gravement blessé. Un homme est venu me voir et m'a indiqué un endroit où je pouvais le cacher. J'y suis allé et, beaucoup plus tard, l'homme m'y a rejoint. Il a examiné mon frère et puis il m'a dit qu'il était trop tard, qu'on ne pouvait rien faire pour lui. Il m'a conseillé de l'abandonner. J'ai refusé. C'était mon frère, vous comprenez. Alors, l'homme m'a regardé pendant un long moment avant de me dire de le suivre en emmenant mon frère avec moi. Voilà, c'est comme cela que j'ai rencontré Ráfaga, conclut-il.

— Et il vous a amené ici, ajouta-t-elle. (Juan acquiesça d'un geste de la tête.) Qu'est devenu votre frère ? A-t-il survécu ?

— *Si.*

Ils longeaient à présent la paroi du canyon à la recherche d'un peu d'ombre. Devant eux, s'ouvrait le chemin qui descendait vers la faille, pour Sheila, vers la liberté. Etait-ce vraiment le chemin de la liberté ? Tout à coup, elle n'en fut plus si sûre. Elle jeta un bref coup d'œil dans cette direction, puis son regard se posa à nouveau sur Juan.

— Mais pourquoi êtes-vous resté ici ? Vous n'aviez rien fait de mal. Vous n'aviez aucune raison de vous cacher.

— Mon frère était ici, poursuivit-il, prévenant et patient à la fois. Par la suite, Ráfaga fit venir nos familles. C'est un homme bon. Et puis ici, vous savez, ce n'est pas si mal. Nous avons tous de quoi manger et de quoi nous vêtir. Mon pays est pauvre, vous savez, *señora.* Ici, nous vivons mieux que beaucoup d'autres Mexicains.

— Mais vos enfants ? Où apprennent-ils à lire et à écrire ? A quelle école vont-ils ? Ils ne peuvent même pas partir d'ici.

— Je leur apprends l'anglais. Un jour peut-être ils pourront aller en Amérique.

Il releva le menton fièrement et Sheila s'aperçut qu'elle

avait dû l'offenser en suggérant qu'il ne faisait pas de son mieux pour ses enfants.

— C'est important qu'ils sachent l'anglais.

— Oui, naturellement, s'empressa-t-elle d'ajouter avec un sourire.

Juan changea de direction et Sheila le suivit. Pendant quelques instants, ils chevauchèrent en silence.

— Vous n'allez jamais avec lui ? Avec Ráfaga ?

— Ça m'arrive. Il faut le voir pour le croire. Tout est tranquille dans le canyon. Il ne se passe rien pendant des jours et des jours et puis, tout à coup, dit-il en faisant claquer ses doigts, le voilà reparti. *Como una ráfaga,* comme le vent, dit-il avec un sourire entendu.

Elle sentit monter en elle une vague d'agitation. Elle leva les yeux vers les parois du canyon et se demanda une fois de plus combien de temps encore elle serait prisonnière de ce repaire. Elle pensa à la définition que lui avait fournie Laredo : *Ráfaga* signifiait coup de vent. Allait-il sortir de sa vie aussi vite qu'il y était entré ?

Eperonnant son cheval, elle dépassa Juan en trombe. Elle n'avait plus aucune envie de parler. De toute façon, la conversation ne revenait-elle pas automatiquement sur Ráfaga ?

Il avait dit qu'il serait absent pendant trois ou quatre jours. Voilà bientôt trois jours qu'il était parti. C'était sans doute une des dernières heures de liberté qu'elle connaîtrait d'ici longtemps. Elle devait profiter de son absence au maximum.

Chevauchant dans le vent à travers le petit bosquet, elle ne put s'empêcher de songer aux promenades qu'ils avaient faites ensemble. Arrivée à l'étang, elle se sentit rougir au souvenir de leurs étreintes. Elle était incapable de le chasser de son esprit. Il lui fallait bien se rendre à l'évidence. Tout comme elle ne pouvait pas s'échapper du canyon, véritable forteresse aux mains d'une armée de gardes redoutables.

Frustrée, elle fit demi-tour et prit la direction de la maison. Ils avaient dépassé le corral et s'en approchaient par l'arrière. Sheila ne connaissait pas ce chemin. A quelques mètres devant elle, elle remarqua soudain une forte dénivellation. Le terrain était creusé d'un immense cercle naturel relativement profond. Au centre de ce cercle étaient plantés deux poteaux à un peu plus d'un mètre de distance.

Elle immobilisa sa jument à quelques mètres du bord et fixa cette étrange installation, essayant de comprendre de quoi il s'agissait.

— Je n'étais jamais venue par ici, murmura-t-elle.

Elle jeta un coup d'œil par-dessus son épaule et s'aperçut que Juan avait l'air presque aussi troublé qu'elle. Lui aussi fixait la zone centrale de la fosse, la terre bizarrement rougie. Ses traits s'étaient durcis.

— Qu'est-ce que c'est que cet endroit ?

— C'est pour punir.

— Pour punir ? (Elle fronça les sourcils.) Que voulez-vous dire ?

— Ceux qui désobéissent à la loi, ceux qui agissent mal sont amenés ici pour être punis.

Il approcha son cheval de la jument et se pencha pour attraper les rênes que Sheila tenait d'une main nonchalante.

— Venez, je sais que la punition est parfois nécessaire, mais je n'aime pas m'attarder dans ce genre d'endroit.

Et il partit dans la direction du corral, entraînant la jument de Sheila à sa suite. Sheila eût désiré poser des questions mais elle voyait bien que Juan ne voulait pas s'étendre davantage. Elle savait déjà que l'une des règles que Ráfaga avait instaurées était que personne n'avait le droit de quitter le refuge sans son autorisation. De toute évidence, celui qui enfreignait cette règle était conduit dans le petit vallon pour y être puni. De quelle sorte de punition s'agissait-il ? A en juger d'après la réaction de Juan en arrivant à la fosse, elle en conclut qu'il valait sans doute mieux qu'elle ne le sache pas.

Lentement, les chevaux passèrent devant le corral. Juan avait lâché les rênes de la jument, dès qu'ils s'étaient éloignés de la fosse. Ils chevauchèrent l'un à côté de l'autre sur le chemin entre les deux rangées de maisons jusqu'à ce que Juan s'immobilise devant la maison d'Elena. Sheila remarqua le mari d'Elena assis devant la porte, une couverture sur les jambes. Elle fut surprise de voir Juan lever la main pour le saluer.

— *Un momento, señora,* s'excusa-t-il avant de s'approcher de l'homme qui ne semblait même pas l'avoir remarqué. La jument de Sheila suivit l'autre cheval et elle ne fit rien pour l'en empêcher. Bouche bée, elle écouta Juan lui parler en espagnol, d'un ton tout à fait normal. Plusieurs fois, il désigna Sheila d'un geste. Le visage de l'homme assis ne reflétait aucune expression. Son regard était perdu dans le lointain, comme s'il n'était pas conscient de ce qui se passait autour de lui.

Elena apparut à la porte. Elle jeta un regard de défi à Sheila avant de s'adresser à Juan sur un ton vif. Elle parcourut d'un pas rapide les quelques pas la séparant de son mari, se posta derrière lui et posa ses mains sur ses épaules.

Sheila songea à une mère protégeant son enfant, et son cœur s'emplit soudain de pitié pour cette femme qui n'avait que sa fierté pour la soutenir.

Evitant de croiser son regard, Sheila détourna la tête et poussa son cheval en direction du chemin. Presque immédiatement, Juan la rejoignit. Hésitant à parler, Sheila se mordilla la lèvre. Juan le remarqua.

— Elena n'était pas très contente. Elle m'en veut, insista-t-il, comme s'il avait peur que Sheila se fût sentie visée par la colère de la jeune femme. Elle prétend que mon frère ne comprend pas quand je lui parle et que cela ne vaut pas la peine de lui adresser la parole.

— Votre... votre frère ?

— Oui, César est mon frère. Vous ne le saviez pas ? demanda-t-il, étonné.

— Non, répondit-elle, décontenancée par cette découverte. Non, je ne savais pas. (Une autre idée lui traversa l'esprit et, avant même de se rendre compte de ce qu'elle disait, elle ajouta :) Mais Ráfaga et Elena, ils...

La discrétion l'empêcha de continuer. Elle ne put se résigner à dire à haute voix qu'ils avaient été amants.

— C'est fini, maintenant.

Juan avait deviné et lui faisait comprendre que le sujet était clos.

Il semblait d'une telle sensibilité et d'une telle rigueur morale qu'elle n'arrivait pas à croire qu'il ait pu approuver leur liaison.

— Mais c'est votre belle-sœur !

— Elle prend bien soin de César.

Quelque chose dans son regard lui fit comprendre qu'elle s'engageait sur une pente dangereuse, qu'elle s'occupait de ce qui ne la regardait pas.

Irritée par l'attitude de Juan, elle riposta :

— Je ne comprends pas comment vous pouvez rester loyal vis-à-vis de Ráfaga alors qu'il a été l'amant de votre belle-sœur.

— Je n'ai aucun reproche à faire à Ráfaga, répondit-il sur un ton légèrement hostile.

Ils arrivaient devant la maison. Elle le remercia brièvement de l'avoir emmenée en promenade, avant de sauter à terre et de lui tendre les rênes de la jument. L'animal enfouit sa tête dans ses cheveux, au creux de son épaule. Elle la caressa d'une main distraite.

— Désolée, Arriba, pas de sucre aujourd'hui, murmura-t-elle avant de disparaître dans l'obscurité de la maison.

Le soleil s'était couché et Ráfaga n'était toujours pas de retour. Elle allait être tranquille cette nuit-là et sans doute une bonne partie de la journée du lendemain. Elle alluma une lampe, s'assit dans un des fauteuils près de la cheminée et prit un des livres que Laredo lui avait prêtés. Elle lut jusqu'à ce que ses yeux soient trop fatigués pour continuer puis elle alla se coucher. Après deux nuits blanches, elle s'endormit ce soir-là sans aucune peine.

Le bruit de la porte d'entrée la tira de son sommeil. L'écho de pas qui résonnaient dans la maison lui révéla qu'un intrus s'approchait de sa chambre. Péniblement, elle ouvrit les yeux. Son esprit embrumé par le sommeil ne fonctionnait pas très vite. Sensuelle et languissante, elle sourit et se glissa du côté du lit où Ráfaga dormait habituellement. Elle sentit confusément qu'elle aurait dû contrôler cette vague de bonheur qui lui inondait le cœur et le faisait battre à tout rompre.

— Ráfaga, murmura-t-elle lorsqu'une silhouette sombre se découpa dans l'embrasure de la porte.

Pas de réponse. Ses yeux fatigués remarquèrent quelque chose de différent, sans déterminer quoi. Pas de doute, ce n'était pas Ráfaga. L'homme qui se tenait sur le pas de la porte était plus petit, moins élancé que Ráfaga.

Elle s'éveilla alors brusquement, tous les sens en alerte.

— Juan ? Est-ce vous ?

— *Si, Juan,* répondit une voix gutturale.

Mais ce n'était pas Juan. Du moins, pas le Juan fier et doux qu'elle avait quitté quelques heures plus tôt. C'était

Juan Ortega, l'assassin de Brad. Elle étouffa un cri de terreur tandis qu'il entrait dans la pièce et refermait la porte derrière lui. Ce n'était pas le moment de paniquer.

Son cerveau fonctionnait à une vitesse éclair, enregistrant plusieurs faits simultanément. Il avait dû remplacer la sentinelle de l'après-midi ; à moins qu'ils ne fussent complices. Sinon, il n'aurait jamais pu pénétrer dans la maison. Si elle criait, l'autre homme accourrait sans doute. Pour l'instant, la bataille était égale, un contre un, même s'il était nettement plus fort qu'elle.

Personne ne pouvait la sauver. Elle ne pouvait compter que sur elle-même. Couchée nue sous la couverture, elle réalisa tout à coup que le lit n'était peut-être pas le meilleur endroit pour se défendre. Comme il s'approchait, elle se leva d'un bond, enveloppée de la couverture, et se précipita sur la porte. Elle se prit les jambes dans les plis de l'étoffe, ce qui eut pour effet de ralentir sa fuite. Il chercha à la saisir par le bras, mais sa main ne rencontra que la couverture. Bêtement, elle s'y cramponna au lieu de profiter de l'occasion pour s'enfuir en lui laissant la couverture entre les mains. Bientôt, il éclatait d'un rire triomphant, tandis qu'il la serrait à tout rompre contre sa poitrine. De toutes ses forces, elle tenta de le repousser, lâchant la couverture pour éloigner son corps du sien. D'un bras passé autour de sa taille, il la retint fermement contre lui, tandis que, de l'autre, il tâchait de dégager sa poitrine de la couverture. Finalement, il parvint à ses fins, arracha la couverture et la jeta à terre. Sa main s'empara de l'un de ses seins, meurtrissant sa peau douce.

L'odeur fétide de son haleine l'avertit que sa bouche était sur le point de se poser sur la sienne. Elle détourna la tête, frissonnant de dégoût au contact de ces lèvres humides au creux de son épaule. Secouée de sanglots de détresse, Sheila essaya une fois encore de se dégager en le griffant comme une tigresse. Elle réussit à se retourner. Elle sentait à présent sa virilité pressée contre le bas de son dos nu.

Il respirait lourdement, à un rythme accéléré. Sheila faisait tout ce qu'elle pouvait pour éviter son haleine chaude et répugnante qui l'étouffait presque. Elle gesticulait tant et plus, se tordant dans tous les sens, sans toutefois parvenir à échapper au contact des mains tremblantes d'excitation qui descendaient le long de son corps. Elle poussa un cri d'horreur qui lui déchira la gorge lorsqu'il la jeta sur le lit avec force.

Ses mollets heurtèrent le montant du lit, forçant ses jambes à se plier. Bientôt, il l'écrasa de tout son poids. Comme elle se dérobait une fois encore à ses baisers, il mordit son mamelon. Sheila tenta de le repousser en lui tirant sur les cheveux de toutes ses forces. Il se mit à lui caresser le sein sauvagement, jusqu'à ce que la douleur lui fasse lâcher prise.

Tout en continuant à mordre son sein, il lui saisit les hanches à pleines mains pour la forcer à glisser sous lui. Luttant avec la violence du désespoir, Sheila ne réussit pourtant qu'à lui faciliter les choses. Il tenta de se frayer un passage entre ses jambes. Elle chercha à le frapper du genou, mais il était trop lourd.

Lorsqu'elle s'aperçut qu'il cherchait la fermeture de son pantalon d'une main frénétique, son estomac se souleva. Terrorisée, elle le saisit à la taille et tenta désespérément de le repousser.

Soudain, sa main rencontra quelque chose de dur : le manche d'un couteau. Elle n'eut pas le temps de réfléchir ; du bout des doigts, elle s'efforça de le dégager de son fourreau et réussit assez vite. Elle l'empoigna et se mit à frapper dans le dos de l'homme. Au premier coup de lame, il se raidit. Au second coup, il se redressa, se tordant de douleur, incapable de comprendre. Au troisième coup, tout devint clair dans son esprit. Le visage ravagé de douleur et de colère, il grogna comme une bête enragée. Aveuglée par les larmes, elle ne vit pas le poing serré qu'il leva et qui s'abattit bientôt sur sa mâchoire. La violence de la douleur faillit lui faire perdre conscience, mais elle lutta pour ne pas sombrer. Elle devait conserver l'avantage, ou elle était perdue. C'était quitte ou double. Pour rien au monde, elle n'aurait lâché le couteau. Mais elle n'eut plus besoin de s'en servir. Avec des rugissements de fauve, il se releva péniblement et quitta la pièce en chancelant.

Epuisée, incapable de faire le moindre mouvement, secouée de sanglots nerveux, Sheila resta inerte pendant quelques instants. Un torrent de larmes coulait le long de ses joues.

Petit à petit, la douleur qui lui avait coupé le souffle

s'amenuisa. Sa peau commença à la démanger aux endroits où il l'avait touchée.

Avec peine, elle réussit à se tirer du lit. Lentement, elle s'approcha de la table. Elle repoussa la lampe, désirant ardemment rester dans l'obscurité et ne pas avoir à se regarder dans la glace. Elle posa le couteau à côté d'elle. Elle saisit le pichet d'eau et en versa le contenu sur ses épaules pour calmer les brûlures qui lui ravageaient la peau.

L'eau dégoulinait le long de son corps et une flaque se formait petit à petit à ses pieds. Mais peu lui importait. Elle se savonna avec une attention infinie pour tenter d'éliminer le souvenir du contact des mains de l'homme.

Sanglotant toujours, elle se rinça. Mais ces sensations ignobles ne l'avaient pas quittée. Pour tenter une fois encore de les chasser, elle se mit à se frotter avec vigueur. La serviette rugueuse lui rougit la peau. Soudain, elle entendit la porte d'entrée s'ouvrir.

Une vague de haine meurtrière envahit ses veines. La serviette tomba à terre dans la flaque d'eau. A tâtons, elle chercha le couteau et s'en saisit d'une main tremblante de colère. Cette fois-ci, elle allait le tuer. Sur la pointe des pieds, elle se glissa dans le couloir.

CHAPITRE XVI

LA LUEUR JAUNE QUI BRILLAIT dans ses yeux était celle d'une lionne s'apprêtant à bondir sur sa proie. Adossée au mur près de la voûte donnant accès à la salle, Sheila attendit, le souffle court. Immobile, elle écouta le bruit de pas qui se rapprochait tandis qu'une silhouette imposante apparut devant elle.

Elle brandit son couteau, visant la colonne vertébrale, avant de frapper. La lame fendit l'air, mais manqua sa cible. L'homme s'était esquivé au dernier moment. Entraînée dans son élan, elle perdit l'équilibre et laissa tomber un cri de dépit. Une étreinte d'acier se referma sur son poignet et lui tapa la main contre le mur à toute volée. Le choc lui fit lâcher l'arme qu'elle tenait toujours.

— Non, fit-elle dans un souffle rageur.

— Je n'ai certainement pas voyagé toute la nuit pour me faire assassiner en arrivant ! s'exclama une voix familière, légèrement rauque.

— Ráfaga, est-ce vous ? s'écria Sheila, interloquée. (Sa colère s'apaisa aussi rapidement qu'elle était venue.) Vous êtes de retour. Oh, mon Dieu, ce n'est pas possible.

Elle se jeta dans ses bras et sa tête trouva refuge sur son épaule robuste et si réconfortante.

— Je suis heureuse, si heureuse !

Il fit glisser ses sacoches le long de son épaule et les laissa choir sur le sol. C'étaient ces sacoches qui lui donnaient la silhouette d'Ortega. Dans l'obscurité, elle n'avait pas bien vu. Ses bras ne l'enlacèrent pas immédiatement bien qu'elle s'agrippât à lui fermement.

— Sheila...

Elle s'aperçut, au ton de sa voix, qu'il était partagé entre la colère et la confusion. Elle secoua la tête en signe de protestation.

— Prenez-moi dans vos bras. Je vous en supplie. Serrez-moi.

Sa voix trahissait à quel point elle avait besoin de sentir sa force.

Il hésita avant de resserrer les bras autour de sa taille. Ses mains glissèrent le long de son dos avec suffisamment de force pour qu'elle plaque son corps contre le sien. Puis il pencha la tête et enfouit sa bouche dans sa chevelure soyeuse tout ébouriffée.

Au contact de ce corps puissant, l'impression d'horreur que lui avait laissée sa rencontre avec Juan se dissipa peu à peu. Elle pressa ses lèvres contre la poitrine de Ráfaga. Les battements de cœur précipités qui résonnaient près de son oreille semblaient l'encourager à continuer. Elle releva la tête, et imprima de petits baisers affectueux au creux de sa gorge.

La bouche de Ráfaga frôla sa tempe ; elle frémit de désir. Elle déboutonna sa chemise et glissa ses mains sur sa poitrine. Rejetant la tête en arrière, pour examiner son visage, elle écarta les lèvres en signe de muette invitation.

Le regard de Ráfaga se fixa sur sa bouche tremblante et humide de désir.

— Je vous en prie, embrassez-moi, murmura-t-elle.

Ráfaga attendit une seconde, qui lui parut interminable, avant de satisfaire à sa demande. Puis il pencha la tête vers elle et ses lèvres s'écrasèrent sur les siennes avec avidité. Sheila lui rendit son baiser avec une passion infinie. Elle finit de déboutonner sa chemise fébrilement pour sentir ses seins pressés contre sa poitrine.

D'une main experte, il lui caressa les hanches et le dos, redécouvrant les points sensibles qu'il avait appris à connaître. Ses lèvres continuaient à explorer son corps. Accidentellement, il effleura la mâchoire enflée de Sheila. La douleur la transperça. Elle poussa un cri strident et porta la main à sa joue, en rejetant la tête brusquement en arrière. Aussitôt, il posa ses doigts délicats sur sa main.

— Je t'ai fait mal ! s'écria-t-il, étonné.

— Non, je..., essaya-t-elle de protester.

— Laisse-moi voir, lui dit-il doucement.

Sans attendre la réponse, il repoussa sa main pour tâter sa mâchoire tuméfiée. Elle ne put réprimer un sursaut.

— Qu'est-ce que c'est que ça ? Que t'est-il arrivé ?

Malgré l'obscurité, Sheila put distinguer la courbe impitoyable de sa bouche. Des larmes emplirent ses yeux tandis qu'elle commença à lui raconter le sordide épisode qu'elle venait de vivre.

— Il a essayé de me violer et je me suis défendue. Alors, il m'a frappée. Quand vous êtes entré, j'ai cru que c'était lui qui revenait à la charge. C'est la raison pour laquelle j'ai essayé de vous poignarder. J'ai cru que c'était lui. Je voulais le tuer. J'ai voulu le tuer, répéta-t-elle, au bord de la crise de nerfs.

— Qui ?

Ses doigts labouraient sauvagement ses épaules, la secouant sans ménagement.

— Juan, rugit-elle, lâchant toute sa haine accumulée.

La réponse de Ráfaga fut tout aussi explosive.

— Menteuse ! s'exclama-t-il en la repoussant avec tant de violence qu'il l'envoya percuter contre le mur.

Quelques instants plus tôt, elle était tout amour ; à présent, la haine la possédait.

— Si vous ne me croyez pas, demandez-le-lui vous-même, siffla-t-elle entre ses dents. Son dos est lacéré de coups de couteau. Si ce n'est pas une preuve suffisante... !

— Tu répéteras ton accusation en face de lui.

Sa bouche était dure, cruelle.

— Avec plaisir, répondit-elle vivement.

Ráfaga fit volte-face et se dirigea vers la grande salle. La colère raidissait les muscles de son corps et il paraissait encore plus grand, plus puissant. Tremblante, Sheila s'en retourna dans sa chambre en titubant. En entrant dans la pièce, elle se prit les pieds dans la couverture qui traînait à terre. Elle la ramassa et s'en enveloppa. Elle aurait voulu s'étendre sur le lit, fermer les yeux et tâcher d'oublier cet horrible cauchemar, mourir. Elle entendit la voix de Ráfaga lancer des ordres à la sentinelle. La tête haute, elle repartit en direction de la grande salle.

La lampe jetait une lueur mystérieuse au centre de la

pièce. Ráfaga se tenait debout, le dos contre le manteau de la cheminée, les mains croisées dans le dos, les jambes légèrement écartées. Toute son attitude indiquait à quel point il se sentait maître de la situation.

Sheila se souvint de la façon dont elle s'était jetée dans ses bras sans retenue, lui offrant sa bouche et son corps. De tous les hommes, elle avait choisi le pire. Comment un tel être pouvait-il lui apporter la consolation, le réconfort et la compréhension dont elle avait besoin ? Il n'y avait pas une ombre de compassion dans son cœur, c'était évident. Il lui lança un regard d'une intense dureté. Sur la défensive, Sheila releva le menton avec défi, de manière à affronter son regard avec l'arrogance qui s'imposait. Ses yeux se posèrent ensuite sur sa joue. Elle se doutait que sa peau avait dû changer de couleur à cet endroit et que l'enflure devait lui déformer la joue. De nouveau, la douleur s'avivait, une sorte d'élancement qui résonnait dans sa tête et qui lui donnait presque la nausée.

On frappa à la porte.

— Entrez ! cria Ráfaga, d'un ton peu engageant.

Un frisson secoua Sheila. Elle se retourna dès que la porte s'ouvrit, incapable d'affronter le visage repoussant de son agresseur. Les yeux rivés au sol, elle prêta une oreille attentive à la courte conversation qui suivit.

— C'est la *señora* qui souhaitait te parler, annonça Ráfaga sur un ton à la fois calme et lugubre. Elle tourna la tête vers lui pour le dévisager et lui jeter un regard noir, irritée de cette nuance d'incrédulité qu'elle avait perçue dans sa voix.

Elle fit un effort pour pivoter vers la porte, s'arma de courage avant de lever les yeux. Ce fut Laredo qu'elle aperçut le premier, Laredo qui avait froncé les sourcils à la vue de sa joue tuméfiée. Raide, elle considéra ensuite l'homme que Laredo retenait par le bras.

Deux yeux noirs tout ensommeillés répondirent à son regard, avec un air surpris, incertain, cherchant confusément à comprendre. Ceux de Juan, l'homme qui lui avait si gentiment tenu compagnie à plusieurs reprises ces derniers jours. Laredo et lui étaient les deux seules personnes au refuge avec lesquelles elle était parvenue à avoir des rapports presque amicaux.

A présent, elle comprenait pourquoi Ráfaga ne l'avait pas crue.

Ráfaga lança un ordre. Le visage de Laredo se rembrunit. Il lâcha le bras de Juan et recula d'un pas pour soulever sa chemise. Puis il regarda Ráfaga et secoua la tête. Ráfaga s'était approché d'elle.

— Pas trace de blessure, *señora.*

Elle nota dans cette formulation glaciale la mordante accusation qu'elle était une menteuse, et bien pire encore. Il la condamnait un peu vite.

— Pas lui ! s'écria-t-elle. Mais le salaud qui a assassiné mon mari, celui à qui vous m'avez donnée avant de me reprendre. Celui qui a estimé qu'il était temps que vous partagiez avec d'autres le plaisir que peut procurer mon corps. Laredo sait parfaitement de quelle ordure je parle.

Sa colère passée, elle se mit à sangloter sans pouvoir se dominer. Ce n'était plus tant à Ráfaga qu'elle en voulait. Elle se détourna de lui, les épaules voûtées, en proie à une honte et à un sentiment d'avilissement qui l'étouffaient. Des larmes chaudes coulaient sur son visage, lui brûlant les joues. Elle pleurait sans réserve, sans pudeur aucune. Ses genoux n'arrivaient plus à la supporter ; elle chancela. Une poigne ferme la saisit aux épaules.

— Ne me touchez pas ! hurla-t-elle, la voix brisée de sanglots. Salaud !

Ráfaga lança quelques consignes en espagnol, ponctuées de jurons. Il était conscient qu'elle était à deux doigts de l'hystérie. En l'espace de quelques secondes, son corps secoué de sanglots, se contorsionnant dans tous les sens, se retrouva dans une autre paire de bras vigoureux. Sheila sentit confusément un objet dur au contact de ses lèvres, et détourna la tête brutalement.

— Allons, Sheila, bois, lui dit Laredo d'une voix douce et rassurante.

Elle continua néanmoins à se débattre sans parvenir à étouffer ses sanglots.

Finalement, il saisit à pleine main une poignée de cheveux et lui renversa la tête en arrière. Il parvint à lui faire desserrer les lèvres et lui versa de force un peu de liquide dans la bouche. Elle sentit son palais et sa gorge s'enflammer en un instant. S'étranglant à demi, elle repoussa la bouteille en toussant tandis qu'un nouveau flot de larmes emplissait ses yeux.

La douleur s'était légèrement apaisée. L'alcool avait fait son effet : elle paraissait plus calme aussi. Ses sanglots hystériques n'étaient plus que des hoquets occasionnels. Elle appuya la tête contre l'épaule de Laredo, soudain réconfortée par le bras qu'il avait passé autour de sa taille.

Les cils encore mouillés de larmes, elle leva lentement les yeux pour ne rencontrer que le regard froid de Ráfaga. Elle le soutint quelques instants. Puis la porte s'ouvrit, détournant l'attention de Ráfaga.

Le haut-le-cœur qu'elle éprouva fut cette fois-ci justifié. Deux hommes entrèrent, traînant derrière eux un troisième larron. Elle eut un mouvement de répulsion à la vue de l'homme. Un bandage de fortune taché de sang barrait son torse imposant.

A présent Ráfaga ne pouvait plus douter d'elle, pensa-t-elle, en se retournant vers lui. La dureté de ses traits lui donnait un air lointain. A la lueur de la lampe, elle vit quelque chose briller dans sa main. Elle reconnut le couteau d'Ortega, l'arme dont elle s'était servie pour le frapper. D'un pas lent et mesuré, Ráfaga s'approcha de la crapule, que les deux autres tenaient toujours.

Tout à coup, Sheila eut la certitude que Ráfaga allait le tuer. Son sang se glaça dans ses veines. D'une certaine manière, elle aurait voulu voir cet homme mort, mais une partie d'elle-même était horrifiée par cette éventualité.

Lorsque Ráfaga fut tout proche de lui, l'homme parut comprendre tout à coup ce qui se passait. Il se mit à bredouiller en espagnol d'un ton presque plaintif. Sheila jeta un coup d'œil à Ráfaga.

L'atmosphère se fit plus pesante. Tous les regards étaient posés sur elle. Elle porta le sien sur Laredo, qui la dévisagea avec une certaine sérénité teintée de scepticisme. Un frisson glacial lui parcourut le dos.

— Qu'y a-t-il ? demanda-t-elle, prudente. Que dit-il à mon sujet ?

Laredo la regarda un long moment avant de répondre.

— Il dit qu'il était de garde devant la maison et que tu lui as fait signe d'entrer. Il savait pertinemment que c'était interdit, mais il faisait nuit et il a pensé qu'il devait y avoir quelque chose qui ne tournait pas rond.

Sheila secoua la tête furieusement, repoussant le bras de Laredo qui lui entourait toujours les épaules.

— C'est faux ! s'exclama-t-elle enfin avec véhémence.

— Il dit que tu as commencé à lui parler, qu'il ne comprenait pas très bien, mais qu'il a deviné que tu lui demandais de t'aider à quitter le refuge. Et comme il refusait, tu t'es approchée et tu as laissé tomber la couverture à tes pieds avant de l'enlacer. Il dit qu'il a perdu la tête. C'est alors que tu lui as pris son couteau et que tu l'as frappé. Il dit qu'il a cédé au coup de la séduction, qu'il s'est fait piéger, et que s'il ne t'avait pas frappée, tu te serais enfuie.

— Il ment, protesta-t-elle, hors d'elle.

— Il jure par la Sainte Vierge que c'est vrai, répondit Laredo sur un ton monocorde.

— Mais ce n'est pas vrai ! s'exclama-t-elle encore en se tournant vers Ráfaga et en parcourant sans s'en apercevoir les quelques mètres qui les séparaient. Ce n'est pas vrai, répéta-t-elle.

Il était essentiel qu'elle parvienne à convaincre Ráfaga de son innocence. Elle se doutait qu'à ce moment lui et Laredo devaient songer au jour où elle s'était efforcée de soudoyer ce dernier pour qu'il l'aide à s'enfuir. Tenant la couverture d'une main, elle se rapprocha encore de lui et lui passa un bras autour de la taille.

— Il n'y a pas une ombre de vérité dans ses paroles. Il est entré dans notre chambre pendant que je dormais. Il a essayé de me violer. Pourquoi croyez-vous que je vous aie supplié de me prendre dans vos bras et de m'embrasser tout à l'heure ?

Elle vit une lueur briller dans ses yeux, quelque chose d'indistinct qui lui réchauffa le cœur. Instinctivement, il l'entoura de son bras et l'attira à lui. La couverture glissa légèrement, dévoilant l'une des épaules de la jeune femme, sur laquelle les doigts de Ráfaga se refermèrent en une semi-caresse. Mais Juan Ortega s'était remis à parler et Sheila sentit que Ráfaga se raidissait au fur et à mesure que l'homme discourait.

— Qu'a-t-il dit ? s'empressa-t-elle de lui demander, dans l'espoir d'abattre rapidement la barrière qui s'était dressée entre eux.

— Il prétend que tu as essayé de le séduire comme tu

le fais à présent avec moi et que tu l'as étreint comme un serpent, répondit-il.

— Oh ! fit-elle tout en essayant de se dégager de l'emprise de son bras, qui la serrait à présent comme un étau. Très vite, elle cessa de se débattre.

— Tu ne m'impressionnes pas, pas plus que tu ne m'échapperas, lui dit-il sur un ton menaçant avant de s'adresser aux autres en espagnol.

Quand Ráfaga se tut, Laredo et l'autre homme relâchèrent Ortega. La réaction du coupable tenait du soulagement autant que de la peur. Tous quittèrent la pièce. Une fois encore, elle resta seule avec Ráfaga.

Tête baissée, Sheila regarda fixement le sol à ses pieds tandis que ses yeux s'embuaient de larmes.

— Vous l'avez laissé partir. Il est libre ! l'accusa-t-elle d'une voix métamorphosée par la révolte.

— Il a failli à son devoir et sera châtié comme il se doit.

— Et moi ? répliqua-t-elle amèrement. Vais-je être punie, moi aussi, pour avoir failli être violée ?

Il poussa un soupir d'impatience et relâcha son étreinte.

— Il se fait tard, dit-il simplement.

— Je ne suis pas fatiguée, dit-elle, bien que sa voix trahît une grande lassitude, et il n'est pas question que je dorme dans le même lit que vous.

— Sheila..., commença-t-il, irrité.

— Tout à l'heure, c'était *señora,* maintenant, c'est Sheila, l'interrompit-elle, sarcastique. Si vous croyez que ça suffit pour me convaincre de coucher avec vous ce soir..., poursuivit-elle, tremblante de rage.

— J'ai été séparé de toi pendant trois jours, rongé par la crainte de ne pas te retrouver au retour. (Ses narines frémissaient de colère.) Me voilà revenu, et c'est l'enfer. Mais je t'avertis, tu m'appartiens et tu coucheras avec moi, ici ou dans ma chambre, peu m'importe.

— Ne me touchez pas, siffla-t-elle entre ses dents.

Effrayée par la dureté de son regard, elle s'efforça de le toiser sans sourciller.

Sa bouche se tordit en un sourire glacial. Avec un calme délibéré, il commença à se déshabiller, éparpillant ses vêtements dans la pièce. Le cœur de Sheila s'était mis à battre follement, de peur et de désir mêlés. Dans la pâle lumière de la lampe, le corps de Ráfaga luisait comme une statue de bronze.

Lorsqu'il s'approcha d'elle, elle secoua la tête en un signe de protestation muette.

— Etends la couverture par terre, ordonna-t-il.

« Non, non ! » cria une voix en elle, mais elle avait déjà dénoué la couverture. Pourtant, sa complaisance s'arrêta là, et elle laissa tomber la couverture à ses pieds, en un petit monticule. Ráfaga la parcourut du regard ; une lueur mêlant insolence et admiration brillait dans ses yeux.

Il la saisit à la hauteur de la cambrure des reins, et plaqua son corps contre le sien, sans qu'elle puisse l'en empêcher. De la main droite, il lui inclina la tête en arrière et lui prit les lèvres sans la moindre douceur. Ce fut un baiser brutal, dur, impitoyable. Choquée par son manque de passion, Sheila essaya de résister, mais ses bras la maintenaient fermement contre son corps. Elle ne pouvait se soustraire à ce contact douloureux de ses lèvres sur les siennes.

Avec une sensualité dangereuse et cruelle, il la serra contre lui, écrasant ses seins contre sa poitrine. De ses mains puissantes, il pressa ses hanches contre les siennes, lui courbant l'échine, jusqu'à ce que ses épaules touchent terre.

Plus tard, Ráfaga la porta dans la chambre. Meurtrie et encore secouée par la bestialité avec laquelle il l'avait prise, elle le laissa la mettre au lit sans dire un mot. Elle ne savait pas à quel point son regard avait été transformé par le cauchemar qu'elle avait vécu. Elle promenait des yeux mornes de chien battu.

Ráfaga, lui, s'en aperçut lorsqu'il se pencha sur elle. Il se leva et alla allumer la lampe. Sheila protégea ses yeux du revers de la main. Elle l'entendit quitter la pièce. Il revint bientôt, portant la couverture qu'il posa sur elle.

— Pourquoi est-ce qu'il y a de l'eau par terre ? demanda-t-il un peu sèchement.

Encore sous l'effet de leur brutale intimité, Sheila mit quelques secondes à comprendre la question. Elle fronça les sourcils.

— C'était... c'était pour me laver, se rappela-t-elle finalement. (Elle le vit ramasser le broc.) Il est vide, ajouta-t-elle. J'ai tout utilisé.

— Pourquoi ?

— Pour des raisons évidentes. (Elle passa une main tremblante dans ses cheveux, se rappelant avec effroi ce qui s'était passé.) Je me sentais souillée par lui, fit-elle, incapable de prononcer le nom de son agresseur. Il fallait que je me lave, que je fasse disparaître les traces de ses mains sur ma peau. Oh ! je ne vous demande pas de me comprendre, ni même d'imaginer ce que cela peut être.

Elle se tourna contre le mur et plaça son poing contre sa bouche pour essayer de faire disparaître la boule qui lui nouait la gorge. Ráfaga s'était rapproché du lit et elle ferma les yeux.

— Voilà, dit-il simplement.

Elle rouvrit un œil et l'observa à la dérobée. Il lui tendit ses sacoches. Elle le dévisagea quelques instants, des larmes plein les yeux.

— Qu'est-ce que c'est ? demanda-t-elle d'une voix faible.

Il posa les sacoches sur le lit et retourna vers la commode.

— Je t'ai acheté des habits puisque tu ne veux pas porter ceux d'Elena.

Sheila demeurait incrédule. Elle détacha les courroies des sacoches et en déversa le contenu sur le lit. A la vue du tas de vêtements multicolores, elle redressa la tête, troublée. Il y avait là un jeans, une robe et au moins une autre paire de pantalons, ainsi que plusieurs chemisiers. Dans le tas, elle prit un chemisier de soie couleur airelle pour l'examiner plus à son aise.

— J'ai pensé que cela irait bien avec tes cheveux, marmonna Ráfaga.

Sheila se tourna vers lui et son regard se perdit quelques instants dans ses yeux sombres. Même lorsqu'il était à l'autre bout de la pièce, il exerçait une sorte de fascination à laquelle elle avait toujours du mal à se soustraire. Elle réussit finalement à détourner les yeux.

— D'où viennent-ils ? demanda-t-elle en jetant un coup d'œil sur le tas de vêtements amoncelés sur le lit. Ne me dites pas que vous avez fait une descente dans un grand magasin !

— Je les ai *achetés,* répondit-il en insistant sur ce mot.

— Pourquoi ? lança-t-elle avec défi.

— Parce que tu avais besoin de vêtements. Tu me l'as répété assez souvent.

— Ne serait-ce pas plutôt pour me faire accepter ma captivité plus facilement ? Pour m'amadouer ? Parce que, si c'est le cas, inutile de vous faire des illusions. Ça ne marche pas. De toute façon, il est évident que vous préféreriez que je ne porte rien du tout. Comme ça, si vous êtes brusquement pris du désir d'assouvir vos passions, vous perdez moins de temps. (Du revers de la main, elle balaya le tas de vêtements, qui tombèrent pêle-mêle sur le sol.) Je ne voudrais surtout pas vous décevoir, maître, acheva-t-elle sur un ton plein de sarcasme.

— Tu n'en veux pas ? Tu les refuses ? s'exclama-t-il en la foudroyant du regard.

— Vous comprendriez peut-être mieux si je vous les envoyais à la figure ? (Elle vit ses lèvres s'amincir.) Ce n'est pas la peine d'essayer de me faire croire que vous êtes attentionné. Si vous l'étiez, il y a longtemps que vous m'auriez laissée partir d'ici.

Il lui tourna le dos, les deux poings serrés.

— Tu hais cet endroit, n'est-ce pas ? demanda-t-il d'une voix dénuée d'émotion.

— Haïr ? (Elle eut un rire bref.) C'est étrange que vous utilisiez ce mot, étant donné qu'il y a un quart d'heure vous me faisiez non pas l'amour, mais la haine.

— C'est vrai. Je t'ai prise dans un accès de colère.

— Pourquoi ? Vous vouliez finir la tâche sordide que Juan avait commencée ? C'est lui que je fuyais. Pas vous, que je sache. Le jour même où vous êtes parti, je l'ai observé à son insu et j'ai su qu'il attendrait le moindre faux pas, la moindre tentative de fuite de ma part pour profiter de l'occasion. J'ai pensé que je ne risquais rien si je suivais vos ordres, en me cantonnant à l'intérieur de la maison, et si je ne sortais qu'en compagnie de Juan. J'ai pensé que les promesses qu'ils vous avaient faites avant votre départ me protégeraient, mais cela n'a pas été le cas. Quand je songe à la façon dont je suis tombée dans vos bras à votre retour, ça me rend malade. Même avec vous, je ne suis pas à l'abri de la brutalité et de la cruauté. Vous me l'avez prouvé en m'insultant et en me violant.

Le lit grinça sous son poids lorsqu'il s'étendit à côté d'elle. Sheila tenta de se dérober à son contact, mais il lui saisit les poignets et les lui immobilisa au-dessus de la tête. Impuissante, elle abandonna la lutte, attendant, lasse, qu'il profite de la situation, comme à son habitude.

— Je n'ai pas douté un seul instant que Juan ait essayé de te violer, fit-il, laconique. Ni que tu te sois emparée de son couteau pour te défendre.

— Pourquoi l'avoir écouté ?

— Parce que je pense aussi que tu as très bien pu le faire entrer dans la maison pour essayer de le séduire. Tu savais que ce soir c'était ta dernière chance de t'enfuir avant mon retour. Et je sais pertinemment que tu es prête à te donner sans hésitation à celui qui t'aidera à partir d'ici. Ça n'aurait pas été la première fois, d'ailleurs... Laredo ne me contredira pas.

Sheila secoua la tête.

— Je pense que tu lui as offert ce marché, en pensant pouvoir le contrôler par la suite. Mais, malheureusement pour toi, le sort en avait décidé autrement.

— Ce n'est pas vrai, je le jure. Ce n'est pas vrai, protesta-t-elle.

— Il y a quelques minutes, tu m'as encore dit que tu voulais être libre. Je suis convaincu que tu es prête à tout pour retrouver la liberté, reprit-il sur un ton glacial. Tu n'as fait là que confirmer ce que j'ai toujours su. Peut-être avez-vous tous deux admis une partie de la vérité ? Quoi qu'il en soit, je ne pouvais tuer Juan Ortega. Comment pourrais-je lui en vouloir de te désirer puisque c'est mon cas, à moi aussi ? Le tuer, ce serait me tuer en quelque sorte.

La chaleur humide de son haleine lui effleura la joue, puis ses lèvres se posèrent sur les siennes. Elle se raidit face à ce nouvel assaut et essaya de se débattre, mais il la dominait tant qu'il n'eut aucune peine à prolonger son baiser.

— Non ! protesta-t-elle.

Pour toute réponse, il s'étendit sur elle de tout son poids. Elle détourna la tête pour essayer d'esquiver le contact de ses lèvres sur les siennes.

— Je vais te dire pourquoi j'ai été brutal avec toi tout à l'heure, dit-il d'une voix étouffée, tandis que sa bouche explorait la courbe de son cou. Je savais que Juan avait raison de dire que tu l'avais ensorcelé. Car tu es une ensorceleuse, ma jolie. Pendant trois jours, tu m'as hanté, petite tigresse. J'ai été incapable de te chasser de mon esprit. La nuit, je n'avais en tête que le souvenir de ton corps.

Ses dents lui mordirent doucement le lobe de l'oreille. Elle frissonna. Sheila songea qu'il lui faisait penser à un gant de velours sur une main de fer. De nouveau, il lui ordonna de faire l'amour avec lui.

— Tu m'as ensorcelé, ma tigresse, répéta-t-il. Je te veux, je ne veux que toi, murmura-t-il encore. Maintenant, c'est mon tour. Tu vas me désirer à en mourir. Ce n'est que justice !

CHAPITRE XVII

UN ETRANGE SILENCE EMPLISsait la maison. Debout devant la fenêtre de la grande pièce, Sheila regardait au loin. Elle jeta un coup d'œil par-dessus son épaule et s'aperçut que Consuelo était partie sans lui dire gentiment « *buenos dias !* », comme à son habitude. Cette atmosphère pesante avait dû l'affecter, elle aussi.

Du bout des doigts, elle toucha le tissu de son chemisier. Froidement, Ráfaga lui avait ordonné le matin de mettre les vêtements qu'il lui avait apportés, les seuls mots qu'il ait prononcés avant de quitter la chambre.

Son attitude nettement indifférente de la matinée contrastait bizarrement avec l'attention qu'il lui avait accordée la veille au soir. Peut-être l'ensorcelait-elle sexuellement, mais c'était visiblement le seul pouvoir qu'elle avait sur lui.

En définitive, elle avait plutôt l'impression de n'avoir aucune emprise sur lui. Quant à elle, elle oscillait constamment entre l'amour et la haine chaque fois qu'il se trouvait en sa présence, comme un baromètre déréglé. Elle se demandait combien de temps encore ces deux émotions allaient s'affronter ainsi en elle avant que l'une prenne le dessus.

Un galop de cheval la tira de ses réflexions. Elle regarda par la fenêtre et vit Juan-le-gentil arriver devant la maison, tenant les rênes de la jument rouanne et du cheval bai de Ráfaga. Une sensation de brûlure sur la nuque la prévint de la présence de Ráfaga. Elle pivota sur ses talons. Il était là, debout au milieu de la pièce. Il avait dû rentrer sur la pointe des pieds, comme un animal à l'affût. Elle sentit monter en elle une vague de désir lorsque leurs regards se croisèrent.

— Juan est ici avec les chevaux, dit-elle sur un ton qu'elle eût souhaité plus naturel et plus calme. Je suppose que nous partons en promenade.

— Non.

— Alors, pourquoi ?

— C'est l'heure du châtiment d'Ortega. En plein midi, le soleil est chaud et j'ai pensé que tu préférerais y aller à cheval plutôt que d'avoir à marcher jusque-là. (Une lueur sardonique brilla dans ses yeux, et il ajouta :) Tu souhaites assister à la scène, je suppose.

— Je...

Elle hésita. Elle ne savait pas trop ce qu'elle voulait, mais elle souhaitait ardemment chasser de son esprit le souvenir de l'agression de l'homme qui avait tué Brad.

— Tu mourais d'envie de lui planter un couteau dans le dos la nuit dernière. Quand j'ai voulu le tuer, tu n'as rien dit. Aurais-tu des faiblesses avec le lever du soleil ?

Sheila devina qu'en fait Ráfaga l'accusait d'avoir invité Ortega dans la maison sans s'être rendu compte des conséquences. Il lui avait fait comprendre que son hésitation venait de ce qu'elle était aussi responsable que Juan, puisque c'était elle qui l'avait fait entrer.

— Non ! riposta-t-elle avec véhémence. Je me réjouis d'assister à son châtiment, ajouta-t-elle.

Il eut un hochement de tête pour montrer qu'il acceptait sa décision.

Sheila le précéda à la porte. Un Juan silencieux au visage solennel lui tendit les rênes d'Arriba. Ráfaga la saisit par le coude pour l'aider à monter en selle. Elle se dégagea, repoussant son offre avec dédain.

Une fois en selle, elle s'aperçut que Juan avait les yeux fixés sur la marque violette qui défigurait son visage. Elle s'était regardée dans la glace et savait combien c'était laid.

— La *señora* se sent bien ? lui demanda Juan avec gentillesse, l'air préoccupé.

— Très bien, répondit-elle d'un ton beaucoup plus sec qu'elle ne l'aurait voulu.

Elle serra les dents et une douleur aiguë lui déchira la joue. Elle fit faire demi-tour à sa jument et prit la direction du groupe de maisons. Elle connaissait le chemin. Du coin de l'œil, elle vit Ráfaga la rejoindre et se mettre à sa hauteur, mais elle fit mine de ne pas s'en être aperçu. Elle ne désirait ni lui parler ni le voir. Pas le moindre signe de vie dans le hameau. Lorsqu'ils arrivèrent à proximité de leur lieu de destination, elle comprit pourquoi. Tous les habitants du refuge s'étaient regroupés autour du petit vallon, hommes, femmes et enfants. Malgré la foule, le silence était presque complet. Seuls quelques enfants s'amusaient à se bousculer, sans doute parce qu'à la différence des adultes, ils ne savaient pas ce qui était sur le point de se produire.

Arrivée sur les lieux, Sheila mit pied à terre ; Ráfaga fit de même. Immédiatement, ils devinrent le centre d'attention. Toutes les têtes se tournèrent vers eux et le silence s'appesantit encore davantage. Au centre du vallon, se tenait Laredo en compagnie de deux autres hommes tout près des deux poteaux. Lorsqu'il l'aperçut, il tressaillit. Il quitta les deux hommes et s'approcha d'eux à grandes enjambées.

— Que diable fait-elle ici ? demanda-t-il à Ráfaga dès qu'il fut assez proche d'eux pour être entendu.

Il avait l'air furieux.

Ráfaga ne cilla pas.

— Mme Townsend désirait venir.

Sheila blêmit en l'entendant l'appeler ainsi. De Sheila, il était passé à *señora,* et maintenant, c'était Mme Townsend. S'il avait voulu prouver que leurs relations étaient purement sexuelles, il ne s'y serait pas pris autrement.

— Elle n'a rien à faire ici, insista Laredo. Il n'y a aucune raison pour qu'elle assiste à ça. Laisse-la partir, Ráfaga.

— Ce n'est pas moi qui lui ai dit de venir, répondit Ráfaga avec froideur. Elle fait ce qu'elle veut. Si elle veut partir, qu'elle parte.

Laredo se tourna alors vers Sheila.

— Pour l'amour du ciel, Sheila, va-t'en. Tu ne veux pas voir cela ? Je vais dire à Juan qu'il te raccompagne.

— Vous oubliez que j'ai de bonnes raisons de le voir punir, Laredo.

Il soupira et hocha la tête, exaspéré.

— Tu es soit trop bête pour comprendre, soit trop têtue.

Il la regarda intensément pendant quelques secondes.

Une étrange lueur brillait dans ses yeux bleus. Puis il pivota sur ses talons et commença à dévaler la pente.

Ráfaga lui lança un ordre bref. Laredo s'arrêta, revint sur ses pas, prit les rênes du cheval bai, pendant que Ráfaga descendait de cheval. Ráfaga s'éloigna sans regarder Sheila. Elle remarqua pourtant le sourire railleur qui planait sur ses lèvres. L'attention générale se tourna vers le centre du vallon. Entre-temps, son agresseur avait été amené sur place. Chacun des deux hommes le tenait fermement par le bras. Elle vit combien il était pâle, malgré son teint hâlé. Il jetait sans cesse des coups d'œil nerveux aux deux poteaux. Sheila pouvait presque voir des gouttes de sueur perler sur son front. Il se tenait immobile, bien droit, mais elle avait le sentiment qu'il était sur le point de s'effondrer. Une onde de répulsion la traversa, mais, à présent, l'homme ne lui faisait plus peur.

Bientôt, elle comprit que tout le monde attendait un signe de Ráfaga. Tous les regards s'étaient tournés vers lui. Elle jeta un coup d'œil dans sa direction. Il se tenait à quelques mètres d'elle, le dos tourné. Comme s'il avait senti qu'elle le regardait, comme s'il avait attendu cet instant, il commença à parler au moment où ses yeux se posèrent sur lui. Il s'exprima calmement, d'une voix grave. Tous l'écoutaient en silence. Laredo tenait toujours les rênes du cheval bai. Elle se pencha dans sa direction, sans quitter Ráfaga des yeux.

— Que dit-il ? demanda-t-elle.

Laredo tourna légèrement la tête vers elle, se mettant de profil de manière à garder également son attention sur l'homme qui parlait.

— Il explique pourquoi Ortega doit être puni, murmura-t-il, laconique.

Quand Ráfaga eut fini ses explications, elle embrassa du regard la foule groupée en cercle autour du lieu de supplice. Ils jetaient des coups d'œil à droite et à gauche, comme s'ils attendaient encore quelque chose.

— Que se passe-t-il ? demanda-t-elle de nouveau à Laredo.

— Si quelqu'un n'est pas d'accord, il peut intervenir maintenant et plaider en faveur de Juan Ortega.

— Comme c'est démocratique ! railla-t-elle.

Pour toute réponse, Laredo lui jeta un regard noir. Sur un signe de Ráfaga, les deux hommes amenèrent le coupable près des poteaux. Ils lui attachèrent les bras de part et d'autre puis déchirèrent sa chemise, lui mettant ainsi le dos à nu.

Un mouvement près des poteaux attira l'attention de Sheila. Elle écarquilla les yeux à la vue d'un fouet négligemment enroulé dans la main d'un des deux hommes. Comme envoûtée, elle vit l'homme dérouler le fouet et l'agiter sur le sol devant lui comme un serpent. Puis il leva le bras. Le fouet cingla l'air et s'abattit avec un claquement sec. Une fine marque rouge apparut sur le dos, une longue raie droite à mi-chemin entre les omoplates et le bandage.

Juan se tordit convulsivement en poussant un cri de douleur. A nouveau, le fouet claqua et une autre marque rouge apparut sur son dos, puis une autre et une autre encore. Bientôt son dos ne fut plus qu'une plaie sanglante. Hypnotisée par l'atrocité de la scène, Sheila regardait, bouche bée, tandis que les cris de l'homme déchiraient l'air. Bientôt il se tut et s'effondra sur les genoux, les bras retenus par les poteaux. Quelques instants plus tard, le fouet cessa son mouvement infernal. Un des hommes s'approcha des poteaux, un couteau à la main. D'un geste vif, il coupa les cordes qui empêchaient le corps de s'affaler sur le sol. Juan se releva péniblement, vacilla et s'écroula inerte sur le sol.

Attirée par une force magnétique, irrésistible, Sheila porta son regard sur Ráfaga. Il la dévisageait, impassible. Son estomac se souleva. Elle sentit qu'elle allait être malade.

Avec une rudesse inhabituelle, elle tira sur les rênes. La jument se cabra à demi, en réaction à la douleur que lui avait causée le mors. Elle lui fit faire demi-tour puis lui talonna les flancs avec une vigueur telle que la bête faillit la désarçonner. Elle partit au galop.

Dès qu'elle fut arrivée au petit bois, Sheila sauta à terre avant même que la jument se fût arrêtée. Elle tomba à genoux et vomit. Longtemps après, elle se releva, les jambes flageolantes, le visage couvert d'une sueur froide.

Elle n'eut pas la force de remonter en selle. S'agrippant à la selle pour ne pas tomber, elle marcha aux côtés du cheval dans la direction de la maison.

« Il faut que je parte d'ici, il faut que je parte d'ici »,

se répétait-elle inlassablement. Les mots lui martelaient l'esprit. Le désespoir l'envahissait peu à peu.

Bientôt, elle aperçut devant elle l'étang qui étincelait au soleil de midi. Arrivée au bord de l'eau, elle tomba à genoux. Ses jambes ne la portaient plus. Elle voulait se rafraîchir le visage mais ses mains tremblaient tant qu'elle n'essaya même pas. Soudain elle eut conscience de la présence de quelqu'un derrière elle. Elle se retourna au moment où Ráfaga se penchait sur elle. Avant qu'elle ait eu le temps d'esquiver son geste, il pressa un tissu mouillé sur son visage, essuyant les gouttes de sueur qui perlaient sur son front. La fraîcheur de ce contact lui fit du bien. Elle ferma les yeux quelques instants. Peu lui importait qui lui apportait ce réconfort.

— Tu n'as pas eu autant de plaisir que tu croyais à le voir punir, hein ? dit-il doucement en trempant le tissu dans l'eau fraîche avant de le lui poser sur la nuque.

— C'était barbare et inhumain, marmonna-t-elle, et elle frissonna au souvenir du dos lacéré de Juan.

— Tout châtiment est inhumain, répondit-il avec dans la voix une pointe de tristesse. Que faire d'autre ?

— Je ne sais pas, bredouilla-t-elle.

— Si tu trouvais un châtiment qui soit humain, tu résoudrais un grave problème pour l'humanité.

Il posa à nouveau le tissu mouillé sur sa nuque et le laissa en place. Puis il la prit par les épaules pour l'aider à se remettre debout. Lorsqu'elle ouvrit les yeux, il plongea son regard énigmatique dans le sien.

— Il aurait mieux valu que tu ne viennes pas, lui dit-il à voix basse.

Si seulement elle avait su ! Mais il était trop tard, à présent. Encore faible, Sheila vacilla quand elle essaya de marcher. Elle n'eut même pas la force de protester lorsqu'il la souleva dans ses bras pour la ramener à la maison.

La scène de la flagellation la hanta pendant des jours et des jours. Une nuit, elle eut un cauchemar. Ráfaga la prit dans ses bras et la réconforta comme un enfant, la serrant contre lui, lui caressant le front jusqu'à ce qu'elle cesse de trembler. La journée, elle s'abîmait dans ses pensées, considérant la vie, ses valeurs, ses contradictions.

A chaque instant, une petite voix intérieure lui répétait « Il faut que tu partes d'ici, il faut que tu partes d'ici », comme si elle avait l'intuition d'un danger inconnu.

Une bonne semaine plus tard, par un bel et chaud après-midi de printemps, Ráfaga et Sheila partirent faire leur promenade quotidienne. A sa grande surprise, Ráfaga l'entraîna cette fois vers le sentier en pente qui menait hors du canyon. Ils s'engagèrent dans la passe et quand ils en émergèrent, ils prirent une piste à angle droit, assez mal tracée. Sheila relâcha un peu les rênes pour laisser Arriba choisir son propre chemin dans les broussailles. La piste était très à pic, et ils n'avançaient pas très vite.

Ils débouchèrent bientôt sur un étroit plateau rocheux, piqué d'arbres épars et rabougris. Elle mit pied à terre en même temps que Ráfaga. Celui-ci dessangla légèrement son cheval pour le laisser respirer après cette ascension. Elle l'imita. Puis elle s'approcha lentement du bord pour y rejoindre son compagnon.

Le panorama était magnifique : le plateau dominait tout le canyon et devant eux, vers le nord, s'étalaient les majestueux pics montagneux de la Sierra Madre. Un peu étourdie par l'altitude, Sheila s'assit sur un rocher plat.

Longtemps, elle admira la vue. Puis ses pensées se reportèrent sur Ráfaga dont la présence avait toujours quelque chose d'obsédant pour elle. Il se tenait debout, très droit, au bord du plateau. Son ample poncho masquait sa large carrure et sa silhouette élancée.

L'attention de Sheila se porta sur son profil, son chapeau enfoncé couvrant une épaisse chevelure noir de jais, ses yeux sombres au regard lointain, son teint hâlé, ses hautes pommettes, cette mâchoire volontaire, le sillon profond qui creusait ses joues et qui accentuait la noblesse de son nez et la ligne masculine de ses lèvres. Il était d'une virilité presque agressive, indomptable, extraordinairement sûre d'elle-même. Petit à petit, elle en vint à se demander comment il était devenu ainsi.

— Qui êtes-vous, Ráfaga ? lui demanda-t-elle, la tête légèrement penchée.

Il se retourna lentement, les sourcils froncés, l'air surpris, comme s'il avait oublié sa présence. Il soutint son regard pendant une longue minute.

— Un homme, répondit-il simplement.

Interloquée, Sheila songea qu'elle ne connaissait personne qui lui eût donné une telle réponse. Tous ceux qu'elle avait fréquentés se définissaient par leur métier, par ce qu'ils faisaient, par leur réussite, par leur succès, de manière à se rendre intéressants. Pas Ráfaga.

— Mais qui êtes-vous vraiment ? D'où venez-vous ? Quel est votre véritable nom ? Qu'avez-vous fait dans le passé ? Pourquoi êtes-vous ici ?

Toutes ces questions semblèrent l'amuser. Il esquissa un sourire malicieux.

— Quelles histoires t'ont racontées les autres à mon sujet ?

— Les autres ? Vous voulez dire Juan et Laredo ? Ils m'ont raconté des tas d'histoires toutes différentes les unes des autres. Avez-vous jamais été en prison ?

— Oui.

— Pourquoi ?

— Parce que j'ai commis un crime. C'est la raison pour laquelle on met les gens en prison, en général.

Il eut un autre sourire.

— Quel crime ?

— Est-ce vraiment important ? rétorqua-t-il. J'en ai commis suffisamment, depuis, pour rendre le premier insignifiant.

Sheila comprit qu'il était inutile d'insister. Il ne dirait rien et il était beaucoup trop rusé pour se laisser piéger.

— Et vous vous êtes évadé ? demanda-t-elle pour changer de sujet.

— Oui.

— Pourquoi ?

— Si tu avais été en prison, tu ne me poserais pas cette question, répondit-il en l'observant, impassible. Etre enfermé comme un animal dans une cage est une torture aussi violente que la flagellation. Surtout lorsque ceux que l'on aime doivent supporter la honte de ce châtiment. C'est encore pire si ni toi ni ta famille n'avez suffisamment d'argent pour soudoyer les geôliers. Dans ce cas, tu vis vraiment comme un animal. Les choses se sont un peu améliorées, mais...

Il haussa les épaules en un geste évocateur, sans finir sa phrase.

L'expression « ceux que vous aimez » avait mis la puce à l'oreille de Sheila.

— Vous avez donc une famille ? Des frères et sœurs ?

— J'avais une famille, répondit-il brièvement en se retournant vers les chaînes de montagne.

— Vous aviez une famille ? Que s'est-il passé ? Sont-ils morts ?

— Pour moi, ils le sont, dit-il enfin d'une voix dénuée de toute émotion. Je ne peux les revoir sans souiller leur réputation à cause de ce que je suis devenu.

— Ils vous manquent, murmura-t-elle, sans se rendre compte qu'elle avait exprimé sa pensée à haute voix.

— Je ne les connais plus. Ils ne me connaissent plus, non plus.

Ils se regardèrent longuement.

— On ne peut pas revenir sur le passé. On ne peut effacer les fautes commises. Seul un fou essaierait.

— Comment êtes-vous devenu... ce que vous êtes ? Un...

Elle cherchait le terme exact. Les mots « bandit » ou « hors-la-loi » ne convenaient pas, sans qu'elle sût l'expliquer. Mais ils n'étaient pas tout à fait inexacts non plus.

— Un... mercenaire, finit-elle par dire, bien que ce choix ne la contentât pas vraiment.

— Un hasard, un caprice du sort. Un des hommes qui s'étaient échappés avec moi avait laissé un ami en prison. Il voulait retourner le chercher : il m'a offert une petite somme d'argent si j'acceptais de l'aider. Je n'avais pas un sou à l'époque et je ne voulais pas prendre le risque de retourner dans ma famille. Je n'avais donc que trois solutions : mourir de faim, voler ou l'aider.

— Si vous pouviez remonter le temps, feriez-vous le même choix ?

— *Quien sabe ?* De toute façon, la vie ne nous permet pas de revenir en arrière pour réparer les erreurs et changer de voie. Le présent peut changer l'avenir, mais pas le passé.

Il revint sur ses pas et s'assit sur ses talons à quelques mètres de Sheila. De la poche de sa chemise, sous son poncho, il extirpa un long cigare brun. Il le glissa entre ses lèvres et craqua une allumette contre un rocher. Protégeant la flamme de ses deux mains en coupe il alluma son cigare. Bientôt, une odeur de tabac un peu âcre lui chatouilla les narines.

— Etes-vous, avez-vous été un révolutionnaire ? demanda-t-elle encore.

Il la dévisagea, les yeux brillants.

— Tous les Mexicains sont des révolutionnaires. On entend toujours les gens crier « *Viva la revolución* » à tue-tête dans les rues quand il y a la fiesta. Ici, c'est la même chose que dans ton pays. Une fois que le premier coup de feu a été tiré au nom de la liberté, la lutte est engagée à jamais.

Il marqua une pause, tira une bouffée de son cigare et exhala un mince filet de fumée. Puis il prit le cigare entre ses doigts et le roula en l'examinant attentivement comme s'il captivait toute son attention. Sachant qu'il réfléchissait à sa première question avant de répondre, Sheila resta silencieuse.

— Peut-être suis-je venu me cacher dans la sierra dans l'espoir de mettre mon énergie au service de la justice, pour redresser les torts. Oui, telle était sans doute mon ambition, ajouta-t-il, songeur.

— Qu'en est-il advenu ? s'empressa-t-elle de demander d'une voix calme.

Elle avait perçu une nuance de dérision, de cynisme, comme s'il se moquait de lui-même.

— Une vision lointaine, peut-être. Vous avez une expression dans votre langue..., à propos de la forêt et des arbres.

— « Un arbre peut cacher la forêt », précisa-t-elle avec un sourire.

— Oui, c'est cela, répondit-il. Je me suis aperçu que la liberté ne se gagnait pas avec un fusil braqué. J'ai appris ce que des hommes plus sages ont toujours su : qu'un changement durable ne se fait pas en l'espace d'un jour.

— Et le Mexique ?

— L'évolution se fait lentement. (Il esquissa un sourire.) Mais nous sommes nombreux à joindre nos efforts pour un résultat encore médiocre. Tout le monde va encore noyer ses frustrations dans la *cantina* la plus proche, tandis que les femmes vont prier à l'église.

L'accent légèrement méprisant de sa voix la contraignit à lui demander :

— Vous ne croyez pas en Dieu ?

— Je crois qu'il y a un Dieu, reconnut-il. Mais je ne crois pas que ce Dieu soit responsable de la façon dont nous menons notre vie. Nous choisissons nous-mêmes notre chemin.

Sur ces paroles, il se releva et s'approcha à nouveau du bord du plateau. La fumée de son cigare s'élevait en spirales fines et grises dans le ciel, puis le vent l'emportait. Il semblait totalement absorbé dans ses pensées. Même s'il n'avait pas répondu directement à ses questions, il lui avait confié certaines de ses convictions les plus profondes. Mais à présent, il redevenait distant, il se refermait dans son monde.

— Il y a encore une question que je voudrais vous poser, lui dit-elle d'une voix douce mais déterminée.

— Qu'est-ce que c'est ?

— Quand allez-vous me laisser partir ?

Elle l'observait du coin de l'œil avec attention, mais elle ne vit aucune trace d'émotion sur son visage au masque imperturbable. Sans lui répondre, il se dirigea vers les chevaux, qui broutaient avec délice les hautes herbes qui poussaient, têtues, sur le plateau rocailleux.

— Si ton interrogatoire est terminé, lui dit-il en écrasant son cigare sous son talon, partons. Il est temps de rentrer.

Il saisit les rênes et entraîna les chevaux vers l'endroit où Sheila était assise. Une lueur de détermination farouche brillait dans ses yeux : elle n'allait pas le laisser éluder la question aussi facilement.

— Il s'est écoulé beaucoup de temps. L'argent a dû être versé. Pourquoi ne pas me laisser partir ?

— Nous n'avons rien reçu, répondit-il laconiquement en lui tendant les rênes.

— Je ne vous crois pas. Mon père pouvait payer pour ainsi dire n'importe quelle somme. Combien lui avez-vous demandé ? ajouta-t-elle en lui prenant inconsciemment les rênes de la main.

Ráfaga fit un pas de côté pour se rapprocher de son cheval. Il lui passa les rênes par-dessus la tête et leva l'étrier pour resserrer la sangle. Sheila le prit par le bras, ses doigts s'agrippant au tissu de son poncho.

— Combien ? répéta-t-elle d'une voix tremblante.

Il se retourna vers elle, ses yeux mi-clos reflétant l'image de Sheila mais ne laissant deviner aucune de ses pensées.

— Nous n'avons pas demandé d'argent.

Sans relâcher l'étreinte de sa main sur son bras musclé, elle rejeta la tête en arrière. Sa gorge se serra et elle avala sa salive avec difficulté.

— Que voulez-vous dire ?

— Exactement ce que je viens de dire, répondit-il, placide. Aucune demande n'a été faite auprès de tes parents.

— Mais... pourquoi ?

Sidérée, elle passa la main sur son visage, devant ses yeux, comme pour clarifier sa pensée.

Lentement, il fit le tour de la jument de Sheila et se mit en devoir de resserrer sa sangle. Il passa outre à sa stupeur, faisant semblant de n'avoir rien remarqué. Non, en réalité, il ne faisait même pas semblant. Il avait parfaitement bien entendu ; il ne prétendait même pas ne pas avoir entendu. Il était déterminé à ne pas répondre. Un point, c'était tout.

— Vous n'avez absolument pas l'intention de me laisser partir d'ici, dit-elle, la gorge serrée.

Les mains de Ráfaga lui encerclèrent la taille. Elle était trop absorbée dans ses pensées pour réagir lorsqu'il la souleva pour la mettre en selle. Il passa les rênes par-dessus la tête de la jument et les posa sur l'encolure de la bête. Elle le suivit des yeux lorsqu'il se dirigea vers son propre cheval, et le regarda distraitement l'enfourcher sans effort.

— Je ne bougerai pas d'ici avant que vous m'ayez répondu, avertit-elle, tournant la tête de la jument dans la direction opposée au chemin.

Il fit faire demi-tour à sa monture et la fit avancer à côté de la jument de Sheila jusqu'à ce que leurs jambes se touchent presque. Il tourna ensuite son visage impassible vers Sheila qui le considérait, les traits bouleversés par l'inquiétude.

— Tu resteras, lui dit-il d'un ton vif, puis il marqua une pause avant d'ajouter : Encore quelque temps.

— Combien de temps ? Jusqu'à ce que vous vous lassiez de moi ? Que ferez-vous alors ? Vous me livrerez à vos hommes ? A moins que vous ne me vendiez ?

Sa bouche se serra en une ligne mince et dure.

— Tu poses trop de questions stupides.

— Stupides ! Est-ce vraiment stupide de vouloir savoir

ce qu'il adviendra de moi le jour où vous aurez décidé que vous m'avez assez vue ?

— Quand ce jour viendra, tu seras libre d'aller où tu voudras, répondit-il d'un ton sec.

— Et vous vous imaginez peut-être que je vais vous croire ?

— Je t'en donne ma parole, rétorqua-t-il d'une voix glaciale.

La lueur sinistre qui étincelait dans ses yeux la défiait de mettre sa parole en doute. Elle préféra se taire, convaincue qu'elle ne pouvait pas croire un mot de ce qu'il disait.

— Est-ce que... mes parents savent que je suis en vie ?

— Je ne sais pas.

— Vous savez sûrement quelque chose, insista-t-elle. Votre réseau d'informateurs a bien dû vous dire que l'on me recherchait.

— On ne m'a rien dit.

— Ne pouvez-vous pas leur faire parvenir un message ? lui demanda-t-elle d'un ton suppliant, les larmes aux yeux à l'idée qu'à cet instant ses parents la croyaient sans doute morte. Ne pourriez-vous pas au moins leur faire savoir que je suis vivante ?

— Ce n'est pas possible.

— Mais si, c'est possible ! Laredo m'a dit je ne sais combien de fois que vous aviez des moyens de vous informer sur eux. Pourquoi ces moyens ne peuvent-ils pas être utilisés dans le sens inverse pour les informer sur mon sort ?

— Ça ne marche que dans un sens, rétorqua-t-il.

— Bon sang, êtes-vous complètement insensible ? Vous devez bien vous imaginer quel cauchemar ils vivent en ce moment, pensant que je suis morte, sans en être vraiment sûrs.

— Le fait de savoir que tu es vivante, tout en ignorant où tu es, et comment te joindre, peut être tout aussi pénible, fit-il remarquer rudement.

— Je vous en prie, Ráfaga, je vous en prie, faites-leur parvenir un message !

— C'est impossible, répondit-il en lui prenant les rênes des mains. Le sujet est clos.

— Mon Dieu, comme je vous hais ! fit-elle en respirant profondément, sachant que ce n'était pas tout à fait la vérité.

— Tu me l'as déjà dit des tas de fois, répliqua-t-il d'une voix moqueuse. Tes mots perdent de leur poids à force d'être répétés.

CHAPITRE XVIII

LES SONS MELODIEUX DE LA guitare s'accordaient avec la clarté de la lune. Sheila s'efforçait d'ignorer la musique enjouée. Elle réfléchissait à sa fuite. Ces dernières semaines, son esprit sans cesse en activité avait comploté des dizaines et des dizaines de scénarios différents.

Ráfaga présent, il était inutile de tenter sa chance. Il la gardait constamment à ses côtés, l'emmenant partout avec lui, ne l'oubliant pas un instant, comme s'il savait exactement ce qui se tramait dans sa tête. Elle en était arrivée à la conclusion qu'il était préférable d'attendre qu'il parte faire un raid comme il l'avait projeté.

A mesure que les semaines s'écoulaient, Sheila s'inquiétait de plus en plus. Rien n'indiquait qu'il se préparait quelque chose. Finalement, le soir, au dîner, elle s'était enquise de la manière la plus naturelle possible de la date de son prochain départ.

Lorsqu'il lui avait répondu avec un sang-froid égal au sien qu'aucun raid n'aurait lieu pour le moment, il lui avait fallu rassembler tout son courage et toute son énergie pour ne pas réagir. Le procès du prisonnier avait eu lieu et il avait été transféré dans une prison américaine.

Retourner case départ : toutes les manœuvres semblaient bloquées. Elle n'avait plus aucun espoir, plus aucun moyen de s'en sortir et personne pour l'aider.

La dernière note de guitare s'était évanouie dans l'air, remplissant la pièce d'un silence pesant. Une force irrésistible la poussa à regarder par-dessus son épaule. Elle tressaillit à la vue de Ráfaga qui la regardait fixement de ses étranges yeux noirs. Elle ressentit un désir ardent d'aller vers lui, non pas pour le supplier de la libérer mais pour trouver refuge dans ses bras.

Il en était toujours ainsi. Le pouvoir qu'il avait sur son corps était immense. Chaque fois qu'il la prenait, elle redécouvrait l'extase. Il était devenu le maître de ses sens ; il pouvait l'entraîner dans les profondeurs de la passion, des profondeurs dont elle n'avait pas même soupçonné l'existence.

Il posa la guitare à côté de lui. Avec une grâce féline, il se leva et traversa en deux enjambées la distance qui les séparait. Incapable de détourner le regard, elle se perdit dans les feux ardents de ses yeux. Avant même qu'il la touche, elle sentit la puissance séductrice de cet homme qu'elle aimait autant qu'elle le détestait. Ses mains puissantes se posèrent sur ses bras. Son cœur battit la chamade quand il l'attira à lui. Elle sentit ses jambes trembler sous elle.

Dans ces circonstances, ses projets d'évasion lui paraissaient toujours ridicules. Elle était amoureuse de lui, depuis très longtemps sans doute.

Elle songeait pourtant à ce qu'il était en réalité : un renégat, le chef d'une bande de desperados. Il la retenait prisonnière et avait fait d'elle sa compagne sans même lui avoir demandé son avis. Mais cela, elle le savait. Elle le savait depuis longtemps ; elle l'avait toujours su et cela n'avait rien changé. Les sentiments ne sont pas toujours raisonnables et sages.

Il écarta le col de sa chemise d'une main et posa ses lèvres chaudes et fermes sur son épaule, cherchant le point le plus sensible. Un frisson délicieux dansa sur la peau lorsqu'il le découvrit. Sa lutte intérieure, entre ce qu'il convenait de faire et cette force irrésistible contre laquelle elle ne pouvait rien, cessa comme par enchantement. Cette fois encore, l'amour l'avait emporté. Elle se cambra, l'aidant dans son exploration.

Bientôt, il la prit dans ses bras et l'emmena dans leur chambre. Et pour la première fois, couchée nue à ses côtés, elle s'abandonna totalement. Dans la douceur de la soumission, son désir fut satisfait. Demain, elle repenserait aux conséquences de ce laisser-aller. Ce soir, elle voulait se consumer dans les feux passionnés de sa possession.

Et puis soudain, la raison prit le dessus. Elle eut peur. Elle venait de perdre sa dernière défense. Elle avait perdu la guerre. Dorénavant, elle vivrait dans l'angoisse qu'il découvre toute l'emprise qu'il avait sur elle. Leur amour ne pouvait connaître de lendemain. Elle savait qu'elle devait fuir puisqu'il en était encore temps, temps de l'oublier.

Il lui effleura le bras et elle tressaillit. Elle posa sur lui des yeux écarquillés, se demandant s'il avait pu deviner ses pensées. Cette réaction brutale le fit sourire.

— Tu as dit que tu voulais aller te promener cet après-midi, fit-il d'une voix railleuse. Juan est là avec les chevaux.

— Bon, répondit-elle sèchement.

Elle tremblait comme une feuille. Elle fourra ses mains dans les poches de son jeans pour qu'il ne s'en aperçoive pas. Elle passa prudemment à côté de lui, afin d'éviter tout contact. Elle était constamment sur les nerfs. Cela ne pouvait plus durer.

La jument émit un puissant hennissement à son approche, et tendit le cou pour se faire caresser. Sheila la flatta gentiment et un sourire joyeux détendit son visage crispé.

— Bonjour à toi, Arriba, murmura-t-elle. (En entendant son nom, la bête pointa ses oreilles.) Prête à aller faire un tour ?

Juan se pencha pour lui tendre les rênes. Prenant appui sur le pommeau de la selle, elle mit le pied à l'étrier et se hissa avec aisance sur le dos de l'animal, sans l'aide de Ráfaga. Il se dirigea alors vers son cheval et s'apprêtait à monter en selle à son tour, lorsqu'il aperçut Laredo qui approchait vers eux à grands pas. Il avait l'air pressé, comme s'il détenait un message urgent. Sheila écouta avec attention leur brève conversation.

Après un hochement de tête grave et légèrement impatient, Ráfaga alla attacher son cheval au poteau le plus proche avant de se retourner dans la direction de Sheila.

— J'ai quelque chose d'important à faire, lui dit-il. Pars avec Juan. Je vous rejoindrai tout à l'heure.

— Bien sûr, murmura-t-elle. (Elle adressa à Juan un pâle sourire. Son estomac s'était noué.) On y va ?

— *Si,* fit-il en hochant la tête, tandis qu'un large sourire éclairait son visage.

Puis il lança sa bête en direction de la prairie, où paissaient les chevaux et un petit groupe de vaches. Conscient du regard de Ráfaga posé sur elle, elle partit à son tour, la tête haute, regardant droit devant elle, refusant de se retourner puisqu'elle savait que c'était ce qu'il voulait.

— Quelque chose vous tracasse, *señora* ? lui demanda Juan sur un ton compatissant tout en scrutant son visage tendu.

— Non, non, bien sûr que non, répondit-elle, fièrement, tout en lançant sa jument au galop.

Furieuses d'êtres dérangées, les vaches s'écartèrent sur son passage. Un petit veau rua puis s'enfuit, la queue en l'air. La jument de Sheila était très rapide. Même au petit galop, elle distançait aisément le cheval de Juan. Sheila jeta un coup d'œil par-dessus son épaule ; il allait bientôt passer au grand galop si elle prenait trop d'avance.

Il n'y avait pas si longtemps, lorsqu'elle arrivait encore à connaître des moments d'insouciance, elle l'aurait sans doute taquiné sur la lenteur de son cheval. Aujourd'hui, elle n'avait plus le cœur à plaisanter. Elle le regardait simplement, l'air absent... l'air absent jusqu'au moment où elle vit le cheval de Juan trébucher et plonger en avant. Epouvantée, elle assista à la chute du cheval et de son cavalier. Juan fut éjecté tandis que la bête s'écroulait. Immédiatement, elle fit demi-tour. Juan s'était déjà relevé lorsqu'elle arriva auprès de lui.

— Vous êtes-vous fait mal, Juan ? demanda-t-elle, anxieuse.

— Non, répondit-il, l'air hagard, tout en essayant de relever son cheval.

L'animal finit par se redresser à grand-peine. Paniqué, les yeux injectés de sang, il agita la tête dans tous les sens en hennissant lamentablement, ruant comme un beau diable. Il leva la patte avant droite comme s'il essayait de faire passer le poids de son corps sur ses autres pattes.

— Il est blessé ! s'écria-t-elle.

Juan l'avait déjà remarqué et promenait une main experte sur la patte touchée, tout en parlant d'une voix rassurante à l'animal pour tenter de le calmer.

— C'est... (Juan hésita, butant sur le mot anglais) une mauvaise entorse, je crois.

Sheila poussa un soupir de soulagement.

— Tant mieux. J'ai eu peur...

— Il va falloir que je le ramène au corral, *señora,* dit-il ; désolé d'avoir interrompu la promenade.

— Ça ne fait rien, Juan. Je comprends...

Un éclair traversa son esprit. Voilà exactement l'occasion qu'elle attendait. Elle allait pouvoir s'échapper. Le cheval de Juan était blessé. Il ne pouvait ni l'arrêter ni la poursuivre.

Sans réfléchir un seul instant, elle fit faire demi-tour à sa jument, l'entraînant vers le sentier en pente qui menait hors du canyon. Ses yeux se remplirent de larmes, sans qu'elle pût s'expliquer pourquoi.

— *Señora !* cria Juan, étonné.

Elle talonnait sa monture, mais tenait toujours les rênes serrées sans s'en rendre compte. Ignorant quel ordre suivre, la jument se cabra et fit un écart.

— *Señora,* non, ne partez pas, non !

Elle jeta un rapide coup d'œil par-dessus son épaule. Elle tremblait de tous ses membres. Elle vit la lueur désespérée et terrorisée dans le regard de Juan. Elle se pencha sur l'encolure de sa monture et la cravacha de part et d'autre avec les rênes.

— Revenez !

La voix de Juan se faisait de plus en plus faible. La jument dévalait à présent la pente à toute allure, soulevant un nuage de poussière et des monceaux de petits cailloux. Sheila se retourna une fois encore et vit Juan courant à travers le champ pour aller donner l'alarme.

Arrivée au bout de la passe, elle poussa encore la jument à continuer à descendre la montagne en lâchant un peu plus les rênes. Un étroit sentier zigzaguait dans la forêt ; elle s'y engagea. Elle s'agrippa plus fermement au cou d'Arriba pour esquiver les branches qui manquaient à chaque instant de la désarçonner.

Les troncs d'arbres jonchant le sol réduisaient la voie de passage et ralentissaient leur allure. La piste serpentait de plus en plus et semblait descendre sans fin en pente raide. Finalement, le terrain s'aplanit et la jument passa au trot, les narines dilatées.

La première impulsion de Sheila fut de cravacher la bête pour qu'elle reparte au galop. Ráfaga devait s'être déjà lancé à sa poursuite. Mais le bon sens l'en empêcha. Elle avait encore un bon bout de chemin à faire avant de retrouver la civilisation. Elle devait épargner à sa monture une trop grande fatigue.

Elle mit Arriba au pas. L'aisance de l'animal, ses longues enjambées avaient quelque chose de rassurant. Dans la vallée, elle partit vers le sud. A l'est, trop de montagnes à traverser. Cela ne ferait que ralentir leur course et fatiguer la jument. La vallée s'étendait vers le nord, mais, d'après ce qu'elle savait, le terrain était accidenté, aride et peu peuplé. Le sud était donc la meilleure direction. A une distance relativement courte, elle trouverait des villes, ou des villages. Elle savait que c'était une région minière. De plus, le terrain était relativement plat, et la jument pourrait ainsi mettre à profit le meilleur d'elle-même.

Une fois encore, elle regarda par-dessus son épaule. Pas un mouvement à l'horizon, pas un bruit. Soudain, une image de Ráfaga apparut dans son esprit et elle fut prise d'un désir violent de le revoir. Elle secoua la tête pour chasser cette vision.

L'encolure d'Arriba était trempée de sueur. Elle la caressa gentiment. Elle chevaucha ainsi longtemps, passant du trot au pas, au galop. Elle n'avait pas la moindre idée de la distance qu'elle avait parcourue, ni du temps qui s'était écoulé. Le soleil avait entamé sa descente vers l'ouest. Il ne restait plus que quelques heures de jour.

Soudain, quelque chose attira son attention. Elle se retourna prestement : une demi-douzaine de cavaliers galopaient à toute allure, dans sa direction, en diagonale. Immédiatement, elle reconnut Ráfaga à leur tête. Pendant quelques secondes, elle les regarda, les yeux écarquillés, incapable de réagir.

Puis elle planta les talons dans les flancs de sa monture et celle-ci s'élança au galop. Devant elle, à une distance relativement courte, elle vit une longue étendue de terrain plat. Si elle y parvenait avant qu'ils se rapprochent trop d'elle, elle réussirait à les distancer.

Mais Ráfaga avait dû examiner le terrain, lui aussi, et faire la même déduction qu'elle. Il connaissait la rapidité de la jument. Ses poursuivants chevauchaient à toute allure à angle droit pour lui couper le chemin.

Elle regrettait de ne pas les avoir vus quelques minutes plus tôt, mais il était trop tard.

Couchée en avant, elle enfouit son visage dans la crinière de sa jument. Elle sentait que la bête donnait tout ce qu'elle pouvait, comme si elle avait perçu le désespoir de sa cavalière. Chaque muscle se tendait à fond, participant de son mieux à cette quête pour la liberté.

Sheila pencha légèrement la tête de côté pour juger de la distance qui la séparait des autres. Ils étaient encore assez loin. L'écart semblait même s'être élargi.

— Nous allons gagner, Arriba, encore un effort, nous allons gagner, souffla-t-elle.

Jamais Ráfaga ne pourrait l'intercepter avant qu'elle arrive à la zone de terrain plat. Elle ressentit une vague douleur dans la poitrine. L'espace d'une seconde, elle souhaita qu'il la rattrape, qu'il la ramène au refuge. Mais elle n'en ralentit pas l'allure pour autant.

Au moment où elle passait la ligne d'arrivée invisible, elle vit Ráfaga tirer sur les rênes de son cheval, comme s'il capitulait. La bête s'arrêta brusquement. Très vite, Sheila détourna les yeux pour porter à nouveau son attention sur son propre itinéraire. Toujours penchée sur l'encolure d'Arriba, elle continuait à l'encourager mais elle ne la poussait plus à accélérer son allure. L'animal continuait pourtant à mener bon train. Tout à coup, elle entendit le bruit d'une explosion. La jument tressaillit, chancela, lutta pour retrouver son équilibre. Etourdie par le choc, Sheila essaya de l'aider, tirant sur les rênes pour la relever, lui redresser sa tête.

C'était trop tard, beaucoup trop tard. La bête s'écroula et Sheila eut à peine le temps de dégager ses pieds de l'étrier avant d'être éjectée. Puis ce fut l'obscurité.

Lorsqu'elle rouvrit les yeux, Ráfaga était penché sur elle. L'espace d'un instant, elle ne put se rappeler où elle était, ni ce qui s'était passé. Elle essaya de bouger, mais sa tête lui faisait horriblement mal.

— C'était de la folie de vouloir t'échapper, grommela-t-il, les lèvres serrées.

Elle ferma les yeux.

— Je sais, acquiesça-t-elle, un sanglot dans la voix.

Ses yeux s'emplirent de larmes. Pourquoi pleurait-elle ? Parce qu'elle n'avait pas réussi à s'évader ou parce qu'elle était contente qu'il l'ait rattrapée ? Elle n'aurait su le dire.

— Tu as mal ? demanda-t-il rudement.

— Oui, gémit-elle.

Le simple fait de parler lui était presque insupportable.

— Où ?

Pas une trace de compassion dans sa voix métamorphosée par la colère.

— Ma tête. (Elle tenta de lever une main tremblante pour lui montrer l'endroit où elle avait mal et s'aperçut que tout son corps était douloureux.) Partout, dit-elle dans un souffle.

— Ne bouge pas.

En dépit de sa colère évidente, ce fut avec une douceur extrême qu'il l'examina. Elle en fut quelque peu réconfortée. Son engourdissement commençait à s'amoindrir. En dehors de ce mal de tête qui lui tenaillait les tempes, elle n'avait sans doute rien, si ce n'est quelques contusions dues à la chute.

Ráfaga en arriva à la même conclusion :

— Rien de cassé.

— Arriba..., commença-t-elle, inquiète de l'état de santé de sa vaillante équipière.

Mais Ráfaga lui glissa un bras sous les épaules pour l'aider à se relever.

Son corps contusionné protesta et elle dut concentrer tous ses efforts pour faire travailler ses muscles. Il maintint son bras autour de sa taille, tandis qu'elle essayait de retrouver son équilibre. Soudain, le regard de Sheila fut attiré par une masse volumineuse couleur fauve, inerte sur le sol. C'était Arriba, dessellée, dessanglée. Arriba morte.

Poussant un cri étouffé, elle se précipita en chancelant vers la jument et tomba à genoux à ses côtés. Refusant d'y croire, elle posa une main tremblante sur le cou de la bête encore trempée de sueur. Le corps était chaud, mais sans vie. Elle vit un trou dans le flanc de l'animal et comprit confusément ce qui s'était passé.

Elle se retourna et jeta un regard noir d'accusation en direction de Ráfaga, oubliant la douleur lancinante qui lui battait les tempes.

— Vous l'avez tuée. Vous lui avez tiré dessus. Vous l'avez tuée !

Sa voix se brisa.

Ráfaga s'approcha d'elle en silence et tenta de la relever.

— Crois-tu que j'allais te laisser t'échapper ? dit-il enfin.

— Mais ce n'était pas la peine de la tuer ! s'écria-t-elle en essayant de se dégager.

Il resserra son étreinte et l'attira brusquement contre lui. Le contact soudain de son corps contre le sien lui coupa le souffle. Elle tenta en vain de s'écarter de lui. Il l'entoura de ses bras. Elle redressa la tête pour lui laisser voir son visage couvert de larmes de douleur et de colère.

— S'il y avait eu un autre moyen de t'arrêter, ne crois-tu pas que j'y aurais eu recours ? Ne penses-tu pas que lorsque j'ai visé j'avais conscience que je pouvais te tuer ou te blesser gravement ? Ne comprends-tu pas que j'aurais donné tout au monde pour ne pas avoir à faire ce que j'ai fait ? Que cette jument soit morte, ce n'est pas ce qui importe. L'important pour lui, c'était que Sheila soit saine et sauve.

— Mais ce n'était pas la faute d'Arriba, protesta-t-elle. Elle était encore trop sous le choc pour trouver la moindre consolation dans ses propos.

— Non, c'est moi qui ai commis l'imprudence de te laisser monter cette jument, répondit-il d'une voix âpre, tant il avait du mal à maîtriser sa fureur. Si seulement je n'avais pas eu la bêtise de vouloir voir ensemble ces deux beautés aux longues jambes...

Il n'acheva pas sa phrase et jeta sur Sheila un regard glacial.

— Qu'y a-t-il ?

— Une patrouille se dirige droit sur nous ! s'exclama Laredo.

— Ils ont dû entendre le coup de feu.

— Nous nous retrouverons au camp.

Ráfaga prit Sheila par la taille, l'entraîna jusqu'à son cheval, et elle se retrouva à califourchon sur l'animal avant d'avoir compris ce qu'il se passait. Il enfourcha son cheval derrière elle et cria aux hommes de se disperser, de partir au galop sans même avoir pris le temps de mettre les pieds à l'étrier. Sheila avait aperçu au loin une troupe de cavaliers qui arrivaient en trombe, soulevant un nuage de poussière. Elle songea avec émoi à quel point elle avait été proche de la liberté.

Tandis que la petite bande s'éparpillait, Ráfaga prit la direction du nord-est. Portant double charge, le cheval ne pouvait pas maintenir longtemps son avance sur leurs poursuivants. Aussi Ráfaga choisit-il de couper par la route de la montagne la plus abrupte. Rompu à ce genre d'ascension, le cheval avait une agilité qui pouvait compenser son manque de vitesse.

Un peu plus tard, ils s'arrêtèrent sous le couvert d'un bouquet d'arbres. Ráfaga se retourna et fouilla le paysage des yeux.

— Nous suivent-ils toujours ? demanda-t-elle.

— Nous les avons semés, répondit-il sur un ton glacial. (Puis il ajouta avec amertume :) Ce n'est pas la réponse que tu aurais souhaité entendre, hein ?

Il était toujours aussi furieux. Sheila resta silencieuse. Comment nier son accusation, même si elle n'était pas tout à fait juste ? Ils reprirent leur course vers le nord. Le vent de la montagne s'était levé. Ils n'échangèrent plus une parole. Lorsqu'ils arrivèrent à la passe, il faisait déjà nuit. Le clair de lune jetait un voile d'argent sur le paysage nocturne. Se sentant proche de son territoire, le cheval bai se mit à trotter allégrement. Le cœur de Sheila s'était mis à battre follement, comme si, elle aussi, rentrait chez elle.

Laredo les accueillit devant la maison. Il leur souhaita la bienvenue, mais sans un sourire.

— Je vois que vous vous en êtes sortis, dit-il simplement. Consuelo a fait du café, et il y a de quoi manger sur la table.

Sheila s'apprêtait à dire qu'elle voulait simplement aller se coucher, mais Ráfaga la devança :

— Nous prendrons du café.

Il avait parlé sur le ton cassant auquel elle avait presque fini par s'habituer. Qu'elle le veuille ou non, elle le boirait, ce café, même s'il devait le lui faire boire lui-même. Elle ne souffla mot et s'assit à la table.

Il versa du café dans deux tasses. Dans l'une d'elles, il ajouta du sucre avant de la poser devant Sheila. Elle but en silence en évitant de le regarder. Il s'installa en face d'elle. L'atmosphère était pesante et électrique à la fois. Elle jeta un rapide coup d'œil à Laredo. Il détourna les yeux, visiblement troublé.

Presque aussitôt, il se leva.

— Je vais y aller, marmonna-t-il, et il quitta la pièce sans ajouter un mot.

Mal à l'aise, Sheila sentit le regard de Ráfaga peser sur elle. Il ne l'avait pas quittée des yeux depuis un long moment.

— Pourquoi as-tu essayé de t'enfuir ?

Elle tourna la tête vers lui.

— Il fallait que j'essaie, il le fallait, répéta-t-elle d'une voix tremblante d'émotion.

Il lui prit la tasse des mains. Ils échangèrent un long regard. Impossible de déchiffrer ce qu'il pensait vraiment. Son visage était impassible, comme toujours. Elle aurait voulu qu'il la prenne dans ses bras. C'était le seul refuge qu'il lui restait désormais.

Mais il détourna brusquement la tête et fixa son regard dans sa tasse de café.

— Tu as besoin de dormir. Va te coucher.

Encore tout étourdie, elle se leva avec peine et se dirigea à pas lents vers la chambre. Elle se déshabilla et se glissa sous la couverture. Elle resta éveillée longtemps, attendant que Ráfaga la rejoigne. Mais son corps meurtri et épuisé finit par céder au sommeil avant qu'il vienne se coucher près d'elle.

CHAPITRE XIX

RAFAGA N'ETAIT PAS A SES COTES lorsqu'elle se réveilla. Pourtant, elle se souvenait vaguement qu'il l'avait tenue dans ses bras pendant son sommeil. Elle entendit du bruit dans la cuisine. La bosse qu'elle s'était faite à la tête en tombant était encore douloureuse, mais le mal de tête avait disparu. Lorsqu'elle entra dans la cuisine, Ráfaga lui jeta un coup d'œil indifférent. Elle ne lui adressa pas la parole. Sa colère contenue menaçait d'éclater comme un gros nuage noir dans le ciel.

Sheila s'efforça de l'ignorer et salua Consuelo avec calme et gentillesse.

La femme la regarda brièvement, un vague sourire planant sur ses lèvres pincées. Nerveuse, elle lui tourna le dos et reprit ses activités précipitamment.

Ráfaga lui jeta un ordre bref ; elle hocha la tête et sortit de la pièce, sans demander son reste, visiblement soulagée.

Sheila éprouva une vague d'irritation. Des étincelles dorées brillèrent dans ses yeux. La veille au soir, Laredo s'était montré mal à l'aise en sa présence. Ce matin, c'était Consuelo qui avait eu peur de la regarder en face.

Et par-dessus tout, il y avait Ráfaga. La raison de sa colère, elle la comprenait, mais cette fureur-là était différente, complexe, comme si elle était le résultat d'un ensemble de sentiments contradictoires.

Elle se versa une tasse de café et alla s'asseoir à la

table, ignorant la nourriture que Consuelo avait préparée. Plus son irritation croissait, moins elle avait faim.

— Mange, lui dit-il en désignant l'assiette posée devant elle.

— Je n'ai pas faim.

Il ne dit rien. Pourtant, elle n'avait rien avalé depuis près de vingt-quatre heures. Bien qu'il ne bougeât pas d'un millimètre, Sheila était consciente de sa nervosité et de son impatience, aussi sûrement que s'il avait tambouriné la table de ses doigts. Son silence et son immobilité la troublaient bien davantage, et il le savait. Il était en train de vivre une terrible bataille intérieure.

Ce n'était pas la première fois qu'elle faisait une tentative d'évasion. Quand il l'avait rattrapée dans le bois, sous l'orage, il avait été furieux. Mais pas comme cette fois-ci. La tête baissée, elle l'examina à la dérobée. Son visage semblait fait de marbre. Les yeux mi-clos, il avait l'air de réfléchir. Aucun sentiment ne se lisait sur son visage.

Le silence prolongé devenait insupportable. Elle serra les dents. Finalement, elle explosa :

— Pourquoi ne dites-vous rien ? Bon, j'ai essayé de m'enfuir, c'est entendu. Mais ce n'est pas la première fois.

— C'est la première fois que tu réussis à sortir du canyon, répondit-il sèchement.

Une pensée lui traversa l'esprit :

— Vous n'allez pas rendre Juan responsable de ma fuite ? (Elle se souvenait de ce qui était arrivé à l'autre Juan lorsqu'il avait désobéi à ses ordres.) Ce n'était pas sa faute. Son cheval était blessé. Il ne pouvait rien faire pour m'en empêcher.

— Ce n'est pas lui que je blâme, dit-il d'un ton cassant. Comme tu le dis, il a eu un accident et son cheval s'est blessé.

— Mais alors, qu'est-ce que c'est ? Qu'est-ce qui ne va pas ?

— Tu as quitté le canyon sans ma permission.

— Oh ! mon Dieu, je suis désolée, répondit-elle, sarcastique. J'aurais dû vous prévenir que j'avais l'intention de m'échapper. Vous auriez trouvé cela plus intelligent ?

Il se mordit la joue nerveusement.

— Tu as enfreint le règlement.

— Votre règlement, rétorqua-t-elle sur un ton vif, je ne

suis pas tenue par votre règlement. Il ne me concerne en rien.

— Tu ne comprends donc rien ! explosa-t-il à son tour, sans toutefois hausser le ton. Quand je t'ai choisie comme compagne, cela impliquait que tu devais te plier aux règles.

L'atmosphère était de plus en plus tendue.

— C'est bien dommage, lança-t-elle avec défi, refusant de se laisser intimider.

— Oui, je te l'accorde, répondit-il abruptement. Parce que ce que tu ne comprends pas, c'est que si tu es soumise au règlement, tu l'es aussi au châtiment qui punit ceux qui me désobéissent.

— Vraiment, je...

Les paroles blessantes qu'elle s'apprêtait à lui adresser lui restèrent dans la gorge.

Le châtiment en vigueur pour avoir enfreint le règlement et désobéi à ses ordres, elle le connaissait. Son estomac se souleva lorsque la vision du dos lacéré de Juan lui apparut.

— Vous ne voulez pas dire que...

Elle se leva, secouant la tête pour essayer de chasser de son esprit cette image atroce qui l'avait hantée longtemps. Elle avait l'impression de vivre un cauchemar mais la réalité la frappa à nouveau de toute sa violence.

— Vous n'allez pas me faire ça à moi !

Ráfaga se leva et la prit par les épaules. Il enfonça ses doigts dans sa chair tendre. Il aurait dû lui faire mal, mais elle resta insensible à la douleur.

— Si je pouvais faire une exception pour toi, je n'hésiterais pas.

Etait-ce l'effet de son imagination, ou voyait-elle vraiment briller dans ses yeux une lueur de compassion ?

— Tout ce que je peux faire, c'est alléger ton châtiment parce que tu es une femme et que tu es nouvelle parmi nous, dit-il d'une voix pourtant dénuée d'émotion.

— Non, vous ne pouvez me faire subir un châtiment pareil !

Il la secoua brutalement.

— C'est la loi. Une loi sacro-sainte, seul garante de notre liberté et de notre sécurité.

— Mais je suis votre compagne. Sûrement...

Elle s'interrompit, comprenant qu'il n'y avait rien à faire.

— Le règlement s'applique à tout le monde. C'est le seul moyen de lui conserver sa validité.

Il l'enlaça et l'attira contre lui. Posant la main sur sa nuque, il pressa sa tête contre sa poitrine. Une peur atroce la secouait de violents frissons. Elle sentit le dur contact de sa mâchoire lorsqu'il posa tendrement son menton sur sa tête.

— Je ne peux rien faire, *querida,* rien, absolument rien, murmura-t-il, le cœur serré. Je peux plaider en ta faveur, prendre certaines mesures pour alléger ta peine. C'est tout.

Incapable de contrôler ses tremblements, elle ne résista pas lorsqu'il resserra son étreinte. Elle ferma les yeux. Son sang s'était glacé dans ses veines. Il la serra plus fort encore comme pour absorber sa peur.

— Quand ? demanda-t-elle dans un souffle.

— Ce matin, maintenant, répondit-il tristement. (Sheila enfouit son visage dans sa chemise. Ses nerfs allaient craquer.) C'est mieux ainsi. Je n'aurai pas le temps d'y penser.

— Vous le saviez, n'est-ce pas ? Et Laredo aussi, hier soir. Et Consuelo, ce matin. Vous le saviez tous.

— Oui, nous le savions.

— Et vous ne m'avez rien dit jusqu'à maintenant...

— Tout le monde connaît le châtiment qui attend ceux qui se comportent comme toi. Comme tu ne savais pas, j'ai préféré te laisser dans l'ignorance le plus longtemps possible.

Confusément, elle se souvint des heures où elle avait dormi tandis que Ráfaga arpentait la grande salle. Elle comprenait à présent. Toute la nuit, il avait pensé au châtiment qui l'attendait, torturé par le caractère inexorable de cet événement. Tout s'expliquait, l'attitude des autres, la colère contenue de Ráfaga.

Les choses n'en étaient pas plus faciles à accepter pour autant. Elle se raidit dans ses bras, partagée entre le désir d'y trouver un réconfort et l'horreur qu'il lui inspirait. Ráfaga relâcha quelque peu son étreinte, mais il maintint son bras autour de sa taille. Son autre main se posa sur la courbe de son cou. Du pouce, il lui releva le menton et plongea son regard dans le sien. Les yeux de Sheila étaient empreints d'un mélange de peur et de rancune.

— Je vous déteste, murmura-t-elle, la voix tremblante.

— Et tu me haïras encore plus ce soir, répondit-il.

On frappa à la porte. Elle sursauta ; son cœur fit un bond dans sa poitrine.

— C'est l'heure, annonça-t-il froidement.

Un cri étouffé s'échappa de ses lèvres. Elle se débattit, cherchant à se dégager une fois encore. Mais il la retint facilement.

— Tu es une femme, une *norte americana,* lui dit-il d'une voix calme et tranchante. Tout le monde attend que tu pleures, que tu supplies que l'on te gracie, que tu t'évanouisses à la vue du fouet, que tu te mettes à genoux et que l'on doive te traîner jusqu'aux poteaux. Voilà ce qu'ils attendent. Tu comprends ?

Sheila se raidit devant le défi qu'il lui lançait. Elle s'était imaginée réagissant comme il venait de le lui décrire, et elle sut qu'elle ne pourrait vivre après une telle humiliation. Une vague de sueur froide l'envahit, et les horreurs conçues par son imagination s'évanouirent en un instant.

— Vous pouvez me lâcher, lui dit-elle en le regardant froidement, droit dans les yeux. Je ne vais pas m'enfuir.

— Tu vas les décevoir ?

On frappa un nouveau coup à la porte, plus insistant que le précédent. Une dernière fois, il la regarda intensément puis il la lâcha. Il se dirigea ensuite vers la porte et l'ouvrit toute grande. Deux hommes attendaient sur le porche. Des chevaux étaient attachés au pilier. L'un des deux hommes s'adressa à Ráfaga à voix basse. Mais leurs regards étaient fixés sur elle. Elle décela dans leurs yeux une curiosité non déguisée. Elle les dévisagea à son tour, la tête haute.

Ráfaga se retourna vers elle.

— Allons-y, lui dit-il.

Elle s'étonna de marcher avec autant d'aisance. Elle passa devant lui en regardant droit devant elle, ignorant les deux hommes. Une fois dehors, elle s'arrêta un instant, et jeta un regard circulaire sur les chevaux. Elle songea à Arriba, qui ne serait plus jamais là pour attendre sa cavalière.

— Lequel dois-je prendre ? Ou... dois-je aller à pied, comme un animal à l'abattoir ?

— Prends le cheval bai, répondit-il d'une voix douce.

Son propre cheval ! Comme elle s'en approchait, un des deux hommes détacha les rênes du poteau. Elle monta en selle et tendit la main pour les prendre, mais l'homme les garda et enfourcha sa propre monture. Elle se tourna vers Ráfaga.

— Pourriez-vous dire à cet homme que je n'ai pas besoin que l'on me guide ? Je connais le chemin.

Sans sourciller, il s'adressa à l'homme. De toute évidence, il avait dû lui transmettre son message. L'homme semblait hésiter, visiblement sceptique. Finalement, il lui tendit les rênes, sans lever les yeux vers elle. Il n'avait même pas essayé de discuter.

Les épaules bien droites, la tête haute, Sheila partit en tête, après avoir attendu que Ráfaga soit monté en selle. Ce dernier vint à sa hauteur. Les deux hommes suivaient quelques mètres derrière.

Comme la dernière fois, pour Ortega, tout le village s'était réuni autour du lieu de supplice. Laredo attendait leur arrivée, les mains sur les hanches, les lèvres serrées. Il s'empara des rênes de Ráfaga lorsque ce dernier passa à côté de lui.

— Tu ne peux pas faire ça, Ráfaga, grommela-t-il.

— Comment l'éviter ? répondit celui-ci.

Sheila jeta un coup d'œil circulaire, avant de mettre pied à terre. Elle n'avait même pas entendu que Laredo avait essayé de prendre sa défense. Juan apparut soudain à ses côtés, son chapeau à la main, les yeux empreints d'une grande tristesse.

— *Señora*..., commença-t-il.

Sheila le regarda. Il semblait penaud, comme s'il s'estimait coupable de ce qui allait arriver. Malgré la torpeur qui l'avait envahie, elle voulut le rassurer. Pour rien au monde, elle ne voulait qu'il se sente responsable.

— Ce n'est pas votre faute, lui dit-elle gentiment... Je suis désolée pour Arriba. Je ne m'en suis pas très bien occupée.

— *Señora*, je vous en prie !

Sheila tourna la tête. D'une voix redevenue glaciale, elle s'adressa à Ráfaga :

— Je suppose que je dois aller au centre de ce trou, pour que tout le monde puisse voir.

— Oui, répondit-il en hochant la tête.

Elle fit un pas en avant. Laredo l'arrêta.

— Je te jure que je n'aurais jamais pensé que Ráfaga

irait jusque-là, lui dit-il. Si j'avais su, je l'aurais empêché de tuer Arriba.

Elle releva le menton.

— Il est trop tard pour y penser. S'il vous plaît, poussez-vous. Laissez-moi passer.

Le visage enfantin de Laredo s'était durci. Après avoir hésité une seconde, il la laissa passer. Il tendit le bras pour lui prendre la main.

— Je vais t'accompagner.

— Je peux marcher toute seule, répondit-elle en le repoussant avec fierté.

Flanquée de Ráfaga et de Laredo, elle marcha jusqu'aux poteaux. Les regards convergeaient vers elle. Elle sentit confusément que tout le monde se demandait combien de temps encore elle resterait sereine.

Cette idée raffermit encore son courage. Ils s'attendaient tous à ce qu'elle courbe l'échine, cette bande de criminels et de hors-la-loi ! Ils allaient voir de quoi elle était capable ! A mesure qu'elle avançait, elle se sentait de plus en plus forte, galvanisée, déterminée comme jamais elle ne l'avait été. Elle se refusait à être un objet de risée et de mépris.

Ráfaga s'avança et entreprit d'expliquer les raisons de son châtiment. Sheila le regarda sans manifester la moindre émotion. Il parla d'une voix grave, posée. Elle ne comprenait pas ce qu'il disait, mais elle avait l'impression qu'il exposait les faits avec froideur et clarté.

Quand il eut fini, contrairement à ce qui s'était passé pour Ortega, un murmure de voix s'éleva dans la foule. Un instant, elle eut l'espoir qu'il les avait convaincus que ce châtiment n'était pas nécessaire.

Mais bientôt une voix, une voix de femme, domina toutes les autres. Sheila se retourna et son sang se glaça dans ses veines. Elena venait de prendre la parole. Elle vit ses yeux emplis de haine, sa bouche tordue de dédain. Elle entendit sa voix criarde, rancunière qui demandait une aggravation de la peine. Elle tenait sa revanche et elle n'allait pas la lâcher si facilement.

Ses paroles résonnèrent encore dans les oreilles de Sheila lorsque à son tour Juan prit la parole pour la défendre. Laredo se tenait à ses côtés, signalant par sa présence qu'il partageait le point de vue de Juan. Elle sentit son cœur se serrer d'émotion à la vue de ses deux défenseurs ;

mais elle se raidit pour ne pas montrer que leur prise de position la touchait.

La plaidoirie de Juan semblait avoir fait basculer l'opinion générale. Mais bientôt quelqu'un d'autre prit la parole. Elle eut du mal à localiser la provenance de cette voix railleuse. En apercevant Ortega, son sang se figea.

La haine et le désir de vengeance enlaidissaient encore son visage. Sa bouche tordue par la méchanceté découvrait ses longues dents jaunes et gâtées. Il courbait les épaules pour montrer qu'il souffrait encore des coups de fouet qu'il avait reçus. Il était pâle et semblait ne pas s'être complètement remis de son supplice.

Les yeux écarquillés par l'effroi, Sheila regarda Ráfaga écouter, impassible, le discours de l'homme. Puis elle se tourna vers Laredo qui détourna les yeux, l'air soudain abattu. Elle réussit à attirer son attention et le força à soutenir son regard.

— Que dit-il ? murmura-t-elle en bougeant à peine les lèvres.

Laredo s'approcha d'elle et, sans la regarder, il répondit à sa question :

— Il dit que les causes ou les circonstances de ta fuite n'ont rien à voir là-dedans. Il leur rappelle qu'il a été puni pour avoir désobéi à un ordre — un ordre qu'il avait oublié dans sa faiblesse, lorsque tu l'as invité à entrer dans la maison et que tu t'es pavanée devant lui. Si son excuse n'a pu le sauver de la flagellation, il n'y a aucune raison pour que tu y échappes. Il dit aussi que ta fuite nous a fait courir le risque d'être découverts par une patrouille locale. Et ne serait-ce que pour cela, tu devrais être punie.

Ortega avait achevé son discours. Le groupe hochait la tête presque unanimement. Sheila comprit que son dernier espoir venait de s'envoler. Pendant quelques secondes, personne ne broncha. Finalement, Ráfaga se tourna vers elle. Elle s'aperçut que son menton tremblait légèrement, mais il avait l'air déterminé. En proie à une terreur sans nom, elle crut que ses jambes allaient se dérober sous elle. Mais elle se ressaisit rapidement et se raidit. Elle lui décocha un regard glacial. Avant même qu'il ait eu le temps de lui en donner l'ordre, elle se dirigea vers les deux poteaux. Puis elle s'immobilisa.

Ráfaga fit un signe à un homme pour qu'il l'attache aux

poteaux, tandis qu'un autre lui tendait le fouet. Elle sentit qu'on lui passait une corde autour du poignet gauche. Elle se raidit encore.

En un éclair, Laredo fut à ses côtés, le bras tendu pour empêcher l'homme d'attacher la corde. Il jeta un coup d'œil par-dessus son épaule dans la direction de Ráfaga. Ses yeux bleus étincelaient de colère.

— Pour l'amour du ciel, Ráfaga, tu ne peux pas faire ça !

— Recule, ordonna Ráfaga.

— Bon sang, vieux, laisse-moi au moins prendre sa place, hurla-t-il alors, fou de rage.

Piqué au vif, Ráfaga fit un pas vers lui, le regard métamorphosé par la fureur.

— Ne crois-tu pas que je donnerais n'importe quoi pour prendre sa place moi-même, si je le pouvais ? s'écria-t-il, hors de lui. Recule-toi. Je te l'ordonne.

L'atmosphère était devenue électrique. Les deux hommes se dévisagèrent longuement, sans rien dire. Finalement, Laredo baissa le bras et recula lentement sans quitter Ráfaga des yeux. Pendant que l'homme lui attachait les bras, Sheila échangea à son tour un long regard avec Laredo. Ses yeux bleus torturés par l'impuissance étaient emplis de compassion. Puis il se retourna et partit la tête basse.

Sheila tourna alors son attention vers Ráfaga, essayant de ne pas voir le fouet qu'il tenait à la main. Elle aurait voulu pleurer, le supplier de l'épargner. Mais lorsqu'elle rencontra son regard imperturbable, froid, dénué de toute émotion, elle eut l'impression d'y puiser une force nouvelle. Plus que jamais, elle était déterminée à cacher sa peur.

Au lieu de mendier une grâce qui ne lui serait pas accordée, elle redressa la tête avec une fierté à défier toute raillerie.

— Qui va me fouetter ? Vous, Ráfaga ?

— Non, dit-il d'une voix si faible qu'elle dut tendre l'oreille.

Le regard de Ráfaga glissa vers Laredo qui leur tournait le dos, comme s'il cherchait à oublier la vue de Sheila attachée aux poteaux.

— Ce sera Laredo.

Cette fois, elle l'entendit clairement. Laredo aussi. Il pivota sur ses talons. Son visage témoignait d'un mélange de rage et d'incrédulité.

— Tu ne peux pas me demander une chose pareille, lui dit-il dans un souffle.

Pour toute réponse, Ráfaga lui tendit le fouet. Puis il ajouta :

— Tu es le seul en qui je puisse avoir confiance, *amigo.*

Indécis, Laredo le dévisagea quelques instants. Puis il lui prit le fouet des mains et marcha d'un pas décidé. Il s'arrêta quelques mètres derrière Sheila. Ráfaga la regarda longuement. Puis il vint se placer derrière elle.

Au contact de la lame glacée du couteau, elle se raidit encore. Il coupa le tissu de son chemisier le long d'une ligne médiane. Puis il alla se poster aux côtés de Laredo.

— C'est le moment, dit-il avec un bref hochement de tête.

Des gouttes de sueur perlèrent sur son front. Derrière elle, le fouet claqua trois fois de suite. Lorsqu'elle entendit la lanière de cuir cingler l'air, son sang se glaça. L'estomac noué de peur, elle se tendit. Elle referma les poings sur les cordes qui l'attachaient aux poteaux et serra de toutes ses forces. Rien ne pouvait la préparer à la morsure du fouet sur son dos nu.

Un cri de douleur s'échappa de sa gorge. Serrant les dents, elle tenta de l'étouffer et y réussit partiellement. A nouveau, elle entendit le fouet cingler l'air. Des milliers d'épingles lui piquèrent le dos. Elle se mordit la lèvre et essaya de ne pas hurler.

Des larmes lui inondaient le visage, mais elle ne s'en rendait pas compte. Elle n'était consciente que de cette douleur intolérable qui lui brûlait le dos.

Ráfaga était debout devant elle, et elle ne le voyait plus. Ses sens s'étaient noyés dans la douleur. Cinq, six fois, le fouet s'abattit sur son dos. Elle n'arrivait plus à compter. La fois suivante, ses genoux se dérobèrent sous elle et elle s'affaissa, retenue seulement par les poignets. Ses bras se déboîtèrent presque. Mais elle ne sentait plus rien.

La tête penchée en avant, les cheveux collés au visage et sur la nuque, elle attendit, dans un état de stupeur totale, à demi consciente, le coup de fouet suivant. La sueur se mêlait à ses larmes. Elle ne voyait plus rien.

Elle avait un goût de sang dans la bouche. A force de se mordre la lèvre, elle se l'était profondément entaillée et saignait abondamment.

Elle attendait le prochain coup de fouet et il ne venait pas. Elle tenta alors de se relever.

La voix de Ráfaga lui parvint comme un murmure :

— Ne te relève pas, *querida*, ordonnait-il d'une voix rauque. Si tu restes comme tu es, je peux faire arrêter ton martyre.

Elle l'entendit. Elle comprit même. Mais sans qu'elle sût pourquoi, ses jambes refusèrent de lui obéir. Un puissant instinct la poussa à se relever, comme si elle était sûre de mourir si elle ne se redressait pas.

Quelqu'un jura sauvagement en espagnol. Elle entendit confusément des sanglots et des gémissements. Elle ne se rendit pas compte que c'était elle-même qui geignait. Elle réussit à se remettre debout tant bien que mal.

Elle tremblait de tous ses membres. Son cœur battait à se rompre. Cette fois-ci, elle n'entendit même pas le sifflement du fouet ; son corps se tordit convulsivement lorsqu'il s'abattit sur son dos. Elle faillit perdre l'équilibre mais l'adrénaline qui avait envahi ses veines lui donna la force de rester debout.

Encore et encore, le fouet lui lacéra le dos. Bientôt, elle chancela, presque inconsciente. Elle essaya à nouveau de se relever.

— Non !

Ce cri déchira l'air comme un coup de tonnerre, violent, désespéré, d'une force inouïe.

Deux mains la saisirent pour l'aider à se remettre debout.

— Ne me touchez pas ! hurla-t-elle.

Elle entendit cette voix déformée par la douleur et comprit cette fois que c'était la sienne.

— C'est fini, murmura Ráfaga d'une voix tremblante.

On coupa les cordes qui maintenaient ses poignets, et ses bras tombèrent, inertes, de chaque côté de son corps. Elle s'effondra dans des bras puissants et posa sa tête sur quelque chose de réconfortant. Une main tremblante repoussa les cheveux trempés de sueur qui lui collaient au visage.

Une voix murmurait de douces paroles en espagnol à son oreille, tandis qu'on la soulevait avec une infinie précaution. Elle avait l'impression de flotter dans l'air.

— Comment va-t-elle ?

Elle reconnut la voix de Laredo. Elle fit des efforts désespérés pour entrouvrir les yeux, et croisa le regard bleu, humide de larmes, de son bourreau. Elle y lut une souffrance presque égale à la sienne. Sa fatigue était trop grande et elle referma les yeux, se laissant aller à l'inconscience.

Lorsqu'elle reprit connaissance, elle était assise sur un lit, légèrement penchée en avant, un bras la retenant par la taille tandis qu'on lui retirait son chemisier. Très doucement, on l'étendit ensuite à plat ventre. Elle ouvrit les yeux et reconnut la main de Ráfaga qui dégageait avec tendresse ses cheveux de sa nuque et de son cou. Derrière lui, elle aperçut Consuelo qui rôdait nerveusement, les yeux écarquillés d'inquiétude et de sollicitude.

Sheila avait le dos en feu, mais elle sourit faiblement à la femme.

— Je vais très bien, dit-elle dans un souffle.

— Ne parle pas, *querida*, lui dit Ráfaga d'une voix douce. (Puis il se retourna pour prendre quelque chose des mains de Consuelo.) Il faut te nettoyer le dos. Tu vas avoir mal. Je suis désolé.

La douleur était intolérable. Sheila enfouit son visage dans l'oreiller pour étouffer son cri. Avec une délicatesse infinie, il enduisit son dos d'un onguent, après le lui avoir nettoyé avec précaution. Puis, avec une serviette humide et fraîche, il lui épongea le front et la nuque. Ensuite, il banda ses poignets brûlés par les cordes avant de lui ordonner de dormir. Obéissante, elle ferma les yeux.

Quand elle se réveilla, Ráfaga était assis sur une chaise à côté de son lit. Il l'avait veillée silencieusement. Il était penché en avant et tenait son visage dans ses mains. Sheila le regarda, s'efforçant de trouver en elle la haine qu'il méritait pour l'avoir livrée à un tel supplice. Mais étrangement elle n'éprouva aucune animosité envers lui.

Il bougea les mains pour se frotter le menton. Son regard glissa vers le lit. Entre ses paupières mi-closes, elle vit la profonde douleur imprégnant son regard. Dès qu'il s'aperçut qu'elle était éveillée, il se ressaisit et son expression changea.

— Comment te sens-tu ? demanda-t-il d'une voix douce.

Elle bougea légèrement et des milliers d'aiguilles lacérèrent son dos.

— Ça fait mal, murmura-t-elle, les dents serrées.

Elle avait envie de hurler de douleur.

— Tu auras encore mal pendant quelque temps, ajouta-t-il. Mais tu peux remercier Laredo d'avoir fait des marques qui ne laisseront aucune cicatrice sur ta peau. (Il hésita.) Le détestes-tu pour ce qu'il t'a fait ?

— Non.

— C'est bien, fit-il en esquissant un sourire.

— Ráfaga... (Elle scruta son visage en silence avant de lui demander :) M'auriez-vous fouettée si Laredo avait refusé ?

Les yeux fixés sur ses mains, les sourcils froncés, il répondit :

— Non, je n'aurais pas pu.

— Moi je crois que si, dit-elle avec un pâle sourire.

Il secoua la tête, les yeux pleins de défi. Comment pouvait-elle penser qu'il mentait ?

— Je crois que vous auriez préféré le faire plutôt que de confier le fouet à Ortega.

— Peut-être, dit-il brièvement en se levant.

Elle tendit le bras pour le retenir. Voyant son geste, il se retourna et lui adressa un regard interrogateur.

— Ce matin, je vous haïssais, commença-t-elle d'une voix tremblante, vous et tout votre entourage. Maintenant, je n'éprouve plus aucune haine pour personne.

Il se pencha vers elle. Ses yeux étaient emplis d'une

grande douceur. Elle attendit, dans l'espoir qu'il dise quelque chose.

Pour la première fois, elle lut de l'amour dans son regard. Son cœur se mit à battre la chamade. Il lui parut soudain plus beau que jamais, fort, viril, si plein de vitalité.

Lorsqu'il ouvrit la bouche pour lui répondre, il ne lui dit rien qui lui donne envie de s'ouvrir davantage à lui.

— Il faut que tu manges quelque chose. Je vais dire à Consuelo de te préparer un repas.

CHAPITRE XX

PENDANT SA CONVALESCENCE, Sheila découvrit Ráfaga sous un nouveau jour. L'homme dominateur et maître de lui qu'elle avait connu n'était plus. Il avait été remplacé par un amant, doux, tendre, affectueux, touchant même, plein d'attention, sans qu'il se soit pour autant départi de sa virilité. Jamais elle n'aurait cru qu'elle pouvait être encore plus amoureuse de Ráfaga qu'elle ne l'était déjà, et pourtant...

— C'est magnifique, soupira-t-elle à cette pensée.

— Qu'est-ce qui est magnifique ? s'enquit-il.

Elle sursauta. Elle ne s'était pas rendu compte qu'elle avait exprimé tout haut sa pensée. Il lui adressa un sourire si chaleureux, si intime qu'elle en eut le souffle coupé. Comme s'ils étaient seuls au monde, ils marchaient dans les hautes herbes de la prairie en tenant leurs chevaux par les rênes.

— Cette journée, répondit-elle enfin.

Parce qu'elle lui avait menti, elle rougit légèrement ; il s'en aperçut.

— Nous avons trop marché. Viens. Laissons les chevaux paître tranquillement.

Il la prit par le coude et l'entraîna vers un petit talus.

— Nous allons nous reposer un instant. Tu es fatiguée.

Sans protester, elle lâcha les rênes du cheval bai qui allongea le cou immédiatement et se mit à brouter. Les chevaux en liberté paissaient un peu plus loin avec une partie du bétail. Pablo, le fils de Juan, ne devait pas être loin.

Sheila le chercha des yeux et elle l'aperçut, assis dans l'ombre, sur un rocher plat. Elle lui fit signe de la main et il lui rendit timidement son salut.

— Pablo est un petit garçon très raisonnable, remarqua Ráfaga, qui avait suivi son regard.

— Oui, il est très consciencieux. Savez-vous que Juan lui apprend l'anglais pour qu'un jour il puisse aller aux Etats-Unis ?

— Pauvre Pablo ! fit-il en s'asseyant par terre, tout en entraînant Sheila près de lui. Avoir Juan comme professeur d'anglais !

— Je pourrais lui apprendre l'anglais moi-même et il pourrait m'enseigner l'espagnol, dit-elle.

— Je ne crois pas, fit-il, un sourire amusé sur les lèvres.

— Et pourquoi ?

Sheila cueillit une marguerite qui poussait dans l'herbe épaisse et la fit tournoyer entre ses doigts. Ráfaga s'étendit dans le pré et l'attira à lui pour qu'elle loge sa tête au creux de son épaule.

— Parce qu'il est en train de devenir un homme. Je ne voudrais pas qu'il tombe amoureux de toi, répondit-il enfin. (Une lueur dansante brillait dans ses yeux.) C'est une maladie qui s'attrape facilement à son âge.

— En avez-vous souffert vous-même ? (Elle essaya en vain de s'imaginer Ráfaga en petit garçon vulnérable.) C'est le cas de tous les petits garçons qui deviennent des hommes.

L'air était extraordinairement clair et le soleil inondait le canyon d'une chaude lumière ocre.

— Cela fait si longtemps ! Je ne me souviens plus, murmura-t-il.

— Vous devez bien vous souvenir de quelque chose.

— Je me souviens qu'elle avait des cheveux d'or et qu'elle ne savait même pas que j'existais, dit-il avec un sourire.

— Etait-elle américaine ?

— Je crois que oui.

Sheila pensa à ses propres cheveux que le soleil avait peu à peu métamorphosés en une masse de fils d'or. Une vague de plaisir l'envahit. Peut-être Ráfaga était-il encore particulièrement sensible aux blondes américaines ? Elle eut envie de lui poser d'autres questions sur cette mystérieuse femme qu'il avait aimée adolescent, mais il changea de sujet.

— Tu avais raison, dit-il en resserrant l'étreinte de son bras autour de sa taille, l'air heureux. C'est une belle journée.

— Les montagnes sont si proches ! On a l'impression qu'en tendant le bras, on peut les toucher. (Elle contempla les sommets pointus qui se découpaient sur le ciel d'un bleu profond.) Avez-vous jamais pensé à partir d'ici ? A aller vivre ailleurs ?

— Où irais-je ?

Sheila se tourna sur le côté et se haussa sur un coude tandis que son autre main reposait sur le torse de Ráfaga. Elle lui adressa un regard empreint d'espoir.

— Vous pourriez aller dans un autre pays, commencer une nouvelle vie, changer de nom. Vous êtes intelligent, plein de ressources, un vrai meneur d'hommes. Vos possibilités sont considérables.

— Quoi que je fasse, où que j'aille, je serai toujours recherché, répondit-il calmement. De toute façon, je courrai toujours le risque d'être découvert. Puisque je dois vivre traqué, je préfère que ce soit dans ces montagnes que je connais aussi... intimement que je te connais, toi.

Une mèche de cheveux avait glissé sur sa joue. Ráfaga la lui passa derrière l'oreille et lui caressa la joue. Sheila sentit une pointe de désir lui picoter les reins ; elle essaya de l'ignorer. Ils avaient commencé une conversation et elle était déterminé à aller jusqu'au bout. Elle ne le laisserait pas détourner son attention, même si elle en avait envie.

— Ráfaga, j'ai de l'argent, dit-elle brusquement, puis elle ajouta très vite : Pas de l'argent de mes parents, mais de l'argent qui m'appartient. Si vous...

Il posa un doigt sur ses lèvres pour la faire taire.

— Avec de l'argent, on peut acheter beaucoup de choses, Sheila. Des choses dont je n'ai nullement besoin. Ma liberté ne peut s'acheter, pas après tout ce temps. Tout ce que je veux est ici, en face de toi. (Il balaya le canyon du regard.) Des amis, les montagnes, un endroit pour vivre, un toit sur ma tête. L'argent ne me sert qu'à me vêtir, et à acheter le peu de nourriture que nous ne pouvons produire nous-mêmes dans le refuge.

Que Ráfaga ait rejeté son offre avant même qu'elle l'ait vraiment formulée l'irrita au plus au point.

— Et quand vous avez besoin d'argent, vous allez rendre la liberté à quelques criminels ?

— Cela te semble contradictoire, *querida* ? demanda-t-il en souriant. Nous allons à des extrêmes pour rester fidèles aux lois que nous nous forgeons, mais nous brisons les lois gouvernementales pour de l'argent.

Son sourire l'attendrit. Elle voulut protester mais n'y parvint pas.

— Oui, c'est vrai, je trouve cela contradictoire, dit-elle au bout d'un moment.

— Nous avons refusé le système de lois que tu connais et nous nous sommes finalement rendu compte que l'on ne pouvait pas vivre sans légalité. Aussi avons-nous créé notre propre système. C'est effectivement une contradiction. Telle est la situation : une spirale sans fin. Irréversible.

— Mais ne pouvez-vous sortir de cette spirale ?

Il lui passa la main autour du cou, son pouce lui caressant doucement le lobe de l'oreille.

— Certains humains peuvent être déracinés et replantés ailleurs, et refleurir. C'est ton cas par exemple, je crois. (Ses yeux s'assombrirent et plongèrent dans les siens comme s'il voulait toucher le fond de son âme.) Je ne quitterai pas la sierra. Je n'ai aucune raison de le faire. Tout ce que je veux est ici, tout ce que j'aime.

En resserrant la pression de sa main sur sa nuque, il l'attira à lui. Ses lèvres chaudes effleurèrent les siennes, taquines. Lorsque Sheila entrouvrit les siennes pour recevoir son baiser, ses deux mains encerclèrent son cou, pour éloigner leurs bouches, comme pour la faire languir.

— Tout ce que je veux est ici, répéta-t-il d'une voix chargée d'émotion. La vie m'a apporté ce que je désire le plus au monde.

Le moment était venu. Son cœur battait la chamade. Elle avait besoin de lui donner, de tout lui donner.

— Je t'aime, murmura-t-elle tendrement.

Pour toute réponse, il accrut la pression de ses doigts sur sa nuque et prit sa bouche avec passion. Ses sens furent assaillis par l'odeur de son tabac aromatisé et la senteur musquée de sa peau. Ils échangèrent un baiser passionné, si doux, si profond que le corps de Sheila se mit à vibrer de bonheur.

Frémissante de désir, elle se nicha contre sa poitrine, son corps se soudant au sien. Elle l'enlaça, furieusement possessive. Son sang bouillait de plaisir. La bouche de Ráfaga continuait à explorer la sienne avec passion.

Il la prit par les hanches et la hissa avec aisance sur lui puis il mit ses mains en coupe autour de ses seins. Sa bouche descendit le long de son cou. Sur la gorge, elle refit le chemin tant de fois parcouru, s'arrêtant par intervalles pour lui mordiller la courbe de l'épaule, le creux du cou, le lobe de l'oreille.

Puis sa bouche retourna boire à la source de ses lèvres, pour en goûter la douceur, les réclamant comme si elles lui appartenaient.

Il la fit rouler sur le côté. Ses doigts impatients déboutonnèrent son chemisier avec une ardeur qui ne fit qu'accroître son désir. Un frisson de plaisir sensuel lui parcourut la peau lorsqu'il écarta le tissu pour exposer ses seins.

La sensation de fraîcheur fut brève, vite consommée sous l'ardeur de ses caresses, tandis que ses mains se refermaient sur les courbes pulpeuses de ses seins.

Sheila glissa à son tour ses mains sous sa chemise, se réjouissant sans honte aucune, au contact de sa peau ferme et douce. Sous les doigts de Ráfaga, son mamelon se durcit, formant un petit mont rosé et arrogant. Il abandonna ses lèvres pour découvrir du bout de la langue le bouton rosé. Elle frissonna de désir. Cette sensation s'intensifia lorsque les mains glissèrent le long de son corps pour palper la courbe de ses hanches. Elle tressaillit en réponse à ses nouvelles caresses.

D'une main tremblante de désir, il chercha la fermeture Eclair de son jeans. Inconsciemment, Sheila poussa un gémissement de plaisir. Ráfaga hésita. Il tourna vers son visage des yeux brûlants d'amour.

— Le sol est-il trop dur ? demanda-t-il d'une voix rauque de désir.

Mais elle savait que ce désir, il pouvait le maîtriser. Depuis longtemps, elle avait compris que cette capacité faisait partie de ses talents amoureux.

— Non, murmura-t-elle d'une voix vacillante en glissant une main derrière sa nuque. Ce sont tes caresses qui me font presque mal.

Il eut un sourire satisfait, presque enfantin, avant de reprendre possession de sa bouche.

— C'est ce qu'il faut, *querida,* dit-il dans un souffle, ses lèvres contre les siennes.

L'espace d'un instant, elle fut à nouveau consciente de la réalité lorsqu'il descendit la fermeture Eclair de son pantalon. Ses mains tentèrent en vain de le repousser et elle essaya de libérer ses lèvres de son baiser ardent.

— Pablo peut nous voir, Ráfaga, lui rappela-t-elle dans un souffle.

Il releva la tête.

— Veux-tu que je m'écarte ?

Elle n'avait pas à lui répondre. Il savait. Elle frotta la joue contre sa mâchoire comme un chaton à la recherche de caresses.

— Tu veux que je te tienne dans mes bras, mais tu ne veux pas que je te fasse l'amour, dit-il, railleur. Tu sais pertinemment que c'est impossible, pour toi comme pour moi.

— Oui, je sais, soupira-t-elle, ivre de désir.

Il s'écarta pourtant légèrement d'elle et la saisit par les poignets. Puis il la força à se relever et se mit lui-même sur pied. Elle ouvrit la bouche pour protester, mais il la prit prestement dans ses bras, et l'emporta avec une incroyable aisance en direction de la paroi du canyon, de l'autre côté de la prairie.

— Où allons-nous ? demanda-t-elle en essayant de regarder autour d'elle, gênée par son imposante carrure.

— Là-bas, dit-il en pointant du menton droit devant lui.

Ils arrivèrent bientôt à une grotte creusée dans le flanc du canyon, dont l'entrée était en partie dissimulée derrière des broussailles. Les rayons obliques du soleil en éclairaient en partie l'intérieur. Sheila jeta autour d'elle un coup d'œil curieux, remarquant que l'entrée avait été élargie par la main de l'homme.

Comme s'il avait deviné sa pensée, Ráfaga lui en donnait la raison :

— Une famille tarahumura vivait ici autrefois.

Lorsqu'il l'étendit sur le sol, elle oublia tout. De ses mains caressantes, il repoussa sa blouse et la fit glisser rapidement le long de ses bras. Elle sentit monter en elle le désir irrésistible de lui appartenir. Elle lut dans ses yeux le même désir. Il posa sur ses lèvres sa bouche brûlante et possessive. Comme un volcan en éruption, leur passion les envahit ensemble d'une vague de chaleur bouillonnante. Ce furent les premières fraîcheurs de la nuit tombante qui la tirèrent de la paix sublime de ses bras. Beaucoup, beaucoup plus tard.

Elle chercha à tâtons ses vêtements éparpillés autour d'elle. Pendant qu'elle s'habillait, elle sentit ses yeux noirs qui l'observaient, mais elle n'éprouvait plus, à présent, ni gêne ni ressentiment.

Elle était fière, au contraire, fière qu'il aime regarder son corps, qu'il la trouve belle, qu'il partage avec elle la satisfaction de l'amour. Elle s'enorgueillissait de la clarté translucide et crémeuse de sa peau, de la finesse de ses hanches qui, comme Ráfaga le lui avait dit un jour, étaient le réceptacle idéal du désir de l'homme.

Elle se vêtit sans hâte. Derrière elle, elle entendit un froissement de vêtements ; elle se retourna avec grâce, tout en boutonnant son chemisier. Ráfaga était en train de boucler sa ceinture. Il s'approcha d'elle, sans rien dire. Son regard empreint de chaleur et d'admiration plonga dans le sien. Elle songea à quel point la beauté de ses yeux la comblait, et combien elle aurait voulu les avoir devant elle chaque jour de sa vie.

Du revers de la main, il lui caressa tendrement la joue.

— Je vais aller chercher les chevaux.

Il esquissa un sourire puis sortit de la grotte. Elle le suivit du regard jusqu'à ce qu'il soit hors de sa portée. Elle resta longtemps les yeux fixés à l'endroit où il avait disparu. Elle finit de boutonner son chemisier. Accidentellement, ses doigts rencontrèrent la courbe de son sein. Ils y demeurèrent quelques instants, tandis qu'elle se souvenait des caresses de Ráfaga. Son cœur débordait d'un amour qui n'était pas seulement physique.

Soudain, elle perçut un mouvement dans l'épais feuillage à l'entrée de la grotte. Ce ne pouvait être Ráfaga, puisqu'il était parti dans la direction opposée. Elle écarquilla les yeux, instinctivement avertie d'un danger. Elle referma à la hâte le haut de son chemisier.

Ortega apparut tout à coup à l'entrée de la grotte. Elle le vit avec horreur la déshabiller du regard. Elle ne put s'empêcher de se demander depuis combien de temps il était là. Quelque chose dans ses yeux indiquait qu'il avait été là tout le temps. L'idée qu'il ait pu observer leurs ébats lui souleva le cœur. Il murmura quelque chose et fit un pas vers elle. Mais un bruit venant de la direction opposée le fit reculer prestement. Ráfaga était de retour. Elle s'appuya contre le mur, sentant ses jambes se dérober sous elle, le cœur battant. Soulagée, elle ferma les yeux lorsqu'elle entendit la voix de Ráfaga émettant une remarque cinglante à l'adresse de l'intrus. Celui-ci lui répondit brièvement.

— Sheila ! cria Ráfaga d'un ton encore un peu dur.

— Oui, répondit-elle d'une petite voix.

Le regard de Ráfaga se tourna immédiatement dans la direction d'où venait cette voix. Il s'approcha d'elle et la prit par les épaules.

— Que fais-tu ici tout au fond ?

C'était à la fois une question et une réprimande.

— Il... il me cherchait, balbutia-t-elle en se jetant dans ses bras, tremblante.

— C'est moi qu'il cherchait, affirma-t-il. Pablo lui a dit qu'il nous avait vus marcher dans cette direction. Juan Ortega a entendu du bruit dans la grotte et il est venu voir ce qui se passait. A ce moment-là, il t'a aperçue et il t'a demandé où j'étais. Tu es rentrée à l'intérieur de la grotte et il a pensé que je m'y trouvais. C'est pour cela qu'il t'a suivie.

— Et tu le crois ? fit-elle sur un ton accusateur.

— C'est possible.

— Oui, répondit-elle d'un ton cassant.

L'homme était rusé. Elle n'avait aucune confiance en lui.

En faisant des efforts pour contrôler ses nerfs ébranlés par l'épisode, elle se dégagea de ses bras. Elle évita le regard de Ráfaga.

— Les chevaux sont-ils dehors ? demanda-t-elle, désireuse de changer de sujet. Elle ne voulait plus parler d'Ortega. La grotte avait été en quelque sorte contaminée par sa présence et elle voulait en sortir le plus vite possible.

— Oui, ils sont devant.

Elle sortit rapidement de l'ombre de la grotte. Ráfaga la suivit à longues enjambées. Les chevaux attendaient sagement à quelques mètres de l'entrée. Un alezan tourna vers eux une oreille distraite à leur approche tandis que le cheval bai levait la tête et hennissait pour leur souhaiter la bienvenue. Sheila marcha vers lui, prit les rênes et les lui passa par-dessus la tête. Mais Ráfaga l'interrompit dans son mouvement.

— Pourquoi as-tu peur d'Ortega ? Pourquoi ? lui demanda-t-il en scrutant son visage.

— J'ai toujours eu peur de lui, depuis la première fois que je l'ai vu, répondit-elle en se raidissant. Ce que tu penses, toi, ne me fera pas changer d'avis.

— Que veux-tu dire ? rétorqua-t-il avec une ombre dans les yeux.

— Ce que je veux dire... Ce n'est pas moi qui l'ai invité dans la maison la nuit où il a essayé de me violer. Je sais que tu ne me crois pas. J'ai des haut-le-cœur chaque fois que je suis en sa présence.

Un frisson de répulsion la parcourut.

Il la saisit par les épaules et la força à se retourner vers lui.

— Tu n'as pas à avoir peur de lui. Il ne s'approchera plus jamais de toi. Il sait fort bien ce qu'il risque. Il me connaît.

Il tentait de la rassurer. Il était sincère, elle le savait. Mais elle n'arrivait pas à le croire, sans qu'elle puisse s'expliquer pourquoi. Ce n'était pas simplement une sorte de gêne qu'elle ressentait lorsque Ortega était devant elle. C'était un sentiment d'horreur inexplicable.

Comme elle ne lui répondait pas, il accrut la pression de ses mains sur ses épaules.

— Me comprends-tu, Sheila ?

— Oui.

Elle hocha la tête et sourit pour cacher son incrédulité. Le cheval bai posa sa tête sur l'épaule de Ráfaga. Sheila profita de l'occasion pour changer de sujet.

— Pourquoi ne le montes-tu plus ?

— Parce qu'il est à toi.

— Pas littéralement, bien sûr.

Son sourire était plus naturel, cette fois-ci.

— Il m'appartenait et je te l'ai donné, répondit-il. Ce n'est pas seulement un geste. Il est à toi. J'ai averti Juan. Il sait qu'il doit le seller chaque fois que tu désires monter à cheval.

— A cause d'Arriba, murmura-t-elle.

— Oui, à cause de la jument. Je ne peux remplacer l'affection que tu lui portais mais je peux te donner un autre cheval qui la vaut. (Il frotta gentiment l'animal entre les deux oreilles.) Il n'est pas aussi rapide que la jument, poursuivit-il, mais il peut te transporter des heures et des heures d'affilée dans la montagne. Il est doué d'une énergie incomparable, et, la nuit, il voit comme un chat et sait repérer les chemins les plus sûrs.

— Mais...

Perplexe, elle fronça les sourcils. Il venait de lui décrire la bête comme le meilleur cheval du refuge. Ce cadeau était-il la marque de sa confiance ? Elle n'eut pas le loisir de le lui demander.

— Partons, dit-il. (Il se retourna, s'empara des rênes de l'alezan et monta en selle.) Un cavalier vient d'arriver et je dois lui parler.

Elle enfourcha son cheval à son tour. Ils partirent en direction de la maison.

Sheila reconnut le cavalier. C'était le même que celui qui était venu quelques semaines plus tôt, la nuit de l'orage. Cette fois-ci, il ne fit rien pour dissimuler l'intérêt qu'il lui portait et elle eut la nette impression qu'il était venu à cause d'elle.

Quelles qu'aient été les nouvelles qu'il apportait, elles ne plurent pas à Ráfaga. Elle tenta de confirmer ses soupçons en lui demandant si c'était bien à cause d'elle qu'il était là ; Ráfaga le nia formellement. Il refusa pourtant de lui donner la raison de cette visite. A en juger d'après l'état de son cheval, l'homme était venu de loin et sans faire beaucoup de haltes.

C'était une des rares fois, depuis le début de sa convalescence, où Ráfaga s'était fermé à elle. Les heures d'intimité compensaient largement les rares instants où une barrière invisible se dressait entre eux.

Le changement intervenu dans leurs relations était apparent pour ceux qui les voyaient ensemble. En conséquence, tous les habitants du canyon la traitaient avec respect et gentillesse. L'attitude des sentinelles elles-mêmes avait changé. Ils s'étaient départis de leur froideur et ne lui adressaient plus ce regard méfiant chaque fois qu'elle ouvrait la porte. Ils s'inclinaient légèrement ou la saluaient gaiement. Comme s'ils avaient deviné que la petite maison, ou le canyon, n'était plus pour elle une prison d'où elle désirait à tout prix s'échapper.

Munie d'une serviette et d'un savon, elle sortit de la maison. D'un geste de la main et en prononçant quelques mots en espagnol appris par Consuelo, elle expliqua à la sentinelle qu'elle allait à l'étang se laver les cheveux. Il hocha la tête et lui fit signe de passer. Elle sourit malgré elle, au souvenir de l'époque où on lui aurait barré le chemin avec un fusil.

Quelquefois, elle songeait à ses parents. Elle aurait tant voulu les rassurer sur son sort. Mais cette période de sa vie lui semblait lointaine. Elle avait l'impression de vivre dans un monde différent. Cela lui était égal. Cette existence avec Ráfaga lui convenait tout à fait.

En chantonnant, un peu absente, elle s'agenouilla près de l'étang. Elle frissonna avant même de plonger sa tête dans l'eau. Ses cheveux flottèrent un instant, formant une couronne d'or autour de sa tête. Elle frotta le savon énergiquement sur son crâne puis étendit la mousse au reste de sa chevelure. Tandis qu'elle se rinçait les cheveux, elle sentit une présence auprès d'elle. Elle se retourna, s'attendant à demi à trouver Ráfaga. Elle ne vit personne. En haussant les épaules, elle se rinça la tête sous l'eau en fermant les yeux à cause du savon.

La journée était belle. Elle n'avait aucune envie de rentrer à la maison. Elle s'installa sous les feuillages pour se protéger du soleil. Il faisait chaud. Elle se mit en devoir de se sécher les cheveux. Soudain un bruit attira son attention sur la gauche. Elle tourna la tête vivement : un homme se tenait debout devant elle et la regardait. Elle l'avait déjà vu mais elle ne connaissait pas son nom. Sans trop savoir pourquoi, elle se sentit mal à l'aise.

Avec un sourire hésitant, elle le salua :

— *Buenos dias.*

Il ne lui répondit pas, mais il lui fit signe de se lever. Elle s'exécuta avec prudence, se demandant si Ráfaga l'avait envoyé la chercher. Elle n'arrivait pas à s'en convaincre. Lorsqu'il fit un pas en avant, elle recula.

Un bras lui entoura la taille par-derrière, tandis qu'une main se posait sur sa bouche pour étouffer son cri. Elle se débattit comme un beau diable, griffant les mains qui la tenaient prisonnière, donnant des coups de pied dans tous les sens. L'autre homme s'approcha prestement, une corde à la main. Il lui attacha les poignets puis ils l'entraînèrent sans ménagement dans le bois à un endroit où trois chevaux les attendaient.

La main posée sur sa bouche l'empêchait presque de respirer. Le peu d'air qu'elle réussissait à inhaler était empoisonné par l'odeur chaude des doigts plaqués sur son visage. Les narines dilatées, elle essayait d'aspirer un maximum d'oxygène mais la peur et l'épuisement entravaient sa respiration.

L'homme retira sa main un instant.

— Ráfa..., cria-t-elle.

Mais, très vite, on lui enfonça un mouchoir sale dans la bouche, manquant de l'étouffer. Un autre morceau de tissu fut ensuite attaché derrière sa tête pour maintenir le bâillon en place. Une fois hissée de force sur un des chevaux, elle aperçut le visage de son deuxième kidnappeur. Elle ne fut pas vraiment étonnée lorsqu'elle reconnut Ortega. D'une certaine façon, tout avait commencé le jour où il avait tué Brad sur la route.

Elle songea, terrifiée, à la situation dans laquelle elle se trouvait. Il la regardait en ricanant ; il semblait se moquer de la peur qu'il lisait dans ses yeux, découvrant ses dents jaunes et gâtées qui lui donnaient l'air d'un chien affamé. Il lui attacha les mains au pommeau de la selle, pour ne lui donner aucune chance de s'échapper.

Tenant les rênes d'une main, il enfourcha sa propre monture. L'autre homme était déjà à cheval et attendait. Ortega prit la tête. Au lieu de se diriger vers l'est, à travers la forêt, ils partirent en direction de l'étang.

Un faible espoir naquit en elle. S'ils ne l'emmenaient pas hors du canyon, elle avait encore une chance de s'en tirer en alertant quelqu'un.

Ils étaient pratiquement arrivés à la hauteur de l'étang, tout près de la face nord du canyon. Soudain, Ortega tira violemment sur les rênes de son cheval et se raidit. Sheila se pencha pour voir ce qui se passait. Elle aperçut Juan qui bloquait le chemin, un fusil à la main. L'autre homme était rapidement passé devant elle pour la cacher, mais Juan l'avait déjà vue. Il posa une question sur un ton glacial.

Son cœur se mit à battre. Elle se sentit presque soulagée, et les larmes lui montèrent aux yeux. Juan savait à quel point elle détestait Ortega et combien elle en avait peur. Il ne croirait pas un mot de ce que lui raconterait ce vieux rusé. Son regard se posa sur cet individu répugnant qu'elle méprisait. Cette fois-ci encore, il n'arriverait pas à ses fins.

Et puis, soudain, elle vit quelque chose que Juan, lui, ne pouvait pas voir. Lentement l'assassin de Brad sortait de sa poche un couteau. Elle essaya de crier, mais le mouchoir étouffa le son. Sa tentative attira pourtant à elle l'attention de Juan. C'était le moment qu'attendait son agresseur. Avec une rapidité incroyable, ce dernier lança le couteau. En un instant, Juan réalisa son erreur, mais il était trop tard. Il essaya d'épauler son fusil mais la lame du couteau avait déjà transpercé sa poitrine. Lentement, il s'affaissa. Sheila poussa un cri de terreur qui lui resta dans la gorge. Ortega éperonna son cheval, entraînant dans le même temps celui de Sheila. En passant, elle jeta un regard empli d'horreur sur le corps de Juan qui se tordait de douleur sur le sol. Ils se dirigèrent vers la façade rocheuse du canyon et grimpèrent le long d'un petit chemin qui apparut soudain derrière les broussailles. Une autre passe menait hors du canyon. Un chemin dont Sheila avait jusque-là ignoré l'existence.

CHAPITRE XXI

UNE FOIS SORTIS DU CANYON, ILS accélérèrent l'allure. Ils avaient pris la direction de l'ouest. Epuisé, le cheval de Sheila trébuchait sans cesse.

Nerveux, les deux hommes regardaient continuellement derrière eux. Elle savait qu'ils poussaient les chevaux pour s'éloigner le plus vite possible du canyon. Elle ne connaissait pas leur destination, mais il était évident qu'Ortega s'était juré de l'atteindre avant que leurs éventuels poursuivants les rattrapent. Sheila ne pouvait que prier pour que Ráfaga soit sur leur piste.

Le cheval d'Ortega buta contre un rocher et tomba presque à genoux. L'homme tira violemment sur les rênes pour relever la tête de l'animal en poussant un juron. Voyant du sang se mêler à l'écume qui entourait la bouche de la bête, Sheila eut pitié. Bientôt ce serait son tour d'être à la merci d'Ortega. Il allait finir par abuser d'elle, comme il le souhaitait depuis le premier jour, avec sans doute plus de sauvagerie et plus de méchanceté.

Ils atteignirent une clairière et Ortega s'arrêta quelques instants pour laisser les chevaux se reposer, comme s'il avait enfin compris que, s'il les épuisait trop, ils finiraient tous à pied. Sheila se sentait à vrai dire aussi fatiguée que les bêtes. La corde qui lui martyrisait les poignets engourdissait ses doigts. La peur avait redoublé l'acuité de ses sens.

Les deux hommes descendirent de cheval et vidèrent avidement le contenu de leur gourde. Sheila les regarda, les yeux écarquillés. Elle mourait de soif. Le bâillon lui blessait la mâchoire et le mouchoir enfoncé dans sa bouche avait séché sa langue, devenue de bois. Lorsqu'ils eurent étanché leur soif, ils donnèrent à boire aux chevaux. Sheila s'agita sur sa selle, essayant de trouver une position plus confortable, pour soulager les crampes qu'elle avait aux bras et aux jambes. Le cuir de la selle craqua, attirant sur elle le regard d'Ortega. Un ricanement déforma sa bouche. Ses yeux étaient fixés sur sa poitrine.

Il faisait une chaleur torride et Sheila avait transpiré abondamment, de sorte que son chemisier lui collait à la peau, moulant parfaitement les courbes de ses seins et les pointes de ses mamelons.

Ortega marcha vers elle. Une indescriptible terreur l'envahit. Elle fit des efforts désespérés pour rester stoïque. Il aurait trop de plaisir à la voir trembler devant lui. Elle eut du mal à se contenir lorsque ses mains courtes et poisseuses se posèrent sur elle. Il se ravisa et détacha d'abord la corde accrochée au pommeau. Brutalement, il la poussa de sorte qu'elle tomba dans ses bras, comme il l'avait calculé. Une de ses mains se referma sur son sein. Elle poussa un cri, étouffé par le bâillon. Il éclata d'un rire méchant. Sheila essaya de retrouver son équilibre. L'autre homme choisit ce moment pour intervenir. Elle comprit quelques mots, suffisamment pour savoir qu'il jugeait que ce n'était ni le moment ni l'endroit pour accomplir ce que le meurtrier de Brad s'était mis en tête de faire.

Sans se départir de son sourire sardonique, Ortega lui répondit que les chevaux devaient se reposer. Sheila se débattit désespérément dans ses bras. Ses pieds touchaient à peine le sol. L'autre homme secoua la tête et commença à s'éloigner.

Mais Ortega le rappela en faisant tournoyer Sheila dans ses bras de manière qu'elle soit face à l'autre homme. La main qui lui avait écrasé le sein remonta le long de son chemisier jusqu'au col et déchira le vêtement avant qu'elle ait eu le temps de faire un geste.

Puis il écarta les deux pans de la chemise, exposant les

formes rondes de ses seins. La panique agitait sa poitrine à un rythme accéléré. La voix d'Ortega semblait défier son compagnon de reconnaître la beauté de la proie qu'ils avaient capturée.

Secouée de sanglots, Sheila fit un effort surhumain pour se dégager et réussit à échapper aux mains de son bourreau. Elle essaya de courir, mais il la rattrapa par son chemisier qu'il déchira un peu plus. L'autre homme le rejoignit et s'empara d'elle. Il la tint fermement contre lui tandis qu'Ortega finissait de lui arracher son chemisier. Elle lutta désespérément lorsqu'il tira sur les jambes de son pantalon. L'homme eut du mal à la maintenir, mais il y parvint malgré tout. Sheila savait qu'il la violerait, lui aussi, lorsque Ortega en aurait fini avec elle. Ce dernier avait réussi à lui baisser le pantalon jusqu'aux genoux.

Elle se débattait toujours, lui donnant des coups de pied, visant l'entrejambes. Il lui attrapa le pied avant qu'il atteigne sa destination et tira sur la jambe du pantalon. Folle de peur, elle hurlait le nom de Ráfaga, encore et encore, mais le bâillon rendait ses cris inaudibles.

Ils la jetèrent sur le sol. Elle se tordit frénétiquement, comme un serpent. L'homme saisit ses poignets attachés et les lui maintint au-dessus de la tête pendant qu'Ortega commençait à se déshabiller. Il y eut une explosion. L'homme lui lâcha les bras. Elle roula sur le côté, essayant de se remettre debout. Déjà, Ortega courait en direction des chevaux. Il y eut une autre explosion et Sheila le vit tomber.

Terrorisée, elle comprit que ces explosions étaient des coups de feu. Elle se retourna et vit Ráfaga traversant la petite clairière, le fusil à la main. Derrière lui, il y avait Laredo et un autre homme. Sheila s'effondra, les yeux emplis de larmes de soulagement. Elle vit Ortega qui essayait désespérément de ramper. Encore un coup de feu, et il ne bougea plus. Puis Ráfaga s'approcha du corps étendu par terre, le fit rouler du bout de sa botte, le fusil pointé sur sa tête.

Laredo s'agenouilla aux côtés de Sheila. Il retira sa veste et la posa sur elle. Elle le remercia d'un regard.

— Dieu merci, nous sommes arrivés à temps, murmura-t-il, puis il tendit les bras pour lui retirer son bâillon.

— Ne la touche pas, hurla Ráfaga.

Il pivota sur ses talons et pointa le fusil sur Laredo. Celui-ci, qui le connaissait bien, se releva lentement, les deux mains bien en vue. En voyant l'expression farouche, sauvage et glaciale qui marquait les traits de cet homme qu'elle aimait, elle prit peur. Le regard d'acier qu'il lui jeta la terrifia. Elle ne put s'empêcher de se contracter, incertaine, lorsqu'il s'approcha d'elle.

Sans dire un mot, il se pencha sur elle et la débâillonna. Il lui toucha la joue délicatement mais ses traits ne s'adoucirent pas. Sheila laissa échapper un long sanglot de soulagement de sa bouche enfin libérée. Des larmes coulaient en abondance sur son visage, mais elle ne pleurait pas vraiment. Passant une lame de couteau entre ses poignets, il coupa la corde. Puis il se redressa et s'éloigna. Elle était encore trop choquée pour se relever.

Ni Laredo ni l'autre homme n'osèrent s'approcher d'elle pour l'aider. Elle restait étendue là, ne sachant que faire. Elle aurait tant voulu qu'il la prenne dans ses bras, mais il semblait si insensible, si dur.

Il revint, tirant les chevaux par les rênes, une couverture à la main. Il tendit les rênes à l'homme qui se tenait aux côtés de Laredo puis il vint à nouveau près de Sheila, tenant une couverture, avec laquelle il l'enveloppa. Elle n'essaya pas de l'aider. Il la prit dans ses bras et l'emporta vers son cheval.

— Que faisons-nous de ces deux-là ? demanda Laredo en désignant les corps.

— Laissons-les à la merci des bêtes sauvages, répondit-il, les dents serrées.

Il se tourna vers l'autre homme et lui ordonna d'aller chercher les autres chevaux.

Sheila tremblait. Il resserra son étreinte et la pressa contre sa poitrine. Elle se recroquevilla dans la couverture, la seule chose qui semblait pouvoir lui apporter un peu de chaleur.

Le retour au refuge lui parut interminable. Personne ne

parla. Devant la maison, Ráfaga sauta de cheval le premier. Puis il reprit Sheila dans ses bras et fit signe au garde qu'il lui ouvre la porte. Par-dessus son épaule, elle aperçut Laredo qui s'apprêtait à mettre pied à terre lui aussi, mais Ráfaga referma la porte dès qu'il en eut franchi le seuil. Il alla directement à la chambre et la déposa doucement sur le lit. Son visage était toujours aussi dur et inexpressif.

— Reste ici, ordonna-t-il.

Ne sachant si elle devait ou non prendre cet ordre à la lettre, elle ne broncha pas. De toute façon, elle n'aurait pu faire grand-chose, tant elle était fourbue. Elle l'entendit aller et venir dans la cuisine. Elle se demanda si Consuelo était là, puis elle se souvint du couteau qui avait transpercé la poitrine de Juan. Quand Ráfaga revint, elle voulut lui demander des nouvelles de Juan, mais sa question resta dans sa gorge. Un filet de fumée s'élevait de la cuvette qu'il avait posée au beau milieu de la pièce. Il étendit une serviette par terre. Elle le regarda les yeux écarquillés lorsqu'il lui enleva la couverture et la jeta. Il prit Sheila dans ses bras et la posa debout sur la serviette.

Puis, avec de l'eau chaude et du savon, il se mit en devoir de la laver méthodiquement avec l'indifférence du médecin. En silence, elle se laissa faire comme un pantin, se souvenant de la fois où elle s'était elle-même frottée de la sorte, pour effacer les marques invisibles d'Ortega sur sa peau. Peut-être Ráfaga se souvenait-il aussi de cette fois-là. Peut-être était-ce la raison pour laquelle il agissait ainsi, afin de compenser en quelque sorte le fait qu'il avait laissé se reproduire un tel événement.

Il l'essuya avec soin, la porta jusqu'au lit, et la coucha. Il s'assit près d'elle pendant quelques instants. Elle voulait qu'il la prenne dans ses bras pour lui redonner chaleur et sécurité. Elle plongea un regard désespéré dans ses yeux noirs et inflexibles. Elle aurait voulu le supplier, mais elle ne pouvait pas parler. Une larme perla au bout de ses cils et se figea sur sa joue comme une minuscule boule de cristal. Elle entendit la porte se refermer derrière lui et elle ferma les yeux.

Quand le soleil fut couché, il revint et lui apporta à manger. Elle voulut refuser, mais il insista. Ce furent les seuls mots qu'il prononça. Sheila réussit à avaler quelques bouchées puis elle repoussa le plateau. Il le prit et sortit. Le lendemain, le même scénario se reproduisit, sauf qu'elle mangea encore moins. Ráfaga n'avait pas passé la nuit avec elle. Devant son indifférence apparente, elle n'avait qu'une seule solution : se réfugier dans sa coquille.

De nouveau, il quitta la maison dès qu'elle eut mangé. Elle se leva, décidée à ce qu'il ne la trouve pas au lit une troisième fois. Elle ne pouvait plus supporter qu'il la regarde comme si elle était une étrangère. Quand elle fut vêtue, elle sortit de sa chambre. Le silence qui régnait dans la maison lui était insupportable, et lui donnait la nausée.

Elle avait envie d'aller trouver de la fraîcheur dans la montagne, mais le garde refusa de la laisser sortir, en secouant la tête tristement. A nouveau, elle était prisonnière, confinée dans la maison.

Sur les nerfs, elle se mit à arpenter la pièce, le cœur en peine. Elle épiait chaque ombre que le soleil projetait devant la maison, espérant que ce serait Ráfaga. A midi, il lui apporterait à manger. Il fallait patienter.

Mais ce fut Laredo qui lui apporta le plateau. A sa vue, elle perdit le contrôle d'elle-même. Il frappa ; elle ouvrit la porte brutalement.

— Que voulez-vous ?

— Je suis content que tu sois levée, dit-il en l'inspectant rapidement. Je t'ai apporté à manger. Ráfaga dit que tu ne te nourris pas assez.

— S'il s'inquiète tant, pourquoi ne vient-il pas lui-même ? répondit-elle sèchement, tandis que ses ongles s'enfonçaient de plus en plus profondément dans ses paumes, comme si la douleur pouvait la soulager de son amertume.

Sans se rendre compte de ce qu'elle faisait, elle heurta violemment le bras de Laredo, qui lâcha le plateau. Toute la nourriture se répandit sur le sol.

— Je n'ai pas mangé parce que je n'avais pas faim. Et je n'ai toujours pas faim. Vous pouvez le lui dire, puisque apparemment il n'a plus envie de me voir.

— Sheila, ce n'est pas ça, dit-il, plongeant son doux regard dans ses yeux écarquillés par la fureur.

— Ah non ? hurla-t-elle en s'étranglant de colère. Il ne me parle plus ! Il ne me touche plus ! Il ne dort même plus avec moi...

— Tu ne comprends pas.

— Non, je ne comprends pas très bien. Où est-il à présent ? Que fait-il ? Pourquoi ne peut-il pas...

Elle s'interrompit, secouée de sanglots hystériques. Laredo la prit par les épaules.

— Il est au chevet de Juan, Sheila, dit-il enfin.

Haletante, elle le regarda fixement puis elle pivota sur ses talons. Il n'essaya pas de l'arrêter, mais elle sentit son regard posé sur elle. Son cœur se souleva, elle sut qu'elle allait être prise de nausée, mais elle réussit à se maîtriser. Elle serra ses bras de toutes ses forces autour de sa taille.

— Comment va-t-il ? balbutia-t-elle enfin au bout d'un moment.

— Il est toujours inconscient. Il a perdu beaucoup de sang. Les poumons ne sont pas touchés mais on ignore la gravité de la blessure.

Sheila prit sa tête entre ses mains et ferma les yeux.

— C'est entièrement ma faute. Si je n'avais pas essayé de le prévenir, il aurait vu le couteau dans la main d'Ortega.

Il lui releva le menton.

— Tu n'es pas responsable. Juan n'aurait jamais dû quitter Ortega des yeux un seul instant.

Son ton lui fit lever la tête.

— Vous savez ce qui s'est passé ?

Il hocha la tête.

— Juan était conscient lorsque nous l'avons trouvé. Il avait réussi à ramper jusqu'à l'étang. Ráfaga, la sentinelle et moi étions partis à ta recherche et nous l'avons trouvé. Quelqu'un avait vu Ortega et Chavez chercher trois chevaux au corral. S'étant douté de quelque chose, Juan s'était lancé à leur poursuite.

Elle frissonna au souvenir de cet épisode.

— Quand ils ont blessé Juan, j'étais sûre que vous nous rattraperiez avant qu'ils...

Laredo ne la laissa pas finir sa phrase et la prit dans ses bras.

— Ráfaga connaît ces montagnes comme sa poche. Quand il a su par quel chemin vous étiez partis, il a pris des raccourcis.

Elle posa la tête sur son épaule, se sentant quelque peu réconfortée par le contact de ses bras solides autour d'elle. Gentiment, il la berça.

— C'est fini, maintenant, Sheila, murmura-t-il.

— Pas vraiment... Ráfaga...

Elle songeait à son indifférence des derniers jours.

La porte d'entrée s'ouvrit toute grande et Ráfaga entra. A la vue de Sheila dans les bras de Laredo, il s'arrêta brusquement sur le seuil. Le masque de son visage fondit en un instant, tandis que des éclairs de colère brillèrent dans ses yeux. Doucement, Laredo repoussa Sheila et lui rendit son regard sans sourciller.

— Je donnais des nouvelles de Juan à Sheila, fit-il en guise d'explication, puis il passa devant lui et sortit de la maison.

Ráfaga continuait à la regarder fixement. Puis lentement sa colère s'estompa. Il sembla se ressaisir. Voyant le plateau renversé sur le sol, il s'exclama.

— On t'a préparé un repas pour que tu le manges et non pas pour qu'il soit jeté par terre.

Sa colère, elle pouvait encore la supporter, mais cette indifférence glaciale, c'en était trop !

— Mangez-le vous-même, moi, je n'en veux pas, cria-t-elle, hors d'elle.

Il se redressa. Soudain il lui parut immense, si froid, si lointain.

— Dans ces conditions, nous le laisserons aux cafards.

Il se retourna, prêt à sortir, mais elle ne pouvait se résigner à le laisser partir ainsi. Elle le saisit par le coude pour l'arrêter. Il se retourna, la dominant de sa haute taille. Elle cherchait avidement sur son visage fermé l'explication de son comportement vis-à-vis d'elle.

— Qu'est-ce qu'il y a, Ráfaga ? Qu'est-ce qui ne va pas ? demanda-t-elle ardemment. Que t'ai-je fait ? Me tiens-tu responsable de ce qui est arrivé à Juan ? Crois-tu que j'ai cédé volontairement à la brutalité de ceux qui m'ont enlevée ?

Elle se souvint tout à coup du cavalier mystérieux qui était venu apparemment apporter des nouvelles la concernant. Ráfaga l'attira à lui.

— Tu devrais me haïr, Sheila, pour ma stupidité. Elle a failli coûter la vie à un brave homme, un ami loyal pour toi comme pour moi. Juan n'est pas encore sauvé. Nous ne savons pas. Et toi tu es tombée dans les mains de cette brute monstrueuse. Tout cela par ma faute. Je mérite ta haine et ton mépris. Je n'ai pas été capable de te protéger alors que je t'avais moi-même forcée à accepter ma protection. J'ai vu la façon dont tu m'as regardé là-bas, dans la montagne. J'ai lu cette peur dans tes yeux.

— J'étais terrorisée, admit-elle, en posant la tête sur son épaule, les yeux mi-clos, horrifiée par cette rage qui s'était emparée de toi. Plus tard, j'ai pensé que tu me blâmais pour ce qui s'était passé. Je ne te hais pas. Comment le pourrais-je ?

Elle voulait ajouter « puisque je t'aime tant ». Mais il lui fit faire volte-face et l'embrassa avec passion. Sheila lui mit les bras autour du cou. Il la souleva et l'emporta dans la chambre. La chaleur de son étreinte lui fit oublier l'angoisse passée.

Pourtant, ce n'était plus comme avant. Elle s'en rendit compte au bout de quelques jours. Ils n'avaient pas retrouvé cette magie qui les liait avant l'accident. Ráfaga ne s'était pas totalement rouvert à elle. Au début, elle essaya de se convaincre que, lorsque Juan serait à nouveau d'aplomb, les choses s'arrangeraient.

Mais cela ne se passa pas ainsi. Juan était encore très faible, mais les soins attentionnés de sa femme avaient commencé à faire leur effet. Et Ráfaga continuait à l'observer en silence, l'air absent. Ces moments-là la troublaient, même si elle essayait de les ignorer.

Ráfaga était rarement là quand elle se réveillait. Il se levait à l'aube et la laissait dormir. Ce matin-là, elle s'éveilla avec un mal de tête épouvantable. Depuis quelque temps, cela lui arrivait souvent. Elle fronça les sourcils et se frotta les tempes pour tenter d'atténuer la douleur.

Elle entendit des pas légers dans le couloir. Sheila tourna la tête. Trop vite. Une vague de nausée la saisit. Consuelo apparut sur le seuil, souriante.

— *Buenos dias,* Sheila.

— *Buenos dias,* répondit-elle d'une voix faible. Comment va Juan ce matin ?

La réponse débitée à toute vitesse en espagnol paraissait optimiste. Puis Consuelo ajouta quelque chose qui lui semblait être une taquinerie. Sheila fronça les sourcils, certaine d'avoir mal compris. Le mal de tête avait dû affecter sa concentration.

— Qu'avez-vous dit, Consuelo ?

Elle ne comprit pas davantage la seconde fois. Consuelo recommença patiemment ses explications, mélangeant la pantomime à la parole. Bouche bée, Sheila la regarda former un berceau de ses bras, puis la montrer du doigt en disant « Bébé, bébé ».

— Impossible, protesta-t-elle dans un souffle.

Mais un rapide calcul mental lui prouva vite le contraire. C'était même évident. Elle était enceinte. Elle glissa les mains sur son ventre comme si elle pouvait sentir l'enfant.

C'était plat. Pour le moment. Comme elle avait été naïve ! Un mois et demi. Deux mois, peut-être. Seigneur, elle n'arrivait pas à se souvenir.

Immédiatement, Consuelo comprit que Sheila ne s'était aperçue de rien. La brave femme s'empressa de la rassurer : c'était une heureuse nouvelle. Sheila le comprit, plus par le ton de sa voix que par ses mots. Confuse, sous le choc, elle ne se rendait pas encore vraiment compte. Puis elle eut l'impression que Consuelo parlait de Ráfaga et de la joie qu'il allait avoir. Et soudain, elle réalisa qu'elle allait devoir le mettre au courant.

Elle demanda gentiment à Consuelo de sortir. Elle voulait être seule pour penser.

Au fond d'elle-même, elle était profondément heureuse. Mais il y avait cette peur, peur d'être loin de toute civilisation, de devoir mettre un enfant au monde dans les conditions les plus précaires.

Quant à Ráfaga, il la désirait encore. Elle était belle. Mais que se passerait-il quand son ventre serait rond comme un melon ? Avec ses longues jambes, elle allait avoir l'air d'un canard qui se dandine.

Elle se mit à pleurer.

CHAPITRE XXII

LE DEJEUNER SE DEROULA dans le silence le plus total. Sheila savait que ses paupières étaient encore gonflées et qu'elle avait les traits tirés. Ráfaga ne pouvait pas ne pas l'avoir remarqué. Du reste, il n'avait pas cessé de l'observer pendant tout le repas.

Ils étaient seuls dans la maison. Consuelo était repartie chez elle pour s'occuper de Juan. C'était le moment de parler du bébé. Ses mains se serrèrent autour de sa tasse de café. Que c'était difficile à dire ! Tremblante, elle leva le menton avec défi et lâcha :

— Je vais avoir un bébé.

Il ne sourcilla pas.

— Oui, dit-il simplement comme s'il confirmait sa déclaration.

— Tu savais ? s'exclama-t-elle, incrédule.

— Ne sais-tu pas que je connais chaque centimètre de ton corps ? répondit-il avec un sourire presque cynique. Ne crois-tu pas que je remarque facilement le moindre changement ?

La nouvelle n'avait pas l'air de lui faire plaisir. Ses yeux ne reflétaient ni le bonheur ni la fierté que Consuelo avait prédits. Il ne voulait pas de cet enfant. Quelque chose mourut en elle.

— Qu'attends-tu de moi ? demanda-t-il en scrutant son visage.

Ses yeux n'exprimaient toujours rien.

« Je veux que tu te réjouisses », voulut-elle crier.

Mais elle se contenta de hausser les épaules en disant :

— Rien.

— Ne veux-tu pas que je trouve un moyen sûr pour que tu te fasses avorter ?

— Avorter ? s'exclama-t-elle en posant une main protectrice sur son ventre, comme s'il pouvait prendre la vie qui était en elle.

— Beaucoup d'Américaines viennent encore au Mexique pour se faire avorter. Est-ce là ton désir aussi ? demanda-t-il avec un calme exaspérant.

« Mon Dieu, pensa-t-elle, comment peut-il suggérer une chose pareille ? » C'était son enfant qu'elle portait en elle. Comment pouvait-il croire qu'elle voulait s'en débarrasser ?

— Non. (Elle avait du mal à parler.) Non, ce n'est pas ce que je veux, annonça-t-elle en se levant de table.

Il fallait qu'elle s'en aille avant de perdre son sang-froid et de faire quelque chose qui mette la santé du bébé en danger.

— Alors, pourquoi m'en as-tu parlé ?

Elle s'arrêta, se retourna.

Elle tenait ses bras serrés contre elle comme pour protéger cet enfant qui vivait en elle.

— Parce que tu es le père de cet enfant et qu'il était normal que je te tienne au courant.

Incapable de dominer son tremblement, elle sentit les larmes lui monter aux yeux. Les pieds de la chaise grincèrent ; Ráfaga se leva. Le cœur de Sheila se mit à battre précipitamment. Elle était prête à fuir. Mais au lieu de s'approcher d'elle, il quitta la pièce.

Lorsqu'elle entendit la porte d'entrée se refermer sur lui, elle chercha à tâtons la chaise qu'elle venait de quitter. Ses jambes ne la portaient plus. Elle s'y laissa choir pesamment.

Enfouissant son visage dans ses mains, elle se mit à pleurer. Elle allait avoir un bébé de Ráfaga, mais elle allait perdre le père.

Bientôt son torrent de larmes se tarit. Elle était tellement perdue dans son chagrin qu'elle n'entendit pas la porte d'entrée s'ouvrir, ni les bruits de pas qui s'approchaient d'elle. Une main se posa sur son épaule alors qu'elle se croyait encore seule. Elle sursauta et tourna la tête. Ráfaga était là, penché sur elle.

— Ne me touche pas.

Elle se leva précipitamment ; la chaise tomba à terre avec fracas. Elle lui fit face, raide, tendue, reculant d'un pas à chaque fois qu'il en faisait un en avant.

— N'approche pas ! hurla-t-elle. N'en as-tu pas fait assez ? Pourquoi ne peux-tu pas me laisser seule ?

La pièce était petite. Très vite, elle se retrouva coincée contre le mur. Il avait saisi son bras, refusant de la laisser partir. Une ligne impitoyable marquait sa bouche.

— Ecoute-moi, Sheila, ordonna-t-il.

— Ce que tu as à me dire ne m'intéresse pas.

Il tenait ses poignets serrés contre sa poitrine, mais il ne fit aucun effort pour l'attirer à lui.

— Tu vas m'écouter, insista-t-il durement. Je connais un prêtre qui peut nous marier et qui gardera le silence. Ce ne sera pas légal aux yeux du gouvernement, mais nous serons mari et femme devant Dieu.

— Inutile de te sentir obligé de me prendre sous ton aile ! Je ne supporterai pas la honte d'être ton épouse.

Les dents serrées, il la secoua brutalement.

— Je veux que notre union soit bénie par l'Eglise et je veux te donner la protection de mon nom.

— Je ne veux ni l'un ni l'autre.

La douleur l'empêcha de continuer. La fierté lui interdisait d'accepter la proposition qu'il lui faisait, simplement parce qu'elle portait son enfant. Elle renforça son refus par un mensonge.

— Je ne veux pas de toi comme époux.

L'espace d'un instant, elle crut que le feu qui brillait dans ses yeux allait la consumer dans leur rage infernale. Brusquement, il l'attira contre lui. La pression de ses doigts sur ses bras lui faisait mal et la forçait à se dresser sur la pointe des pieds. Elle avait du mal à respirer.

— Que veux-tu, alors ? demanda-t-il sauvagement. Tu veux que je te laisse partir ? C'est ça ? Pour que tu puisses retourner chez tes parents et donner naissance à notre enfant là-bas ? (Il ne lui laissa même pas la possibilité de répondre à ses questions.) Pour qu'on le traite de bâtard ? Je ne te laisserai jamais t'en aller. Si c'est ce que tu veux, je te conseille de te le sortir de la tête. Tu ne partiras pas, et l'enfant conçu par notre amour non plus. Nous serons mariés par ce prêtre, et l'enfant sera baptisé par lui. Il sera élevé dans cette maison, dans ce canyon, avec ses frères et sœurs.

Elle crut que son cœur s'était arrêté de battre.

— Veux-tu vraiment garder cet enfant ? demanda-t-elle dans un souffle.

— C'est la chair de notre chair. Comment pourrait-il en être autrement ?

— Je ne sais pas. (Elle ferma les yeux, confuse, en secouant la tête.) Je croyais... Quand je t'ai dit que... tu semblais si...

Il accrut encore la pression de ses doigts sur ses bras.

— Et toi, veux-tu notre enfant ?

— Oui, répondit-elle avec détermination. Oui, je veux cet enfant. (Elle le réaffirma de façon plus convaincue encore, bien que sa voix ne fût qu'un murmure :) Je t'aime, Ráfaga.

Elle rouvrit les yeux à temps pour apercevoir une lueur d'incertitude dans son regard.

— Comment as-tu pu croire que je ne voulais pas de cet enfant ? balbutia-t-elle, encore incrédule.

— C'était possible. (Son regard scrutait son visage.) Tu as été amenée ici contre ta volonté et je t'ai forcée à partager mon lit. (Il lui lâcha le bras et la serra contre lui.) Je t'ai fait punir quand tu t'es enfuie. Je ne pouvais pas croire que tu voulais un enfant de moi. Quand j'ai vu tes yeux rougis par les larmes, j'ai pensé que tu avais pleuré d'amertume.

— Simplement parce que je croyais que tu ne voulais ni de l'enfant ni de moi. (Elle promena des doigts tremblants sur ses pommettes ciselées et sur sa bouche chaude.) Dans quelques mois, je serai si grosse, si laide que...

— Non. (A son tour, il posa ses doigts sur ses lèvres.) Même grosse de cet enfant, tu seras toujours belle, fit-il d'une voix rauque. Te souviens-tu de cette nuit d'orage où tu as tenté de t'échapper ? Tu te réchauffais au coin du feu, drapée dans une couverture. Les flammes jouaient avec les reflets de tes cheveux. Je t'imaginais le ventre rond, portant notre enfant. J'ai ressenti alors un désir d'une intensité que je n'avais jamais connue auparavant. J'ai pensé le satisfaire en te prenant. Mais te faire l'amour une fois, c'est boire l'eau de l'océan. Ton corps ne me suffisait pas. Je voulais que ton esprit, ton cœur, ton âme m'appartiennent. Je t'aime, *querida,* comme je n'ai jamais aimé aucune femme.

Sheila crut que son cœur allait éclater de joie. Elle attendait ces mots depuis si longtemps qu'elle avait fini par perdre espoir.

— Je t'aime, dit-elle.

C'était une promesse éternelle.

Ráfaga lui sourit comme jamais il ne lui avait souri auparavant.

— Bientôt, l'enfant arrondira ton ventre. (Doucement, tendrement, il promena sa main sur son ventre. Elle sentit une vague de chaleur monter en elle.) Et quand il sera ainsi, je te regarderai avec le même désir, *querida*. Jamais je ne cesserai de t'aimer ou de te désirer. (Sa voix se faisait de plus en plus profonde et rauque. Il glissa la main sous le chemisier de Sheila et noua les doigts autour de ses seins.) Pense à ces heures que je vais passer à te regarder nourrir notre enfant. Comprends-tu à présent à quel point j'ai été heureux lorsque je me suis rendu compte que tu étais enceinte ? Même si ce malentendu m'obligeait à te cacher mes sentiments ?

— Oui !

Folle de joie, elle éclata de rire, tandis que des larmes de bonheur perlèrent sur ses cils.

— Et tu consens à ce que le prêtre nous marie ?

— Oui !

Il fronça les sourcils.

— Je suis vraiment désolé que nous ne puissions nous marier légalement. Mais mon nom est trop connu pour que...

— Je sais. Cela m'est égal, insista-t-elle.

Ráfaga poussa un profond soupir. Elle lut de la tristesse dans ses yeux.

— Je n'ai pas le droit de te demander de partager cette existence avec moi. Je peux t'offrir si peu et tu me donnes tant !

— Tout ce que je veux, c'est ton amour. Tout le reste, je l'ai eu. Sans toi, ces choses-là n'auraient aucun sens pour moi. Crois-moi.

— Tout ce que je sais, c'est que je ne pourrai jamais te laisser partir, déclara-t-il en la serrant contre lui, tandis que sa bouche se posait sur ses lèvres déjà entrouvertes.

Trois jours plus tard, les lueurs de l'aurore enflammaient le ciel. Tendrement, Ráfaga avait pris le visage de Sheila entre ses mains. Son regard sombre quitta ses yeux pour se poser un instant sur Laredo déjà en selle, qui tenait à la main les rênes du cheval de Sheila.

— Il est temps de partir, *amado,* dit-il en plongeant à nouveau son regard dans le sien.

— Je t'en prie, Ráfaga, viens avec nous.

— Non, dit-il en secouant la tête, souriant pour adoucir la dureté de son ton. C'est un long trajet. Tu auras besoin d'au moins un jour de repos une fois arrivée là-bas et je ne peux prendre le risque de rester aussi longtemps au même endroit. On pourrait me reconnaître. A moins que tu n'aies envie de venir me voir en prison !

Elle baissa la tête et ne répondit rien. L'idée d'être séparée de lui, même pour quelques jours, lui était insupportable.

— Je partirai demain, dit-il en lui relevant le menton. La prochaine fois que nous nous reverrons, ce sera en face du prêtre.

Ils échangèrent un baiser passionné puis il l'aida à monter en selle. Ensuite il se tourna vers Laredo :

— Souviens-toi : va directement chez le père Ramirez. Ne parle à personne d'autre. Il me connaît et saura vous trouver un logement pour la nuit.

Laredo hocha la tête et tendit les rênes à Sheila.

— Je prendrai soin d'elle, Ráfaga.

Sheila tourna vers Ráfaga des yeux pleins de larmes. Sa bouche n'était qu'une mince ligne dure, mais son regard était empreint d'un amour infini. Elle voulut protester encore, le supplier de se joindre à eux.

Il donna une claque sur l'arrière-train du cheval bai. L'animal fit un bond. Sheila relâcha les rênes et le lança au galop. Quelques secondes plus tard, Laredo l'avait rejointe et chevauchait à ses côtés.

Ils dépassèrent l'étang et prirent le sentier étroit et rocailleux qui partait vers le nord, l'un derrière l'autre, Sheila en tête, se frayant un chemin entre les broussailles et les pierres. Le soleil pointait au-dessus des montagnes. L'air était transparent.

Au moment où le cheval bai arrivait au sommet de la colline, un coup de feu déchira l'air. Elle tira violemment sur les rênes. Laredo sauta à terre et se précipita vers une ouverture, entre deux rochers, qui offrait une large vue sur le canyon.

— Qu'est-ce que c'est ? demanda-t-elle.

Elle l'avait déjà rejoint.

L'air pur de la montagne transporta jusqu'à eux des cris indistincts.

— Mon Dieu, une patrouille, murmura Laredo.

Un groupe de cavaliers en uniforme traversait la prairie au galop en direction des rangées de petites maisons. Le refuge avait été découvert. Le cœur serré, Sheila songea à Ráfaga, resté là-bas. Elle fit demi-tour et se précipita sur son cheval. Mais Laredo la rattrapa.

— Que fais-tu ? lui demanda-t-il en retenant la tête du cheval qui commençait à s'agiter, comme s'il avait senti le danger.

— Ráfaga est là-bas. Je veux le rejoindre.

— Ne penses-tu pas que je meurs d'envie d'y aller, moi aussi ? répondit-il sèchement. Il sait que nous sommes en sécurité. Il n'a que lui à tirer d'affaire. S'il n'y réussit pas, je pourrai moi-même le sortir de prison. Ce n'est pas le moment d'aller se jeter dans ce guêpier.

Il avait raison, mais elle ne le comprit pas. Elle planta ses talons dans les flancs du cheval bai, tout en cravachant l'animal avec les rênes. Sur deux mètres, elle entraîna Laredo dans son élan avant qu'il lâche prise. Elle commença à redescendre en trombe le chemin qu'ils venaient d'escalader.

Presque aussitôt, elle entendit des martèlements de sabots derrière elle. A un moment le sentier s'élargissait ; Laredo vint à sa hauteur.

— Tu ne m'arrêteras pas, souffla-t-elle.

— Je m'en rends bien compte, fit-il, furieux. Je sais que je suis un imbécile, mais j'ai promis à Ráfaga de prendre soin de toi et je ne pourrai plus jamais le regarder en face si je te laisse y aller seule.

Il éperonna sa bête et la dépassa. Le bruit des sabots sur les pierres ne couvrait pas les coups de fusil qui se succédaient à une vitesse effrénée dans le canyon, où se déroulait un combat intensif.

Ils étaient descendus avec la rapidité de l'éclair. A l'étang, Laredo fit un signe en direction de la maison où ils avaient laissé Ráfaga. La plupart des coups de feu semblaient venir du petit hameau à l'ouest, mais quelques coups provenaient des environs de la maison isolée.

Laredo sortit du bosquet, se mettant à découvert. Une volée de coups de feu crépitèrent dans l'instant qui suivit. Instinctivement, Sheila tira sur les rênes. Elle vit Laredo se tordre convulsivement sur sa selle tout en s'agrippant aux rênes de son cheval, qui perdit l'équilibre et s'effondra. Laredo resta à terre, tandis que son cheval se relevait, paniqué, avant de disparaître sous les arbres où Sheila était encore à couvert. Elle s'apprêtait à descendre de cheval, lorsqu'elle entendit Laredo.

— Va-t'en, cria-t-il d'une voix étouffée par la douleur.

Elle mit pied à terre pour aller à son secours, sachant qu'en quittant le petit bois, elle perdait le peu de protection qu'il lui offrait. Elle saisit son cheval par la bride.

— Tu ne peux pas m'aider. Je ne peux pas bouger, va-t'en ! cria-t-il d'une voix de plus en plus faible.

Il avait raison. Retenant un sanglot, elle tourna son regard vers la maison. Elle enfourcha le cheval de Laredo et tira le sien par la bride. A travers bois, elle s'approcha de la maison à l'intérieur de laquelle Ráfaga était pris au piège. La distance entre l'orée du bois et l'entrée lui paraissait dangereusement longue, mais il fallait qu'elle y arrive. Elle hésita puis s'élança, le cheval bai galopant à ses côtés. Elle réussit à atteindre sans encombre le côté est de la maison, qui lui offrit une protection temporaire.

La patrouille s'était d'abord attaquée au petit hameau. Le gros de la troupe commençait seulement à s'approcher de la maison isolée. Comme Sheila arrivait à l'entrée, la pointe d'un fusil apparut à la fenêtre.

— Ráfaga !

Immédiatement sa silhouette se détacha de l'ombre. A sa vue, ses traits se durcirent. Il était furieux de son retour.

— Que fais-tu là ?

— Il fallait que je revienne. Dépêche-toi ! cria-t-elle, mais il avait déjà sauté par la fenêtre.

— Où est Laredo ? lui demanda-t-il au moment où il mettait le pied à l'étrier, prêt à monter le bai.

— Ils l'ont abattu, répondit-elle.

Elle vit ses lèvres se serrer.

— Par la prairie, nous n'avons aucune chance. Passons par le bois.

Des balles passèrent en sifflant tout près d'eux, tandis qu'ils prenaient le chemin qu'elle venait de parcourir. Elle était terrorisée. Il ne fallait pas y penser. Il n'y avait pas une minute à perdre. Ráfaga avait pris le sentier de l'étang pour rejoindre l'étroit chemin qui escaladait la face nord du canyon. Presque trop tard, il aperçut un groupe de cavaliers leur barrant la route.

Sans hésiter une seconde, Ráfaga fit faire demi-tour à son cheval. Sheila devina que la nouvelle stratégie était de continuer sous les arbres jusqu'à ce qu'ils atteignent le mur est. Ils tenteraient ensuite d'emprunter la sortie principale du canyon.

Un cri lancé par l'un des cavaliers indiquait qu'ils avaient été repérés. Impossible d'aller vite sous les arbres dont les branches basses menaçaient sans cesse de les désarçonner.

— Sheila ! (Ráfaga était derrière elle. Elle jeta un coup d'œil par-dessus son épaule.) Il faut essayer de traverser la prairie maintenant, avant qu'ils nous coupent la route.

Elle balaya les alentours du regard et aperçut une autre patrouille qui approchait de la prairie par la droite. Poursuivis et menacés par le côté, ils n'avaient que cette solution. L'étroit canyon lui semblait si large tout à coup, et le chemin de l'évasion si lointain !

L'alezan déboucha en tête hors du bois et maintint sa position pendant plusieurs mètres. Les deux bêtes se donnaient à fond, galopant ventre à terre ; bientôt le cheval bai le dépassa. Ráfaga le retint pour éviter qu'une trop grande distance les sépare.

Ils étaient au milieu de la prairie et leurs poursuivants s'étaient dangereusement rapprochés d'eux. Elle comprit tout à coup que Ráfaga avait des chances d'échapper à la patrouille s'il cessait de retenir son cheval, pour rester à sa hauteur.

— Je n'y arriverai jamais, lui cria-t-elle. Continue sans moi.

— Non.

Mais Sheila avait déjà tiré sur les rênes de sa monture et lui fit tourner la tête au moment où Ráfaga essaya en vain d'attraper le cheval par la bride. Consciente du fait que Ráfaga était en train de ralentir l'allure pour revenir vers elle, elle lança son cheval directement sur la patrouille.

Déjà, elle agitait la main en criant :

— Je suis américaine. Aidez-moi !

Elle le répéta encore et encore, prise de sanglots convulsifs, priant pour que Ráfaga ne se soit pas arrêté.

La patrouille s'immobilisa ; Sheila continuait à foncer droit sur elle et s'arrêta à son tour devant le groupe, dans un nuage de poussière. Le chef de la petite troupe l'examina de la tête aux pieds. Son regard se posa l'espace d'un instant sur sa chevelure dorée.

D'un geste de la main, il envoya le gros de sa troupe à la poursuite de Ráfaga. Finalement, elle se retourna : il était presque arrivé au sentier. Elle avait réussi à leur faire perdre suffisamment de temps. Elle était sûre à présent qu'ils ne le rattraperaient pas.

Toute tremblante, Sheila essaya de mettre pied à terre. Elle tomba quasiment de la selle. Ses jambes ne la supportaient plus ; elle tomba à genoux, un sanglot de soulagement dans la gorge.

Quelqu'un lui posa une question en espagnol. Son cerveau était trop vide pour qu'elle arrive à traduire. On la lui répéta en anglais.

— Ça va, *señora ?*

La voix était calme mais assez sèche. Des larmes coulaient sur ses joues. Elle les essuya du revers de la main, haletante. Elle voulut répondre mais n'y parvint pas. Au bout d'un moment, elle réussit pourtant à marmonner :

— Ça va.

Devant ses yeux à demi aveuglés par les larmes, elle vit soudain une paire de bottes militaires. Un cheval hennit près d'elle, piaffant d'impatience. Au loin, elle entendait des bruits indiscernables.

— Vous êtes la *señora* Sheila Townsend, du Texas ? demanda l'homme pour confirmation.

Elle releva la tête lentement, repoussant une mèche de cheveux qui lui barrait la joue et posa son regard prudent sur le visage de l'homme en uniforme.

— Oui, c'est moi, admit-elle.

L'homme était de taille moyenne, avec un nez crochu et des yeux noirs perçants.

— Vous êtes la fille du *señor* Elliot Rogers ?

Elle hocha la tête. Il lui sourit poliment.

— Nous vous recherchons depuis longtemps, *señora,* depuis que nous avons retrouvé le corps de votre mari. (Il s'inclina légèrement et lui tendit une main gantée pour l'aider à se relever.) Je suis le capitaine Ramon Echeverria.

Acceptant son aide, elle se remit debout. Il la regarda de ses yeux curieux, vifs, spéculateurs. Elle tremblait toujours, ravagée par l'angoisse.

Elle avait du mal à dissimuler le ressentiment qu'elle éprouvait à l'égard de ce capitaine qui avait mené le raid contre Ráfaga.

— Comment m'avez-vous trouvée ? demanda-t-elle d'une voix faible, tout en dégageant sa main de la poigne solide.

— Comme je vous l'ai dit, nous vous cherchons depuis que nous avons trouvé votre mari, *señora.* Au début, des rumeurs circulaient selon lesquelles on vous gardait prisonnière. Et puis plus rien, comme si la montagne vous avait engloutie. Il y a quelques semaines, une patrouille locale a entendu un coup de feu au cours d'une ronde. Ils se sont approchés et ont vu une femme blonde avec un groupe de cavaliers inconnus dans la région. Depuis, nous passons les alentours au peigne fin. C'est ainsi que nous avons localisé ce canyon, lui expliqua-t-il.

— Je vois, murmura-t-elle.

Elle frissonna à l'idée qu'elle était responsable du drame. Elle avait elle-même donné l'alerte au cours de sa tentative d'évasion. L'homme jeta un coup d'œil rapide dans la direction où les autres étaient partis puis retourna son attention sur Sheila.

— C'est dommage que cet homme ait réussi à s'échapper pendant que vous veniez à notre rencontre. C'est le chef de la bande, n'est-ce pas ?

— Oui.

Elle n'avait hésité qu'une seconde, mais cela avait suffi pour intriguer son interlocuteur.

— Son nom ?

— Je ne le connais pas, répondit-elle rapidement.

Trop rapidement, cette fois-ci. Il fronça les sourcils.

— N'est-ce pas la bande de Ráfaga ?

Elle s'interrogeait. Fallait-il dire la vérité ? Mentir lui parut trop risqué.

— Oui, c'est comme cela qu'ils l'appellent, mais je ne connais pas son vrai nom, admit-elle enfin. Ils ne l'ont jamais appelé autrement que Ráfaga.

— Vous prononcez son nom d'une drôle de façon.

Il eut un étrange sourire, tandis que la perplexité de son regard s'intensifiait.

— Vous trouvez ? rétorqua-t-elle, tendue, feignant l'indifférence.

— Vous êtes ici depuis longtemps, ajouta-t-il sans la quitter des yeux, et il poursuivit, choisissant ses mots avec soin : Aucune rançon n'a été demandée. Vous êtes très belle. Ce criminel de Ráfaga a bien dû s'en apercevoir. (Sheila se sentit blêmir.) Je me demande si vous n'avez pas fini par devenir une prisonnière consentante et s'il ne vous a pas prise pour compagne.

Haletante, faisant des efforts désespérés pour garder son calme, elle plongea dans les yeux rusés de l'homme un regard aussi neutre que possible.

— Comment osez-vous ? Après ce que j'ai enduré ? dit-elle enfin avec une certaine hauteur.

— Je suis désolé, *señora*. (Mais il n'en avait pas l'air.) Vous comprendrez que les faits sont troublants.

— Vous me rappelez la patrouille qui m'a repérée il y a quelques semaines ! J'essayais de m'enfuir. Voyez la façon dont Ráfaga m'a punie.

Elle se retourna et souleva le bas de son chemisier pour

lui faire voir les marques laissées par la flagellation. Puis elle lui fit face de nouveau et le défia du regard :

— Avez-vous d'autres questions à me poser concernant ma prétendue captivité consentie ?

— Mes excuses, *señora,* dit-il en inclinant la tête, mais une lueur de suspicion brillait encore dans ses yeux.

Elle eut la certitude qu'il acceptait sa version pour l'instant, mais qu'il remettrait les choses en question plus tard.

— Si la *señora* a récupéré, nous allons rejoindre le groupe de maisons où les prisonniers ont été rassemblés.

Sheila hocha sèchement la tête et le laissa l'aider à remonter en selle, consciente de son regard railleur posé sur elle. Il scrutait son visage, cherchant à savoir si, oui ou non, elle lui avait menti. Elle feignit de ne rien remarquer et lui sourit lorsqu'il lui tendit les rênes. Elle ne lui fournirait aucune information sur Ráfaga, il pouvait en être sûr.

CHAPITRE XXIII

LORSQU'ILS ARRIVERENT AU hameau, Sheila se rendit compte de l'étendue du désastre. La scène qu'elle avait devant les yeux l'émut profondément. Les membres de la bande de Ráfaga qui avaient été capturés avaient été ligotés tous ensemble comme des bêtes que l'on s'apprêtait à mener à l'abattoir. Rares étaient ceux qui avaient réussi à s'enfuir. D'autres, blessés, gisaient çà et là, gémissant de douleur. Sheila chercha Laredo des yeux. Elle ne le vit pas et n'osa pas demander de ses nouvelles. Pas encore.

Les soldats montaient la garde, ignorant les cris des femmes qui les suppliaient de les laisser soigner leurs hommes. Terrifiés, les enfants s'agrippaient à leurs jupes. Les tout-petits pleuraient, effrayés par ces événements qu'ils ne comprenaient pas, tandis que les grands jetaient autour d'eux des coups d'œil paniqués, leurs yeux noirs pleins de larmes.

La petite troupe dont Sheila faisait partie ne s'arrêta pas auprès des prisonniers, mais continua son chemin entre les maisons. Les hommes fouillaient systématiquement chaque bâtisse, à la recherche d'éventuels fuyards. Sheila se raidit pour ne pas montrer à quel point cette scène la touchait. Elle réussit à cacher ses émotions jusqu'à ce qu'ils atteignent la dernière maison du hameau. A la vue d'Elena, à genoux, enlaçant les jambes de son mari, elle tira sur les rênes de son cheval. Tout de suite, elle remarqua la tache rouge qui marquait la poitrine de César.

Lorsqu'elle s'arrêta, le soldat se retourna pour voir ce qui se passait. Comme si elle avait deviné leur présence, Elena releva la tête. Elle essuya ses larmes bravement et se releva, une main posée sur l'épaule de son mari mort. Puis elle parla à voix basse, vibrante d'émotion.

— Comprenez-vous l'espagnol, *señora ?* lui demanda l'homme.

— Très peu, murmura-t-elle, incapable de quitter Elena des yeux.

— Cette femme dit qu'elle poussait la chaise de son mari près de l'entrée lorsque les soldats sont arrivés. Elle lui a mis un fusil dans les mains. Elle dit que les soldats l'ont tué lâchement, comme s'il pouvait se défendre. Elle dit aussi que, maintenant, il est libre.

La gorge serrée, Sheila remit son cheval au pas. Elle sentit le regard de l'homme peser sur elle et lui donna l'explication qu'il attendait sans le regarder.

— César, son mari, était paralysé et son cerveau ne fonctionnait plus.

— Vous connaissez cette femme.? l'interrogea-t-il.

— Comme vous me l'avez dit tout à l'heure, capitaine Echeverria, je suis ici depuis un certain temps, lui rappela-t-elle sèchement en mettant son cheval au trot.

Lorsqu'ils arrivèrent au corral, il l'aida à mettre pied à terre. Cet excès de courtoisie ajoutait au scepticisme de Sheila. Il aurait été préférable qu'il s'en aille et qu'il la laisse tranquille, ne serait-ce qu'un moment.

Elle alla sous le porche se mettre quelques instants à l'abri du soleil. Comme une ombre, il la suivit et demanda, obséquieux :

— Voulez-vous que j'aille vous chercher de l'eau ?

— Non, merci, fit-elle, laconique.

Il se tenait tout près d'elle.

— Nous allons bientôt partir. Désirez-vous emporter quelque chose ? Je dirai à mes hommes...

— Rien.

Elle posa ses mains sur son ventre. La seule chose qu'elle allait leur prendre, c'était le bébé de Ráfaga.

— Non, effectivement, je ne pense pas qu'il y ait grand-chose dans ce coin. Vous devez être contente de partir. Vous en avez vu de toutes les couleurs : le meurtre de votre mari, une existence au milieu d'une bande de criminels redoutables. Vous êtes une femme forte, *señora* Townsend.

— Je vous en prie, je ne veux pas penser à tout cela, répondit-elle, exaspérée.

— Je comprends, dit-il en inclinant la tête avec déférence. Vous ne souhaitez pas parler de ces choses-là.

— Non.

— Si vous voulez bien m'excuser, je dois aller dire deux mots à mes hommes.

— Mais naturellement, fit-elle en regardant au loin.

Elle ferma les yeux pour ne plus avoir à regarder ce qui l'entourait. Si seulement elle avait pu pleurer comme les autres femmes, mais elle devait se taire, cacher sa peine. Lorsque l'homme revint, elle avait réussi à reprendre contenance et son visage reflétait une certaine sérénité.

Il venait lui annoncer le départ. Sheila se retrouva en tête du défilé, séparée des prisonniers par la patrouille. Tandis qu'ils grimpaient le chemin, elle songea que jamais plus elle ne reverrait le canyon, son canyon. Ce paradis impénétrable n'existait plus. Il avait été envahi. Ceux qui y avaient vécu ne retrouveraient jamais la liberté et la sécurité. Il était perdu à jamais.

Les larmes lui montèrent aux yeux et elle détourna rapidement le regard quand elle s'aperçut que l'homme la considérait à nouveau de ses yeux curieux. La poignée de soldats qui s'étaient lancés à la poursuite de Ráfaga les rejoignit au sommet de la colline. Il avait réussi à leur échapper et s'était évanoui sans laisser de traces, comme pour justifier son nom. Elle poussa un discret soupir de soulagement.

Une légère brise de montagne lui caressa la joue au moment où ils commencèrent à descendre de l'autre côté de la colline. Tout à coup, elle réalisa qu'elle ne verrait sans doute plus jamais Ráfaga. Elle fit des efforts désespérés pour chasser cette idée de son esprit.

— Vos parents ont été informés. Ils savent que nous vous avons trouvée saine et sauve.

— Comment vont-ils ? demanda-t-elle, désireuse de parler pour éloigner l'image de Ráfaga de son esprit.

— Ils se sont beaucoup inquiétés à votre sujet.

— Où sont-ils ? Au Mexique ?

Soudain, elle aurait tout donné pour les voir. Tant de temps s'était écoulé !

— Oui. Votre mère est à Chihuahua depuis votre disparition, expliqua-t-il. Votre père descend en avion, chaque week-end, quand ses affaires le lui permettent. J'ai souvent parlé avec eux.

— Je voudrais tant les voir ! murmura-t-elle.

— Bien sûr. Et eux aussi meurent d'impatience. Ils veulent s'assurer que vous êtes en bonne santé. Tout est organisé et ils doivent nous rejoindre au camp ce soir.

— Merci, marmonna-t-elle sincèrement avec un sourire tremblotant.

Puis elle éperonna son cheval.

Au coucher du soleil, la troupe était toujours en pleine sierra. Ils s'arrêtèrent pour la nuit dans une grande clairière. Les soldats s'affairèrent autour du camp, s'occupant des chevaux, préparant un grand feu. Sheila se tenait à l'écart, l'air absent.

Ses parents arrivèrent au moment où le soleil disparaissait derrière les montagnes. Sheila se jeta dans leurs bras, riant et pleurant à la fois, les embrassant et les serrant contre elle. Tous les trois parlaient en même temps. Et pourtant sa joie n'était pas parfaite.

Se ressaisissant, elle recula soudain de quelques pas pour les regarder. A travers ses larmes, elle leur sourit. Malgré son blue jeans et la veste de sport qu'il portait, son père avait toujours l'air d'un businessman. Et sa mère, vêtue d'un ensemble kaki, conservait même dans ces conditions difficiles cette élégance qui lui était si particulière.

— Tout va bien, ma chérie, tu es sûre ? lui demanda son père en lui pressant la main.

— Oui, ça va très bien.

— Tous ces mois sans un mot, reprit-il en secouant la tête, la voix brisée par l'émotion. Ta mère n'a pas perdu espoir un seul instant. (Il passa le bras autour du cou de sa femme.) Même quand les choses avaient l'air particulièrement sombres, elle m'encourageait à espérer encore.

— Que s'est-il passé, Sheila ? Est-ce qu'ils t'ont... ?

Constance Rogers marqua une pause. Sheila regarda sa mère, dont elle connaissait la force. Ses yeux bruns fixèrent les siens, comme pour lire ses pensées. Elle lui sourit faiblement.

— Tu veux sans doute me demander s'ils m'ont violée, maman ? dit-elle simplement. Non. (Elle ne voyait aucune raison de leur cacher la vérité. Tôt ou tard, elle allait leur parler de Ráfaga. Autant que ce soit tout de suite.) Ráfaga m'a fait l'amour. Il ne m'a pas violée.

Immédiatement, son père détourna la tête, outré.

— Tu veux dire le chef de cette bande de...

— Aussi étrange que cela puisse paraître, papa, interrompit-elle avec douceur, si tu avais un jour la possibilité de le rencontrer, tu l'aimerais bien.

Une ombre passa sur le visage de sa mère.

— Je pensais que c'était impossible, mais je le vois à ton visage. Tu es enceinte, Sheila, n'est-ce pas ? murmura-t-elle d'une voix tremblante.

— Oui, admit-elle, une certaine sérénité dans les yeux. Ráfaga et moi devions nous marier demain, bénis par le prêtre d'un village de l'autre côté de la montagne.

— Ma petite fille épouser un criminel ?

Son père la regardait, incrédule.

— Cela n'a pas d'importance à présent. Elle est avec nous, dit sa femme sur un ton réconfortant. Une fois rentrés au Texas, nous oublierons tout cela.

Sheila se renfrogna.

— Je n'ai pas l'intention de rentrer au Texas.

Confuse, elle se passa la main sur son front. Elle n'avait pas vraiment pensé à tout cela.

— Mais bien sûr que si, ma chérie, insista sa mère avec

un sourire. Tu dois penser au bébé. Je suppose que tu veux le garder.

— Bien sûr, répondit-elle, posant une main protectrice sur son ventre.

— Tu as besoin d'un endroit confortable pour vivre, de soins et d'une surveillance médicale pour toi et pour le bébé, la raisonna sa mère. Quoi de plus naturel que de revenir chez nous ?

— Je suppose, dit-elle, hésitante.

— Il n'y a aucune raison de dire à qui que ce soit que le bébé n'est pas de Brad, ajouta son père.

— Papa, fit-elle en souriant, lorsque le bébé naîtra avec des cheveux noir de jais et des yeux de braise, personne ne croira que Brad en est le père.

— Après la naissance de l'enfant, intervint Constance Rogers pour couper court, tu voudras retourner à l'université et passer tes diplômes. Mais à présent, tu dois penser à l'avenir du petit autant qu'au tien.

— Oui, dit-elle.

Mais, d'une certaine manière, toutes ces questions de statut social et de considérations matérielles lui semblaient totalement hors de propos. Tout cela n'avait aucune importance.

Sa mère sentit qu'elle n'était pas d'accord et préféra changer de sujet.

— Nous ferons des projets pour ton avenir un peu plus tard. L'important, c'est que nous soyons tous réunis. Ton père et moi sommes tellement soulagés. (Et à nouveau, des larmes lui brouillèrent la vue.) Nous avons été séparés si longtemps, ma petite fille.

Son père la serra contre lui et posa un baiser affectueux sur son front.

— Alors, *señor* et *señora* Rogers, intervint le capitaine. Quel plaisir de revoir votre fille, hein ?

— C'est magnifique, répondit M. Rogers.

— Nous ne pourrons jamais vous remercier assez de l'avoir retrouvée saine et sauve.

— Je suis content d'avoir pu vous aider, fit-il en haussant les épaules. Les prisonniers mangent. Notre repas sera servi tout de suite après. En attendant, si vous désirez un peu de café ?

Il désigna le feu du doigt pour les inviter à s'en approcher. Une voix stridente hurla en américain :

— Imbécile, si vous voulez que je mange cette nourriture répugnante il vaudrait peut-être mieux me détacher !

— Laredo, murmura-t-elle, et elle fit un pas dans sa direction.

Le capitaine leva le bras pour lui barrer le passage.

— Je vous en prie, il a été très bon avec moi, lui expliqua-t-elle précipitamment. Laissez-moi lui parler quelques minutes.

L'homme était sur le point de refuser, mais le père de Sheila s'approcha d'eux en disant :

— De toute façon, il ne peut pas lui faire de mal dans la situation où il est.

Il réfléchit encore un long moment avant de céder.

— Je vous accompagne.

Les prisonniers parlaient peu entre eux, mais lorsqu'elle arriva auprès d'eux, le silence se fit lourd. Plusieurs lui jetèrent des regards incendiaires : ils lui en voulaient d'être associée à l'ennemi. D'autres détournèrent le regard, froidement.

Laredo fit mine de ne pas l'avoir remarquée lorsqu'elle s'arrêta auprès de lui. Il était couché par terre, la tête posée sur le coude. Un bandage taché de sang lui entourait la cuisse. Du côté gauche, sa chemise était trempée de sang.

— Bonsoir, Laredo.

Il releva la tête, jeta un regard glacial à l'homme qui se tenait à côté d'elle, puis tourna son attention vers elle.

— Je n'apprécie pas follement les gens que vous fréquentez, madame Townsend.

Elle s'agenouilla auprès de lui et murmura tout bas :

— Moi non plus. Etes-vous gravement blessé ?

— Ils m'ont dit que je m'en sortirai.

De près, elle vit la pâleur de son visage malgré son teint hâlé.

— Vous ne mangez pas ? dit-elle, voyant devant lui l'assiette dont le contenu était intact.

— J'ai un petit problème avec mon bras gauche. Il ne veut plus bouger, expliqua-t-il, sarcastique. Et si personne ne m'aide à mettre cette nourriture dans ma bouche, je ne suis pas près de manger.

Elle se redressa et se tourna vers le capitaine.

— Ne pourriez-vous pas lui détacher les poignets pour qu'il puisse manger ? demanda-t-elle poliment.

Il hésita puis lança un ordre à un des soldats qui se trouvaient à proximité. Elle remarqua qu'il faisait des efforts désespérés pour manger. Au bout de la troisième bouchée, il s'arrêta.

— Cela ne vaut pas les petits plats de Consuelo, dit-il avec un pâle sourire.

— Ça n'a pas la même apparence non plus.

Elle prit la cuillère et se mit en devoir de le nourrir. L'un des soldats était venu parler au capitaine. Il s'éloigna un peu pour discuter avec lui. Comme elle approchait à nouveau la cuillère de sa bouche, Laredo murmura :

— Ráfaga est-il blessé ?

— Non, il a réussi à s'échapper, chuchota-t-elle. Pas une égratignure. Où ira-t-il, Laredo ?

— Il est le seul à le savoir. (Il essaya de se rehausser et gémit de douleur.) Et toi, Sheila ? demanda-t-il sur le même ton. Où vas-tu ? Retournes-tu au Texas avec tes parents ?

— Je ne sais pas. Peut-être, jusqu'à la naissance du bébé. Ou peut-être pas. Si je pouvais trouver Rá...

Elle se tut soudain, se rendant compte que c'était Ráfaga que les soldats avaient espéré capturer.

Si elle restait au Mexique, ils la feraient surveiller jusqu'à ce qu'elle le contacte ou vice versa. Elle devait partir, dans l'intérêt de Ráfaga. Il était évident qu'elle ne devait jamais revenir au Mexique.

Ráfaga ne mènerait jamais une existence normale. Il ne pouvait lui offrir d'avenir, ni pour elle ni pour l'enfant. Or ce dernier avait droit à une existence décente, à la liberté pour laquelle Ráfaga s'était tant battu et dont il n'avait pas goûté la saveur lui-même. En Amérique, elle pouvait donner tout cela à son enfant.

Peut-être en lui sacrifiant sa vie découvrirait-elle le véritable sens de l'amour. Agissait-elle noblement ? Ou avait-elle simplement peur de mener l'existence traquée de Ráfaga ?

Tout était embrouillé dans sa tête.

— Si tu retournes aux U.S.A., pourrais-tu... (La voix de Laredo avait une étrange résonance.) Pourrais-tu te rendre à Alamagordo ?

— Pour voir tes parents ? demanda-t-elle, la voix tremblante.

— Ils s'appellent Ludlow. Scott Ludlow. Ne leur dis rien sur moi, mais...

— Je m'assurerai qu'ils vont bien et je m'arrangerai pour te joindre d'une manière ou d'une autre, promit-elle à voix basse. En attendant, je vais voir ce que je peux faire pour toi et les autres. J'ai de l'argent.

Elle continua à le nourrir. Tout était à nouveau silencieux. Laredo la regarda intensément avant de murmurer.

— Si vraiment tu veux nous aider, trouve quelque chose pour distraire les soldats qui nous gardent. Deux d'entre eux sont tout jeunes. Nous avons des chances, en les prenant par surprise, de pouvoir nous emparer de leurs armes. Quelques-uns d'entre nous pourront peut-être s'échapper dans la confusion.

— Mais vous risquez de vous faire tuer ! protesta-t-elle dans un souffle.

Il se contenta de la regarder, sans un mot. Cependant, elle hocha la tête en signe d'assentiment. Le capitaine finissait sa conversation. Elle tourna la tête une dernière fois vers Laredo et lui demanda :

— Où est Juan ? Je ne l'ai pas vu avec les autres.

— Là-bas, répondit-il en indiquant d'un geste une forme allongée sous une couverture.

Sa gorge se serra.

— Sa blessure s'est rouverte. Il est mort.

— *Señora !*

Le capitaine était de nouveau à ses côtés. Elle se redressa lentement, des larmes plein les yeux. Elle n'avait plus aucune raison de rester auprès de Laredo et il était venu le lui rappeler. Elle s'éloigna, tandis qu'il remettait la corde autour des poignets de Laredo. Elle était blême. La mort de Juan l'avait profondément choquée. Détournant la tête, elle évita le regard attentif du capitaine.

— Merci de m'avoir laissée lui parler, fit-elle afin de rompre le silence.

— Vous semblez éprouver une certaine affection envers cet homme.

— C'est un ami, répondit-elle simplement. Nous sommes du même pays. Je voulais lui parler.

— Je comprends, dit-il, mais il avait l'air sceptique. Excusez-moi, *señora,* mais je ne peux m'empêcher de penser que notre arrivée ne vous a pas tellement réjouie.

— Mais si, bien sûr, répondit-elle, cassante.

Il lui décocha un coup d'œil railleur. Le silence s'installa entre eux. Ils se dirigèrent vers le feu de camp. Elle s'arrêta à quelques mètres de ses parents qui parlaient ensemble, un peu à l'écart. Ils n'avaient pas encore remarqué sa présence. Le capitaine donna un ordre pour qu'on leur apporte du café, puis il se retourna vers elle. Elle savait que ses parents parlaient d'elle, de Ráfaga et du bébé, aussi décida-t-elle de rester où elle était.

— Nous avons pas mal galopé aujourd'hui, commenta-t-il d'un air absent.

— Oui.

— J'ai eu le temps de penser pendant le voyage. Je suis à présent convaincu que vous êtes la compagne de Ráfaga. Vos yeux et votre visage ne reflètent pas l'expression d'une femme qui a été forcée d'accepter... l'attention d'un homme. Quelquefois, je vois votre regard errer sur les montagnes et vos yeux brillent d'une étrange lueur. Peut-être pensez-vous qu'il viendra vous chercher ? Oui, remarqua-t-il sur un ton déterminé, tandis que Sheila se raidissait. Il viendra. Pour vous, il viendra.

Il se retourna et lança quelques ordres aux soldats. Aussitôt, la majorité d'entre eux se levèrent et commencèrent à se disperser. Il lui fit face de nouveau, un sourire satisfait sur les lèvres.

— J'ai posté de nouvelles sentinelles pour surveiller les abords du camp. Nous sommes prêts à accueillir votre Ráfaga quand il viendra.

— Vous vous trompez, nia-t-elle désespérément. Il ne viendra pas.

Un coup de feu déchira l'air, puis un second, puis un troisième. Le capitaine s'empara du bras de Sheila tout en lançant un ordre à ses soldats. Sheila se débattit pour essayer de se dégager. Des bruits confus de bagarres lui parvenaient de l'endroit où Laredo et les autres avaient été tenus sous surveillance. Dans le chaos, tout le monde tentait sa chance et essayait de s'enfuir. Une balle siffla à quelques centimètres de son oreille. Le capitaine s'effondra.

Libre, elle était libre !

— Sheila, par ici ! cria la voix familière.

Elle se retourna en un éclair, fouillant les fourrés du regard. Puis elle se mit à courir dans la direction qui lui semblait la bonne.

— Non ! hurla sa mère. Sheila, non, n'y va pas !

Mais son choix était fait. Rien de ce que pouvait lui offrir la civilisation, à elle ou à son enfant, ne valait un seul des instants qu'elle avait vécus dans les bras de Ráfaga. Il sortit de derrière un arbre. Le fusil à la main, il tirait sans cesse en l'air pour la couvrir.

Elle courut vers lui.

Achevé d'imprimer le 4 octobre 1983
sur presse CAMERON
dans les ateliers de la S.E.P.C.
à Saint-Amand-Montrond (Cher)
pour le compte de France Loisirs
123, boulevard de Grenelle, Paris

Dépôt légal : octobre 1983.
N° d'Édition : 8432. N° d'Impression : 1574.
Imprimé en France